長崎の記憶と記録をたどる

原爆後の75年

長崎原爆の戦後史をのこす会編

書肆九十九

まえがき

忘れられた原爆／原爆がよくわかった

アメリカ軍による広島・長崎への原爆攻撃は、「ヒロシマ・ナガサキ」として語り継がれている。ただし、長崎の原爆被災については、ヒロシマの陰に隠れてあまり語られることがなかった。冷戦下に、核実験による放射能や核戦争の脅威にさらされた人々は、核被害の実例として被爆体験を求めたが、それには最初の被爆地で、より大きな被害を出した広島原爆の例で十分だったのである。そのため、長崎原爆は「忘れられた原爆」となった[1]。

一方、放射能や核戦争の脅威の実例としての原爆被害は、被爆者[2]による証言や詳細なデータ、さらに写真、記録映像、アニメーションなどによって具体的に提示されてきた。学校での平和学習で児童・生徒たちは、それらから原爆の巨大な破壊力とそれがもたらした甚大な被害を学び、その後の感想文で原爆の悲惨さが「よくわかった」と記し、「不戦」を誓い、「核廃絶」を願ってきた。核戦争の脅威が切実に感じられ、戦争や核兵器への反対の声を広げることが喫緊の課題とされるなかではこのような学習が求められ、それがリアリティをもって受け止められていた。

しかし、冷戦の終結によって核戦争の脅威が後退していくと、原爆の話に対しては、すでに「よくわかっている」内容がくり返されるだけで、「うんざり」といった反応が多くなってきた。原爆や戦争をくり返すことがないようにという願いが込められた被爆の証言や映像、データであっても、原爆や戦争の切実性がなくなれば、「もう知っている」ことの単なるくり返しに過ぎなくなったのである。

さらに、原爆について「よくわかった」ということは、原爆が理解可能な出来事として受け止められたということでもある。理解することができたならば、それはコントロール可能なものということにもなり、さらには利用可能なものと捉えられることにもなるだろう。しかし、原爆による被害は、これまでに「よくわかった」と言えるほど明らかにされているのだろうか。

原爆を理解するとは

これまでの「ヒロシマ・ナガサキ」の原爆被害として提示されてきた証言やデータ、映像の多くは、8月6日と9日を中心とした体験であった。しかし、その後も多くの人々は、身体的・精神的な傷を受けたまま、生活苦や不安をかかえて生きざるを得なかった。これら被爆者の健康への原爆放射能の影響については、現在も放射線影響研究所（放影研）によって調査が続けられており、被爆者の心の傷の問題が広く知られるようになったのは2000年代に入ってからのことであった。また、国は現在に至るまで原爆死した人々について詳細な調査を行っていない。そのなかで被爆者は、アメリカの核戦略とその核の傘の下に入った日本という戦後体制のもとで、放置され、差別や偏見にさらされながら沈黙を続けたが、やがて国家補償をもとめる運動や反核・平和運動、裁判闘争に立ち上がる者もあらわれ、その動きは被爆者以外の市民の間にも広まっていった。

この被爆者らの戦後は、原爆被災後も原爆が長期にわたって、あるいは生涯、被爆者に被害を及ぼし続けていることを物語っている。だからこそ、被爆者は沈黙を破って被爆の体験を語り、その責任を問うとともに、核兵器が人類を滅亡に導くものであると警告し、そのさらなる使用を阻止しようとしてきた。したがって、この被爆者らの運動や闘争の戦後史をたどることは、いまなお続いている原爆の被害や影響を明らかにすることになる。

かつて、長崎で被爆した医師で、長崎の証言運動や反核平和運動の中心となってきた秋月辰一郎は、「一人ひとりの微細部分の証言を集めると、その原爆によって抹殺された空白が充たされ、埋まると信じ」て、「長崎の原爆記」を書き始め、さらに証言では埋めることのできない爆心の復元運動に取り組んだ[3]。こうして秋月が原爆で失われたものを埋めていこうとしたように、被爆者の戦後の経験を一つ一つたどっていくならば、その分だけ原爆が人や社会に及ぼした被害や影響について明らかにすることができるだろう。

ただし、被爆者らの戦後史をたどろうとしたとき、多くの記憶や記録が被爆者らの死とともに失われたことに気づかされる。占領期に、戦災者としか呼ばれなかった被爆者が結成した戦災者連盟や、長崎で最初の組織化された被爆者団体である長崎原爆被災者協議会（長崎被災協）の設立時のメンバーはもうだれもいない。その当時の資料や、さらに、長崎市の原爆にかかわる行政資料の多くも、長崎原爆が「忘れられた原爆」であった間に失われてきた。

長崎原爆の戦後史をのこす会による記憶と記録の掘り起こし

原爆被災以後の長崎の復興や被爆者運動、原水禁運動などについての記録が失われ、その当時を直接知る人がいなくなっているという危機感から、私たちは、元長崎大学学長の土山秀夫氏を顧問に、長崎の証言の会代表委員の廣瀬方人氏を代表として、２０１３年10月に「長崎原爆の戦後史をのこす会」を設立し、原爆被災後の長崎を生きてきた方々からの聞き取りや、関連する資料の調査を開始した。その取組みは、長崎市の被爆70周年記念事業の一つに採択されたので、その補助金によって、調査結果をまとめた記録集『原爆後の七〇年――

長崎の記憶と記録を掘り起こす』を刊行した（2016年3月）。これによって、原爆被災とともに、その後も原爆の被害と影響のなかで生きてきた被爆者らの様々な戦後史を記録することができたが、資料の掘り起こしについては、人員と財源の不足から記録・整理や保存についての体制が整えられなかったため、ほとんど成果をあげることができず、課題として残された。

そこで、記録集の発刊以降も、被爆者団体や平和運動などについての聞き取り調査を継続するとともに、資料調査の実施について検討していたが、このたび、三菱財団から研究助成を受けることができたため、聞き取り調査の拡大と資料の本格的な調査に着手することができた。

こうして実施した聞き取り調査の成果は、本書の第1部に、被爆前後、被爆者5団体、被爆者運動・平和運動・平和行政、証言・記録運動、被爆者調査、平和教育の6章に分けて掲載した。各章では冒頭の「ガイド」で、その章の聞き取りの概要や特徴を紹介し、聞き取りの後に、その内容の背景となる出来事や聞き取りできなかった事項を補足した解説を掲載している。さらに、いくつかの章では内容の理解をすすめるための「コラム」を設けている。

第2部では、長崎の諸団体・機関が保存している資料についての調査状況を紹介している。保存状況の確認にとどまっているものから資料の目録制作中のもの、資料内容の分析に取りかかっているものまで様々であるが、渡辺千恵子資料と長崎被災協資料については、その内容を具体的に紹介している。これらは、長崎のみならず日本の被爆者運動の成り立ちを考える上で不可欠の資料である。第1部の各章の解説は、現在までに刊行されている書籍や利用可能な資料を参照し、聞き取りや資料整理のなかでの知見を加えてまとめたものであるが、これらの資料の整理・分析が進み、本格的に活用できるようになれば、書き換えが必要になるだろう。

原爆被災後の長崎の戦後史について、これまで語られてこなかった記憶や、しまい込まれたままの記録は、今回調査した以外にも数多く残されていると思われる。核兵器という人間のコントロールをはるかに超えた暴力の痕跡は、まだ長崎の人と街のなかに埋もれている。本書がそれらを掘り起こすためのガイドとなることを願っている[4]。

新木武志

1 例えば、フランク・チンノックの著書、*NAGASAKI: The Forgotten Bomb*（小山内宏訳『ナガサキ——忘れられた原爆』新人物往来社、1971年）。また、長崎国際文化会館館長などを勤めた松永照正は、1983年にスイスのチューリッヒラジオ局から長崎市長の平和メッセージと被爆者の証言テープの送付要請が届いたが、それは「ヒロシマはヨーロッパで大変有名であるが、長崎が被爆したことは、ほとんど知られていない」という理由であったと記している（松永照正著・発行『ナガサキよ世界へ』1987年、20～21頁）。最近では、2015年8月8日付『ニューヨーク・タイムズ』紙にスーザン・サザードが長崎原爆について寄稿した記事のタイトルが"Nagasaki,the Forgotten City"となっている。

2 「被爆者」という呼称は、1954年3月のビキニ事件以降一般化していった（第1部第2章125頁、注3を参照）。1957年に制定された原爆医療法によって「被爆者」は、法的に定義されたが、条件を満たしながら手帳の申請をしない人もいる一方、手帳を申請しても却下される人や、被爆地域の拡大要求がおこるなど、法的な「被爆者」の枠組みは必ずしも自明なものとして受け容れられているわけではない。そのため本書では、法的な認定を拒んだり、認定を却下された原爆被災者らも含めて「被爆者」という呼称を使用している。

3 秋月辰一郎「消滅した町と人を求めて——原爆復元・ナガサキ方式——」『長崎の証言』第4集、長崎の証言刊行委員会、1972年、215頁。

4 長崎原爆や戦後の長崎の復興をめぐる学術研究は、近年活発化している。本書の編者らもそれぞれ長崎原爆にかかわる研究成果を発表しているが、海外でも*Resurrecting Nagasaki: Reconstruction and the Formation of Atomic Narratives*, Columbia University, 2018（『よみがえる長崎：都市復興と原爆物語の形成』）が出版されている。同書の著者チャド・R・ディールは、別の論考で、「今こそ長崎に関心を向けて、「ヒロシマ」の陰で看過されていた言説を見直すときではなかろうか」と、長崎では原爆以前の歴史が重視されてきたと指摘し、長崎原爆について向き合うことを訴えている（「「ヒロシマ」の知名度の陰で忘れられたもう一つの被爆都市「ナガサキ」」『証言2020 ヒロシマ・ナガサキの声』第34集、255頁、『タイム』誌2020年8月6日号からの転載）。

原爆後の75年　目次

第1部　聞き取り調査報告

1 被爆前後

4 証言・記録運動

1 資料調査

2 主な資料群

第1部 聞き取り調査報告

1 被爆前後

「被爆前後」の聞き取りについて

第Ⅰ章は、被爆前後の長崎の状況に関する7人の方の聞き取りを収めた。被爆時の年齢はおおむね未就学から国民学校在籍まで。被爆状況は、爆心地近くでの被爆から入市被爆まで幅広い。

幾人かが、銃後の体験を語っている。**池田早苗《いけださなえ》さん**・**井原東洋一《いはらとよかず》さん**・**森口貢《もりぐちみつぎ》さん**はそれぞれ国民学校の児童・生徒、**築城昭平《ついきしょうへい》さん**は師範学校本科の学生だった。築城さんは7人の話し手の中でもっとも年長であり、学徒動員を受けると同時に、友人らが兵隊にとられるような年齢でもあった。**山本誠一《やまもとせいいち》さん**と**川野浩一《かわのこういち》さん**は幼少時に外地にいた体験を持つ。年少のためにその際の記憶はあまりないが、それぞれ、父の回顧を聞いたという間接的な形で、戦中の外地体験について語っている。

原爆投下後の爆心地近辺の街々では、生活の立て直しに向けて人々が蠢きはじめていた。爆心地に比較的近いところに自宅があった池田さんと**榊安彦《さかきやすひこ》さん**がそうした体験を語っている。榊さんは浦上在住のカトリックでもあった。また、浦上地域外での被爆者であっても、その後に浦上地区の学校に進学した話し手として、井原さんと森口さんがいる。

また、榊さん・川野さん・築城さん・井原さんが米軍による占領体験について語っている。

これらの体験は、被爆者運動が存在せず、国からの被爆者援護もなかったいわゆる「空白の10年」に属するものであり、その後の被爆者運動叢生の下地を成している。［山口響］

原爆後の西町近辺のこと

池田早苗《いけださなえ》さん

〈池田早苗さんの略歴〉
１９３３（昭和８）年長崎県大村市生まれ。西浦上国民学校高等科１年（12歳）の時に福田村（現在の長崎市小江原）で被爆し、原爆で５人のきょうだいを失う。県職員として勤めるかたわら、被爆者運動・反原爆運動にかかわる。２００１年の長崎平和祈念式典では被爆者代表として「平和への誓い」を読んだ。２０１９年５月16日、86歳で逝去。
［聞き取り日時・場所］２０１７年６月20日・長崎原爆資料館ロビー
［聞き手］友澤悠季、山口響（まとめ）

戦前・戦中の西町

父は、若いときは朝鮮の総督府にも勤めていたようです。聞いたら、総督府の中の文書課に勤めておったというんです。そのあと、門司にあった鴻池組に勤めていました。それから、（長崎市近郊の）茂木に転勤になって、転勤してきたと思ったら、今度は長崎県の職員に採用されました。大橋の近くに家が見つかったら家を変わろうかということで今の西町（当時は西郷《にしごう》）に住みついたのが小学校１年生の夏休みぐらいだったと思います。

小学校は、西浦上（尋常）小学校でした。師範学校を卒業したばかりの新しい若い先生たちと一緒になって行き帰りしていました。だんだん戦争がひどくなってからは、食べ物がなくなってですね。学校に持っていく弁当がないんですよ。帰り道の帰りごろになったら、もうひもじくてたまらない。帰り道の中間あたりのところで、魚を日干ししている工場があって、帰るときに、見はかろうて（取った）。工場のおばさんたちはいなくなるんですよ。知ってるんですよね、私たちがひもじくなって、なんも食べずに帰ってくるんだから。取って食べてもいいとは言わないんですけど、すーっと姿を消して、いなくなるんです。

そのころの西町は、兵隊に行ってない人は工場に働きに行き、お母さん年代の人たちは畑づくりですね。岩屋山に登っていく広っぱがずーっとありますけど、あの辺りの畑づくりが主でした。でもうちは（父が）公務員でしたから、畑がなくて、近所の人に（食べ物を）分けてもらったり、手熊まで買い出しによく行ってたんです。（原爆の時は）それがもとで助かったんですけどね。

西町あたりはけっこう家が多かったんです。電車が大橋で終点でしたから、（街中に）勤務に行く人たちが農家の小屋を借りたり、兵隊さんたちも小屋を借りてね。海軍の兵隊さんたちは船がなくなって、何をしているんじゃろうと思って、農家を借りて住んでいるところにこっそり見に行ってみたら、何にもしてないんですね。それから、（陸軍の）高射砲陣地が（岩屋山に）あったんですけど、そこの兵隊さんたちは、頭の上をアメリカのＢ29が飛んできて、雨あられのように高射砲を撃っても、届かないんですよ。Ｂ29は悠々と高く飛んで爆弾を落としますから。だんだん弾がなくなってですね、アメリカの飛行機が飛んできても、もうほとんど撃たないようになっていましたですね。私たちは、言葉で聞こえるようには言わないけど、戦争はもう負けてるんだってのは、いつも友達どうしで言っていましたけどね。

それから、西町には射撃場があったんです。長崎医科大学の先生たちが練習に来るところですね。終戦後はアメリカの射撃場に変わったんですよ。そうなると、実弾でも火薬でも捨てっぱなしで帰るんですね。それを拾いに行って、自分たちでペンチで壊し、中の火薬だけ溜めて、火をつけて爆破させたりして遊んでいました。

原爆後の西町

原爆の後は、西町あたりの家は全部なくなってしまって、自分たちで掘っ立て小屋を作ったり、横穴防空壕に住んだりしていました［★1］。私たち家族は、小さな畳を2枚敷いて、壁と屋根と作って、住まっておりました。台風が来たりなんかしたら、すぐに壊れるから、また建て替え、建て替えして、住んでおりました。横穴防空壕に入って住んでいる人たちは、ながーく住んでおられましたですね。

私たちはランプ生活でした。汽車が道ノ尾駅の方から長崎駅まで来るのに、大橋の陸橋が（原爆で）壊されて、私たちが住んでいる西町あたりで止まってしまったんですよ。その汽車が、重油をドラム缶に入れて降ろしたままのものが残っておったりして、そんなのを拾いに行ったりしてました。それを、ランプの油用に近所の人たちみんなに分けてやるんですよ。汽車がなぜ重油を降ろすかというと、（原爆で）死んだ人を降ろすわけですよ。その死体を火葬するために重油を積んでくるんですね。私たちの街のすぐ近くに国鉄の官舎を整備するための広場（現在の三芳町）があったもんですから、そこがそういう火葬場になってしまったのを覚えています［★2］。

そこが死体を火葬する場所になってしまったのは、官舎をつくる材木が運ばれてきていたので、それを燃やしたからなんですよ。白いお骨がだーっと見えるんですよ、広場に。私たちは、その年の10月、11月になったら、お骨を拾い集めて、墓があるところに運んで行ったのを覚えています。3か月ぐらいかかって、小さなのも大きなのも拾って。大人が拾って、私たち子どもが毎日のようにざるに担がされて、穴を掘って、無縁仏を作った。今の緑が丘中学校の隣です。

戦後は、長い人たちでは10年ぐらいランプ生活。だいたい5年くらいで電気が来るようになりましたですね。それまではみんなランプ生活ですから、ドラム缶に入った重油が一番貴重品で、それ以外には、電柱のタンクですね。あの中には油が入っていて、それで電圧を変える仕組みになっていたんです。それを見つけてからは、タンクを拾い集めて、重油を近所の人たちに配るわけですね。電気がないから、喜ばれてですね。重油を売るスタンドが、制約があったんでしょうね、「使う目的がないと売られない」と言うんですよ。「家のランプに使う」と言っても売ってくれないわけです。で、船で夜に魚釣りに行くのにランプを灯すんだということにして、油を買いに行きよったんです。それくらいに油がなかったんですね。

油をようけ使わないように、ランプは1つだけしか持っていなかった。だから、本を読むことがでけないんですよ。それでそのころはですね、少し離れたところに街灯があって、そこに持っていって、本を読んでましたよ。目がちかちかして困ったんです。

ところが、うちには電気が早く来たんですよ。というのは、父が勤めていた県の土木部は、愛野で古い水力発電所を管理しておったんですね。それで、九電（当時は九州配電）の人たちとつながりがあって。父は原爆で目が見えなくなったんですけど、早く部落の人たちに電気が来るようにしてくれないかっていう手紙を新聞に赤鉛筆で大きな字で書いて、九電に持って行ってくれないか、って私に言うんですよ。それを持って九電に行ったのを覚えています。もう、恥ずかしくてですね。新聞ですからね。そしたら、すぐ電気を引っ張りに来ますよ、って（九州配電の人に）言われて。ただし、電柱を何本か自分たちで用意しとってくれと言われたんです。お金はないし、どうしようかと思っていたら、岩屋山から枝の枯れたのを切ってかついできておったのを覚えていたもんですから、あそこに行ったら大きな杉の木の枯れてるのがあちこちにあるねっていうのがわかって、それをごそっと取りに行くんですよ。それが電柱になったんです。そうして電気がきたのが、原爆後、2、3年が経ってからでした。ですから、うちは一番早く電気が来て、近所もそこから電気を引っ張ってきて、「助かったー」ってみんなから言われてたんですよ。

終戦10年くらい経ってから、（今住んでいる江里町の土地に）家を作りました。（原爆の後に建てた掘っ立て小屋は）10年くらい使っておって、その土地が売買されて、そこから出なければいかなくなった。その同じ地主さんから畑を借りとって、そこに新しく家を作ったんです。（元の）掘っ立て小屋を解体して、それを運んで行って、（家を）作って、住まっておったんです。そこには父と母と私とで住んでいました。父は（原爆の後）すぐ目が見えなくなったし、母は寝たっきりの病人に

★1　池田さんは、母親とともに手熊方面の農家に買い出しに向かう途中の福田村（現在の長崎市小江原。爆心地から約2キロ地点）で被爆。自宅（爆心地から800メートル）に残っていたきょうだい5人を原爆によって次々に亡くしてしまった。

★2　国鉄長崎本線は、原爆によって大橋から長崎駅方面が運行不能になったが、8月11日に復旧している。池田さんは、原爆投下後数日の間に大橋近辺に降ろされたドラム缶の重油が、その後もしばらくそこに放置されていた、ということを説明しているものと思われる。

なってしまって、私だけが働きに行っていました。

この家には電気がなく、井戸もなくて、下まで水を汲みに行って、担ぎ上げたりしよったんです。目が見えない父が、「自分で井戸を掘ってみるから」って言って掘っているんですけど、目が見えないもんだから、少し斜めになっているんです。そしたら、疲れるわけですね、水を汲むのに。水は出ましたけど、あんまり長くせんうちに水道が来て、井戸は使わなくなって、だいぶ楽になりました。

母が亡くなった後、私が職場で突然倒れて入院することになったもんですから、父を親戚に預けないといけなくなったんです。そのときに大学病院で看護婦をしていた今の家内と知り合って結婚したんです［★3］。

西町での活動と福田須磨子さんのこと

西町っていうのは、ひとつのまとまった部落ですから、みんなが寄り集まる。原爆後ですね、夜になったら、庭で火を燃やすわけですよ。そこにみんな集まるわけです。翌日はまた誰か他のところの家で火を燃やすわけです。夕方から寂しくなったら、火が燃えているところにみんな集まって、原爆で自分の家族が亡くなっていた様子とか、いろいろな話を聞きに行くんですね。そういうのがずーっと続いていました。私が15歳か16歳の時に県職員になりましたから、そのころですね。

［その後しばらくしてから福田《ふくだ》須磨子《すまこ》さん［★4］が近所に引っ越してきた。］

福田須磨子さんは、原爆で体が悪くなって、寝たり起きたりだということで、五島から来たお年寄りの女の人がおられて、その人が応援（家事）に行っておられたんですね。それから、福田須磨子さんの家には若い男の人たちが何人もおられましたですね。知り合いかなんかわかりませんけど、その人たちがおったから、私たちはよく遊びに行きよったんです。東京で原爆の集まりがいろいろある時に、東京に行く人がいないねっていう時は、福田須磨子さんのところにおられる若い男の人たちが、私に「一緒に東京に行ってくれんだろうか」と言って。それで結局、お金を集めんといかないね、ということで、組織的にお金を集めようというのが、西町の被爆者の会の基になったんです。しっかりした組織を作らないと進まないんだよということで、福田須磨子さんを中心にして、会を盛り上げようじゃないか、組織にもっと力をつけようじゃないか、そしたらお金もカンパしてくれるし、経費も楽になるしですね。それで、だんだんまとまって、伸びていったんです。やっぱり、福田須磨子さんがおられるというのは大きな力になったんですよ。福田須磨子さんがおられる、あんな寝たっきりの人でも頑張っているんだということで、みんなが運動してくださってですね。そういう流れがずっと、福田須磨子さんがあそこに住みつかれてから、よくなっていったんです。原爆のこととか、政治的なこととか、いろいろのことを福田須磨子さんから習いながら、進めていったんです。地区、地区でまとめて、班が５つぐらいあったと思います。最初は、油木とか住吉の方まで広げとったんですけど、あとでは縮小しました。なんで西町はお金（カンパ）を出してくれる人がおったのかというと、電車が終点で、電車で勤めに行く人が多かったんですね。

（西町の被爆者の会では）福田須磨子さんたちが作っておられるいろいろなもの（お土産品など）があったから、それを私たちが全国大会で売ったりしておりました。須磨子さんのところに何人かの若い男の人たちが生活しておられたから、その人たちが中心になって、作っておられて。（須磨子さんの）本もよく売れました。

西町の会と長崎被災協は、まっすぐなつながりでした。他には、たとえば、昭和町（の被爆者の会）も被災協に入っておったんですけど、被災協のお金がだいぶマイナスになったときに、出て行かれた。出ていく人は、止められるわけがないし。（各地区に被爆者の組織はあるが）地区、地区っていうより、その人その人がやってるんですよ。西町がずっとつながっているのは、西町に運動を一生懸命やっている人がおったからやっていけるだけであって、いつでも、つぶれようと思ったらつぶれていくわけですよね、平和運動っていうのは［★5］。

★3　池田さんの母親が亡くなったのは、原爆から10年後の１９５５（昭和30）年6月のこと。

★4　福田須磨子は１９２２（大正11）年に長崎市で生まれ、23歳の時に長崎師範学校で勤務中に被爆した。55年にエリトマトーデスと診断される。作品に詩集『ひとりごと』、生活記録『われなお生きてあり』など。74年に52歳で逝去。

★5　本インタビューは、池田さんの逝去後に、ご遺族の了解を得てまとめたものである。なお、池田さんの原爆後の体験については、ＮＨＫ長崎の畠山博幸記者が２００９年に行ったインタビューが参考になる。URL=http://www.nhk.or.jp/nagasaki/peace/shogen/shogen015-1.pdf

原爆後の浦上

榊《さかき》　安彦《やすひこ》さん

〈榊安彦さんの略歴〉
１９３７（昭和12）年長崎市家野町生まれ。カトリック一家に育つ。山里国民学校２年生（８歳）の時に家野町の自宅で被爆。父と四姉は原爆で死亡する。戦後は、山里小学校から新制山里中学校、長崎商業高校、長崎大学経済学部と進み、父の勤めていた三菱製鋼に就職。
［聞き取り日時・場所］２０２０年８月１日、８日、29日、２０２１年３月６日、４月10日・長崎市内のご自宅
［聞き手］山口響（まとめ）

原爆直後

被爆後2、3日は、自宅専用の防空壕で過ごし、そこから三菱兵器製作所大橋工場の臨時救護所へ治療のため通いました［★1］。その後は、三菱兵器トンネル工場（住吉）にいて助かった近所の叔父の半壊した家にしばらく身を寄せました。そして、終戦日の8月15日ごろには、家野町の自宅の母屋を応急修理して戻りました。屋根が吹き飛んで全壊に近かったため、雨降りの時は悲惨で大変でしたよ。戦中、一時防空壕がわりにしたこともある床下の芋がまは、大雨が降った際、プールみたいになってしまい、その隣の部屋に突っ立ってずっと雨をしのぎました。夜はローソクもないので、油に芯を通して灯りを取っていまし

た。そういう「二次被害」で苦労した人ばかりですよ。でもそういうことはあまり語られていませんね。

終戦から何日か過ぎた後、米軍が上陸して来て殺される、との噂が流れてきました。私たち生き残った人たちは、親せき大勢で、三ツ山の六枚板へ身を隠すため、逃げていきました。しかし、噂はデマだとわかり、翌日、それぞれの被爆した自宅へ戻りました。たぶん、8月18日のことだったと思います。なぜ18日だったと思うかと言うと、原爆の日が木曜日で、18日は土曜日にあたるわけでしょう。六枚板に避難していったみんながその日、三ツ山の教会に翌朝ミサに行かんといかんということを言いよったからね（榊さんはカトリック一家に生まれ育った）。ミサは日曜ですから、その日は土曜日、つまり18日だったんだろうという僕の推定です。

10月の初めぐらいかね、永井《ながい》隆《たかし》博士が三ツ山で救護所をやっているという情報が流れてきて、火傷した人たちが何人か向こうに行きよったんですよ。僕らも、治療してもらおうとあちらに向っていたら、向こうから逆に来た人が、「永井博士はもう戻りました」と言うもんだから、僕らも途中で引き返してきたのを憶えています。おそらく川平のトッポ水のあたりだったと思います。

（被災したところでは）みんな、倒壊した建物などから廃材を拾ってきて、夜露を防げるだけの家を作っているわけね。今のようなプレハブではなく、本当のバラックですよ。うちでも小屋を作りましたが、その小屋の屋根は、（近くの）三菱兵器大橋工場からスレート瓦を盗んできて使っていました（榊さんの自宅は家野町にあった）。「盗んできた」と言ったらおかしいけど、そのころはそれが当たり前。要するに、火事場泥棒という感じですね。そうせんと、（住むところは）作れないんですよ。

夫を原爆で亡くし苦労した母

うちは、原爆で父を亡くしました。2番目の姉が結婚したのが昭和21年、その2年後に今度は3番目の姉が結婚したでしょ。母にしてみれば、女手までいっぺんになくなって、家

★―榊さんの被爆時と被爆直後までの様子については、「原爆で亡くなった父と姉を想いながら」長崎の証言の会編『証言――ナガサキ・ヒロシマの声（第34集）』２０２０年をご覧ください。

事や畑の仕事をしながら、並の苦労じゃなかったと思うよ。だからといって、僕らが食いはぐれをするようなことは絶対させなかった。山里小学校の上などにいくらかうちの畑があって、食べる物はなんとかしのげたわけです。ところが、味噌や漬物は自分で作れても、醤油や米を買うには、現金がいるわけですね。昭和23年か24年ごろだと思うんですが、生活再建が進む中、少しずつバラックよりましな家が建ち始めました。今みたいに建築用の重機なんてないですから――当時は「胴突き」と言っていたんですけど――基礎固めのために、十人ぐらいで大きな柱をみんなで釣り上げてドスンと落とすわけですよ[★2]。当時、お袋がもう54、5才くらいですか、現金収入を得るために、体は小さかったのに、若い主婦たちに混ざってその作業に行っていました。今の浦上警察署近く、本大橋《もとおおはし》寄りの辺りでやっていて、自分も見に行ったことがあります。お祝いで紅色の饅頭がお茶菓子に出たようで、僕たちは甘いものに飢えていますから、お袋はそれを自分の懐に忍ばせて、僕のために持ってきてくれましたね。あんこは少ないけど、桃饅頭みたいに紅が付けてあってね。ところが、お袋は、その仕事が元で体を壊して、寝込んだことがある。腎盂炎まで患ったみたいで、ストレプトマイシンか何かを買わんといかんのだけど、保険がきかんわけですよ。せっかく現金を得たのに、薬で現金は消えてしまいました。美輪明宏《みわあきひろ》の「ヨイトマケの唄」のような世界ですね。

それから、昔はちゃんとした肥料がなくて、人糞が主流でした。うちにはいくらか畑がありましたから、そこに人糞を運ぶ手伝いをさせられました。（「おおこ」と呼ばれる、樫で作った硬い天秤棒と「肥たんご」で人糞を運んでいたので）僕は首が曲がっているんですよ。僕が手伝うようになったころには、今の長崎振興局（大橋町）とその横の長崎大学の駐輪場のところに、20戸か30戸、小さな一戸建ての市営住宅があって、そこに人糞をもらいにいくわけです。一度、行ったときに、クラスは違っとったけど同級生の女の子がいてね、向こうも気まずかったと思うよ。また、別の時は、肥たんごの片方のひもが切れて、道端に人糞がぱーっと広がってしまった。もうどうしようもないわけですよ。通る人たちは鼻を抑えていました。もうひとつ上の兄は、昭和21年4月から、大浦にあった旧制の東陵中学に通っていましたが、その帰りに、よその大八車を借りて大浦から人糞を運んでいました。家野町までですよ。当時は、人糞をもらうための競争、戦争でした。汲み取ってやって、向こうからお金をもらうのが普通でしょう。

ところが、当時は反対で、野菜を持っていかんと人糞をくれないという時代だった。

　男親がおるところは、何とか生活をつないどるんだけども、うちは原爆で父を亡くしていますから、大黒柱が死ぬとぜんぜん違いますね。近所の人たちが冷たくなるというか、見る目が違ってきます。

爆心地

　被爆直後、爆心地に直接足を踏み入れたことはあまりないですが、近辺を通ったことはあります。9月の下旬だと思いますが、臨時救護所になっていた新興善校まで、2、3回は爆心地そばを歩いて通いました。

　昭和20年10月の終わりか11月ごろだったでしょうか、今の（松山町の）陸上競技場のある辺りの、電車停留所寄りのところに進駐軍が缶詰や日常生活のゴミを捨てに来ていたんです。僕らにとってはまだ使えそうなものがあるわけですよ。とくに、缶詰の缶。ひもをつけて、竹馬みたいな遊びをしてね。何を拾ったか覚えていないけど、「バカ、病気になるよ」って姉から怒られたこともあります。（その近辺に米軍が造成した）簡易飛行場があったので、MPの帽子をかぶった米兵がいました。彼らがチューインガムをくれるという噂を聞いたもんだから行ったことがあるけど、僕はもらったことがないですね。

　道路が片付けられてからは、前述のように新興善に行ったし、鎮西《ちんぜい》（現在の活水中学・高校）の運動場に川南造船の野球を草履や下駄で歩いて見に行ったこともあります。もしかすると裸足だったかもしれません。

　今の大橋公園がありますね。あの辺一帯にも、大浦方面に住んでいた米軍とその家族のものでしょうね、ゴミを捨てにきていました。あの辺は焼け野原だから。小学校3年の時だったかな、それを時々拾いに行くわけです。安全カミソリの使い捨てとかがあるんですよ。そういうのを僕たちは持っていないもんだから。4年生になったころはもうそういうのはなかったと思います。

★2　四角錐に組んだ木で櫓を作り、そこに滑車をぶら下げ、7〜8人が四方八方から綱を引いて滑車に吊るした大きなおもり（石や丸太）を持ち上げておいて、一挙に綱を緩めておもりを加速させ、地固めをする。綱を引っ張るのと緩めるのとが数秒間隔で延々と続けられる（榊さんご自身による説明）。

三菱兵器大橋工場と三菱造船大橋部品工場には、直接足を踏み入れています。戦後は、そういった場所で地金拾いをしている人がたくさんいました。兵器工場（の敷地）はいつの間にか入れんようになったけど、大橋部品工場はしばらく復旧していなかったもんだからね。一番高価だったのは、「赤がね」といって、銅です。それから真鍮、それに鉄。

朝鮮戦争が始まると、朝鮮から来た人が岩屋橋のあたりで地金屋を開いて、だいぶ儲けたようですよ。昭和26年ごろ、僕らの学校（山里中学校）にも、朝鮮籍の地金屋（の子ども）が来ていました。「金沢」と言っていたけど、実際には「金」でしょうね。

それから、こともあろうに、今の原爆落下中心地、あそこで盆踊りがありよったんですよ。少なくとも、僕が高校2年ぐらいまでは見に行ったことあるから、昭和28年か29年くらいまではあったということですね。

山里校

山里国民学校の児童が全体で1500人いて、原爆で生き残ったのが250人とかよく言いますが、実際には、生き残っている人はもう少しいます。私は、山里小学校の学籍簿で調べたから自信を持って言えます。学籍簿は、今の運動場の下のところに掘ってあった防空壕に入れてあって、焼失せずにすんでいるんです［★3］。

山里国民学校は、昭和20年6月末から臨時休校に入っていて、7月には空襲もありましたから、8月になって原爆の寸前に転校の手続きも取らずに疎開している児童がけっこういるんです。「8月8日に自分だけ千綿（現在の東彼杵町の地名）の方に預けられたんです。だから助かりました」という女性の同級生もいましたよ。女性は、結婚で姓が変わっていることがあるので、学籍簿があっても消息を調べようがないことが多いですね。それから女性の場合は、被爆者としての手帳は取っていても、公の場では語りたくないという人が多いです。個人的に聞けば、教えてくれるんですが。

被爆後、授業が再開されて、2年生は、学校全体で教室が3室しかないため2部授業でした（榊さんは被爆時、国民学校2年生）。青空教室ではほとんど勉強はできません。これが3年生に進級しても続き、6月ごろ、橋口町の被爆校舎に戻りました。しかし、旧制瓊浦中学校や新制山里中学校との合同校舎で、教室が不足していました。畑になっていた運動場もどうにか使えるようになりましたが、小学校が使用できる教室はまだ少なかったです。

　小学3年生の時の担任がえらい厳しくてね、軍国主義をそのまま引き継いだような先生でした。4年の時は女性の先生が学期ごとに交替で担任になり、5年になったら、師範学校を出たばっかりの先生が来て、そのときが一番、被爆児童としての不愉快な思いをしました。その先生も師範学校の寮にいた時に被爆しているんですよ[★4]。ところが、その担任は被爆者にはものすごく冷たい態度を取る。逆に、転校して新しく来た（被爆していない）児童は割とかわいがるんですね。むしろそれが僕を奮起させたかもしれないですが。

　（永井隆が編集した）『原子雲の下に生きて』（の原稿）を書いたのを憶えていますけど、その先生が、「そのときに使っていた言葉でそのまま表現しなさい」ということだったから、僕は、「アンチ」などという方言で文を書いたわけです。兄貴のことを「アンチ」って言うでしょう。それを先生は、「おかしい」って言って、吹き出しながらクラス全員の前で読むんですよ。他の学級の児童の文章は担任の先生が手直ししてくれたけど、それがなされなかったために、結局、僕らの学級のは、（『原子雲の下に生きて』の中に）取り上げられもしなかったんです。

本来であれば、4、5人は載ったであろうと思うんですがね。

　遠足のこともよく憶えています。3年生になっての初めての遠足は、小江原の堤だったはずです。その翌年の昭和22年の秋だったと思うんだけど、小学校の遠足で金比羅山に行ったときに、陸軍の高射砲がまだあったんですよ。その翌年は稲佐岳で、首つり自殺者があるという噂が流れてきました。行ってみたら、年のころ50かそこらの人だったのか、男の人が首を吊っていました。当時、自殺と言えば、首つりか汽車への飛び込みなんです。照円寺の下あたりの国鉄の線路は下りが早いもんだから、自殺がほんとに多かった。汽車が汽笛をピーポーと鳴らすわけですよ。「あらー、また鳴っとる」と言って何べんか見に行ったことがあります。あとは、中学1年の時に、（山里中学校が当時入っていた山里小学校の）校舎から、本原教会の下のところまでマラソンの練習があって、登立《のぼりたて》という山への入り口のところで首つりがあった。中学校

★3　当時の山里校は、現在の山里小学校とは校舎と運動場の配置が逆になっていた。
★4　長崎師範学校の校舎と寮は、現在は長崎大学教育学部付属小学校などがある敷地内にあった。

の時だから昭和25年ぐらいですよ。原爆からもう5年経っていたけど、戦争で、あるいは原爆で、何らかの事情があって、自殺をしたんだろうという気がしてるんだけど。

進駐軍の記憶

昭和20年9月の末ごろ、（家野町の）うちにも米兵が来ました。家の裏側の便所のところから10人くらいで家の中に土足で入ってきましたよ。来るという噂は（事前に）あってね。姉やお袋はどこかの竹藪に隠れて、男3人（次兄、三兄と自分）だけ、家に残っておった。そしたら米兵が来て、「武器を出せ」というわけです。すると、2番目の兄がうちの床下にもぐっていった。日本刀か何か隠しとったのかな、と思ったら、キリンビールを3本持ってきて、それを米兵にやって交換に「煙草をくれ」というわけですよ。「いい度胸をしているな」と思いました。

戦後すぐの昭和21年1月に、僕らがまだ師範学校におるときに［★5］、（アメリカ人が）ジープで学校まで来て、家野町のM君というのと2人乗せられて、そこで写真を撮られたんですね。2回目に連れていかれたのは、小学5年のころでした。栄町にあった保健所じゃなかったかと思います。1回目もその場所だと勘違いしていましたが、その後調べてみたら、1回目に行った先は今の市民病院でした。あそこは元々陸軍病院で、その後、慈恵病院になったんですが、慈恵病院になった時に米軍が実質的に管理していて、そこで写真を撮られているんです。リンゴ1個をお土産にもらって帰ってきたのを憶えています。

米軍のロッキードＰ－38という飛行機が、三菱兵器大橋工場の上をぐるぐる回って飛んでいたのも憶えています。最初に飛行機が来たときには、爆弾がまた落とされるんじゃないかと思って、怖くて泣いたわけですよ。もう、操縦士の顔がはっきり見えるんだもんね。2人目の兄が「バカか、もう戦争は終わったぞ！」って言いよったから、おそらく8月15日を過ぎたあとのことでしょう。

浦上と野球・運動会

戦時中、師範学校の運動場は半分は芋畑にされていたんですが、あとは運動場として残っとった。そこが戦後、兵隊から帰って来た浦上地区の人たちの運動場になったんです。山里小学校のグランドも医科大学のグランドも、畑のままだったから、野球なんかできんわけですよ。遠くは坂本、江平、高尾、上野、橋口、岡、大橋、家野町、あとは本原一丁目、二丁目、三丁目。その青年会の野球が戦後すぐ、昭和21年の秋くらいから復活したんです。浦上の青年会の人たちが軟式野球の（今で言う）ワンチームを作って、他の地区のチームに対抗しようということで。それが「原子組」というチーム名なんですよ。なんで「原子組」という名前を付けたかというと、原子爆弾の被害を受けた浦上の人たちのチームだということなんです。（原子という言葉を）利用したんじゃないんですね。「原子組」は寄せ集めのチームだから1年くらいで解散したみたいです。

それから、浦上の青年会の町内対抗野球もありました。浦上は戦前から野球をよくやっていて、戦後もそれが復活したんです。なぜかというと、山里小学校にしても、医大にしても、師範学校にしても、街の中心にはない大きなグランドが浦上の方には結構あったんですね。（戦後の町内対抗野球では）家野町は強かったんですよ。家野町と本原以外は、原爆で家が焼けてしまっているから、引き揚げて来ても住む家がない。だからしばらくは（人口が元に）戻ってきていなかったんですね。他方で家があまり焼けていなかった家野町は強かったんじゃないかな。（地元の）家野町が強かったから、僕らはよく見に行きよったですよ。

野球で憶えていることといえば、高校2年の時のことです。町内対抗野球の決勝戦が大橋町を相手にあっていました。ところが、3時から浦上教会の行事が入っていて、野球は、その時間になったら打ち切り、みんな教会の方に行きなさい、と言われたわけです。試合はこじれにこじれて、家野町の方が1点差で負けていた。それで、たしか、1塁・2塁かなんかでね、僕が4番でバッターボックスに立っている段階で、はいそれまでよ、となったわけです。3時から聖体を清める式が浦上教会であって、それに参加せんといかんから、ということで、初めからそういう約束になっとったみたいですね。家野町の人たちからしてみると、せめてチェンジになるまでぐらいは続けさせてくれてもいいじゃないかっていうのがあったんでしょう。その時の浦上の青年会長が橋口町の西

★5 山里国民学校の校舎は原爆で使い物にならず、昭和20年10月から昭和21年6月までは長崎師範学校男子部の校舎を間借りして授業をしていた。

田さんと言う人だったんだけど、（野球を中断したことを批判されて）家野町からだいぶ突き上げを食ったみたいですよ。

運動会も、浦上教会主催で戦前から毎年あっていました。場所は、山里小学校であったり、（原爆の後に）南山高校が長崎工業の跡にできてからはそこでやったり。それから医学部グランドですね。その3か所がだいたい中心でした。よその地区では、大きな運動場は持っていなかったでしょう。今の長崎中学校のところが市民グランドで、広い所はあそこくらいなもんですね。野球で言えば、三菱は三菱球場を持っていましたし、川南造船は鎮西のグランドを使っていました。

浦上教会の運動会といえば、小学生から姉妹会、青年会までの通しのリレーで一位を取ったことを憶えています。家野町は原爆の生き残りが多くて強かったからですね。その時の賞品がロザリオですよ。リレーに参加した10人以上が全員、同じロザリオを1本ずつもらいました。戦後に初めて作られたロザリオじゃないかと思うけど、質素な作りでしたね。昭和22年の運動会のことじゃなかったかと思います。

榊さんが浦上教会の運動会でもらったロザリオ

教会

原爆後すぐは、（原爆で倒壊した）浦上天主堂が使えないもんだから、今の聖フランシスコ病院（当時は浦上第一病院）の地下に食堂みたいのがあって、そこにむしろを敷いて仮聖堂にしていました。教会に（木造の）仮聖堂ができるまでのあいだですね。もちろん、そこまで歩いて行っていましたが、その途中、今の（旧）親和銀行の本原支店辺りで遺体をまだ火葬していたことが記憶にあります［★6］。

本大橋が原爆で3分の1切れとったでしょう。僕らは山里小学校だったから、（家野町から学校や浦上教会に行くのに）あそこの飛び石を跳んでいっていたんだけど、そのうちに橋が木で補修されたんです。浦上教会に朝の早いうちにミサに行く時は、まだ暗いわけですよ。それを渡るのが怖くてね。木のところを手でさぐりながら渡っていたのを憶えています。

進学と就職

山里中学校の在学時に（長崎大学医学部外科の）調来助《しらべらいすけ》先生が中学校に来て、「君ね、顔にこんな傷を持っていたら、就職の時に困るよ」と助言してくれました（榊さんは被爆時に額に大怪我を負っている）。調先生は、被爆者の医療面での救護で多分な尽力をされていましたから。はっきり言って、被爆者で、しかも片親となってくると、これはもう就職の面で致命的だったんですよ。僕が長崎商業高校に進んだのは、額の怪我のこともあったし、野球をすると就職が有利だというのもあった。（怪我を治すために）高校1年の時に整形手術をしています。担任の先生が「君、喧嘩でもしたんじゃないか」というわけですよ。それで、被爆時の状況を説明してね。

高校に進んでから、野球をすると（練習が）夕方にまでなるでしょう。母が歳を取ってきて、手伝いをせんといかんということで、もう野球もやめました。陸上競技なら、チームワークもなくできるということで（陸上を始めた）。3年の時になったら、今度は陸上部のキャプテンにさせられました。

3年になるときに、今のままじゃ、いくら長崎商業でいい成績を収めても就職は無理だろうと思ったから、進学クラスに行きました。そこで一浪してやっと、就職で有利な長崎大学経済学部に進むことができました。

就職の時、（父親が原爆で亡くなった時に勤めていた）三菱製鋼と、それに並行してT海上を受けたら、両方とも合格通知を受けました。ところが、T海上の方が、僕が原爆にあっとるもんだから、精密検査をやる、ときたわけですよ。（そういうこともあって辞退し）三菱製鋼に入ることになりました。被爆した会社（工場）だけに被爆者への思いやりがあったし、もともと第一志望でもありましたから。

★6 浦上小教区編『神の家族４００年』（１９８３年）の年表によれば、昭和20年10月に「聖フランシスコ病院半地階の雨天体操場を臨時の仮聖堂として日曜日のミサ」とある。木造の仮聖堂が完成したのは昭和21年12月。

三菱造船近くでの暮らし

森口《もりぐち》　貢《みつぎ》さん

〈森口貢さんの略歴〉
１９３６（昭和11）年生まれ。原爆投下時は飽の浦国民学校３年生で、佐賀に疎開していたため難を逃れたが、その後、入市被爆。長崎大学卒業後、小学校教員になる。現在、「長崎の証言の会」事務局長。
［聞き取り日時・場所］２０２１年３月５日・長崎の証言の会事務所
［聞き手］木永勝也、四條知恵、山口響（まとめ）

戦中の想い出

戦時中、稲佐岳の高射砲部隊に兵隊がたくさん駐留していて、通っていた飽の浦国民学校の運動場を使って演習していたんですよ。長崎はあちこち山でしょう。手旗信号をするのを学校の運動場で見てましたね。稲佐岳の兵隊は兵舎にいるけども、水を汲みにときどき下まで降りて来ていたんです。誰もいないと、私たちを自転車に乗せてくれるんですよ。自分の子どものこと思い出したりなんかしていたんでしょうけどね。

町の警防団は怖かったです。防空壕を掘れとか言って、私たち市民の家を指導するんですよ。ラジオ体操も必ずしないといけなかったですね。町内ごとに表を作って、ここの家族は何人出たとか書いているんです。本当に強制的です。国防婦人会もいました。その人たちもまた厳しいですよ。たとえば、服装なんかを見てね、華美な服を着たらいけないと言ったりとか。お袋は「あの人たちに見つかると、せからしいけんねえ（面倒くさいからねえ）」とか言ってましたよ。

岩瀬道町の三菱造船所の社宅の一角に占勝閣ってのがあるんです［★1］。「土佐」っていう軍艦が廃棄されたのですけど［★2］、そのマストや指令塔あたりを取って、忠霊塔ができたんですよ。そのあたりに遊びに行ったことがありましたね。今はもうなくなったんじゃないかな。国民学校2年生の時にそこに遊びに行ったら、真下で航空母艦を作っていたんですよね。穴が開いて、エレベーターがあるなあって言って。子どもだったから、見てもよかったんでしょうね。

造船所の近くには朝鮮人の家もありましたが、強制疎開で移住になったんです。（別の場所に移ってからは）防空壕を作っていましたね。大きな防空壕が三本ぐらいあったかな。トロッコに石を乗せて、海岸に捨てに行くんですよね。今は埋め立てられて、面影がなくなってしまったんですけど。朝鮮の人たちは、その防空壕の周りに小屋を作って、住んでいたようです。

連合国軍の捕虜たちが、幸町の収容所から、三菱造船所で労働するために水の浦の造船所の入り口まで歩いて来るのをよく見に行きました。彼らは、痩せこけて、背が高くてね、なんか怖い感じでした。腰に空き缶をぶら下げていました。「敵兵だぞ、もし彼らがここに攻めてきたら、撃ち殺さんばいかんね」、なんて子ども同士で話をしてました。あとで、幸町の捕虜収容所から歩いてきてたんだなと知りました。3キロほどの道を歩いていたのですね。背がちっちゃい、剣付の鉄砲を持った兵隊が周りについていました。

（三菱造船所の従業員を運ぶために）水の浦と大波止を往復する

★1　当時、森口さんの自宅は長崎市水の浦町にあり、近くに三菱重工株式会社長崎造船所があった。占勝閣はこの敷地内の長崎市岩瀬道町にあり、迎賓館として使用された。現在は「明治日本の産業革命遺産」の構成要素の一つに指定されている。施設は非公開。

★2　戦艦「土佐」は、いわゆる八・八艦隊計画の一部として三菱長崎造船所で建造されていたが、ワシントン海軍軍縮条約によって建造が中止となった。1924年、実験標的として使用された末に、海没処分とされた。

市営連絡船の「鶴丸」と「水の浦丸」の２隻がありました。関門海峡を連絡していた連絡船「門司丸」という大きな船も来ていました。造船所の従業員を運ぶためです。１９４５年当時になると、米機が低空でやってきて、動くものなら何でも機銃掃射をして、船は穴だらけでしたよ。米軍が時限爆弾を港にも投下して、空襲警報が解除になってから爆発すると、大きな水柱が港から上がります。ほっとして防空壕から出ていたが、また防空壕に入りました。「鶴丸」と「水の浦丸」は戦後、米軍が専用船として取り上げて乗っていました。

敗戦直後の暮らし

疎開先の佐賀から（敗戦直後に自宅に）帰って来た時に具合が悪くなって、三菱病院に入院したんですよ。あれは厳しかったですね。食料も何もない。部屋もなくて、私は子どもだからということで、おばさんたちの部屋に入れられたんですよ。そのおばさんたちのお腹がふくれていて、赤ちゃんが生まれると思っていたら、いつも朝から医者が来て、お腹に注射針を突き刺すと真っ赤な血が出るんですよ。腹膜炎になっていたんでしょうね。担当の井上という医者も、原爆で負傷してよがんだ（曲がった）手で注射してくれてましたよ。

原爆で工場も完全に燃えてしまったんです（森口さんの父親は五島町で鉄工所を経営していた）。仕事もできないし、親父たちは茂木に工場を作ったんですよ。何の工場かというと、海藻をドロドロにして、うどんとか饅頭を作るための工場です。海藻と言っても、食用になるようなわかめとかひじきとかじゃないんですよ。海端にごろごろ捨ててあるホンダワラとか何とかね、あんなので作ったんだろうと思います。親父たちはそれを岡政で売ったんですよ。みんな並んで買ったらしいですけんね。うちもお袋が買うてきたんです。見た目は牡丹餅に似ていたので、うわー、これすごいね、と思ったけど、まずくて食べられませんでした。海藻うどんは無理してでも食べましたけど。今でも私、ひじきってあまり好きじゃないですよ。

国民学校は、敗戦後、９月中旬ぐらいから始まりましたかね。10月やったかな、よくわからないですけど。しばらくしたら、男女共学の教室になったんですよ。それまで男だけだったんですけどね。占領軍が来たら、男子と女子と一緒になるって言って。もちろん、教室内では分かれて座りましたけどね。アメリカ兵がよく教室に来てました。ピストルを下げて、私たちを見るんですよ。そしたら、先生が「気を付けするなよ、だらって立てよ」って言いましたね。軍国主義だから。学校ではほとんどカリキュラムがなかったみたいで、先生が私たちをよく外に連れて行って、写生ばっかりでした。

（陸軍陣地だったために登ることを禁止されていた）稲佐岳に登れるようになったのは、敗戦後1年か2年か経ってからでしたよ。煮炊きする燃料にする木を取るためですね。3年ほど経って落ち着いてから、学校の遠足で稲佐岳に行ったら、高射砲陣地だったところに、なんと電信柱みたいのがあって、「なんだこりゃ」って思いました。後で聞いたら、高射砲は鹿児島かどっか、アメリカ軍が上陸するというところに持っていったらしいですね。そのかわり、格好だけは高射砲を作らんといかんから（電信柱のような丸太で偽装していた）。

三菱で造船祭っていうのがあったんですよ。もう何にも作るものがなくて、漁船を何十隻といっぺんに作ったみたいで、祭りだから、市民みんなで入ったんです。作りかけの潜水艦とかもゴロゴロしていました。大人の人が「軍艦を作っていたところで、漁船を作りよるたいなあ」と言っていましたね。造船所の人たちが鍋とか釜とかいろんなものを作って売っていたんですけど、それがとても使い物にならない。造船所が作るもんだから、重くてね。

天皇巡幸とザビエル祭

天皇が来た時のことも覚えています。中学1年生でした［★3］。狭い道路が稲佐橋の横にあったんです。そこに天皇が来るというのでね、旗を持って並んで、迎えに行ったんです。戦時中に皇族が造船所の進水式に来る時には頭を下げるように言われていたのとは違って、天皇が来た時はすぐ傍で見てましたよ。飴色の四角い車に乗って、なんか疲れたような顔をして乗っていましたね。

★3　昭和天皇は、1949年5月24日から28日にかけて、長崎県内を巡幸した。長崎市内へは27日に立ち寄り、魚市場・西坂公園・長崎医科大学・三菱精機などを視察したのち、浦上三菱球場の奉迎場で5万人の市民を前に言葉を述べている。天皇が長崎を発った28日にはザビエルの「聖腕」が長崎に到着し、翌29日に聖フランシスコ・ザビエル渡来400年祭（ザビエル祭）が行われた。

（同じ月にあったザビエル祭は）話に聞いたぐらいです。ザビエルの腕をガラス鉢に乗せて、県営バスのオープンカーみたいなのに乗って、ずーっと周ってきたんですよね。ただ、（当時通っていたカトリック系の海星中学で）歌を覚えさせられましたね。今でも歌えますよ、ラテン語で。

　海星中学にはいろんな人がいました。丸山明宏《まるやまあきひろ》（美輪《みわ》明宏《あきひろ》）が一級上にいたんですよ。モリエールの喜劇を講堂でしましてね、あの当時から、女性の服装をして、あれ、女の人じゃない、ってみんな言うぐらいきれいでした（当時の海星は男子校だった）。（丸山明宏と）同じ級には、長崎民友新聞社の社長（西岡竹次郎《にしおかたけじろう》）の息子の西岡武夫《にしおかたけお》さんや、永井隆の息子の永井誠《まこと》一さんもいました。永井さんは、（父が書いた本を原作とする）『長崎の鐘』の映画を学校で見に行くときに、なぜか自分だけは「いや、俺は行かない」って言ってましたね。

長崎大学学芸学部に入学

　長崎大学学芸学部に入ったのが１９５７（昭和32）年、当時の大学は木造で、掘っ立て小屋ばかりだったんですよ。事務所だったところに地下室があるんだけど、そこは危ないから入れないと言ってました。掘っ立て小屋の真ん中に食堂があって、暖房がないんですよね。それで、魚雷の頭を切って、火鉢にしていたんです[★4]。何人かで足を乗せられるぐらい、大きいものでした。そしたら、事務員が来て、これは国の備品だからとか言って、（シールを）ペタペタと貼っていったんですよ。

　大学の頃は、原水爆禁止運動よりも、安保闘争をやっていました。学生自治会があって、私になぜか東京に行ってくれって言われて、１９６０年に東京に行ったんです。東京学芸大に全国から来た学生が集まって、そこからデモに行きました。私は新宿の方に回されました。東京タワーができるということで、骨組みを作っている途中のタワーの横を通った覚えがありますね。

★4　長崎大学学芸学部（当時）のあった文教キャンパスは、戦時中には三菱兵器製作所大橋工場があり、海軍の指導の下、魚雷を製作していた。

私の進駐軍体験

川野《かわの》浩一《こういち》さん

〈川野浩一さんの略歴〉
1940（昭和15）年朝鮮平安北道生まれ。5歳の時に長崎市本紙屋町（現在の八幡町、麹屋町）の自宅前で被爆。1961年、長崎県庁入り。以後、県職員としての労働組合活動、平和運動、被爆者運動に関わりを持ち、連合長崎会長、原水爆禁止日本国民会議議長などを歴任。現在、長崎県平和運動センター被爆者連絡協議会（被爆連）議長。
［聞き取り日時・場所］2020年4月4日・長与町のご自宅
［聞き手］木永勝也、新木武志、山口響（まとめ）

被爆体験

私の生まれは1940（昭和15）年1月7日。北朝鮮の一番端、中国と朝鮮の付け根に鴨緑江という川が流れていますが、そこの平安北道慈城郡という場所なんです。父は、警察官をしてまして、当時の職業柄、おそらく軍隊とあまり変わらないことをしていたようです。大きな役割は――親父たちは匪賊と呼んでおりましたが――いわばゲリラの討伐です。朝鮮半島から追われた人たちが鴨緑江を超えて中国に逃げていくのですが、時折、川を超えて（朝鮮側に）攻めてくるわけです。夏の間は水が満々と流れていますので、そう簡単に来れない。でも、冬になるとそれが全部凍ってしまって、橇で近くの部落を襲ってくるそうなんです。私が結婚した後、家内を連れて実家に遊びに行くと、親父は口下手なもんですから、普段はあまり話に入ってこないんですけど、ときどき酔っぱらって、「あんころは夏はよかったなあ」と言うんですね。鴨緑江は満々と水を湛えていますから、夏はゆったりしているが、冬になると凍ってしまうもんですから、ドンパチが始まる。下手をするとこちらがやられてしまう。うまくいくとあちらを全滅させられる。見せしめみたいな格好で、その人たちを捕まえて、首を叩き切って、電信柱にぶら下げる。親父が時折、「あの頃はよかったな」とか「電信柱によう首がぶら下がっとったもんな」とか、そういうことを言うのです。お袋はあわててそれを止めにかかる。「いらんことは言いなさんな。昔のことは」と。

1941年9月、私が1歳9か月の時に父が兵隊にとられまして、母と長崎に引き揚げてきました。中華料理屋をしておった本紙屋町の祖父母の家に転がり込んで、1945年を迎えました。

8月9日には、淡路島から避難してきた近所の子と2人でパンツ1枚で家の前の防火用水によりかかって話していた時に飛行機の音が聞こえたんです。警報は出てなかったもんですから、「友軍機やろ」と言いながら、どこを飛んでいるか2人で一生懸命探しておったときに、その子が気が狂ったように逃げたんですよ。なんで逃げたかはよくわからんかった。呆然としてその子を見ていた何秒間かは覚えているんだけど、そのあとは記憶がなくて、気が付いたら、そこから10メートルか20メートル離れたところに倒れていたんです。そばに中学3年生の子がおったんですけど、その子が僕をゆすって起こしてくれたんです。その子は額を大きく切っていて血がだらだら流れ、その血が私にも飛んでいたんですけど、私自身には怪我がなかった。自分の家からはそんなに離れてなかったんだけど、とにかく目の前の防空壕に逃げなくてはと思って、吉田さんとこの防空壕に逃げた。そこには近所のおばちゃんやおじちゃんがたくさん入っていて、どこに爆弾が落ちたのかとみんなワーワー言ってるわけですよ。吉田のおじさんが「これは、広島に落ちた新型爆弾ばい」と言ったとたんに、みんなシーンとなったんです。間もなく母が先ほどの中学生と会って迎えに来ました。幸いうちの家族には大したけがもなくて、みんな無事でした。

午後4時ぐらいから、避難命令が出て、今の瓊浦高校のグランドの側の方に、当時は小高い山があったんですね。今は全部取っ払われてグランドになっています。そこに町内会ごとに大きな防空壕が何本も掘ってあって、避難するようにあらかじめ決められておったんですが、8月15日ごろまで1週間過ごしました。8月9日の夜の何時ごろでしょうか、辺りは真っ暗だったですから8時か9時でしょうか、丘から下の方を見ると、真っ暗で電気がまったく点いていない中に、街中が延々と燃えているんです。

8月15日に中学生が知らせに来て、「日本は負けたぞー！」と大きい声で叫んだ。みんな防空壕から出てきてその子を取り囲んで、ワイワイガヤガヤいろんなことを言っておったが、しばらく経ったら、シーンとしてしまってね。みんな黙ったまま、ゾロゾロと山を下り、自分の家の方に戻っていきました。

床の間に置いてあった破れた小さなバケツに消し炭みたいのが入っておったんですね。寝る前に、「なんで、この夏のあつかとに、こんげん消し炭のごたる汚かもんば置いとっとやろか」と尋ねると、「浦上のおばあちゃんの骨たい」と母が答えました。子どもですから、枕元に骨があるというのが非常に怖くて、その晩夢を見たのを憶えています。浦上のおばあちゃんが住んでいたのはおそらく今の泉町じゃないかと思います。盛んに「街は危ないけん、田舎の方に（私を）引き取る」と言ってくれましたが、結局、私の母親と仲がよくなくて、「そんげんことはでけん」と喧嘩しとったそうなんです。僕がもし向こうに行っておれば、おそらく同じように骨になっていた。

昭和20年に入ると、中島川を挟んで70～80メーターぐらいの防火帯が作られていて、築町辺りまで全部家が壊されていました。私の家も強制疎開で半分ぐらいはちょんぎられました。もう、否応なしだったもんね。反対する者は非国民ですから。私が通っていた玉の江幼稚園が（強制疎開によって行きどころを失った人たちの）収容先となりましたので、代わりに銀屋町教会の幼稚園に通いました。長崎が空襲を受けて、長崎駅に爆弾が落ちた時だと思うんですけど、ものすごい音がして、幼稚園の防空壕に逃げ込んだのを憶えています。それで（銀屋町教会の）幼稚園へも通えなくなりました［閉鎖になったのか、通えなくなったのかは不明］。

中島川沿いの防火帯のおかげで（原爆による火災の）火が止まったのか、風向きが変わったのかはよくわからないけども、結果的に火が中島川を越えることはなかった。8月15日の後、しばらくしたら、防火帯の空き地で亡くなった人たちを焼いていましたね。朝から火をつけて夕方ぐらいまでかかって燃やすんですが、やっぱり臭いがすごかった。

進駐軍

原爆の翌年に国民学校1年生になりました。2年生か3年生くらいの集合写真を見ますと、ランドセルを背負っている子どもがいない、運動靴を履いている子どもがいない。ほとんど、下駄か草履。当時の磨屋《ときや》小学校（現在の諏訪小学校）で、子どもたちは浜の町一帯に住んでいる子も多く、かなり裕福な子も多いはずなんだけど、それでも今みたいにピカピカの1年生じゃない。ある時、明日はご飯茶碗を持って来なさいと言われて、何があるのかなと思っていたら、たった1回だけだけど銀シャリが出て、びっくりしたんです。聞いたら、結局、闇米ですよ。警察が押収した買い出しの闇米を学校に配給したんだそうです。磨屋小学校もだんだん子どもがふえて教室が足りなくなってきましてね。4年生の時か、5年生の時か、僕たちのクラスは、5人ずつくらい他の教室に分散して預けられて、自分の教室を持たない時代もありました。

親父が、1945年の8月末ぐらいに帰ってきたんですよ。そのあと、就職口がないもんだから、進駐軍に職を得たんですね。おそらく、米兵が自分たちを日本の家庭に案内せろ、と言ったんでしょう。親父から連絡があって、「米兵を連れてくるからよろしく」と。昭和20年か21年くらいでしたか、米兵を2人連れてきましたよ。以前、料理屋をしていたもんだから家は大きかったんですけど、いきなり軍靴を脱がずにどかどかと土足のまま上がってきましたね。慌てて、「ノー、ノー、ノー」でした。

そのころ、進駐軍はジープで走り回ったり、電線の工事なんかもやっていました。電柱の下には子どもたちが群がって、ガムやキャンデーを「ギブ・ミー」でした。

親父は瓊浦中学校（現在の長崎西高の前身）の出身で少しばかり英語がわかるので、僕たちきょうだい（私と姉、妹）に英語を教えよったんですね。母親に近所の芋畑の芋の弦を取って来いといわれて、姉と妹と私と3人でむしりよったら、向こうから銃をかついだアメリカの憲兵がきたんです。僕と姉は奥の方に逃げたのに、妹だけが黙って立っているんですよ。そして2人の米兵に父から昨日習った片言の英語で語りかけているんですよね。米兵は喜んで、妹にお菓子をあげていました。懐柔策でしょうけども、お菓子をよく配ってくれましたね。

親父の方の母親が、かなりの高等教育を受けておって、当時としては女の人が英語をしゃべるのは珍しかったですね。銅座町に家があったのですが、そこにアメリカ兵が2人来て、飯を食うからあがらせろと無理やり家に入り込もうとしたとき、その祖母は「get out」とか何とか言って、日の丸の手旗みたいなのを渡して追い出した気丈夫な人でした。

今でも憶えているのは、戦後間もなく、中通り（麹屋町近辺）を歩いていたとき、向こうから若いアメリカ兵が2人来て、おもちゃの空気銃で面白がってリンゴを的代わりにしてバン、バンと撃つわけですよ。我々からしたら当時は貴重なリンゴを面白半分に、果物屋の商品を使って撃つ。誰もそれを止められないんですね。我々もそれを取り巻いてみていた。非常に嫌な感じというかな、そういう思い出がありましたね。

ＡＢＣＣのこと

原爆傷害調査委員会（ＡＢＣＣ）は、最初は保健所の一部を借りてスタートしましたが、しばらくして桜馬場町の県教育会館に移りました。川の方が裏口なんですが、そちらに車が止まっているときは、必ず死体解剖の時なんです。お金がないときに献体をすると、向こうからお金をいくらかくれるんですよ。いわば葬式代ですね。僕の家の隣のおじいちゃんが亡くなったときにそうされたんです。（ＡＢＣＣでの解剖の後）「おじいちゃん帰ってこらっしゃった」ということで僕たちもお見舞いに行ったけど、体が包帯でぐるぐる巻きなんです。寝巻は着ていましたけど。結局、中は空洞になっていますね。

僕は対象にならなかったけど、クラスの中では何人かがＡＢＣＣの調査対象者なんです。友達は「いやあ、今日もおいはＡＢＣＣに連れていかるっとばい」と言うんですよ。ジープで迎えに来て、血液とか皮膚とか髪の毛を取られるんです。小学校、中学校のころの話です。

僕の仲のいい中学校の友達で、浜の町の入り口のところの大きな呉服屋の息子がいました。彼は原爆の時、城山なんです。（親が）安全だと思って向こうに家を作られておったんですね。彼は家の下敷きになり、お兄さんが助け出してくれたそうですが、そのお兄さんはその後亡くなったそうです。彼は、爆心地近くで被爆したということでＡＢＣＣの対象になるんです。「今日もジープが迎えに来っとばい。また血を取らるっとばい。血は取るばってん、薬はいっちょんくれんもんね」としょっちゅう言っていました。彼はあとで呉服店を継いで、僕が64、5歳ぐらいのときかな、浜の町を通りよったら、(偶然出会ったその友達が)頬のあたりに絆創膏を大きく貼っていて、「いや、できものができてさ、大学で切ってもらった。大丈夫。心配すんな」と盛んに言うわけですよ。どうも僕は気になっていたんですが、しばらくして亡くなった。後で聞いてみたら、やっぱり、そのおできはガンなんです。僕は被爆とそれは因果関係があると思うんですね。彼は、非常にＡＢＣＣを嫌っていました。

１９５６年、長崎での第2回原水禁世界大会

私の家は昔は料理屋でしたが、その時は旅館になっていたのですよ。当時はまだ沖縄は日本に復帰しておりませんでしたけど、オブザーバーということで沖縄の人たちが長崎での原水禁世界大会に参加されて、私の家の旅館に泊ったんです。瀬長亀次郎《せながかめじろう》も泊まっておりました。女中さんに言わせると、当時夏ですから、(瀬長さんの体には)傷跡がかなりいっぱいあって、それを見せられたと。かわいそうに、ああいうことをされよっとばいね警察で、と言っていました[★1]。(沖縄代表への)警察のマークは厳しかったですね。旅館の一番奥まった大きい部屋に、県警だったのか、もちろん私服ですけど、泊り客を装って何名か泊っていたし、すぐ脇には黒塗りの警察の車が停まって、監視しておったですね。

私自身は、(泊っている)マスコミの皆さんたちの指示で、朝から新聞をどっかりと買ってこんばいかんし、電電公社に行って国際電報を沖縄に打つ使い走りをさせられたりね。

当時(原水禁大会には)そんなに関心があったわけじゃないです。僕自身は会場に行った覚えがないんですよね[★2]。ただ憶えているのはですね、うちの爺さんが町内会長をしておったんですよ。近所のおばちゃんたちは婦人部＝婦人会でしたね。その人たちが皆さん手伝いに行くわけですよ。大きい桶とかお茶を持っていって、参加者の人たちに配る。その後、(運動は)分裂をしていくわけですけど、当時は、市民が一体となって長崎大会を成功させたと思います。

★1　瀬長は、出入国管理令違反の罪に問われ、１９５６年4月まで投獄されていた。いわゆる沖縄人民党事件。なお、瀬長はこの年の12月の那覇市長選に出馬し、当選を果たす。

★2　川野さんが当時通っていた長崎東高の体育館が会場として使用された。

被爆後、師範学校を卒業し中学教師に

築城昭平《ついきしょうへい》さん

〈築城昭平さんの略歴〉

1927（昭和2）年生まれ。長崎師範学校本科2年（18歳）の時に、動員先の三菱兵器住吉トンネル工場の夜勤から帰り学校の寮で寝ていて被爆する。卒業後は中学校の数学教師。被爆教師として平和教育に携わった(詳しくは第6章)。

［聞き取り日時・場所］2017年8月26日・長崎市内のご自宅、20年12月19日・長崎の証言の会事務所

［聞き手］木永勝也、新木武志、山口響（まとめ）

終戦後の師範学校

原爆に遭ったときは、長崎師範学校の本科2年生でした［★1］。被爆していちばんひどかったのは、左腕のやけどです。現在はケロイドですけれども、これが一番治らなかったですね。それから、そのときはわからなかったけれども、髪の毛が抜けたりして。おそらく放射能の影響による病気だったと思うんですよね。それで苦しんだりしとったのですけど、意識はあったんです。3カ月ぐらいは寝たきりになり、2学期は全然学校に行かなかったですけど、3学期から何とか歩けそうになったもんだから、無理して行ったんです。校舎が原爆でめちゃめちゃになったもんだから学校は大村に移ってい

て、大村まで通っていったんです。本当ならもう欠席数が多くて落第ですよね。ただね、学校が処置してくれて、原爆でけがをしたために長期欠席した者だけは、もし希望があったら進級していいということで。早く卒業したかったんで進級を希望した。当時は落第した者はいっぱいおったんです。

　師範学校は最初は兵役免除があったんですけど、昭和19年の終わりごろ、免除が認められなくなって、僕の同級生の4分の3くらいがみんな召集となり鹿児島や宮崎の海岸に敵の上陸に備えて行っておりました。僕は早生まれで兵隊に行くのが半年遅れた。で、その僕らのような連中が4分の1ぐらいおったんですけども、実際は逆になり、残った連中は原爆で死んでしまった。だから、（在学の）人数そのものはあんまり減っとらんです。一学級も減らんだったと思う。

　師範に入るときは、（軍国主義の教育が）徹底しとるだろうと思っておったけれども、授業については案外そうでもなかったんですよ。日常の学校生活とか上級生とか教練の時とかは、徹底的な軍国主義教育でした。もちろん修身の先生とか、主に文系の教科、武道の先生、体育の先生たちは、教育勅語を重視した教育で徹底しとったけれど、先生たちの中には、もちろん口には出さんけれども、自由主義というものをちゃんと教えているという感じがする先生もおったですね。文部省発行の教科書を使っていたけれど、その序文のところには必ず、天皇のために死ななければいけないなどと、天皇中心の教育が書いてあるんです。だいたい普通の先生はその序文から授業を始めるんですね。ところが、何人かの先生は、「これはもうとばします」と言って、すぐ教科の内容に入った。もちろん、口では（どの先生も）「天皇のために死ぬような人物にならねば」と言っていました。戦後の師範学校でひどい先生がいて、倫理を教えていた先生が、徹底した天皇主義教育をしていたのに、戦後になると、昔から民主主義を教えていたかのようにふるまっていました。私たちは、それに抗議できませんでしたが、軽蔑していました。

新制中学の教員に

　昭和22（1947）年3月に師範学校を卒業して、すぐ教員になりました。師範学校の生徒は就職試験も何もないんですね。（勤務地の）希望を言えっちゅうから、「長崎」って言うたら、最初は土井首《どいのくび》小学校だったんです。土井首に行くのに、今のようにバスはなかったのです。それで川南造船所の船で工員さんたちと一緒に香焼《こうやぎ》に行って（当時は香焼は島でした）、そこから土井首行きに乗り換えて行っていました。それがものすごく不便だったもんだから、新制中学行きを希望しました。そしたらすぐ、旧上長崎小学校の跡に片淵中学校ができたんです。戦時中は東青年学校があったところで、戦争が終わってから新設の新制中学になった学校で、片淵町の自宅からもうすぐそこなんですね。土井首には1カ月だけいて、すぐ片淵中に移りました。

新制中学校ができた時は、もう混乱しとった時でね、進駐軍が来て命令で中学校を作れって言われて、仕方なしに作った12〜13校あまりのような風で、どの学級も小学校や旧制中学に間借りして作ったものでした。ちゃんとした校舎をもった学校は、片淵中・淵中・大浦中の三校ぐらいしかありませんでした。淵中・大浦中は戦時中に高等小学校として作られた学校でした。大浦中は原爆でもあんまり損傷してなくて、淵中学校は原爆でだいぶやられていましたが、コンクリートの校舎は何とか持ちこたえていました。それで、三校だけが独立の校舎を持っていました。

片淵中の最初の年（昭和22年）は、1年生が2クラス、2年生が4クラス、3年生が1クラス。3年生は昔の上長崎国民学校高等科の2年生から、2年生は高等科の1年生から、1年生は昔の上長崎小学校の6年生から（男子のみ。女子は西山中学校［旧県立高女に間借り］へ）、それぞれ上がってきてるんですね。（その学年の生徒が）翌年に2年になるときは、女子の西山中がなくなって、全員片淵中学校の方に移ってきた。そのときに高校の学制改革があって、県立高女の跡に長崎東高ができました。

片淵中では、2年生はクラスを男子と女子で分けていたら、男女混合にせよと進駐軍からやかましく言われた。それで、クラスの編成替えをしました。

片淵中に赴任した最初の年の秋、運動会ばするかせんかでだいぶもめました。食糧もないときだけど、運動会ぐらいはやろうや、ということに決って。ただ片淵中は運動場が狭いので、今の上長崎小学校の運動場を借りて、ささやかながら運動会をしたんです。片淵中の職員室に荷物を置いたまま誰もいない状態で、昼になって帰ってきたら、泥棒が入ってた

★1　被爆時の様子について、くわしくは、「痛恨の私の被爆」長崎の証言の会編『証言――ナガサキ・ヒロシマの声（第31集）』２０１７年を参照。

んです。その泥棒がね、お金を置いてたのに、お金に全然手を付けないで弁当だけ取っていったのです。運動会用に無理して持ってきた弁当だけは全部なくなっていて、食糧難の時代の忘れられない事件でした。

進駐軍のダンスホール

（片淵1丁目の進駐軍のモータープールになっていた場所は）片淵町の自宅からはすぐそばだったです［★2］。ある日、有名な女優さんが映画撮影で長崎に来たときに、進駐軍が権力によって女優さんを呼んでダンスパーティーを開いていました。そこに僕ら近所の者も自由に出入りできたので、その女優さんを見に行ったりしました。

知らなかった、原爆の残酷な被害

私は1・8キロで被爆をして、それがもう最高の被害だと頭で思い込んでしもうて、それよりもっとひどい状態を当時、全然知らんだったです。例えば、昭和25年ごろに長崎市が原爆の死亡者数を発表したんですよ、7万何千人って。（原爆の実情を）知らんもんだから、あの長崎市ともあろうものが、7万ってそんげん多く死んだということがあるもんか、7千の間違いやろ、一桁間違えて発表したんじゃないかと最初は思った。

本当に原爆はすごいって思ったのは、1952年の夏に『アサヒグラフ』で原爆の写真が初めて出た時です。それを見て初めて、うえーと思ったんです。あの中央部（爆心地）で、黒焦げの死体が山なりになった話は、話としては聞いていたけど、それまではピンとこないんですね。やっぱり心を動かすのは写真です。

長崎の国際文化都市建設法が国会の中で持ち上がった時、憲法ができたばかりで、憲法95条によって地元住民の同意を得なければいけないことになっていて、そのための地区投票が広島に次いで2番目の案件となりました。長崎市民による投票があり、知らないために投票に行かない人が多いのではとずいぶん心配しました。しかし、賛成が過半数となって法が通り、国際文化会館が建ったりしました（1955年）。

山里中学校に転任

片淵中に7年ぐらいおって、山里中学校に転任するときに、ちょうど永井隆のお嬢さんの茅乃《かやの》さんが小学校6年生を卒業して、入学してくるときだったんですよ。そのときから茅乃さんの名前はもう有名だったですね。あの茅乃さんが来たら僕は担任になろうと思って、かまえとったんです。名簿が来たのでめくったら、名前が二本線で消してあった。純心中学校に行くことになったということでがっかりして。でも、『原子雲の下に生きて』の作文を書いた子たちはだいぶん受けもちになりました。

　山里中に通っていたころ（昭和30年ごろ）、岡町の浦上刑務支所跡——１９５０年ごろ、博覧会がありました［★3］——に平和祈念像を建てるというので、学校の帰りにその作る様子をよく見に行きました。

　それから、浦上天主堂の廃墟を取り除いて新しい天主堂を建てる案が出た時、気持ちとしては長崎原爆の跡を残すべきと思ったが、今日のような市民運動が盛り上がらず、ずるずると市の案の通りになったことは残念だと思っています。市会の中ではずいぶん討論がなされたと聞きました。

★2「キャンプ・パットン」と呼ばれ、兵舎・食堂・チャペルなどがあったという（Lane Earns, "Victor's Justice: Colonel Victor Delnore and the U.S. Occupation of Nagasaki," *Crossroads: A Journal of Nagasaki History and Culture*, No.3, Summer 1995）。

★3 正確には、１９５２年４〜６月。長崎民友新聞社主催で、長崎復興平和博覧会が開催されている。

私の被爆体験と戦中・戦後

井原東洋一《いはらとよかず》さん

〈井原東洋一さんの略歴〉

１９３６（昭和11）年西彼杵郡矢上村（現・長崎市田中町）に生まれる。田中町で被爆、矢上小中学校を卒業して、新制の長崎工業高校に入学。54年に卒業後九州電力に就職。全九州電力労働組合などで労働運動に奔走、87年から長崎市議会議員となる。同時期から長崎県被爆者手帳友の会の役員となる。２００６年６月から同会会長。19年7月30日死去。

［聞き取り日時・場所］２０１９年３月16日、４月６日、５月４日・井原事務所（長崎市桶屋町《おけやまち》）

［聞き手］新木武志、山口響、水羽信男（３月16日）、草野優介（３月16日）、木永勝也（まとめ）

西彼杵郡矢上村での少年時代

私はですね、１９３６年の3月9日に生まれました。名前は、とよかずと読むんですよ。親父が56歳の生まれ、私が生まれましたので、五十六ってつけようかとたくらんだようですね。山本五十六の影響だという。しかしもう少し大きいのはないかみたいなことで東洋一というふうに考えたんでしょう。役場に行ったら、戸籍係の人がちょっと名前が大きすぎると心配して注意してくれたんですよね。それならば読み替えようということで。

生まれたところは赤松、西彼杵郡矢上村田中名［★1］のなかの、現在では中尾ダムがありますが、そのダムに一番近いところが赤松です。そのなかの小字でいうと蔭平《かげびら》という集落ですね。

とても貧乏でした。まあ貧乏と言いながら、そんな生活困窮で困るということは感じたことありません。私は兄弟が上から4人が女の姉妹でして、下の2人が男。私が物心ついたときは、姉たちは全て出稼ぎに行ってました。諫早の片倉製糸工場ってあったんですね。そこに2年間ぐらいの寄宿生活をして、さらにあちこちいろんな仕事についていったようです。女中奉公や子守に行ったり、お医者さんの看護婦見習いに行ったり、助産婦になった姉もいますけど。そんなふうにして要するに出稼ぎに行く、食い扶持を減らすということだったんでしょう。私が小学生に行く頃は、両親（平作、カノ）と7歳上の兄（満潮《みしお》）と私と4人の家庭でした。

私が学校に入ったのが昭和17（1942）年ですから、太平洋戦争が始まった翌年。国民学校でしたけれども、次々に出征していくもんですから、出征兵士の家で、自分ちの農作業を休みの日は手伝う。また必ず朝から郷土の神社を清掃する。そういうことをずっとしてました。遊びももう軍国色一色ですよね。子供たちが書く絵なんかも、軍艦とか飛行機とか、そんなことばっかり。歌もそうでしたし。母親たちはやはりバケツリレーとかでの消火訓練とか、隣人の退役軍人の指導を受けながらの、藁人形を作って竹槍で突き刺すという訓練とか、そういうことを見聞きしました。

3年生ぐらいになると、分列行進、つまり兵隊の真似事っていうんですかね、敬礼したり。そのときにね、ゲートルをまかされたわけですよ、長い紐をぐるぐる巻いて、包帯みたいに、短いすねに。4年生になると、学校の裏山を防空壕堀りですね。5年・6年だと山に行く。山に芝刈りじゃないんですけど、松の木にあのゴムみたいに斜めに線を入れて、そこから松ヤニを取るという作業。それから松の根っこですね。松の根っこを探して、それを掘り出して松根油を作るための材料を運び出す。で、農協、当時は実行組合というか、今の農業協同組合。そこにはそういう松根油を絞って、蒸し焼きする装置もありました。

8月9日被爆［★2］と家族の被爆

★1　矢上村は、名を行政区域とするため、大字はない。田中《たなか》名、現川《うつつがわ》名、東《ひがし》名、平間《ひらま》名、町《まち》名からなる。井原氏の生家がある蔭平、被爆した薩摩城はいずれも田中名のなかにある。なお矢上村は1955年に北高来郡古賀村、戸石村と合併し東長崎町となり、その後長崎市に編入される。

１９４５年、４年生の時、広島の原爆が落ちた、何か新型爆弾が落ちたらしいよといううわさは聞いてました。もちろんその時、原爆だと知る由もないわけです。原爆が投下された日は夏休みだったんですが、小さいときは朝からは牛を飼ってましたから牛の草を切りに行く、あるいは風がふいたり休みの日はたきぎをとることを日課にしてました。たまたま8月9日も朝から、私の家から約1キロぐらい離れた、薩摩城《さつまじろ》というところで、山の中でたきぎをとってました。私の母と近所のおばさんと3人で、私は高い木の枝の枯れ枝を切り落として、下でおばさんたちが拾って束ねるという、そういう作業をしていた最中です。10メートル近くあるんでしょうね、高い木の上に乗ってた際に、見る前に大きな火の玉ができました。それとちょっと鈍い音がね。6・5キロ離れてましたから。ドーンというんじゃなくて、ボーッという。なんか、燃えるものに火をつけていっぺんに燃え出したときのような音が何秒かのうちに聞こえまして。その直後、やっぱりものすごい風、暴風です。私は、木のうえからふりおとされ、どうも気絶しておったようです。気づいたときには2人の、母親ともうひとりのおばさんとで運んでくれて、岩陰に隠れておりました。というのはですね、やがてバラバラという から、何なんだろうかって思っておったら、土。土が脂で丸められたような、小さい、ちょうど正露丸のような感じの。もう無数に降ってきたんですよ。

そういうこともあって辺りは真っ暗になりましたので、何とか帰ろうと自宅に帰ったんです。その途中、ぶ厚い帳票が飛んできて、その中に、長崎製鋼所の帳簿がありましたね。燃え残りですね。周りはもうたくさんの紙くずとか何とか飛んできてました。

私の父はあまり丈夫ではなかったんで、藁しごととかで家にいたんです。母親は帰ってから婦人会の会員に招集が来たので出ました。当時は、東望《とうぼう》に海水浴場があったんですけど、その近くに県の自動車運転試験場があったんですよ。そこは臨時の救護所になりました。ただ、これはあとで非常に地元としては困るんですけど、正式の救護所になってないんですね。私的な救護業務に携わったということにされてしまって、救護事業に携わった人たちはほとんど原爆の手帳をもらえていません。矢上の相当数の皆さんが救護を受けたんですけど、その仕事に携わった人たちは、原爆の措置法ができても対象になりませんでした。矢上の小学校は正式に救護所になっていまして、ここで救護した人たちは被爆者手帳を取得できてます。裁判もいたしましたけど、最高裁でも敗北してます。いまでも懸案になっています。

私は、たまたまですが、平成14（2002）年に手帳を取得しました。第2次被爆地域拡大、昭和51（1976）年なんですけど、そのときに、私が被爆した薩摩城が被爆地域に入っていたんですね［★3］。私、それを知りませんでした。だから被爆地域拡大運動をずっとやったんですけれども、自分がいたところが被爆地になったことを知らないで、その後も運動を続けていた。で、平成14年にいわゆる被爆体験者事業が始まったときに、私も体験者として申請をしたら受け付けてくれなかった。あなたが被爆したという場所は、もう被爆地域に25年前になっている、ということでした。

それでどうするか。私は間違いなく被爆したところが山の中、そこで申請した。しかし、証言する人がいないんじゃないかみたいなことで、ずいぶん手間取りました。私は全く覚えてなかったんですが、たまたま一緒に行った近所のおばさんの息子さんが、私達を迎えに来たんだそうですよ。あんまり帰ってこないからどうしたんだろうと思って、迎えに来た。彼は手帳をもらってましたが、彼の証言の記録に私の名前も載っていたんですね、長崎市の申請書類の中に。それだけで、もうひとりの証言はいらないからとなって、手帳が交付されることになったんです。

家は被爆地域に入らないですね。母親は昭和27（1952）年に亡くなりましたから、被爆者手帳はもらってません。兄は入市被爆ですね。昭和4（1929）年生まれで、私の7歳上の兄は、入市被爆で手帳を持ってます。それは死体処理、本人自身も症状が出ましたし。上から3番目の姉はですね、結婚して赤松にいたんですけど婦人会から長崎市内に動員されて、今で言えば長崎大学の歯学部の辺で救護に従事しました、何日もですね。それでこれも入市被爆です。子供がちょうどそのときにお腹にありまして。私の甥になりますけど、彼は胎内被爆で被爆者になっています。長女、次女は、女中奉公、あるいは看護婦見習いをしておりまして、長崎市内で直爆ですので、被爆者手帳を取得しています。4番目の姉もそうですね、桜馬場でね、看護婦見習いをしてましまして手帳を持ってます。

★2　井原氏の被爆証言などは映像として、国立広島・長崎原爆死没者追悼平和祈念館のウェブサイトにある。また、手帳友の会編集発行の『過去から未来への継承　今をどう生きるか』（2015年）に、『朝日新聞』2014年2月8日からの連載「（ナガサキノート）手をつなごう　核なき世界のために」が井原氏の戦前・戦後に関する聞き書きが掲載されている。

★3　第2章「コラム　被爆地域の変遷と被爆者」（112頁）を参照。

終戦になってから、占領軍が教室に入ってきたことがありました。そのときは怖かったですね。4人ぐらい、背は高いし、銃をもってましたし。はじめて見て、びっくりしました。その後、伊良林《いらばやし》小学校でソフトボールしていたりしたのを見にいったこともあります。

矢上小学校を昭和23（1948）年に卒業、もう田舎だから、そのまま中学校に入ります。中学校も3クラス。矢上中学校ですね。小学校からそのまま中学校になったいうことです。2年生のときに、生徒会がまだない、なんとかそれを作るということで作られました。初代の会長になったんですけど、そういう組織作りの時代でした。民主化の一つでしょうけれども、先生方の指導もありました。

卒業するころ進学の問題が出てきました。家族の状況もわかっていましたし、奨学金を受けて高校に入って大学まで行ってっていうことは、思いあたらなかったです。だからまず働くということで三菱電機の技術学校、そこに行って働きながら、できれば夜間高校にでも行ってと思っておりました。そしたら当時の担任教師、京都大学を出てきた若手の先生が、私の家に訪ねてきてくれて、私がいないときですけど。父と兄貴にですね、ぜひ高校にやってくれ、高校をでたら三菱造船も電機も入社したら技師扱いになって月給制の職員になれ

占領期の記憶と工業高校時代

8日15日のときは家にいましたけど、ほとんど記憶がないです。学校も、夏休みが終わってから行ったという記憶があまりないですね。4年生の2学期が始まると、どうもそれまでと一変するような状況でした。クラスがまとまらない。学級崩壊みたいなもんでしょうね、今で言えば。私は今でいう級長、委員長をしてたんですけど、今考えたら、近くの東望山なんかまでなんだか遊びに行ってるんですね、時間中に。裏なんかもだいたい行きそうなところを探して回る。のどかっちゅうよりも、勝手なことがまかり通ってました。

墨を塗った教科書は、先輩からの分でしょうがもらって学習したことはありましたが、自分たちで塗ったという経験はないですね。6年生になって初めて男女共学を経験しました。それまで男子組・女子組で、私は男子組だったんですけど、すべてのクラスが男女共学になりました。また、修学旅行が中止されとったのが私達から始まりました。小学校は、実は第1回卒業生なんですよ。国民学校から学制改革があって、小学校制度では第1回になります。

る。せっかくだから高校に出してくれと言ってくれとるんですね。そして、父と兄の了解があり、卒業後にすぐ働けるようにと思って、長崎工業をえらんだんです。

バスはすくなかったし、木炭バスでしたが、バスの定期はかえなくて、高校へは3年間自転車で通いました。県の制度で学費免除でしたし、制服代と帽子ももらったり、あまりお金を使ってないですね。高校では、文芸部を作ったりしました。もとからあるにはあったようです。2年生のときに、1年生に優れた文才のある後輩がおりまして、彼が学校の応援歌を作ったりしていた。その彼に触発されて作ったんですが、その指導をしたのが廣瀬方人《ひろせまさひと》先生［★4］です。英語は全然習ってないんです。当時の文集が残ってますけど、よくもこんなもん書いたもんだなと思うようなことが、今読んだらおかしいぐらい。廣瀬先生には、やっぱり精神的な影響を受けました。シャープっていうのか、やっぱりフレッシュな感じだったですね。

高校では、友愛館っていう高校生の集まりでフォークダンスも習いました。卒業後は明けくれて、資格も持ってました。そこで長崎市内のほとんどの高校の仲間たちとふれあうことができました。私が結婚したのは昭和32（1957）年ですが、女房はこのときの知り合いです。必ずしもプロテスタント、クリスチャンでなくても参加できた活動です［★5］。友和会という国際的な団体から来ていたカナダ出身のベスト（Beest）先生がまだ30代だったと思いますがおられて。いまも富士見町で友愛社会館というのがありますが、当時、乳児院、幼稚園、診療所、教会などがありました。小学生から一般まで、自主的なグループ活動をサポートする組織があって、友人の誘いで、会長というかまとめ役のようなことをしました。3年生は参加できないことに自分たちできめていたので2年生のときです。男女のグループで、映画鑑賞会とか演劇とか、音楽祭とかキャンプとか、いろんな活動をしました。そこが、私が社会的な活動をする、運動の原点なんです。

高校は1951（昭和26）年に入学して、54（昭和29）年に卒業ですが、原爆とか戦争とかは、あまり記憶にはないですね。8月9日の行事に参加するとかも、まだなかったです。サンフ

★4　廣瀬氏の経歴は、199頁の〈廣瀬方人さんの略歴〉を参照。
★5　この活動は記念誌編集委員会編『友愛社会館35年の歩み』（基督教友愛社会館、1988年）に詳しい。1950年5月に来日し、翌年に平和記念教会牧師に就任したカナダ人宣教師ベスト師により設立された財団法人友愛館により社会事業活動が取り組まれた。

ランシスコ講和条約とか独立とかはあまり印象がないですね。

民主主義というのが曲がりなりにも芽生えてきているときに、再軍備は非常にこう進む、予備隊ができる、保安隊ができる、そして朝鮮戦争が始まるっていうと、やっぱり恐怖が。少年時代の恐怖というのがありますから、学習するというよりも、直感的に危ないっていうふうに感じたんだと思います。高校でも生徒会の設立に先輩たちと一緒にやって、結局最後は議長をしました。当時、高校生時分で、馬鹿げたことでしょうが、くんちを休ませろというて、ストライキしたりですよ。下駄履きを認めろとか長髪を認めろとかいってね、学校の中庭で、先輩たちと一緒に集会開いたりしてました。

街の風景

当時、工業高校は、今の長崎大学の工学部のあたりにありました。1年先輩は商業学校、今の「かぶとがに」（長崎県立体育館）にあった、あそこの一室を借りるとか。私達は、家野町、旧三菱兵器の工場のあとに木造の平屋建てを2棟建てていた。昭和26（1951）年にそこに初めて、新しい校舎に入学した私達が第1回生、1年目ですね。3年間のうちに次々に実験場とか体育館とかができて、卒業するときは充実しました。グランドはなかったので、西浦上中学校の崖を崩して夏休み中に一緒になってグランド作りということでした。

高校へは、矢上の家から自転車で片道18キロくらい3年間通いました。3年間の間にバスが改良されてバス通学も多くなったようです。舗装もなかったですし、駅前も何もなく、電車も今の通りではなく、列車の線路に並行してました。

一番変わったのは松山あたりです。アメリカの簡易飛行場の滑走路があり、石炭ガラみたいなのがありました。浦上駅とか浜口町とか、まだ街の体裁は整ってなかったですね。競輪場ができたり、国際体育館ができていたりして。長崎大学のところも曲がった煙突が一つ残ってました。今の爆心地公園とか平和公園あたりは、花見のメッカでね。花見の時期は朝通ったらゴミの山で、大変な状態でした。後に岡正治《おかまさはる》さんが、議会で聖地がなんたることだといって、花見はできなくなりましたが。当時は、最大の行楽地でしたね。

城山の友愛館のあたりは全部、裏山は竹藪でした。竹の久保団地はありましたが、今の長崎西高の山手のほうの目の前です。当時の新興団地だったんです。立岩町、富士見町、岩見町とかはその後できましたから。当時唯一だったでしょうね。

軍国少年時代と茂木町での原爆体験

山本誠一《やまもとせいいち》さん

〈山本誠一さんの略歴〉
１９３５（昭和10）年、インドネシア・スマトラ島で生まれる。41年に母の郷里茂木町に引き揚げ、茂木町で原爆を体験。54年長崎工業高校機械科を卒業し、長崎日産自動車で自動車整備工として働きはじめ、翌年市役所職員となる。62年日本共産党に入党、75年から79年、83年から２００７年、長崎市議会議員を務める（全7期）。
［聞き取り日時・場所］２０２１年2月25日、長崎県民主医療機関連合会（民医連）会議室
［聞き手］山口響、中尾麻伊香（まとめ）
謝辞　本聞き取りにご協力いただいた長崎県民主医療機関連合会事務局次長の川尻瑠美さんに感謝申し上げます。

幼少期

１９３５年7月19日、インドネシア・スマトラで生まれました。父親は大阪出身で、母親は茂木なんですよ。父親は勘当されて、アメリカ大陸を夢見て大阪港から無一文で貨物船の底に潜り込み、見つかってたたき下ろされたのがスマトラです。たぶんメダンという町にあった日本人街で仕入れた正露丸で、現地の人たちの病気を治し、資格もないのに医者になるわけですね。ところが商売の販路をよくするために、いろいろな部族の宗教に入り、コレラで寝込んだときにそれがばれて全ての部落から見放されるわけです。それで本当に天涯孤独になって、死ぬ以外ないと決意をして、劇薬を飲むんですが、現地の人たちに助けられて。それで、雑貨商をやって、少し栄えたところで、放火されるわけです。やっぱり日本人は恨まれていたんですね。３回放火さ

れたそうです。それでスマトラで母親と結婚して私が生まれて。

41年、私が6歳のとき日本が侵略戦争を引き起こしたアジア・太平洋戦争のため母の郷里の茂木町に引き揚げてきました。茂木国民学校に入学すると毎朝、宮城遙拝し、教育勅語を暗唱させられました。意味はよく分かりませんでしたが、頭に叩き込まれたのは、「一旦緩急アレバ義勇公ニ奉ジ、以テ天壌無窮ノ皇運ヲ扶翼スベシ」（いざ戦争になったらお国のために命を捧げる）ということです。毎日教育勅語を暗唱させられるうちに「早く大人になって、お国のために命を捧げたい」――これが10才のときのわたしの将来の夢でした。教育から人間というのは改造されていくんですね。こんな残酷なことは二度と繰り返してはいけません。

戦時中、日本の軍事物資は底をついていたのでしょうね。だからわたしたち小学生まで駆り出されて、学校から帰ると、戦闘機の燃料用の松ヤニ採取や、航空隊の浮き袋用のススキの穂採取に毎日のように出かけていました。「こしき岩」の原っぱで、ススキの穂を採取中に米軍のグラマン機が低空飛行で機銃掃射し、命がけでした。運動会でいつもビリだったわたしは、グラマンの爆音が聞こえると岩陰に駆け込める範囲で、ススキの穂採集をしていました。しかし、怖いと思ったことがなかったのは、「神の国日本」を信じ切っていたからでしょう。母は、もんぺ姿で毎日のように「鬼畜米英」を突き刺す竹やり訓練を受けていました。

茂木の自宅のうらの若菜川（川幅約20メートル）の向こう岸の校舎は、兵舎に使われていたためグラマン機の標的になっていました。校舎を機銃掃射するとき操縦席が見えるぐらい低空飛行するため、近所の一つ年下の高野くんとグラマンを打ち落とそうと投石で毎回のように反撃していました。空中射撃が終わると兵隊さんが数人川に入って、銃弾を拾っていました。子ども心に異様な風景でした。

原爆体験

8月9日の朝は、快晴でした。いつものように近所の高野くんとグラマンに投げる石を集めていたとき、B29の爆音が聞こえ、山頂にフワリと落下傘（ラジオゾンデの落下傘）が見え、その落下傘が山陰に隠れた途端、グラッグラッと足下が大きく揺れ、辺り一面真っ白になり、吹き飛ばされました。気がつくと音のないシーンとした世界で、一緒にいた高野くんの姿も見当たらず、近所の人の姿もなく、家に入ると障子は吹き飛び、家の中は空っぽで、生きているのはわたしひとりだけなのかと不安になりました。呆然としていたとき、ザラッ、ザラッと物を引きずりながら近づいてきた人の顔を見て、ギョッとしました。目の玉が飛び出たような兵隊さんが、服はボロボロ、背中は真っ赤、皮膚は垂れ下がり、ちぎれた背のうを引きずりながら、幽霊のように通り過ぎたんです。誰もいないところで最初に会ったのがその兵隊さんでしょ。これだけはもう、トラウマで。夕方になって、近所の人が姿をあらわし、母も帰ってきたのでホッとしました。何が起こったのかまったく分からず、不安な夜を迎えました。2〜3日後に帰ってきた父は、長崎市内で爆風で防空壕の中に吹き飛ばされ、助かったと話していました。

後で知ったんですが、一緒に石拾いをしていた高野くんは、原爆で倒れているところをお姉さんに抱きかかえられ、家の押し入れに夕方まで隠れていました。ところが高野くんは、下痢が続き原爆の日から60日後に運動場で倒れ、死んでしまいました。戦時中は植わってる芋などを掘り返して、大変なものをいろいろ食べていたので、下痢で亡くなったということについては、彼も何か大変なものを食べたんじゃないかなぐらいに思ってたんです。下痢や脱毛、紫斑、歯茎出血などが原爆投下による放射性微粒子を体内に取り込んだことによる内部被曝で起こることは、２０００年に長崎市が被爆未指定地域住民の被爆証言調査を実施したときに初めて知りました。

原爆のあと、負傷した人が茂木にトラックでどんどん運ばれてきました。身寄りもなく亡くなった人は、立岩海岸で荼毘に付されました。同じ町内で私より1才上の11才だった川口義孝《かわぐちよしたか》さんが立岩海岸で死体処理にあたった辛い体験談も、後で知りました。川口さんは町内会長の依頼で、茂木『望洋荘』で亡くなった被爆者の死体をリヤカーで立岩海岸に運び、流木や木の枝等を拾い集めて8月12日から23日まで14体を荼毘に伏しました。半焼の骨は袋に入らないため念仏を唱えながら石で割り、遺骨をムシロ袋に入れ、玉台寺の敷地に埋めました。そのときの辛い体験が生涯忘れられなかったため還暦を迎えたとき玉台寺の敷地に「原爆慰霊碑」を建立し、毎年8月9日に献花していました。「死体処理」で被爆者手帳を申請しましたが、長崎市は証人不明として却下し、川口さんはその後亡くなりました。

8月15日、玉音放送があるのでラジオの前に集まれと言われ、町内に一軒だけあった電気屋さんの家の前に集まりました。ガーガー音だけしか聞こえませんでしたが、大人の人が「日本が負けた」と話していたのを聞いて愕然としました。大本営発表は連日「日本軍勝利」ばかり報じていたので信じられませんでした。

解説　被爆前後の長崎

１．長崎と浦上

鎖国期の外交や貿易の公的な窓口であった長崎は、開国後、外交窓口としての地位を失うとともに貿易港としての地位も低下させていった。そのため、明治期には２度にわたる長崎港の港湾改修事業（１次：１８８４〜１８８９年、２次：１８９７〜１９０４年）などによって港湾機能を整備し、貿易の振興を図った。それとともに長崎の政財界は、日本が日清戦争以降、朝鮮・中国や南洋への帝国主義的拡大を進めていくと、九州がそれらの地域への物資の供給地となると考え、貿易とともに長崎の工業化を進め、中国・南洋へ工業製品を生産・輸出する拠点とすることで長崎の発展をめざそうとした。そこで、工業用地や工場労働者の住宅地として期待されたのが、長崎市北部の浦上《うらかみ》と呼ばれる地域であった。

江戸時代の浦上は、幕府領の浦上山里村と浦上淵村からなり、長崎奉行が管轄した都市長崎で消費される食料や建築資材、そして労働力を供給する役割を担っていたが、浦上山里村は潜伏キリシタンの居住地でもあり、それと隣り合わせて被差別部落がおかれていた。享保年間には、新田開発のために浦上川河口部の現在の茂里《もり》町《まち》周辺が埋め立てられ、この一帯は明治期の第２次港湾改修事業中の１８９８年の市域拡大によって長崎市に編入された。

２．浦上の開発

明治期後半まで長崎市街中心部と浦上地区は、海沿いの起伏の激しい狭い道路で結ばれているだけであったが、第２次港湾改修事業時の浚渫による土砂を利用して浦上川河口が埋め立てられると、そこに市街中心部と浦上地区を結ぶ道路が建設された。その後、埋立地には長崎駅が建設され、浦上から鉄道が延長され（１９０５年）【★1】、長崎電気軌道（１９１４年設立）も築町《つきまち》から病院下を結ぶ市街電車を開通させ【★2】（１９１５年）、市街中心部と浦上との結びつきは密接になっていった。

さらに、埋立地（幸町《さいわいまち》）には長崎紡織株式会社が１９１２年に工場を開設し、中国向けを中心とした綿糸の製造を開始した。23年に日華連絡船上海丸が就航し（上海航路）、翌24年に同船が着岸する出島岸壁まで鉄道臨海線が延長され、長崎と上海との結びつきは強められ、長崎の中国への工業製品の生産・輸出拠点化が進められた。また、長崎港で長崎造船所や高島炭鉱を経営していた三菱は、日清戦争後、国産の艦艇建造を進める海軍からの受注を増やすとともに、海軍からの魚雷製作の注文に応えるため、１９１７年、茂里町の浦上川沿いの一帯に長崎兵器製作所を設立した。さらに19年にはその隣接地に、第1次世界大戦による製品不足への対処と、海軍拡張計画にもとづく材料の自給を図るため、長崎製鋼所を開設した。

こうして埋立地から浦上川沿いに工場が立ち並んでいくなかで、１９２０年10月、浦上山里村（現在の浜口町《はまぐちまち》以北）は長崎市に編入された。それとともに長崎市が現在の城山町《しろやままち》の民有地を買収して市営住宅を建設すると（１９２２年）、浦上の住宅地としての開発もはじまった。その周辺には、23年に県立瓊浦《けいほ》中学校（竹の久保町）と城山小学校（城山町）が開校したが、城山小学校は長崎市で初めての全校舎が鉄筋コンクリート造りの学校となった。その後、内務省から長崎市への都市計画法［★３］の適用が認められ、旧市街一帯が商業地域、長崎港の両岸から浦上側両岸が工業地域、その他が住居地域と決定されたことで（１９２９年）、浦上は正式に工業地域・住居地域と位置づけられ、34年度から長崎市による都市計画事業が開始されると、道路網も整備されていった。

その前後には、鎮西《ちんぜい》中学校（１９３０年東山手から竹の久保に移転、現在は活水《かっすい》中学・高校がある）や市立長崎商業学校（１９３３年伊良林《いらばやし》から油木《あぶらぎ》へ移転、現在の県立総合体育館の場所）、長崎県立盲唖学校（１９３４年桜馬場から上野町に移転）、長崎師範学校（１９３７年桜馬場から西浦上に移転）、長崎純心《じゅんしん》高等女学校（１９３７年、家野町に開設）、長崎県立長崎工業学校（１９４０年、丸尾町から上野町に移転）などの学校の移転・開設が相次いだ。それにあわせて長崎電気軌道は、１９３３年12月に市街電車を大橋まで延長する一方、浦上北部一帯の沿線開発を進めていった。ただし、長崎の旧市街の人々の間には、浦上のカトリック信徒に対する蔑視感が根強く、浦上のなかでもカトリック信徒と非信徒の住民の間に溝があった［★４］。

３．軍需産業の拡大と原爆被災

１９２９年にアメリカで始まった大恐慌が翌年日本に波及し、長崎の産業も大きなダメージを受けたが、景気が回復していくと、長崎市は市勢振興に取り組んだ［★５］。そのなかで特に期待が寄せられたのが観光で、30年に長崎観光誘致協会が組織され、観光客誘致やそれに必要な調査研究を行い、35年には観光協会が設立され、市から補助を受け、市と連携して旅行者の斡旋、観光客の誘致に努めた。また、東シナ海に好漁場があり、長崎港には漁港としての施設も整備され、漁獲物の集散地や漁船の根拠地となっていたため、水産業も期待されていた。

しかし、38年7月に日中戦争が始まると、中国での排日運動が高まり、戦争の長期化とともに中国貿易は縮小していき、観光も不可能となった。さらに、戦争が太平洋に拡大すると、漁船や船員が徴用され、また操業が危険になったことで水産業も低迷していった。一方、三菱長崎造船所や浦上地区の三菱系工場は戦時体制のもとで拡張されていき、新工場も建設された。それとともに、これらの工場は軍の管理下で生産が行われる管理工場となり［★6］、軍需品の原材料が優先的に配給されて生産を拡大していき、浦上には関連企業や下請企業が開設・移転していった。

こうして、長崎製鋼所は軍事用鋼材、航空機素材や空雷・爆弾素材などを軍に供給し、三菱兵器製作所が海軍の命令で建設した大橋工場（1939年着工、42年竣工、現在は長崎大学）で製造された航空魚雷は、ハワイの真珠湾攻撃に使用された。また、1936年に長崎港外の香焼島に設立された川南《かわなみ》造船所は、アジア太平洋戦争がはじまると、兵員や軍需物資の海上輸送のための戦時標準船を大量建造し、1942年の建造量は三菱造船所に次ぐ全国2位となった。

それとともに、これらの工場や造船所、そして炭鉱などには、戦時下の労働力不足を補うため、長崎市や周辺郡部さらに九州・沖縄や中国、四国などの各県から学徒隊員、徴用工員、女子挺身隊員などが動員されるとともに、受刑者や朝鮮半島から移入された徴用工、中国から連行された労務者も配置された。そのため、長崎造船所が1941年に設立した幸町工場（機械・鋳鋼などの造機工場）には、徴用工員の宿舎があり、さらに福岡俘虜収容所第14分所も開設され（1943年1月）、収容されたオランダ人捕虜らは立神《たてかみ》の造船所や幸町の工場などで労働に従事した。

こうして軍需関係工場が拡充された長崎は、戦争末期になるとアメリカ軍による空襲を受けるようになり［★7］、45年8月9日には原爆攻撃を受けた。原爆は浦上上空に投下されたため、浦上を中心に長崎市の3分の1が壊滅し、その住民とともに、工場に動員されていた学徒隊員、徴用工員、朝鮮人徴用工・中国人労務者、さらに戦争捕虜など7万人余りが死亡したと推定されている。

一方、浦上地区から山でへだてられていた旧市街は、原爆の爆風による建物の損壊はあったが、県庁まで及んだ火災も建物疎開によってそれ以上の延焼はくい止められ、その都市機能は維持された。

4．長崎市の戦災復興計画

原爆被災者は、１９４２年に制定された戦時災害保護法によって、衣食住や応急の現物・現金の給付や生活扶助・療養扶助・生業扶助、給与金を受けることができた。ただし、その救援期間は被災後２ヵ月間と定められていたため（ただし延長も認められていた）、45年10月８日に救援は打ち切られ、すべての救護所は閉鎖され、被災者の医療は自己負担となった。その後戦時災害保護法も46年９月の生活保護法の制定時に廃止され、生活が困難な原爆被災者は、生活困窮者として取り扱われることになった。

また、長崎の復興については、復興計画を主導した長崎県土木部の矢内保夫《やないやすお》の後年の回想によると、最初の復興構想では、対象区域を旧市街の焼けた所から浦上駅前附近までの約60万坪とし、爆心地とその北側の被災地は放棄するというものであった［★8］。杉本亀吉《すぎもとかめきち》によれば、45年の９月になって間もない時、県の内政部長から浦上地区の町内会長に、浦上地区は原子爆弾によって全滅し、浦上一帯には今後75年は草木も生えず、住民は生命の危険があるとして退去命令が発送され、また、長崎市の学務課から城山国民学校は廃校になっていると言われたという［★9］。これらの命令や措置は、浦上の住民や教師らの抗議で撤回されたが、爆心地に隣接する駒場町《こまばまち》（現・松山町）には、45年10月に占領軍が「アトミック・フィールド」と呼んだ簡易飛行場が建設された。

その後、長崎市が国庫補助を受けることができる戦災復興の対象都市に指定され、長崎県戦災都市復興委員会が組織されると、同委員会は、将来の長崎市の人口を20万人程度と想定し、旧市街に入りきれない人口を収容する必要性から、復興事業の対象となる土地区画整理区域を爆心地の北側に拡大した[★10]。こうして開始された長崎の戦災復興事業がめざしたのは、原爆被災からの復興というよりも、「焼失の厄を免れた旧市街地を足場として、[…] 日本の門戸として、世界の各都市に伍してして遜色の無い港、長崎を出現せしめること」（矢内保夫「都市の復興」『長崎新聞』１９４６年11月13日）であった。その一方、広島市と長崎市はＧＨＱや日本政府に対し、原爆被害が原子力による特別な被害であり、他の都市への空襲とは異なると訴え、復興支援を求めたが[★11]、ＧＨＱや政府は広島市と長崎市を１００以上ある戦災都市の一つとして取り扱い続けた。

5. 浦上の復興

浦上では１９４７年1月に、杉本亀吉と瀧川勝《たきがわまさる》が中心となり、戦災者の生活権擁護をかかげ、戦災者連盟を結成し、原爆被災者らの相談を受けて住居の確保や衣類・食料の配給を担うなどの活動を行った。その後市会議員となった杉本は、同年8月21日の市議会で、「浦上は御存知の通り二年前原子爆弾が落ちまして、総てが灰燼に帰して居るのであります、其の後市当局に於いては、何等あの爆心地に対して見るべき施設をしていないという事を我々浦上の住人は非常に遺憾に思つて居るもであります[…] 我々が復興しようと致しましても、未だに一坪の区画整理も行われて居りません、一本の道路も清掃されて居りません、一本の下水も開けていないのであります、水道もありますが、未だにあの汚い井戸の水を飲んで居る様な状態であります」と述べている。復興事業を進めた長崎県は、住民が自分の土地に家を建てた後に区画整理で移転しなければならなくなっても、一切補償しないという方針であったため、区画整理が後回しにされた浦上の復興は進まなかったのである。

そのなかで、浦上のカトリック信徒は、原爆で1万2千人の信徒のうち８５００人が亡くなったとされるが、

45年11月に行われた浦上信徒の原子爆弾死者合同葬で永井隆が弔辞で、世界戦争という人類の罪悪の償いのために浦上が犠牲となり平和が訪れたのであり、カトリック教徒が住む浦上に投下された原爆は「神の摂理」であったと語り、信仰にもとづく浦上の復興をよびかけた。この後信徒たちは、46年12月に原爆で倒壊した浦上天主堂の横に仮聖堂を建設し、教会を中心にカトリック信徒の共同体の再建に取り組んだ。

一方、広島市は、戦災都市の復興事業の国庫補助が緊縮財政のなかで減らされるなかで、「平和記念都市」として国や地方公共団体からの特別の補助を受けることを定めた「広島平和記念都市建設法」の制定に動き、ＧＨＱの支持を取りつけ、49年４月に法案が国会に提出されることになった。その前に広島の土木部長が、何か一緒に復興の目標をつくろうじゃないかと長崎に来たとき、長崎の有力者はそういう運動に同調しないふうだったというが［★12］、この動きを知った長崎市はこれに便乗して、広島市と同様の「長崎国際文化都市建設法」を49年５月の国会で可決させることに成功した。ただし、国際文化都市建設は、期待した国庫補助が切り下げられていったため、既定の復興土地区画整理を中心とする復興事業となっていった。

それまでに爆心地とその周辺は、政府による戦災地復興計画基本方針が都市計画に公園や緑地を配置することを求めていたため、総合運動場や公園とする計画になっており、まず48年８月に爆心地が公園化されていた（アトム公園などと呼ばれた）。49年11月には長崎市が復興の財源確保のために長崎競輪場（現在はラグビー・サッカー場）をを開設していたが、50年後半頃から浦上地区の区画整理事業が本格化し、復興事業が進捗しはじめた［★13］。この競輪場の北側に長崎市営大橋球場（１９５１年完成、現在は長崎県営野球場）、南側に陸上競技場（１９５３年完成）が建設され、また、岡町《おかまち》の長崎刑務所浦上刑務支所跡には50（昭和25）年８月に「国際平和公園」が開設され、その後その一角に平和祈念像が建設された（１９５５年）。さらに、爆心地の東側の丘には、国際文化都市の記念施設として長崎国際文化会館が開館した（１９５５年、現在は長崎原爆資料館）。

ただし、爆心地一帯の開発が進められるなかで、被差別部落があった浦上町には町域を二分する道路（通称「10メートル道路」）が縦断し、その後町名も変更され、「浦上町」の名称が消滅した。この道路建設については、復興事業のなかで唯一換地を提供せずに建設され、わずかな宅地を持っていた部落の人たちを安い補償金で強制的に立ち退かせたとして、部落の解消を意図した差別政策であったと指摘されている［★14］。

さらに、50年に出版された『長崎文化』第3集には、「今一秒市内に片寄つてゐたら！助かつた市民の不人情なことは驚異に値する」（樋口次郎「観光放談」）と、旧市街の市民の被災した浦上の人々への冷淡さが記されている。復興事業が進んでも、原爆被災者は占領軍による言論統制や旧市街の市民の冷たい視線のなかで沈黙を続けていた。

6．占領終了と原爆犠牲者

サンフランシスコ講和条約が締結され（1951年9月）、翌年4月に日本の占領が終了することになると、占領下ではGHQの指示で軍人恩給が廃止されていたことから、国会に戦傷病者・戦没者遺族に年金を支給する戦傷病者戦没者等遺族援護法が提案された（1951年11月）。このとき、原爆犠牲者への同法の適用が期待されたが、同法案の対象は、軍人・軍属など「国との使用関係のあった者」に限定し、空襲被害者などを除外していたので、長崎市と広島市はこの問題を協議した。その結果、原爆犠牲者全部を援護の対象とすることも必要であるが、政府が同法の適用対象を軍人、軍属に限定しているので、これに該当すると認められる旧国家総動員法により強制的に出動出勤して犠牲になった学徒報国隊員、徴用工員、国民義勇隊員などを対象に加えられるように運動すべきと決定した。そして、長崎市では杉本亀吉らが中心となって、広島市とともに陳情運動を開始した（『議会月報』1952年第5号、5月25日）。

その結果、講和条約発効後の1952年4月に制定された戦傷病者戦没者等遺族援護法では、原爆で犠牲となった徴用工、動員学徒、女子挺身隊員らも準軍属とみなされ、国家補償の精神にもとづき、その遺族には遺族弔慰金が支給されることになった。しかし、それ以外の原爆死没者の遺族や、原爆被災者への援護措置は全くなされなかった。54年のビキニ事件後、原水禁運動が高まるまで、原爆被災は長崎あるいは浦上の地域的な戦災と見なされ、原爆被災者も他の空襲被害者と同様の戦災者とされて、「被爆者」と呼ばれることもほとんどなかった［★15］。［新木武志］

★1　1887年に設立された九州鉄道株式会社が、1897年7月に浦上と長与間の長崎線を開設していた。

★2　築町は市街中心地に設けられた電停で、病院下の電停は現在の長崎大学病院と長崎大学歯学部の下にあった（1947年に浦上駅前—浜口町間の直線化で廃止）。その後1920年7月には、病院下から下の川《しもかわ》まで延長された。

★3　都市計画法は、日本各地での都市の急速な拡張にともない計画的な都市建設を進めるため1919年に制定された。

★4　仁尾環『長崎の史蹟と名勝—雲仙と其附近並に諫早地方』（宮本書店、1932年）には、浦上天主堂を紹介するなかで、浦上のキリスト教徒について、「現に彼等は市民から「クロ」と賎称されて居るが、これは徳川幕府の切支丹に対する圧迫政策から生まれた侮蔑精神の現はれが尚残つて居るものである」と記されている（１４２頁）。また、戦後、毎日新聞長崎支局が開いた浦上の復興についての座談会のなかで、「浦上のカトリックは排他的で来信《ママ》者の間に垣をしていたところがあり、これが今でも町の人が浦上を好まない理由」という発言がなされている（「浦上を語る」（完）『毎日新聞長崎版』１９５０年８月10日、注13参照）。

★５　長崎市は市勢発展の方途を講ずるために長崎市勢振興調査委員会を組織し、１９３３年１月から１年余りをかけて、貿易、交通、商業、工業、水産、農林、社会保健、観光、庶務に関する振興策をまとめさせた。その後、36年には、市勢振興調査会の案を実行に移すために、長崎商工会議所が中心となって「大長崎振興会」を設立し、振興策を検討した。そのなかの観光振興は、田中義一内閣が国際収支改善対策の一環として国策としても取り組まれていた。

★６　長崎製鋼所は１９３８年９月に陸軍管理工場となり、三菱長崎造船所と三菱兵器製作所は40年に海軍管理工場となった。

★７　長崎市は、１９４４年８月11日から45年８月１日までアメリカ軍によって５回の空襲を受け、三菱長崎造船所や長崎製鋼所、長崎医科大学、長崎駅などとともに住宅地も被害を受け、あわせて４００人近くの死傷者を出した（建設省『戦災復興誌第９巻』、１９６０年、６８６頁）。

★８　矢内保夫「長崎の復興事業」『新都市』第15巻第11号、１９６１年、45頁。

★９　杉本亀吉著・発行『原子雲の下に』１９７２年、82～83、１０６～１０７頁。杉本は、原爆投下時は爆心地近くの城山町の町内会の役員や警防団長を務めており、自らが被爆するとともに、妻子３人を原爆で亡くした。戦後は浦上の復興と被爆者の援護運動に尽力し、平和祈念像の建設でも中心的な役割を果たした。

★10　さらに、長崎製鋼所が１９４６年夏までに操業を再開し、原爆で壊滅的な被害を受けて戦後閉鎖された長崎兵器製作所も、同年11月に長崎精機製作所として再出発したことを受けて、同年12月には、これらの区域も土地区画整理区域となった（対象地域は総計１８０万坪）。こうして、１９４７年１月に旧市街から区画整理事業や道路建設などの復興事業が開始された。

★11　例えば、戦災都市復興を進めるための「特別都市計画法案」を審議していた特別都市計画法案委員会では、理事の衆議院議員西村久之（長崎県選出）が、「広島、長崎の如く世界に比類のない原子力を持つた爆弾を以て見舞はれました、[…]此の都市は他の都市の焼夷弾、爆弾の被害と趣きを異に致しまして」と述べ、特別の配慮の必要性を主張した（第90回帝国議会衆議院特別都市計画法案委員会議事録　第３回　昭和21年7月17日）。

★12　長崎県土木部長として復興事業を担当した今泉佳三郎の回想（石丸紀興『長崎市の戦災復興計画と事業―いくつかの談話と資料等による記憶―』広島大学、１９８３年、６頁）。

★13　１９５０年８月７日の『毎日新聞』長崎版は、「全くの廃墟と化した浦上と、山でさえぎられたため軽い被害ですんだ旧長崎の町とを混同して旧長崎がいち早く昔に還つたのを―復興復興―と喜んでいたのであつた、長崎の復興を考える場合、旧長崎と浦上を判然として区別しなければならないことがあれから五年、ようやく認識されてきた」と、浦上の復興がほとんど進んでいない状況を報じている。さらに『毎日新聞』長崎支局は、浦上に居住していた市会議員の杉本亀吉、久保忠八、中村重興（重光）の３名による「浦上を語る」座談会を開き、その内容を50年８月８日から10日にかけて、３回にわたって掲載した。そのなかで、杉本は「浦上の復興は遅いね。先ず長崎の町をという考えが市民にあるからだと思う。浜町と駅前を綺麗にすれば後のことは考えてくれない」（鼎談会②）、「悲惨な目にあつたのは浦上だのに同情してくれない、かえつて町の人から利用されている。浦上の人達みんなの不満だ、自分の宅地はあつても区画整理が出来ないので、利用されない」（鼎談会②）と語り、中村も「折角家を建てても何時取り壊わされるか判らないし家を建てることも出来ない」（鼎談会②）と語っている。

★14　長崎県部落史研究所『ふるさとは一瞬に消えた――長崎・浦上町の被爆といま』解放出版社、１９９５年、24～25、30頁。

★15　原爆被災者を被爆者と呼んだ例は、１９４７年1月6日の『長崎民友新聞』「よろん」欄に掲載された「被爆者よ団結せよ」という投書にみることができるが、占領期長崎の新聞報道での用例としては管見の限りこの一例に限られる。

2 被爆者5団体

「被爆者5団体」の聞き取りについて

長崎では、1950年代に原水禁運動が高まるなか、被爆者の組織化が本格化し、1956年に長崎原爆被災者協議会（被災協）が結成された。その後、1960年代に運動方針のちがいから被災協を離れた会員によって長崎原爆遺族会（遺族会）と長崎県被爆者手帳友の会（友の会）が結成され、さらに1979年に友の会から分かれた会員が被爆者手帳友愛会（友愛会）を設立した。また、1970年代半ばには、総評傘下の労働組合の被爆者代表によって、長崎県平和運動センター被爆者連絡協議会（被爆連）が結成された。これらは被爆者5団体と呼ばれており、それぞれ長崎市内とその周辺地域や職域などで結成された被爆者団体、あるいは被爆者個人・遺族・二世らによって構成され、長崎の被爆者運動を主導してきた。

ただし、被災協と友の会、被爆連は、その歩みをまとめた記念誌や会員の被爆体験記などを出版しているが、遺族会と友愛会は、そのような出版物を作っていない。さらに、いずれの団体も、事務所の移転などによって設立時からの資料の多くが失われているため、それぞれの団体の成立の経緯や、その後の活動の詳細についても不明な点が多い。

そのため、今回は、それぞれの団体に、その成り立ちやこれまでの取り組みについての聞き取りをおこなったが、設立当時の話を聞くことができたのは被爆連だけで、他の団体は、設立当時のことを直接知っている人はもういないということだった。そのなかで井原東洋一《いはらとよかず》さんは、友の会を設立した深堀勝一氏から依頼されて常任理事となり、深堀氏が亡くなった２００６年から19年に死去されるまで友の会の会長を務めていたことから、深堀勝一氏のもとでの友の会の活動状況や、友の会の活動を通して交流のあった他の４団体についての話も聞くことができた。

また、遺族会会長の本田魂《ほんだたましい》さんは、戦後、戦災者連盟や長崎被災協を創設し、さらに原爆遺族会の中心人物の一人でもあった瀧川勝の孫にあたり、瀧川が遺族会の活動とともに、遺骨の収集や慰霊に尽力していたことを語っている。そして、同会の副会長で、被爆三世でもある中村俊介《なかむらしゅんすけ》さんからは、会員の高齢化と減少のなかで、会をどのように存続していこうとしているのかを話してもらった。

被災協会長の田中重光《たなかしげみつ》さんからは、長崎で最初に被爆者運動に取り組みはじめた被爆者団体であるとともに、被爆者の唯一の全国組織である被団協を構成する主要団体としての活動と、現状についての聞き取りをおこない、副会長の横山照子《よこやまてるこ》さんからは、長い間被災協の相談員として、被爆者からの相談を受けてきた経験を聞くことができた。

友愛会については、会長の永田直人《ながたなおと》さんと副会長の野口晃《のぐちあきら》さんから聞き取りをおこなった。その話とともに、お二人が、原爆医療法の制定時には被爆地域に入っていなかった手熊《てぐま》地区と、現在も被爆地域ではなく健康診断特例地区（第２種）となっている香焼《こうやぎ》地区で活動してきたこと自体、友愛会が被爆地域拡大の運動のなかで設立されたことを物語っている。

被爆連議長の川野浩一《かわのこういち》さんは、設立時から被爆連に所属しており、その成り立ちと、その後の取り組みについて話っている。それは、労働組合運動が被爆者運動や反核・平和運動にどのように取り組んできたのかについての証言ともなっている。［新木武志］

長崎被災協の現在

田中《たなか》重光《しげみつ》さん

〈田中重光さんの略歴〉
1940（昭和15）年長崎市内で生まれる。時津村野田郷で被爆。高校卒業後、国鉄（日本国有鉄道、現在のJR）に入社。その後、労働組合活動から原水禁運動、被爆者運動にかかわり、2017年から長崎原爆被災者協議会（被災協）の会長、18年から日本原水爆被害者団体協議会代表委員を務めている。

［聞き取り日時・場所］2019年8月26日・長崎被災協事務所
［聞き手］中尾麻伊香、新木武志（まとめ）

国鉄就職と組合加入

１９５７年、私はちょうど高校1年生で、父親が死んで、収入源がなくなりましたので、国鉄に赤帽という、手荷物を運んで幾らかのお金をもらうという、その仕事をさせてくださいっと長崎駅長にお願いに行きました。そしたら、せっかく1年間高校に行ってるんだから、アルバイトをしながらでも卒業しろと言われて、長崎駅の小荷物でアルバイトをしながら卒業して、国鉄の試験を受けて長崎機関区に入ることができました。

組合にはすぐ就職とともに入りました。当時は就職して組合があれば入るのが当然でしたからね。動労、国鉄動力車労働組合です。機関区の職員が、国労から抜けて、機関車労働組合っていうのをつくって、その後、名前が動力車労働組合に変わってくわけですね。

その青年部活動をする中で、当時、核実験がしょっちゅう行われてまして、雨が降れば放射能が混じってるという時代でしたから、政治的なことや原爆のことについても関心を持ちました。ただ、動労は総評に入ってましたから、社会党系ですよ。私は個人的には日本原水協のほうにずっと参加してました。

ところが、動労の目黒今朝次郎《めぐろけさじろう》っていう委員長が参議院に立候補するということで［★1］、2000円の強制カンパをしてきたわけです。そして他の候補者の運動はしたらいかんというので、それはおかしい、任意カンパにしろと言ったんです。すると、最終的には機関の決定に従わないってことで組合を除名されました。私がちょうど29歳ぐらいのときですね。

長崎で除名されたのが、2名か3名おったですね。それで、組合をつくろうってことでね。北海道の札幌を中心にして、全国で約3000名の組合をつくったんですね。全動労組合（全国鉄動力車労働組合連合会）です。これは日本原水協に加盟しましたので、長崎原水協ですね、そこに入ってました。

イギリスでの被爆体験講話

1985年にヨーロッパで核ミサイルが配備されるなか、日本原水協が被爆者を海外に送って、被爆体験を伝えようということで、うちの組合が広島、長崎から1名ずつ募集をしたんですね。そこで、田中、行ってこいということで、イギリスに行ったんですよ。海外は初めてで、被爆体験を話すのもそのときが初めてでした。

イギリスに行くならば、なにか仕事をしてからということで、住んでる矢《や》の平《ひら》地区に会をつくったんですよ。それが被爆者運動の始まりっていうかな。長崎被災協矢の平支部を作り、事務長となりました。

私の原爆の被害というのは、そんなになかったから、谷口《たにぐち》稜曄《すみてる》さんとか、山口仙二《やまぐちせんじ》さんたちの手伝いができればいいなというぐらいだったんですよ、最初は。まさか自分が会長を

★1　目黒今朝次郎は、1974年の参議院議員選挙のときに、動労の支持を受けて日本社会党から全国区で立候補し、当選、1986年まで参議院議員を務めた。

するとは思ってもいなかったですけども。

イギリスでは、核ミサイルのトライデントを搭載した潜水艦の基地がある所には、反核団体のＣＮＤ（Campaign for Nuclear Disarmament：核軍縮キャンペーン）の若い人たちが泊まり込みで監視をするということがありましたね。それとか、いろんなフェスティバルなど、そういった所に行って署名をしたり、被爆体験を話したりしました。１週間です。ロンドンからニューカッスル、グラスゴー、そういった所を回りました。ニューカッスルでは、市長さんと夕食会を開いてもらったりして、ロンドンだったかな、普通の一般の家のなかに20名ぐらいの人が集まってきて、そのなかで話をしたりもしましたけどね。

その後、私は和歌山に飛ばされたんですよ。いわゆる国鉄分割民営化のときに、九州に1万4千名職員がいて、半分しか採用しないっていうことだったんですね。そしたらＪＲ西日本の和歌山に飛ばされて。87年の2月に向こうに転勤になって、99年の11月に退職するまでいました。和歌山にも被爆者の団体がありましたから、そこに入ったり、また家族を呼んだ後は、大阪の高石市に住んで、そこの被爆者の会に入ったりしました。高石市に私が行ったときは、市からの補助金っていうのは全然なかったものだから、市会議員に嘆願書を出して、被爆者のための予算を付けてもらうっちゅうことなんかもしましたけどもね。

和歌山では、第五福竜丸のエンジンが乗せてあった船からエンジンをもらい受けて、東京の夢の島に送り出すっていうことで、エンジンを他の船に乗せて、東京に送りました［★2］。それに取り組んだのは和歌山の原水協と被爆者団体で、和歌山は学校の先生たちの組合が強かったんですよ。

長崎被災協会長として

99年に長崎に帰ってきたら、仙二さんは第一線を引いていたかな。葉山利行《はやまとしゆき》さんと谷口稜曄さんがやられてたのね。葉山さんは国鉄の先輩ですよね。被爆をしてから1年ちょっとで辞められてますけども、同じ国鉄出身ということでね。そのなかでは、谷口さんとが一番つきあいが長いでしょうね。谷口さんは、「核兵器をなくせ」の先頭に立って、世界を回るなどの活動をされていました。２００６年から長崎被災協の会長でしたが、17年8月30日に亡くなられました。当時、副会長は私を含めて3人でした。私は次の会長に最年長のＭ

氏を推薦しましたが、他の副会長は私に「なってください」ということでしたので、しばらくは私が会長代行でやっていくと理事会に提案しました。しかし、理事会では理事から「会長代行制ではなく、会長になってください」と提案され、討議の結果、私が会長に選任されました。

　長崎被災協っていうのは協議会ですから、いろんな所に会があり、ここのなかに入ってきて、活動してるわけですよね。本当にやりがいはあるんですけども、動いてくれる人の数がどんどん減ってるわけですよね。もう被爆者の平均年齢が、82歳を超したわけですから。

　今、長崎の被災協で語り部っていう被爆講話をしてる人たちがいますが、今年からは胎内被爆者の方の講話も始まりました。そういった点では、今まで語らなかった人たちに語ってもらうように、ずっと掘り起こしはしていますけれどもね。

　私も語り始めて、今10年ぐらいになるんですかね。私なんか時津で、そんなに周りの被爆の状況を見てないから、山田《やまだ》拓民《ひろたみ》前事務局長が「田中さんもしゃべらんば」って言うと、「私の話は5分で終わるとよ」って言って、なかなかしゃべらなかったんですけども、どんどん先輩たちが話さなくなってきたので、話さんといかんなってことで、父母の体験をもとにして話しはじめました。

　やっぱりどう継承していくかっていうことが難しいですよね。だから今、やっと市とか国も被爆体験の伝承者などを派遣するときに、お金を補助してるってことですけど、まだ被爆者に、そういう活動してる人に対しては、全然してないですからね。

　例えばニューヨークで、国連本部で過去2回、人間と原爆展をしてきましたけども、やっぱり2千万円ぐらいかかるんですよ。そのお金はみんな日本被団協が募金で集めて、そしてしてるんですよ。国は一切支援しないっていうかな。そういったことは本来であれば、日本外務省の主催でしていいん

★2　第五福竜丸は１９６６年に廃船処分となり、東京の「夢の島」に廃棄された（その後保存運動がおこり、１９７６年に同地に第五福竜丸展示館が作られ、保存公開される）。そのとき、エンジンは貨物船第三千代川丸に搭載されたが、同船は１９６８年に三重県御浜町沖の熊野灘で沈没した。１９９６年に「第五福竜丸エンジンを東京・夢の島へ」和歌山県民・東京都民運動によって第三千代川丸が引き揚げられ、98年にエンジンが東京の第五福竜丸展示館に送られた。

ですよ。私がちょうどこの前、要望書を手渡すときに、どれくらい首相とか閣僚が、長崎の資料館に来とったやろうかと思って、聞いてみたところが、10年間で首相ゼロですよ。閣僚もたったの3、4名なんて考えも、しないですよ。だから、核兵器禁止条約に署名なんて考えも、しないですよ。国が今のところは賛成できんばってん、ちょっと勉強してみようかというぐらいないとね。はなからこの条約は嫌だとということでは、橋渡しはできませんよね。

手帳の申請は、数件でしょうね。原爆症認定も今はだいぶ減りましたけども、しかしまだありますし、まだ裁判もしてます。２００９年に麻生総理との裁判をしなくても済むようにということで、大臣交渉を設定したんですけど、なかなかやっぱり言うことを聞いてくれんというか、裁判で被爆者のほうが勝った病気でも、認めようとせず、全体の被爆者に広がらんわけですよね。例えばがん、白血病、それから心筋梗塞、原爆症の白内障とか、それから甲状腺、かなり増えてきてますけども、裁判では勝った病気でも、国はそれをこれらの病気の中に、加えようとせんわけですね。だから裁判してるんですけど、裁判はやっぱりある程度、健康じゃないとね。しかし今、長崎で7人が裁判をしていて、2人の原告が亡くなりましたからね［★3］。

被爆者5団体

昔は「怒りの広島、祈りの長崎」と言われていたんですけども、今は長崎の被爆者5団体は、活発に動いてると思いますよ。いろんなそういう核の問題での報道があったときには、必ず5団体で抗議声明だとかコメントを出してますから。

4団体との関係は、国民保護法［★4］っていうのができましたよね。そのときからずっと緊密に連絡を取るようになったんですね。やはり長崎被災協から手帳友の会が出ていったわけでしたね。その後手帳友の会から友愛会が出ていったわけです。遺族会っていうのは、もともとから被爆死した遺族の人たちの集まりだったんですね。被爆連っていうのは、労働組合の被爆者たちを組織してる。今ほとんど連絡を取ってやってますが、定期的に会うというようなことはないです、今のところはね。

全国的な運動してるのは被災協だけですよね。他のは地域の団体ですから。だから例えば政府交渉にしても、私たちは日本被団協を通じて、年に数回やっています。院内集会なんかのときも厚労省が来て説明したりして、大臣交渉も年に1回は最低することにしています。被爆講話をしてるのも、被爆者団体としてはうちだけです。被爆者の相談事業活動、例えば手帳の申請だとか原爆症の認定申請だとかも、うちが中心にしているわけです。

どこの団体でも、もし会長がおらんことになったら、次は誰にしよっかっていって、そういう問題があると思いますよ。手帳友の会も井原東洋一《いはらとよかず》さんが亡くなって、今度誰になるのか［★5］。友愛会も長く決まらなかったですもんね。

これからの被爆者運動

被災協のこれからについては、それが一番悩みの種ですよね。どんどん年を取っていくし、そうかといって私たちは被爆の継承と、それからいろんな相談事業活動ですね。やっぱり被爆の継承を、そして今までの運動をちゃんとまとめていくっていうかな、後世に残してくっていうことが大事だろうと。

それから私も1人暮らしだし、やっぱり1人暮らしの被爆者ってのは、いっぱいおるわけですね。２人であっても老老介護っていう。そういう中で、介護保険制度がどんどん厳し

★3　日本被団協が、被爆者認定制度の改善のために２００１年に集団申請・集団訴訟運動を提起したことを受けて、２００３年４月から各地の地裁に、原爆症認定を却下された者が、原爆症認定申請却下取消しと申請却下に伴う精神的苦痛に対する損害賠償を求め、提訴し、その９割以上が勝訴した。そのため、国は原爆症認定基準を緩和し、２００９年８月６日、麻生太郎首相と日本被団協との間で、一審で勝訴した原告の判決はそのまま確定させ、集団訴訟を終結させるなどの「原爆症団体訴訟の終結に関する基本方針に係る確認書」が交わされた。しかし、その後も厚生労働大臣が定めた「新しい審査の方針・新基準」によって、認定申請の却下が続いており、再び提訴した被爆者たちの訴訟が続いている。

★4　２００４年６月に成立した国民保護法に従って、翌年３月に「国民の保護に関する基本指針」で核攻撃の想定が示された。これを受けて都道府県や市町村レベルでも国民保護計画を策定することが求められたが、被爆の実相を知る被爆地においては、核攻撃想定は「非現実的」であり、国民保護計画は策定すべきでないという議論が、被爆者５団体などを中心に高まることになる。

くなってきてるっていうかな。認定をされないし、例えば養護老人ホームに入るにしたら、介護３に上がらんと入られんって言われるでしょう。しかし自分の家のいろんなことをしていくためには、地域の人、誰かに頼まんといかんわけですよね。そういった点で今、支え合う会をつくっていくって。例えば、話し相手が欲しいとか、ちょっと電気の球を替えてほしいとか、そういう助け合いをしていこうということで、今、つくりはじめてるんですけどもね。

被爆者の店は、前は直営でしとったんですけども、それではちょっとできないということで、今、部屋を貸してます。部屋の使用料だけをもらってるってことですね［★6］。それが長崎の被災協の中心的な収入です。あとはわずかなもんですから、県なんかでも20万円ですし、市が18万円くらいしか補助がありませんからね。

この土地は市の物ですよ。長崎被災協が持っとった土地を寄付して、そしてここの駐車場、地下に造るときに、この建物を造ったんですね。そして使用料はいらないっていうことと。しかし管理費は被災協が持たないといかんということです。しかし、今からどんどんそういう管理費が膨らむ状態ですよね、もう26年ぐらいたちますから。この前、玄関の石が落ちてきてね。それを修理するときに、60万円あったんだけど、市に少し出してくれないかって、交渉してるんですけど、なかなかうんと言わないですよ。維持管理はお前たちがするんだと契約でなってるからって。だからここの冷房にしても、大きな冷房機が故障して使えなくなってしまって、今の冷房は全部リースで借りています。

会員から会費はもらってますけど、それは微々たるものですよ。会員は今、大体３０００名っていうことで、交渉では言ってますけど。だから例えば修学旅行で講話をしたら、謝礼っていうことでもらいますね。それを４割はここの運営費として上げていくわけですね。そのお金が大体年間１２０～１３０万。修学旅行は年間、大体３００校近く来ますけども［★7］。

被団協には納めてます。そうせんと被団協の活動ができませんからね。被団協も毎年、赤字って言ってるんですけども。各県がやっぱり動けんようになったっちゅうことで、休眠状態になってる県が幾つかありますからね、それは徐々に増えてくと思いますよ。だから、長崎と広島だけは最後まで残さないといかんなっていう、そういう責任もあります。

だから私たちの目標の大きく２つありますよね、国家補償に基づく被爆者援護法、それと核兵器の廃絶、まだまだ達成できてないし。

被爆者の方が動けなくなっていったその先は、被爆二世をどう育てていくかっていうことですよね。被災協の中につくった二世の会は、被爆者の子ども、孫であれば入れます。被爆連なんかも二世の会を作ってますよね。裁判闘争なんかしましたけどもね。しかし、被爆二世っていっても、会員が増えない。やっぱりメリットがないからね。国に対しても、健康診断を、がん検診なんかもちゃんと入れてやってくれとは言ってるんですけど、なかなかしてくれない。会社の健康診断受けたほうがよっぽどましだっていうことです。

なかなか親は子どもに話してないんですね。だから今、本当最後ですから、できるだけ話をするようにとは言ってるんですけどもね。やっぱりつらいことが話したくないっていうこともあるし。

被爆者は被爆者であることが苦しみっていうんですかね。健康の問題とか、社会的な偏見だとか。それと、二世、三世に何か病気が出てこないやろうかって、そういう不安はしょっちゅうありますよね。

★5　友の会では、この聞き取り後の2019年8月27日に朝長万左男氏を新会長に選出した。

★6　被爆者の店は、1999年に業者へ運営を委託したが、2020年9月に新型コロナウイルスの影響で観光客が激減し、売り上げが減ったため、業者が撤退し、現在は閉鎖されている。

★7　修学旅行生への被爆講話も、新型コロナウイルスの影響で困難となっており、長崎被災協の収入は現在ほぼ途絶えている。そのため、2021年5月から緊急支援募金を呼びかけている。

被爆者相談活動の現場で

横山《よこやま》照子《てるこ》さん

〈横山（旧姓：白石）照子さんの略歴〉
1941（昭和16）年生まれ。長崎市内から西有家に疎開。8月18日に戻る際に入市被爆。被爆当時は4歳。仁田小学校から女子商業中等部へ。高等部を卒業後会社づとめをしていた71年12月に退職し母親の看病にあたる。72年に母親の死去後、長崎原爆被災者協議会に勤め、主に被爆者相談活動にあたる。2015年から長崎原爆被災者協議会副会長。

［聞き取り日時・場所］2021年6月24日・長崎原爆被災者協議会事務所
［聞き手］木永勝也（まとめ）

相談活動に関わりはじめる

私が長崎原爆被災者協議会（以下、被災協）につとめ始めるのが1972（昭和47）年からですが、両親は早くから被爆者運動に関わってます［★1］。戦災者連盟には関わってませんが、動員学徒犠牲者の会が立ち上がったころからです。仁田地区の責任者をしていたので、近所の会員さんが会費を持ってきたりしてましたし、事務局を渡辺千恵子《わたなべちえこ》さんがしていましたので、母が知り合いだった千恵子さんの家に妹を連れていったりしていたと聞いてます。

72年春から被災協につとめはじめて、その年から相談員の活動をはじめました。会長の小佐々（八郎）さんは、そんなに事務的ないろんなことをするというのではなく、たぶん、こういう人がいるからこういうことをやってくれということだったと思うんですね。葉山《はやま》（利行《としゆき》）さんは、実質的に手帳申請をやってました。小頭症の被爆者の認定申請をやってもいたんですね。

私が相談活動を始めたときは、相談カード（シート）もなくて、はじめて作ったんです。葉山さんは大学ノートに書いていました。他県、特に福岡の方が相談活動は進んでましたので、そのやり方に学びながら、相談者一人一人のことを書き込むカードを作りました。福岡の方は県から補助金をもらって、県庁の一室に相談所を設けてということで、それで組織を固めていったということもありました。女性の方が主にされていました。相談カードには、相談日付や氏名、生年月日とか相談種別とか書き込むのですが、フォームは自分たちで作りました。途中で変わりはします。相談カードは、被災協のなかの人でも見せないとか共有しようとか、そういう扱いを決めていたわけではなかったです。

相談に来る方は事前に電話してとかで来るわけではなく、突然やってくるわけです。相談カードの最初の例は、73年2月21日でこの日は3人ですが、この1人の人の場合は一家全部の手帳申請です。話を聞いているうちに一家全員になったんです。

地下（以前の被災協の事務所）に机が3個あってその1つが私の机で、相談に来た方を私の横に座らせて話を聞いてカードにメモを書いていく。この日は3名分ありますが、書いていないけど他にも来ている方がいる、たぶん、いつもカードの記録よりもっと多かったですね。また事務員が座っているし、次の相談者の人も間近でまっているなかですから、今思うと個人情報やプライバシーとかなんだという感じです。男性だったら葉山さんがとかということもなく、大体私が聞いていました。当時は援護法制定を求める運動が忙しかったこともあり、葉山さんも東京へいくことが多かったですし。

被爆者手帳申請をめぐって

相談活動に関わった当時から被爆者手帳申請が多かったの

★1　横山氏の入市被爆や運動との関わり，被災協と関係については，『原爆後の七〇年』194～200頁。長崎原爆被災者協議会『平和を――被爆から75年を生きぬいて』（2020年）に詳しい。

ですが、市役所もＡＢＣＣも協力的でした。個人情報もそんなに難しい扱いではなかったので、しばしば一週間に何日間か通っていました。市役所は原爆対策課で、係長がすごく協力的で、いろいろ教えてくれました。たとえば、かつて国勢調査の付帯調査に被爆者調査がのっていた。40年調査だとか50年調査だとの前にも調査をやっているわけです。だからその調査にどういう風にこの人は書いてありましたか、と聞く。その人がどこで被爆したのか、あるいはいつ入市したのか、あるいは関係ない、非被爆と書いてあるとか、教えてくれる。一方でＡＢＣＣも調査をやっているので、この人はどういう風なことになってますかって、ＡＢＣＣに聞くと教えてくれる。資料を見せてくれるわけではないですが。ＡＢＣＣの調査は信用度があったですね。昭和23（１９４８）年・24年（１９４９）年調査にこう書いてあると、個人ごとの調査記録に書かれていましたから。他県、例えば愛知県から手帳申請で証人を探してくれと言ってきて、ＡＢＣＣで調査をしてもらって調査記録をとって送ったら、一発で手帳がとれた。何人も県外の人たちの手帳がとれました。それで、白石さん（横山さんの旧姓）のおかげですって感謝されました（苦笑）。

健康管理手当申請のこと

健康管理手当が、年齢制限がずっと緩和されていったり、対象疾病が増えてきたりすると、いわゆる対象者が拡大するわけです。そうすると相談も増えてきます。どこの病院に行けばいいですかとか、自分はここの病院で書いてもらえないんだけどと、病院との対応が出てくることになります。いまでは理解が進んでますけど、当時はわからないから診断書を書いて下さらないこともありました。三和町の病院だとかには協力的な先生がいましたが。

自分がかかりつけの病院で書いてもらいなさいっていうのが基本なんです。そうしないと後の対応が大変で継続して書いてもらわないといけない。まず自分のかかりつけの病院でこの書類を出してごらんなさい、それでも駄目だったら言ってきてくださいということでまずは対応していたんです。

民医連の大浦診療所には、手帳申請だ何だとかで週１回行ってましたが、そこでも本当に増えてきたんです。最初は葉山さんが行っていたのですが、半年くらいたってから私が行くようになって。週1回午後から半日では対応できないくらいの数の相談になってきたんですね。また、健康管理手当の申請書の書き方がわからないとか、手帳も持ってこないという人もいて、手間と時間がかかってということがありました。それで週1回、自分で書けるような説明会をしましょうとしたんです。懇切丁寧に、ここには名前を書いて、その横には自分の生年月日を書きなさいとか。診断書のここに書いてある病名を書きなさいとか。それとまだ所得制限がありましたから、所得制限は本人や家族の源泉徴収票などを見ないと分からないので、それも見て。本当に難しいところもあったんですが、説明会をすると大体書けましたね。

所得制限の撤廃などは運動の成果でしたし、健康管理手当の申請は複雑なことも多かったので、説明会のときには、いま被爆者運動がどうなのかとの説明も葉山さんにしてもらってという取り組みをしました。被災協の運動に関する理解も広がって関心を持ってもらったら被団協新聞を取っていただいてとお勧めし、組織化も図っていきました。

その後、県の補助金がついて、県内10カ所で説明会をやってくださいとのこともありました。77シンポの後くらいで10年間くらいでしょうか、実施しました。葉山さんも一緒に、県下各地、市役所の会議室などいろんな所で説明会をやりました。行政の方も助かったのではないかと思います。健康管理手当を取っていなかったとか、保健手当を取っていないなど、いろんな例がありましたから。被爆者手帳を取りたいという相談もありました。だからそうした説明をした後に、個別相談というのを実施していました。

中央相談所と地域の相談活動

被団協の中央相談所［★2］の活動との関係ですが、中央相談所ができたからといって、長崎県内で変わったということはないと思います。東京では東友会が大体相談は受けてました。各県から分からない部分を聞いていくわけです。各県でいろんな相談をやっていて分からないものをこれはどうした

★2　1976年7月に開催された日本被団協第20回定期総会で付属機関として中央相談所の設置を決定し、9月19日、「原爆被爆者中央相談所」が開設されました。日本被団協のウェブサイトに「中央相談所」のページがあり、設立や活動について記載されている。

らいいですかとか聞いたりするわけです。あるいは他県などでも本当に厳しい事例があり、それは中央相談所では弁護士に聞いたり、医者に聞いたりとできるわけです。弁護士が大体張り付いていて、週1回来て被爆者の法律相談を担当していましたし、お医者さんにしても精神科の先生、内科の先生だとかいて、熱心に教えてくれる先生がいらっしゃったので。私もどんなふうにしたらいいのか分からないからちょっと聞いてということです。高度なスタッフというのが中央相談所にはいるわけで、本当に心強かったです。また、中央相談所の相談員の伊藤直子さんは社会福祉士ですが、いろんな事例を知っていて、本当に親身になって話をしてくれました。私が聞くっていったら伊藤さんで、昭和22年生まれでかなり年下ですけど、頼りになるので。中央相談所ができたからといって相談活動のスタイルが変わるとかそういうわけではなかったですが、いろんな相談を整理するとか、そういうことはできたのではないかなと思います。

それとブロック（九州や中国、四国など8ブロック）で講習会がありました。長崎でも講習会をやるということはやってきました。長崎でも各地域の会の会長さんとか、いろんな人たちが講習会に参加して、相談をみんなで広げましょうということはあったんです。そして各地区の会長さんのところには「長崎被災協被爆者相談所」の看板を渡し、掲げてもらったんです。そうすると、その地区の人が会長さんのおうちに相談に来て、それが被災協に持ってこられるんですよ。相談は増えることになりますが、手帳申請なんかは自分たちでは片付きませんので。

中央相談所は社団法人としては閉じざるをえなくなりました。（２００８年から）補助金が入ってこなくなったからです。日本被団協中央相談所委員会として、被爆者中央相談活動を続けています。

77シンポ（NGO被爆問題国際シンポジウム）への参加と相談活動

１９７７年の「77シンポ」の生活史調査は、石田忠先生の力が大きかったと思うのですが、24ケースを17名の調査員で生活史調査を実施しました。先生が来られて、この生活史調査の取り方というのを講義してくださったんです。その取り方は簡単にいうと、過去、現在、未来という感じです。被爆前の生活だとか考えだとか、そして被爆したときにどういうふうにして被爆をしたのか、あるいはそのときどう思ったのかとかということ。そして被爆後の生活、その3つに大きくわけてとるということだったんです。その取り方も人が話した言葉で残しなさい、その裏にいろんな思いが込められているということでした。その後、相談活動をやるやり方に反映されました。本当に聞き方とか、とても勉強になりましたし、相談の入り方とか受け止め方とか、そういうのは変わりました。

いくつかの相談事例

相談の中には一人一人のケースがあります。

たとえば、二世の問題とか処理しづらいことがあります。四国の島に嫁いでいる子どもさんが被爆者で、その子ども、孫になるんですが白血病になった。それで娘は被爆者だということは伏せている。その白血病の子どもの治療費がかかるのでどうしたらいいだろうかという相談です。私はそのときは多分難病対策で勧めたんですが。そのお孫さんも亡くなったそうなんです。それで娘さんは被爆者だということをご主人に言った。娘さんもちゃんと手帳を取ったほうがいいんじゃないかということで勧めはしましたけど。その娘さんは幼児被爆で自分が被爆者だとを知らない、知らせていないいんですね。当時はそういう事例もありました［★3］。

結婚差別とかもあったころですから。中には、お父さんが、自分の娘は結婚すると言っているんだけど、相手の子ども、そのお父さんは被爆者かどうかわかりますかって言ってこられたんですよ。被爆をした人の子どもさんのところには嫁がせられない、と考えて尋ねてきたんです。これにはやっぱり、愕然としました。

失敗したというか嫌な思いをした例というか、健康診断受診者証のことがあります。時津で被爆した人なんですが、最初はお母さんからの相談ですけど、それは健康診断受診者証を取って、そして手帳に切り替える。健康管理手当のどれかにかかっていたら、普通の原爆手帳に切り替えることができ

★3　結局、長崎にいる娘さんのお父さんが亡くなり、その娘さんがお葬式に来たときに被災協に来て、手帳をとったという。横山さんによれば、手帳取得と同時に手当の申請もしてくださいと話はして、そうなったとのことである。

るとなっている。まずは受診者証を取って、そして手帳に切り替えるというふうなことをやりましょうとお母さんとは話してて、そして受診者証が取れたんです。そして、そのお母さんと娘さんが来たんですけど、娘さんがこんな手帳は要らないって投げ付けられて、そのときはびっくりしました。普通の原爆手帳が欲しかったということですね。これは受診者証から普通の手帳に切り替えるということができますからと言いだしたら、もう怒ってですね。お母さんは気の毒そうにして2人で帰られたんですけど。あとでまた心が静まったら来てくださいって言ったんですけど、お見えにならなかったですね。

　生活保護申請になる相談もありましたし、アルコール依存症だとかの相談もありました。夜に奥さんから電話がかかってきて、もう殺されるからって。すっ飛んで行きましたね。夫さんが暴力を振るうと、今だったらＤＶだとかで警察も介入するような事ですが。この近くの人だったから、山田《やまだ》（拓民《ひろたみ》）さん、谷口《たにぐち》（稜暉《すみてる》）さんとかに電話して、一緒に行ってくれって。その後、精神科の先生に、私が単独で先に相談に行って、こういう人がいるんですけど引き受けてもらえませんかっていうことでご相談して。その後で本人にそうしないとあなたは奥さんから離婚されるよって話して、それでとにかく病気だからこれを治しましょうと話して入院させました。奥さんからは感謝されました。ご主人からは、最後の方（晩年）は、とても本人も一生懸命で、その後頼ってきて、いろんな話をしたり頼まれたりでした。

相談活動の変化と今後

中央相談所や被団協で、原爆症の集団訴訟をやるということでしたが集団申請が先で、集団申請をしてその中で認定されなかった人たちを希望者に集団訴訟をしようということを決めたんですね、それで集団申請するには、私1人ではとてもじゃないけど駄目なので、相談員もチームを組もうということになりました。中央相談所の試験を受けて合格になった人を相談員にして、そしてみんなで勉強をして、認定申請書の書き方とかを勉強して、そしてこの集団申請にかかったんです。集団申請したけど認められなかった方が集団訴訟になるわけです。

　この集団訴訟に関わった相談員の人たちは、自分が申請に関わり原告になった人たちのお世話係にもなっていました。

相互に相談活動できるみたいな力量をそれぞれの皆さんが持ったていう感じになったんです。相談活動のあり方も変わることになりました。

　現在だと、老後とか介護の問題が中心というか、多くなっています。たまに認定申請があったりとかです。本来だったら保健手当の人っていうのは2キロ内被爆の人たちですから、この人たちをちゃんと健康管理手当の申請をするなり、あるいは認定申請をするなりというふうなことで進めていかなきゃいけないんです。前だったら、県が補助金を出していた各市町村の訪問のときに、その人たちが今は集まってという機会がないので、保健手当の人たちの対応なんかもちょっとできないですね。多分、郡部に多いと思うんですよ。高齢化してますから、紙を配っただけじゃ駄目ですし、電話でも難しい。訪問活動が主になると思います。

　本当だったらもうここに来たら、被爆者としては、最期の、終末のときを迎えるにあたって何を残さなきゃいけないのか。石田先生の教えじゃないけども、被爆体験をどういうふうに本人が捉えているのか。その被爆体験を少しでも、1行でもいいから私は残したい。そこから原爆っていうものに対してどう生きてきたのかという思いを吐き出してもらいたい。それがもう本当にその人の終末だろうと思うんですよ。それと同時にどういう老後を迎えているのかということを知ることも平行してやらなきゃいけないと思いますけど。

長崎原爆遺族会を受け継いで

本田《ほんだ》 魂《たましい》さん
中村《なかむら》俊介《しゅんすけ》さん

〈本田魂さんの略歴〉
1944（昭和19）年生まれ。1歳のときに、爆心地から約800メートルの防空壕で義理の姉の下平《しもひら》作江《さくえ》とともに被爆。母と祖母は爆心地近くの自宅で死亡。父親は特攻隊で出撃し、フィリピンで戦死。祖父の瀧川勝《たきがわまさる》に育てられる。2017年から長崎原爆遺族会会長。

［聞き取り日時・場所］2021年6月24日・本田さん会社事務所

〈中村俊介さんの略歴〉
1975（昭和50）年生まれ。長崎原爆遺族会副会長。被爆三世。現在は長崎市議会議員。

［聞き取り日時・場所］2021年7月25日・中村俊介後援会事務所

［聞き手］新木武志（まとめ）

［本田魂さん］

遺族会設立まで

祖父の瀧川勝《たきがわまさる》と浦上川で網を打ったら、骨が一緒にかかってくるとです。戦後すぐ瀧川のおやじたちは、集めた骨を、自宅からちょっと離れたところに五右衛門風呂を置いて、それに入れとりました。けれども、城山とか浦上の各地からも骨をもってくる人がおって、すぐにいっぱいになったので、昭和22（1947）年に納骨堂を作って、そこに骨を納めたとです。だから、瀧川のおやじと浦上川に行くようになっても骨がかかると、そのたびに、かかった骨を持って帰って、納骨堂に納めました。

今、下大橋があるですね、あそこがちょうど深みになっとるのと、もう一つ、城山の城栄の所と、活水高校のちょっと手前に深みがあった。潮は、今のプールの所まで来よって、深みに骨もたまってくるとですよね。そこは魚が多いけん、網打ったら骨も上がってくるという状況でした。網から上げても、大きかとは、多分、牛か馬の骨と思うとですけど、瀧川のおやじに言わせれば、人のために死んだとやっけんが、死んでしまえば、人間も牛馬も一緒ということで、そのまま納めよったとです。他にする人はおらんやったからですね。

冬は、猟銃、鉄砲撃ちしよったもんですから、瀧川勝のおやじと長崎中の山にずっと行きよったとです。そのとき、畑とか田の横に、白か骨があって、それを持って帰って納めよったとですよ。一番、自分が覚えとるとが、穴弘法さん（お寺）ってあるですよね。あそこから金比羅山に登る道があるとです。で、行きよったらですね、高射砲の陣地があって、そこには、多分、逃げてきんだろうと思うんですけど、相当、遺骨のあったですよね。高射砲の陣地、穴の中に、5、6人て言わん。あったとですよね。2回ぐらい、リュックサックに入れて持ってきた覚えがあるとですよ。小学校上がって中学校ぐらいまでは、網打ちとか鉄砲撃ちに行きよったもんですから、結構、骨は集めたとです。集めた骨は、持って帰って、水で洗うて、納骨堂に入れよったとですよ。

競輪場には何軒か売店や食堂とかあったですけど、納骨堂の費用を賄うために、長崎市から認められて、瀧川のおやじたちがそこの権利（食堂、売店）を確か持っとったとですもんね。それで、8月9日の万灯流しの灯籠作りとか平和踊りに費用を出したり、納骨堂のとなりにお寺（霊安所）を造った費用とかも出しとったとです。納骨堂のすぐ横に建てたとですよ。

その後、今の市民プールの所に、三菱が寄付して国際体育館っていうのをつくって、あの辺を整備するっていうことで、立ち退くことになりました（駒場町の納骨堂は1961年撤去）。あれも、だいぶんもめたんですけど、骨は平和公園の観音さんの所に持っていったんですよ。碑は観音さんの裏に移設しとるはずです［★—］。

昭和23（1948）年ぐらいから、長崎原爆殉難者慰霊奉賛会っていう形で、灯籠流し（万灯流し）を始めたって思います。それと、翌日は、平和踊りって言って、普通の人は盆踊りって言いよったのを2日間ぐらいしよったですよ。初め、今の市民プールの所は飛行場やったですから、そこでしだして。競輪場ができてから、競輪場の入り口のあたりでしてたんですよね。

瀧川は、城山の杉本亀吉さんとも親しかったし、式見街道に行く道に、永田萬次郎さんっていたとですよ、その人たちといろいろやってました。

長崎原爆遺族会について

瀧川のときは、自宅とかが事務所代わりだった。他の所のように、専従の事務員さんとか置いてなかったもんですから。できるだけ、経費をかけんようにっていうことで。なんかあれば瀧川の家に集まっての話をしよったですね。

はじめは自民党の倉成正《くらなりただし》さんを支持してたとですよ。でも、倉成さんが全然動かんっていうことで。それで、中村重光《なかむらじゅうこう》さん[★2]が瀧川のおやじに、原爆のことは自民党にばっかり言ったってダメ、社会党も今、力のあるとやけん、社会党も含めて話せんと話は進まんっていうことで、それから重光さんとの付き合いが始まりました。それで重光さんは、原爆についていろいろと国会でも取り上げとったとです。その関係で、中村重光さんの選挙も応援するようになったとですよ。

その頃、選挙のときに車を出すもんっておらんやったもんですから、自分が16か17歳のときから免許取って（当時は16歳から小型四輪車の運転免許を取得できた）、重光さんの車を運転しよったとです。昔は、選挙で島原や大瀬戸まで行かんばやったですが、立会演説会に行くとき、田植えをしてればそこに行ってあいさつするもんだから、今のように電話はなかし、時間が遅れて往生しよったとですよ。

中村重光さんは自分の身内も原爆で亡くしていたということで、被爆者の援護法とか何とかも、相当、力を入れて取り組んでおられたですね。あの頃は社会党も力のあったから。

また、調来助《しらべらいすけ》さんが長崎医科大（現在の長崎大学医学部）の遺族会っていう会を作ると[★3]、瀧川勝の息子が自分のおじさんになるとですけど、医大に行っていて、原爆で、2、3日して亡くなったので、瀧川のおやじが副会長になって、実質的にいろいろしよったです。その会は多分、瀧川のおやじが死ぬ2、3年前ぐらいまでしよったとですけど、もう、遺族っていう人が高齢になって、自然消滅みたいになったとですけど。

現在の遺族会

会長さんを引き継いだのは3年ぐらい前です。会員もおらんし、もう解散しますって市役所に言ったとやけど、解散は困るって言われて。こっちが何とかしてくれって言いたかとですけど。昔の人にお願いしても、もう、これでやめさせてくれっていう人ばっかりやったです。それで、遺族会の顧問だった下平（作江）と、被災協の会長だった谷口稜曄さんからも頼まれて会長になりました。

でも、会長になるときも、ちゃんとした引き継ぎはできてなくて、正林克記《まさばやしかつき》さんが亡くなった後は、会員の名簿も分からんって言われました。どっちにしても、実際、自分も80歳近くだから、次は新しか人、基本的に、もう、二世、三世、賛同する人を会員にしていくっていうことで、今、自分になってからの会員は300人ちょっとくらいです。半分以上は二世、三世です。

会費は全然集めてなくて、市からの補助が少し。足りないときは、何とか、寄付金で持っている形です。市の補助が17〜18万ぐらいですけど、ちょっと他の所に行くときは、自分が手出ししてます。17〜18万では大きな行事はできません。

年に1回、総会っていうか、役員だけの総会に12〜13人集まっています。前は役員会もしてないはずですもんね。なんかあれば、電話連絡でするっていうことで。だから、今の遺族会の活動は、目立った動きはできない。どうしても、専従がおらんもんですから。

また、瀧川勝が主になってしてたとき、中村重光さんがちゃんとしてくれたから、その分、動いたっていうことですけど、

★1 民生委員協議会と長崎被災協、長崎市が協議し、1958年、平和公園に隣接する一角に原子爆弾死没者慰霊納骨堂が完成したが、その屋上には観音像が安置されていた。その後、平和公園地下駐車場整備のため建て替えられることになり、1994年、別の場所に長崎市原子爆弾無縁死没者追悼祈念堂が建設された。

★2 中村重光、1910年生まれ。原爆で浦上に住んでいた家族を失い、自身も被爆した。長崎市議、県会議員を経て、56年長崎選挙区で日本社会党から立候補し、参議院議員となる。59年選挙で落選したのち、60年の衆議院議員選挙長崎1区で当選、以後、86年に引退するまで9期つとめる。98年に死去。

その他は、政治的にいろいろあったもんですから、嫌だっていうことになりました。共産党が平和運動っていうことで入ってきて、自分たちの言いたいことばかりだったりで、現在は、政治絡みは、もう、やめようということにしています。組織的なことは何もせんで、ただ灯籠流しや8月9日の供養に協力するということをしています。長崎原爆殉難者慰霊奉賛会がやっていた灯篭流しは、自分が、長崎建設産業労働組合（長崎建労）っていう職人の組合とずっと付き合いがあって、その人たちが船で引っ張って加勢してくれてたんですが、慰霊奉賛会がみんな歳を取ってきて解散するとなったとき、長建労が引き継ごうっていうことになり、そこに連合の人も入ってきました。今は、長建労が長崎原爆殉難者慰霊奉賛会を引き継ぐ形で、連合と合同で灯籠流しをしています（2020年はコロナの問題で中止）。これに遺族会も協力しています。

　それと、内田伯《うちだつかさ》さんから言われて、城山小学校のほうの原爆殉難者慰霊会の会長もしとりますから、それと一緒に、城山小学校の慰霊祭と合わせて、嘉代子桜［★4］のこととか、城山小学校の子どもたちに平和学習など協力するっていうことをしてるんです。去年は、城山小学校の慰霊碑に、火をともす塔を造ったりしました。

［中村俊介さん］

副会長として、被爆三世として

　本田魂《ほんだたましい》さんが、会長になったときに副会長にというお誘いを受けて、引き受けました。祖父の中村重光がこの団体の活動に関わっていたことがあるということと、被爆者の会員の方が年々減っていってるということで、二世、三世の方や、活動に賛同してくれる若い人にも会員になってもらって、会員を増やしたいという目的があったということです。

　前会長の正林《まさばやし》（克記《かつき》）さんが亡くなられて、引き継ぎで本田会長の名前が出たときに、本田会長としては、ご自身も高齢になっているということもあり、会の存続はもちろん、これ以上会員を増やすことはきびしいだろうということで、他の団体に吸収合併のようなかたちでやってくれないかという話をされたそうなんです。しかし、遺族会が団体のなかでも歴史が古く、なくされたら困るということで、引き続き会を存続させるためにがんばっていらっしゃる状況です。

　したがって会則についても、「原子爆弾の被害者である被爆者及び死没者の遺族等及びこの会の意義・目的に賛同する者を以て組織する」と、変更があったと思います。以前は、純粋に遺族しか入れなかったと思います。

　そして、私が最初に誘われたときに、個人的にはあまりに政治色が出すぎるのはどうなのかと考えていることがありました。私のまわりには多くの二世、三世の方がいますが、政治にかかわるような発言や活動に距離を置いている人たちが多く、そういったことからなかなか会員が集まらないのではというお話をしました。本田会長も、5団体共同会見とかは当然されるんですけども、会員さんにはこのような活動について強いることはあまりやらない方向で構わないということです。ですから遺族会が中心となって、政府に積極的に働きかけるというようなことは、あまりないということになりつつありますが、5団体での行動には、本田会長が必ず参加されています。

　現在は、コロナ禍というのもあって活動らしい活動ができていませんが、二重被爆した山口彊《やまぐちつとむ》さんの孫の原田小鈴《はらだこすず》さんの継承活動や、同じく三世である広島の写真家の方などと連携して継承活動を行っていることに対して、遺族会の予算から支援金を出したりしています。私個人としては、このような活動を行っている方々との協力を進めていくことで、これからも会を存続させたいと思っています。

★3　正式には長崎医科大学原爆犠牲者学徒遺族会。遺族会自体は戦後まもなく結成されていたが、8月9日に医学部の慰霊祭に参加するだけであった。1965年に調来助が会長となると、会では政府に対して、原爆犠牲となった学生たちを学徒動員令による動員学徒として認め、遺族に年金を支給するよう運動を展開し、1974年に要求をほぼ実現した。

★4　県立女学校の学生で、兵器工場の事務所がおかれていた城山国民学校に動員され、爆死した林嘉代子さんの母親が、女学生たちの慰霊のために贈った桜の苗木が、現在大きくなり、「嘉代子桜」と呼ばれている。城山小原爆殉難者慰霊会では、この「嘉代子桜」の苗木を県内外の自治体や学校に送る活動に取り組んでいる。

被爆者運動、友の会

井原《いはら》東洋一《とよかず》さん

〈井原東洋一さんの略歴・聞き取り日時・場所・聞き手〉48頁参照。

原水禁運動と労働組合

原水禁運動との関わりは、組合活動をする中でです。私の場合は、もう地区労運動ですね。原水禁の世界大会には、出席するというよりも世話役なんです。だから、よく長崎が話題になるのは、大会で現地の声が聞こえないと言われる。ところが、みんな警備や、要員とかに張り付いてしまうたんですね。論客を準備しとけばいいけど、いない。いろんな任務に就いてしもうとるからですね。

今も、いろいろ長崎大会実行委員会の役目を持っています。今は被爆者手帳友の会の役割で実行委員、代表委員になっとるんですよ。友の会の会長をする前は、私は常務理事を何年もしていましたけど、そのときは、会長がその役割を担っていました。私は、主として地区労の役員としてで、市議会に出る前、地区労の副議長を11年間やっていました[★1]ので。大体、原水禁大会のときは、主催者側っていうんですかね、そういうことで担当していました。もちろん毎回、欠かさず出ています。第1回や2回は出ていませんけども。

被爆者手帳友の会　前会長深堀勝一氏のこと

　私は、動員学徒犠牲者の会には関わってないんです。前の深堀勝一〔★2〕会長が動員学徒だったからでしょうね。軍人恩給などが議論されだして、動員学徒や女子挺身隊が置き去りにされることはおかしいと。もちろん全国的な運動があったからだろうと思うんですけれども、その運動に長崎で携わったんですね。本人は農林省、食糧事務所に勤めていたんです。その運動を始めたころ、被災協は被爆者援護活動などをし始め、動員学徒犠牲者もかなり組織しました。たぶん意見が衝突したんじゃないかと思います。前の深堀会長は、ウルトラワンマンでしたから。それで、手帳友の会を作ったんだと思います。

　私が被爆者運動に関わったのは、長崎地区労の副議長をしましたので、そのときからです。たまたま深堀さんが矢上に住んでたんですよ。切通《きりどおし》にね。近くに住んでまして、よく知ってましたし、積極的に関わるようになったのは議員になってからでした。

　手帳友の会ができる昭和42（１９６７）年のときには携わってないです。当時は福岡で労働組合の専従で、組合の書記長をしておりましたから、長崎にいなかったんです〔★3〕。しかし会合の写真を見ると、私もああいたのかなと思うものもあり、事務所へ出入りしたことは事実でしょう。被爆地域を拡大しなきゃならんということで、ずっと矢上地区が拡大該当地域でしたからね。

　動員学徒犠牲者の会や手帳友の会は、深堀《ふかほり》さん中心の組織だったといわれたりしますが、やはりそうですね。本当にワ

★1　編集委員会編『長崎地区労四十年史』（長崎地区労働組合会議、１９８６年）によると、１９７６年10月2日の第33回定期大会で副議長3名のうち1名に選出されている。

★2　長崎県動員学徒犠牲者の会や深堀勝一氏については、追悼集編集委員会編『長崎の鐘よ鳴れ：深堀勝一追悼集』（長崎県被爆者手帳友の会、２００７年）参照。略年譜によると、１９２８（昭和３）年１月12日生まれ、45年３月長崎市立商業学校卒業、動員学徒として三菱兵器工場で作業中に被爆。47年８月長崎作物報告事務所に就職、75年九州農政局長崎統計情報事務所退職。

★3　聞き取りと家族に確認したところによれば、井原氏は、１９６７（昭和42年）から、福岡市で、全九州電力労働組合の本部専従・書記長をつとめ、69年に長崎に帰ってきた。

ンマン組織でした。私が会長になるころは、もう本当に支部のお金が、会費がバラバラだったんですよ。1000円のところ、1500円のところもあるし、2000円、2800円のところもある。それでね、文句言うたら、（会長が）もう辞めていけ、もうこんちゃよかっていうもんだから。次々に支部が離れていきました。動員学徒犠牲者の会はですね、1万5000円ですよ、年間会費が。そのうち1万円は本人のものだったんですよ。俺がしてる、してやったんだ、手当が軍人恩給なみに出るようになったのは。深堀〝天皇〟だったんですよ。

しかし、亡くなる直前にね、そういうことは駄目だと私らが言って。机の下を掃除してたらダンボールが出てきて、中村副会長と中身をみたらね、お金がはいっとったんですよ、7000万円ですよ、7000万。会長、お金がでてきたと言ったら、ああそこおいとったと、というような調子です。もう公私混同なんですよ、全部ね。金がないって言ったら、じゃあ使っとけって言って、200万ぐらい持ってくるでしょ。もう、どこからどうしたのかなんてわからないぐらいの調子でした。事務局長がいろいろ言うと、辞めさせられる、そういう状況でしたからね。

私は常務理事に任命されたんですが、その時はまだ被爆者手帳を持たないんです、2002年まで申請してませんでしたから。それで手帳友の会の会員になれるのかと聞いたら、なれると言うんですよ。会長と副会長と監査は大会で承認せんといかんけれども、常務理事は会長が選任できると、規約に書いてある、被爆者運動に理解を示す協力者は会員であるとできるんだから心配するなと言って。それで私は常務理事になったんです。選挙が終わって市議になってから間もなくですね。

彼はいろいろ言いながらも、よく話は聞いてくれた。あんたのいうことはきかんといかんばねーとか言って。だから本当に対立したことはありませんでした。

私が会長になったのは、2006年です。2月に亡くなりましたから、私が6月でしたか、その間、中村キクヨさんに代行になっていただいて。あとで正式に信任投票をしていただいてなったんです。以降ずっと会長で、副会長もほとんど変わってません。

毎年6月に総会をしています。それと毎月の行事を、9日ですね、9日は毎月平和公園で鐘を鳴らす。これはもう召集をかけないでもだいたい20人程度は毎回集まって、食事をして近況を語り合って帰るということをやってます。私になってやったのは、まず会費の統一ですね。会費を全県下統一しまして、そして支部、連合支部に還元金をやることにしました。支部には500円還元、1人あたりですね。3つ以上の支部をまとめている連合支部へは、1000円還元ということにしました。だから年間2800円ですけど、支部を持っているところは支部費が500円、だから本部に上げてもらう金は2300円と。連合支部があるところは1800円を本部に送っていただく。しかし支部機能の方が果たせなくなってきまして、今はほとんど個人あてに本部事務局から直接郵便振込みなどを送っています。集金したりしようとすると、支部も高齢化して、なかなかできないんですね。昔は支部会をしてるところが多かったんですが、その支部会ができなくなりました、だんだん。

被爆者5団体

もともと被災協が一番最初にできて、私達も多分その一員だったんだろうと思うんですけど、内部分裂みたいなことになって。私達被爆者手帳友の会は、最初にできたのは動員学徒犠牲者の会というのが昭和32（1957）年。長崎被災協が結成したころですね。そして10年のちに昭和42（1967）年長崎県被爆者手帳友の会というのを立ち上げたんです。初代の深堀会長は被災協の会員だったと思います。

長崎の5団体に長崎原爆遺族会がありますけど、もともとは長崎被災協の中の組織の一員なんです。団体加盟してます。私達から分かれていったのには、自民党系だったんですけど、核禁会議と関係が深い被爆者手帳友愛会というのがあります。それから長崎県平和運動センターの中に、被爆連という組織がある。もう今は労働組合の中に被爆者はいないんですけど、当時被爆者だった人たちがまだ労働組合に所属していて、この人たちがいづれの組織にも入らず、被爆者の団体をつくった。こうして、5つの団体になってるんです。

最初はもう非常に、原水協・原水禁の分裂もありましたし、核禁会議ができたりしたこともあって仲悪かったんですよ。5団体がなんとか一緒にやろう、一緒に行動しようというふうになったきっかけは、私も提唱者の1人なんですけれども、国民保護法のときです［★4］。原爆被爆を非常に過小評価す

★4　第1部第2章77頁、注4参照。

るような形のモデルを広げたりするようなことについても許せない、何とか一緒に行動しようと、市長の伊藤《いとう》（一長《いっちょう》）さんに申し入れをしたわけです。そのときに、市長も総務省が出してる避難モデルっていうのは許せないと。原爆は、落とさせないことが全てであって、落ちてから逃げることはできないと、かなり国に対しても抵抗したんです。そういうこともあって、共同でいろいろ話し合って、会費も取ろう、懇親会も時々しようじゃないかと。その後、ずっと反原発、反原爆、その他、戦争など、平和を脅かすことについては話し合って、２００６年のはじめに共同で政府とか関係先に抗議をする。そういうことを続けてきております。

ただ、どうしてもまとまらないときがあるんです。少なくとも、平和センターと、原水禁、長崎県被爆二世の会、それに友の会、これは、まとまって声明とか、行動とかしようということになってます。めったにありませんが、どうしても5団体がまとまらないというときは、そういうふうにしようとしてます。

原発についてはですね、２００６年当時はまだまだ。核禁会議の影響もありましたから。被災協も核の平和利用という感覚がありましたので。明確に原発反対を唱えておったのは、被爆者手帳友の会と被爆連でした。私達から分かれていった長崎県被爆者手帳友愛会は、もともと自民党の市会議員が地域拡大運動を重点に取り組むという名目で出ていったわけですけれども、その後、会長が次々に変わってね。核禁会議の副会長でもある中島正徳さんは、もう強烈な反核思想というか、体験上からそう思ってまして、原発も反対です。核禁会議が何と言おうとですね。

とにかく平和のことで共同行動を取ろうということで、核兵器が実験されたり、いろんなことがあるたびに話し合って抗議声明を出したり、あるいは行政に働きかけを一緒にしたり、となりました。もう十数年になるんじゃないですかね。

５団体、被爆者組織の将来と危惧

私たち被爆者が被爆者救援で動いてきたものが、いつの間にか、もう平和団体の代表であるかのような扱いを受けてきていますけど、決して力があるわけでもないし、人材も不足しています。一番、私が心配しているのは、この、平和発信の都市長崎といいながら、それを担っていく人たちが枯渇すると。これは行政も含めてなんですけど。被爆者団体も、この前、中島さんが亡くなりました。後継ぎが出てこないですよね。うちもそうなんですよ。

長崎市は、私たち被爆者手帳友の会を除いて、他の団体には、全部、財政援助をしています。それはしかし、わずかで年間二十数万という程度のものです。かつては、共産党系、社会党系、民社党系、自民党系っていうふうに裏打ちされたような組織だったわけですが、今はもうそうじゃなくて、一応「5団体」という形で固有名詞のように使われるようになってきているわけです。しかし内実は、それぞれ財政難、運営難っていう問題を抱えておりますので、やがて、これ、一本化していく。そうならざるを得ないなというふうに思っているわけです。

まず、事務所なんかを考えたときに被災協の事務所は、もともとは被爆者の店を持っていましたし、今は長崎市と財産を運用しているんですね。そうすると自分のものだから維持管理をして修理をしなきゃならん。売店は、本当に収益が出ているのかっていうと必ずしもそうでもないっていうようなこともあって、実は、重荷になっているとも聞いています。だから、私は、長崎市が有償で買い取ってくれれば一番いい被爆者団体、今、5団体ありますけども、名前だけの団体もあるわけなんですよ。例えば被爆連っていったって、労働者の中にもう被爆者いないんですから。全部ＯＢですから。その費用はどうしているかっていうと、おそらく原水禁からいくらか補助をもらっているんじゃないかなとも思います。一人一人が会費を出し合っているっていうことじゃないだろうと。

私たち手帳友の会は年間2800円の会費を取って、会を運営していますけど、この3年間は、大体、150万ぐらいずつ、単年度で赤字になります。ずっと毎年100人ぐらい減りますから。そして、支部がなくなる。担い手がいなくなって、支部がなくなると集金がなかなかできないんですよね。郵便振り込みで本部が直接対応するっていうことになってくると、もう激減するんです。

中島さんの手帳友愛会は、うちから出て分裂していった組織なんですけれども、彼は原発は絶対認めないという、被爆者として認めないという意志を貫いてきてくれましたけれども、彼が亡くなってどうなるか。分かれたときは2500ぐらいおったんですけど、今、どのくらい実在人員がいるかですね。しかも、まとめ役がいなくなると今度は会費収入、集金体制が整わないということもあります。

もう一つ、原爆遺族会というのがあります。今は、本田魂さんという人が、建設産業労働組合の役員をしておった人で、非常に真面目な人で、それでもう本当にやむにやまれぬで、彼が、今、引き受けて会長をしているんで。おそらく数十人だろうと思うんですよね。だから、彼の自宅を事務所にして、今、本当に孤軍奮闘している状況にありますが、ここも非常に難しいというふうに思っています。

できれば、長崎市には、私は、私個人の話として、個人っていうか、被爆者手帳友の会の会長の立場もあって話しているのは、被災協が、非常に建物の維持管理で困っているということであれば、やがて、これは長崎市が引き受けるべきじゃないのかなと。そこに、それぞれ別々の所に事務所を借りて事務所費を負担し人件費を負担しておるのを少しでも身を軽くするためにも、長崎市の建物に無償入居させるようなことをしたらどうかと。そのことは、やがて、全体の被爆者の統一ということにもつながるんじゃないのかなと思っておるんです。しかし、これ、いざするとなると自分の所も若干の金がありますから、その財産の処理もありますし、難しい。しかし、そうせざるを得ないですよ。

もう今、長崎市の中で3万人ぐらい被爆者がいますけど、これがもたらす財政的な効果、国からの援護対策費は１７０億円ですよね。１７０億円っていう金が、あと5年か10年したらゼロになる可能性がある。長崎の財政は、今、収支でいくと60パーセントぐらいが義務的経費ですよ。やっと投資予算というのは２００億あるかないかっていう状況です。１７０億は、被爆者の医療費、もしくは、健康管理手当として支出される国費なんですよね。これがなくなると、もう本当に長崎は大変なことになるというふうにも思っています。最終的に被爆者対策は、そういう財政面から考えても重視せざるを得ないんじゃないかなと思っています。

労働者として、被爆者として

川野浩一《かわのこういち》さん

〈川野浩一さんの略歴・聞き取り日時・場所・聞き手〉
37頁参照。

県職での組合活動

私が長崎県庁に入ったのは1961年です。最初に発令されたのは税務関連でした。そのうちに、少しずつ県職員の組合運動に関わりをもって、僕は目立ったんでしょうね、1966年7月に壱岐に転勤させられて。壱岐の連中は、「いい活動家が来た」と言って、すぐ向こうの書記長にさせられました。

壱岐から69年4月に長崎に帰ってきてすぐ、県職員組合（県職）の青年部長をさせられたんですよ。2年間ぐらいして、次に賃金対策部長になりました。当時、看護婦さんたちの「ニッパチ闘争」[★1]があって、その翌年には福祉施設の保母さんたちの増員闘争があった。結局、この2つに関わったら、職場に寝泊まりみたいな格好になるんですよ。朝、一睡もせずに職場に出て行って、係長から「お前、そこに座っておっちゃだめだ。とにかく当直室で寝てこい。業務命令だ」と言われるくらい、ある意味では職場の理解もあったんです

★1　夜勤制限をめぐって1968年から看護婦たちが始めた闘争のことで、夜勤を「2人以上・月8日以内」に制限することを要求したことから「ニッパチ」の名が付いた。

ね。しばらくしたら、職場にも全然出ていかなくなって、「ヤミ専」ですよね。そうこうしているうちに、今度は県の人事課長が「川野君、頼むから組合専従の役員になってくれ」と。人事課とずっと交渉しとる相手が「ヤミ専」の賃金対策部長というのは、どうも説明がつかん、あんたの言うことは何でも聞くから、とにかく職場から離れて専従になってくれと。いろんな条件付けて、専従になりましたけどね。僕が組合の賃金対策部長から書記長になるころは、組合活動が激しかった時代です。

そのころ僕自身は、被爆者という意識はまったくないですね。壱岐におったときに結婚しましたが、自分が被爆していることを表立って話すことは全然なかったです。妻は薄々わかっとったんじゃないかなと思いますが。被爆者健康手帳も、（制度形成の）初期に祖父が家族の分をぜんぶまとめて取っているんですよ。僕が知らない間に取っていて、「取ったぞ」という話だけを聞きましたけども。当時においては、被爆者手帳を持っておっても、使い道はなかったですからね。

労組の中に被爆者の組織が誕生

僕たち組合も、原爆のことについてはある程度取り上げてはいたんです。ただそれは、どちらかというと長崎県労評の動員が中心で、県職組合独自では被爆者の待遇改善の問題という取り上げ方でした。当時、原爆検診についても、県庁のどっかの会議室を空けて、そこに向こうがくればいいじゃないかと。あるいは、検診に行く場合は公休として扱え、とか。それから、もし原爆病と言われるような病気になったときに、一般の疾病と同じように取り扱うのはおかしい。結核と同じように病気の療養期間を適用すべきだと主張していました。

１９７４年、総評が、自治労や教組などの単産ごとに被爆者連絡協議会を作れという指示を出していました。援護法の制定を目指したものです。そんなに数は多くないけど、白血病で亡くなったりする顕著な事例が出てくる。総評としては、平和運動の一環としてその運動を推していこうという面もあったと思いますね。

その指示を受けて、まず、県の職員の被爆者名簿を作りました。その中から、組合の活動家みたいな人たちが中心ですけども、役員を募って、被爆者連絡協議会を１９７４年12月２日に結成しました。このとき中心になったのは、県職労組の委員長からのちに県会議員になった城戸智恵弘《きどちえひろ》さんですね。その上に自治労の被爆連があるんですけど、長崎県内で実際に被爆者の組織ができたのは、県職と市の現業労組だけでした。さらに、1975年1月には、長崎県労評単産被爆者協議会連絡会議（通称：被爆連。現・長崎県平和運動センター被爆者連絡協議会）を結成しました。

我々県職ではそれ以前から、組合の機関誌に原爆当時の県職員の人たちの証言を載せたり、あるいは、女性部は女性部で『あの日あの時』という冊子を出したりしていました。これを見て、県庁は原爆の時にこういう格好で燃えたんだ、そのときそういう状況にあったのかと、組合員の皆さんたちにとっては（原爆の問題が）身近なものになっていったと思いますね。

僕が青年部長の時に、（被爆二世だった）島原の青年部員の方が白血病で亡くなったんです。そのことを組合の情報紙で書いて出そうとしたときに、その部員のお母さんから、「妹の結婚話が今出ている。もしそのことが知れて、妹も被爆二世だということになると破談になる。だから（息子のことを書くのは）止めてくれ」と。それで、その情報を没にしたことがあります。

そういう運動の積み重ねの中から県職被爆連を作っていったと思います。

ところが、被爆者の数が他県では少ないもんだから、なかなか他県には組織化できないですね。広島・長崎に加えて、大阪、神奈川、4つか5つぐらいですかね、自治労被爆者組織ができたのは。まあ、それも被爆者がいなくなってしまうと、ダメになっちゃうんですね。

全国レベルで見ると、私たちの運動は（中央の）自治労の被爆協の範疇でやっていくという格好ですから、狭いわけです。厚生省（当時）に私たちも自治労本部と一緒になって行って、向こうの部課長たちと話し合いをするわけですけど、自分たちの労働条件の問題が中心でした。そういう活動も、80年前後で終わりました。

当時としては、学習をするというよりも、総評の指示で動く中で学ぶという感じです。県の職員の場合は、共済組合もありますし、民間に比べるとある程度恵まれていると思います。だからそんなに切実に、病気でどうだこうだということは、私としては、当時若かったせいでしょうか、強く意識していませんでした。

県職員の原爆慰霊碑

私は、県職の専従期間が１９８７年に切れたもんですから、職場に帰って、県職の長崎支部長をしていたときに、県職員の原爆の慰霊碑を作ろうということになって、「１００円カンパ20回」を提起しました。毎月１００円、20回も職場の中に行ってカンパを集めんといかんのです。我々が8・9を訴えるために毎月動き出したら、県の総務部長が「慰霊碑建立については、組合だけじゃなくて、県の方も関与させてくれ。県も応分の負担をするから」と。「いや、いらん。県から金をもらわんでも我々の方で作る」（笑）、「いや、いや、そういうことできるもんか。県の職員の慰霊碑なんだから、それは応分の負担をする」と、受け取れ、受け取らんの論議が続きました。最終的に県も３００万円くらい出したんじゃなかったかな。

１９４５年の被爆当時、県庁機構の中に警察の組織がけっこう入り込んでいたんです。労働部の一部とか土木部なんか。それで僕たち組合は県警に行って、「実は原爆の慰霊碑を作ろうと思っている。当時の状況を知りたいので協力してくれないか」と言ったら、まあ、当時のことを知らない人なんですよね。「あの時（県庁が燃えた時）、県庁の職員はみんな逃げたとげなね」などと言っても、まったく相手にしないんですよ。腹が立ちました。実態は、県の機構の中に警察も入り込んでいたし、若い男性職員はみな兵隊に取られ、残っていたのは女性と兵役に就けない人ばかりでした。それに、大部分は、勝山小学校（現在の桜町小学校）や県立高等女学校に分散して移っていました。県庁舎に残っていたのは、わずかばかりの職員でした。

そういうことで、実質的には組合が全部作ったんですけど、場所をどうするかで県と揉めましてね。僕は、県庁の玄関前の一番いいところと思っていたんですが、総務部長は「いや、川野さん、慰霊碑は墓よ。墓ば玄関の真ん前に作るって。ちょっと裏側に作ってくれ」と。それで、植え込みのところに作ることになりました（碑は１９８1年8月9日に完成）。（県庁が移転した）今は、新庁舎と県警の中間の、屋上の一部に移転しました。

被爆地域の拡大

被爆連としてはかなり早い段階から被爆地域の拡大の問題について取り上げてきたんです。今の被爆地域は、非常にいびつな格好をしています。（爆心地から）一律半径5キロ以内に定めたというならまだわかるんですが、原爆が投下された当時の長崎市域が被爆地域になっているんですね。南で言うと、12・4キロぐらいのところまで被爆地域になっていて、科学的な点から言えば矛盾している。（原爆直後の）風はどちらかと言ったら、島原や熊本の方に吹いているわけです。ですから、被爆地域が東の方、矢上の方に伸びるならまだわかるけど、南の方に伸びている。

被爆地域については、国会議員がその地域の人たちの要請を受けて厚生省（当時）に働きかけ、拡大したのです。それで、厚生省は、１９８０（昭和55）年に原爆被爆者対策基本問題懇談会（通称・基本懇）に答申を出させ、確固たる科学的立証がない限りにおいては、これ以上被爆地域の拡大をしないという決定をしました。その後、長崎市や長崎県は、この矛盾を解消しようと地域拡大の努力をするんですけども、ことごとくはねられました。

そうした中、僕が退職後、長崎勤労福祉会館の館長をしていた時に、厚生労働省が会館で被爆地域拡大に関する説明会をしたんです。厚労省の課長補佐が来て、「『被爆体験者事業』というのを発足したい。今はできないけど、数年のうちに、（地域外の被災者も）被爆者と同じような取り扱いをする」と言って、原爆手帳の交付を求める被爆者を説得したんです。それが「被爆体験者事業」の最初なんですね（２００２年開始）。この提案を受けて、県議会も「この案を支持する。これ以上、被爆地域拡大をお願いする行動はとらない」という決議をしたんです。だから県は、この県議会決議に縛られて、被爆体験者事業の批判はしないんです。なんで厚労省のあの課長補佐はあんなことを言ったのか。その言葉を信じて、県議会がなんで決議文を出したのか、不思議でなりません。しかし、約束は守られなかったんですから、県議会は決議を白紙に戻せばいいし、県は長崎市と協力して被爆体験者事業の是正に努力すべきです。

被爆者5団体

何が原因で長崎の被爆者5団体［★2］の連携ができてきたかと言えば、国民保護法なんです。国民保護法について、なんで被爆者は動かないんだってことを、舟越耿一《ふなごえこういち》さんが言われました［★3］。それを聞いて、私も、この核兵器に関する問題については、やっぱり我々が中心にならんといかんと思ったんです。それで、被爆者5団体に相談して、県に対して反対の申し入れをしようとなり、県に連絡を取ったら、危機管理監が会うという返答だったんで、「冗談じゃない、5団体が雁首揃えて行くんだから、知事がきちっと対応せろ」と。5団体で特応室に押し掛けて、応対した知事に国民保護法に反対だと訴え、同様に長崎市長に対しても申し入れをしました。当時、伊藤一長《いとういっちょう》さんが市長ですが、市長は「私もおかしいと思う」と。「じゃあ、あなたは総務省に行くべきだ」と我々は迫りました（国民保護計画は総務省の担当）。その2日後に市長が総務省に行って、「どうだった」と私たちが尋ねると、「いやいや話にならんですよ、総務省は。喧嘩別れで帰ってきました」と。じゃあ、長崎市はどうするんだ、この項目（核攻撃対処をめぐる項目）は入れるべきじゃないと思うと詰めよると、市で研究会を作るので、（被爆者5団体からも）その中に入ってくれと言う。ところが、メンバーをみたら警察とか自衛隊なんですよ、多くが。こういうのに入っても議論は噛み合わないので、我々被爆者は外から反対をするということで委員には入らなかった。

長崎市では、伊藤一長さんの時は計画作成が終わらず、今の田上市長の時になって、核兵器に関する項目は入れず白紙にしたまま市の国民保護計画を出すということにようやくなったんです（長崎市の国民保護計画作成が終了したのは2014年1月24日）。被爆者5団体は、この問題で市や県とやり取りをする中で、結束を固めていったんですね。もう一つ、久間《きゅうま》章生《ふみお》防衛大臣（当時）の「原爆しょうがない」発言も、5団体の結束を固めるきっかけとなりました〔★4〕。

★2　川野さんが現在議長を務める「長崎県平和運動センター被爆者連絡協議会」（被爆連）に加え、長崎原爆被災者協議会、長崎県被爆者手帳友の会、長崎県被爆者手帳友愛会、長崎原爆遺族会の計5団体。

★3　第1部第2章77頁、注4参照。

★4　久間氏は2007年6月30日、千葉県内での講演で、米国の原爆投下について「長崎に落とされ悲惨な目に遭ったが、あれで戦争が終わったんだという頭の整理で、しょうがないなと思っている」と述べて批判を浴びた。

長崎県被爆者手帳友愛会の活動に取り組み続けて

永田直人《ながたなおと》さん
野口晃《のぐちあきら》さん

〈永田直人さんの略歴〉

1932（昭和7）年生まれ。当時の福田村大浦郷（現在の大浜町）で被爆。友愛会会長。

〈野口晃さんの略歴〉

1940（昭和15）年生まれ。香焼《こうやぎ》から爆心地に入り入市被爆。友愛会副会長・事務局長、香焼支部長。

［聞き取り日時・場所］永田さん…2021年7月19日、野口さん…2021年7月21日・いずれも友愛会事務所
［聞き手］新木武志（まとめ）

友愛会の設立

［永田直人さん］友愛会が発足したときのいきさつはよく知らないんですけど、友愛会の創立は昭和54（1979）年の8月です。初代会長が私と同郷の手熊の吉田満《よしだみつる》さんですけど、それまでは被爆者手帳友の会だったんです。手熊《てぐま》ももともと被爆地域になっていなかったんですけど、吉田さんが被爆地域になるように尽力されたそうです［★1］。そして、手熊のほうで、友の会から分かれて友愛会を設立され、まだ被爆地域になってない所を被爆地に認めさせる運動をずっとされていた。被爆地域の拡大のために発言をするし、実行力があって、普通の言葉でいえばやり手だったです。単身で上京し、

政府との交渉に行ってました。

［野口晃さん］事務局長だった辻村保子《つじむらやすこ》さんが、前は手続きが複雑だったから、手当の申請とか、書類関係で、市役所につなぎをする仕事をしてたんです。介護手当申請とかそういう書類の相談を受けてから、市役所につなぎよったんですね。それが事務局の主な仕事だったんです。前に会員の方が白血病で亡くなったときに、辻村さんからそれは対象になっとるから申請してみんですかと言われて、後でおかげで手当てがもらえるようになりましたと言っていました。手当が出るとかわからない人が多くて、医者も言ったりせんわけですよね。だから前は相談事が多かったですよ。相談する人も多かったんです。年取った会員の方で、辻村さんにお世話になったという方が多かったですよ。それで、相談にのって、申請書を書いてやって、市役所に連れて行って、被爆者のお母さんのような存在だったですね。

支部の活動

［野口晃さん］香焼町《こうやぎ》には、入市被爆とか、よそで被爆して香焼にいる被爆者と、被爆体験者がいるんですよ（香焼町は２００２年に健康診断特例区域となる）。


私が原爆手帳の交付を受けたのは、31歳のとき（１９７１年）です。香焼町には被災協の香焼支部がありましたが、それとは別に１９８７年に香焼町原爆被爆者の会が発足しました。先輩に聞いた話によると、友愛会が被爆地域の拡大を政府に陳情に行っていたので、香焼町原爆被爆者の会も一緒に行くようになり、友愛会のお世話になるようになったということです。私は、知人に誘われて50歳のとき（１９９０年）に入会しました。そのころの友愛会の会長は松本七郎《まつもとしちろう》さんで、私も先輩に連れられて年に一度友愛会の総会に出席していました。

［永田直人さん］私は、結婚して手熊に住むようになったんですが、手熊町の自治会長が吉田満さんで、私は自治会の農道建設の会計や自治会の総務をしていました。吉田さんも私もペーロン［★2］愛好者でした。吉田さんは会長としてペーロン発展に尽力され、その功績もあり、お亡くなりになられた際は、ご遺体をペーロン船にのせて手熊湾を一周しました。私もペーロン船の太鼓叩きを約35年間勤めました。また、会社勤めのときは、偶然、事務関係にいた私の担当部門下に、友愛会前会長の中島《なかしま》正徳《まさのり》さんが機械工でいました。

それで、平成６（１９９４）年ぐらいか、定年後1年して手熊支部のほうに入会したんです。それまでは、全くこのような活動はしてなかった。退職後、友愛会の手熊支部に入ったのは、少しでも皆さんの糧になればと思ったからです。

それに、私は旧制の県立瓊浦中学校（現在の長崎県立長崎西高校）の1年だったんですが、当日、同期生が114名、亡くなったでしょう。8月9日は、その前に校庭に爆弾が落とされ、直径15メートルぐらいの穴が空いたり、防空壕に避難しているときに、機銃掃射を受けたことがあって、恐ろしさが残っていて、学校に行っても、また米軍機からやられるばいっていうような予感がしたんです。それで、他の学校の生徒も含めて、待機しとこうかっていうことになって、待機しとったんです。それで幸運にも一命を取り留めたわけです。

だから、亡くなった多くの人たちに対しても、少しでもお役に立てんかなと。それで入会したんです。手熊支部では、会計をしたり、書記をしたりしてました。会費を徴収したり、各行事に支部から、例えば、8月9日の慰霊祭とかに動員する。縁の下の力持ちというか、そういうような感じです。それから何年かして支部長になりました、今もそうですけど。そして、ここの本部の理事も務めていたんです。その理事中に、知らぬ間に副会長になってたんです。

友愛会の活動と現状

［野口晃さん］事務局が会員を市役所につなぐ仕事をしていたんですが、今はそういうのがなくてもある程度わかるものだから、なくてよくなって、会にお世話にならんでもいいと、やめていった。香焼の被爆者の会（香焼支部）は、香焼町が長崎市になって（2005年長崎市に編入）、町からの補助金もなくなっています。会員は現在18名で、そのなかには被爆地域是正の運動のために入ってもらった被爆体験者の方が何名かいます。中島会長が亡くなって解散の話がでたんですが、県市から

★1　原爆投下時、西彼杵郡福田村の一部であった手熊郷は、原爆医療法制定時には被爆地域に指定されなかった。その後、福田村が長崎市に編入されると手熊町となり、1976年に爆心地から6キロメートルの長崎市周辺の町村が健康診断特例区域に指定されたときに、手熊町もこの特例区域となった。この健康診断特例区域の指定については、第2章コラム「被爆地域の変遷と被爆者」（112頁）を参照のこと。

★2　長崎の各地でおこなわれている、中国から伝わった木製の手こぎ船による競争のこと。

補助金ももらっとるし、会員も何百人もおるのだから、会長が亡くなったから解散するというのはだめだろうということで、今、継続してやっているんです。ただし、中島さんが入院していたとき、引継ぎがうまくいかず、現在は、５団体の一員として活動して、署名運動などをやるとともに、会報を作って送ることと、月水金に交替で事務所に出て、会を存続させているという状況です。

［永田直人さん］従来は、健康管理手当をもらうためには、定期的に更新手続きが必要だったんです。そこで私が、前々会長の松本七郎会長のとき、友愛会本部の定期総会の席上で、現行の制度は見直したらどうかと、次の理由をあげて提案しました。

（イ）3年、又は病状により5年ごとに更新手続きを行っているが、高齢化が進む現在、病状は悪化しても、治ることはない。

（ロ）病院で1万円を支払い診断書を出してもらい、被爆者手帳に添えて、役所に持って行き、手続きしている。

（ハ）高齢となると歩行、また手続きは困難になる。

この件は、行政への陳情を重ねたりした結果、約4年間を経て政府が認可し、現在は自動的に更新され、手当は自動振り込みになっています［★3］。

前会長の中島さんが２０１９年3月に亡くなって、1年間会長は不在だったんです。その空白期間、私が名目だけの副会長だった。１年ぐらい決まらなかったのは、中嶋さんが、1人で内外職務を全うしとったからです。この大きなグループの会長には、誰も急にはなり切らんです。後継者づくりがなかったです、当時は。だから、会長になってもらえんかって、話が出たけれども、誰もならんです。他の被爆者団体と接触していくのも、体験がないと大変です。そこで、それなら解散たいということになったんです。でも、解散っていうことになると、これは困った。他の人に対しても申し訳ない。初代会長は私どもと同じ町内の人だし、おかげでうちの地域も拡大して、手熊の皆さんは助かってるんです。恩恵を受けてるんですね。だから、その恩恵を考えると、私は初代会長に対してどうしても解散できんなと思い、誰もなる人がおらんから、私が仕方なく会長になったんです。会長が正式に私に決まったのが翌年の6月の役員会です。そして手熊支部長を兼任しながら現在に至ってるんです。

友愛会は中島さんが会長になった頃（約10年前）、２４００～２５００人いた会員は、現在１６００人ぐらいだと思います。会費を納めてる人が５００人ちょっとくらいです。会費は世帯ごとの納入で、1世帯で会費を納めるのは1人ですが、会員のなかには世帯の会員数分の会費を納めている方もいらっしゃいます。しかし、今は会費だけではやっていけないんで、核禁・平和建設［★4］、あそこから活動補助金をいただき、助成していただいています。その関係で私が後継ぎしたような感じで、副議長として理事会やいろいろ会合にも出ています。中島さんが核禁の議長をされていたんです。その関係で私が後継ぎしたような感じで、副議長として理事会やいろいろ会合にも出ています。それで、核禁のほうでカンパを集めていて、それには私たちも協力しているんです。その浄財から私たちや、原爆病院、恵の丘長崎原爆ホームの施設なんかが助成金をいただいています。それがなんとか活動資金となっています。

今後の課題

［永田直人さん］ 5団体とのつながりに苦労しました。今、ちょっと慣れて、5団体の人とも顔見知りになったなあって思います。核のない世界を築いていくためにも、5団体で意見を出すところは出して、少しでも核廃絶に役立てばと思ってます。そのために、被爆体験をどういうふうにして継承していくかです。被爆体験の話とかは中島会長がやられてて、私も時々は町内で講話したり、他の支部の所にも行ったりして講話するときもあるんです。でも、友愛会単独では、継承事業とかっていうのは難しいです。

それと、友愛会には被爆体験者が、会費未納者を含めて推定で約千人います。被爆地域が拡大になれば助かります。可能性があるかも分からんですね。今度の広島の黒い雨の裁判にちょっと期待しているんです。体験者のこと、被爆地域の拡大については、5団体と結束しながらやってます。

そして、現在の課題は、後継者づくりです。それが一つの問題です。会員をいかにして維持していくか、毎日気にしてる。できれば二世の方が、若い方が後継者になってもらえればと思ってるんです。二世の人が加入してもらえば、ある程度、維持はできるとでしょうね。現在、二世は会費を徴収していないのですが、200人はいるんじゃないかと思います。

★3　2003年に健康管理手当の受給期限は原則撤廃され、永久的な支給制度とされた。ただし、例外として、鉄欠乏性貧血、潰瘍は3年、甲状腺機能亢進症、白内障は5年の期限となっている。

★4　核兵器廃絶・平和建設国民会議。1961年に原水協から分かれて核兵器禁止平和建設国民会議として結成され、2014年に現在の名称となった。

コラム　被爆地域の変遷と被爆者

「被爆者」は原爆医療法とともに作られてきたカテゴリーでもある。１９５７（昭和32）年に制定された原爆医療法で、医療法の対象となる「被爆者」が定められた。60年には原爆症と認定された被爆者に対して医療手当が支給されることとなり、新しく定められた「特別被爆者」の該当者には医療費が支給されることとなった。これら被爆者と特別被爆者の範囲は、法の改正とともに変化していく。

被爆地域の指定は行政区域によって行われたために、被爆地域指定外におかれた地域で被爆した人々に強い不公平感を生むものであった。特別被爆者と一般被爆者の区別がなくなり被爆者手帳が一本化された74年の原爆医療法改正では、指定された疾病にかかった場合に被爆者手帳を申請できる「健康診断受給者」（みなし被爆者）というカテゴリーが設けられ、76年には長崎の健康診断特例区域を含めた被爆地域は南北約12キロ、東西約7キロの範囲に拡大された（広島でも同様に健康診断特例区域（黒い雨降雨区域）が定められた）。これ以降、被爆地域を爆心地から半径12キロにすべきであるという被爆地域の拡大を求める運動が活発になされていく。79年6月に厚生大臣の私的諮問機関として発足した原爆被爆者対策基本懇談会は、翌年12月に「被爆地域の指定は、科学的・合理的な根拠のある場合に限定して行うべきである」などとした意見書（基本懇答申）を提出した。この意見書は被爆地域の拡大に歯止めをかけ、被爆者を増やさないというその後の被爆者行政の方向性を定めることになった。

度重なる要請や被爆者認定訴訟の判決を踏まえ、長崎市と県は99年から２０００年にかけ、被爆者と認められ

被爆地域図　出典：https://www.city.nagasaki.lg.jp/heiwa/3010000/3010100/p002221.html

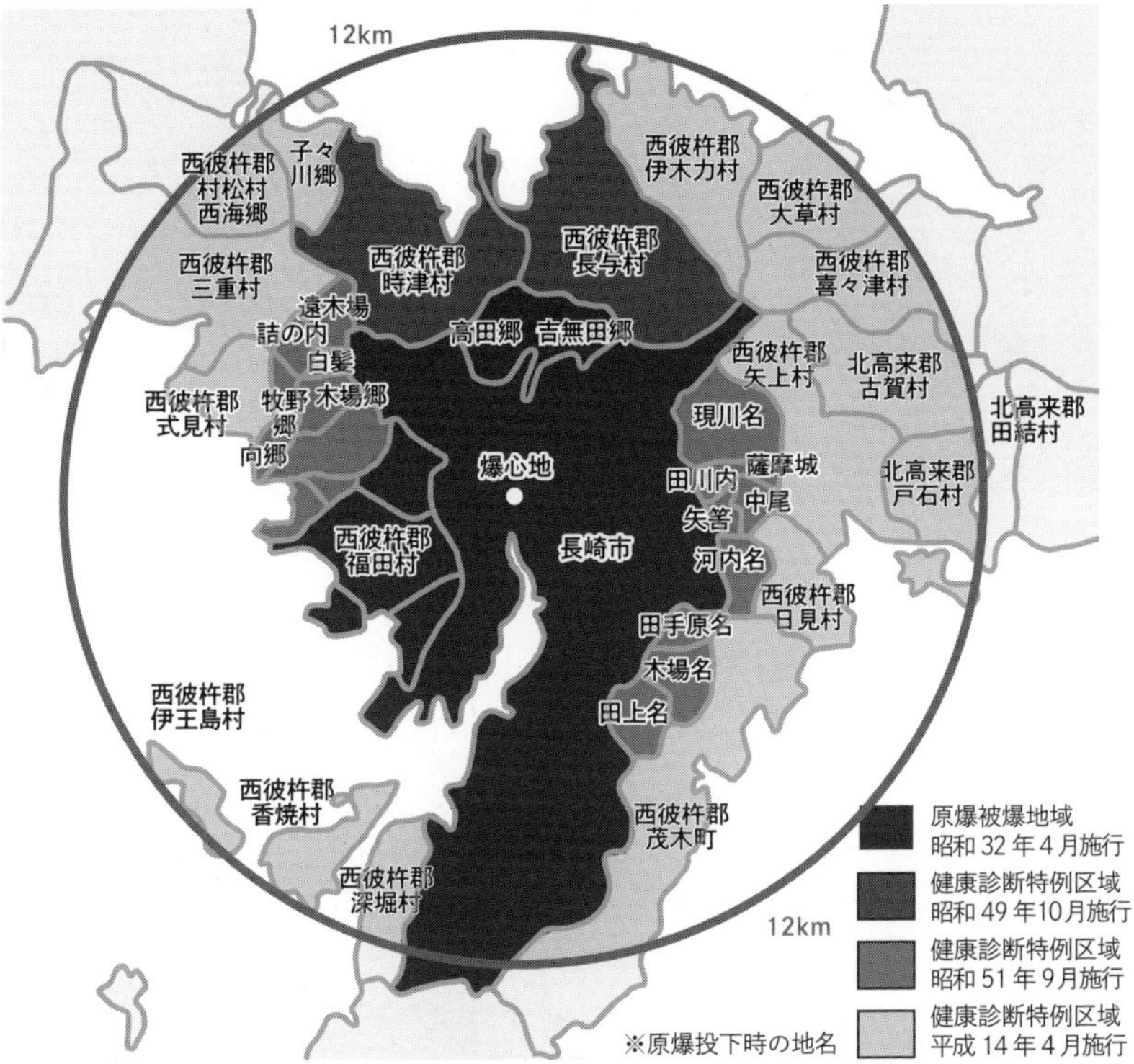

ていない爆心地から半径12キロメートル以内にいた8700人に対する「原子爆弾被爆未指定地域証言調査」を行なった。これを受けて厚労省は2001年に「原子爆弾被爆未指定地域証言調査報告書に関する検討会」を開催し、その翌年「被爆体験者」というカテゴリーを設けた。これに伴い爆心地から12キロ以内の地域が被爆地域（健康診断特例区域）に指定され、原爆投下時に対象区域にいた者は年1回の健康診断が無料で受けられる「第二種健康診断受診者証」の交付対象となり、そのうち精神的要因に基づく健康影響に関連する特定の精神疾患が認められる者は「被爆体験者精神医療受給者証」を申請できることとなった。しかしそれは、「被爆体験者」とされた人びとが求めていたものではなかった。

2021年7月に広島の黒い雨訴訟での原告側勝訴が確定した。原告以外の広島と長崎の被爆未指定地域にいた人々に対する援護措置の拡大が求められている。［中尾麻伊香］

解説　長崎の被爆者運動と被爆者5団体

1.「被爆者」運動のはじまり

日本の占領が終了すると（1952年4月）、原爆被害や原爆障害者の問題が全国的に報道されるようになり、特に顔にケロイドが残る原爆乙女の存在がクローズアップされた。長崎では、市婦人会などが原爆障害者の救援募金運動に取り組んだが、大きな運動とはならなかった［★1］。1953年6月には、長崎市で開かれた広島と長崎の原爆乙女の交歓会（4月）をきっかけとして「長崎原爆乙女の会」が結成され、長崎市役所職員であった堺屋照子が会長となったが、これは長崎ＹＭＣＡが主導したもので、自発的に結成されたものではなく、やがて休眠状態となっていった［★2］。

また、東京裁判で弁護人を務めた岡本尚一《おかもとしょういち》が原爆被害者の損害賠償請求を提唱したことを受けて、原爆投下の法的責任を問う動きがおこると、長崎の弁護士会にも協力が呼びかけられたが、これに賛同する動きは広まらなかった。最終的には、55年4月、岡本とその呼びかけに応じた松井康浩《まついやすひろ》を中心に、広島の4人と長崎の1名を原告として、賠償請求権を放棄した日本政府に損害賠償を求める裁判がおこされた。

その一方、54年3月のアメリカによるビキニ環礁での水爆実験で被ばくした第五福竜丸と、汚染された「原爆マグロ」について報道されると、放射能汚染の不安から原水爆実験禁止運動がはじまった。それとともに、第五福竜丸は広島・長崎に続く三度目の被ばくと位置づけられ、運動は原水爆そのものの禁止を求める「原水爆禁止運動（原水禁運動）」として国民の間に広まっていった。そのなかで原爆被災者は、放射能による原爆症状を発症する可能性をもつ存在として、被爆者と呼ばれ注目されるようになった［★3］。

2．原水禁運動と長崎被災協の結成

被爆者の存在に注目が集まるなか、長崎では学徒報国隊として動員された工場で原爆に被災し、その後寝たきりの生活を送っていた渡辺千恵子が新聞で紹介された。これがきっかけとなり、１９５５年６月に渡辺を中心に休眠状態となっていた「長崎原爆乙女の会」が再出発した［★4］。その後同会は、スイスのローザンヌで開催された世界母親大会に原爆被害と平和を訴えたアピールを送り（大会に参加した長崎県職員組合婦人部長の山口美代子に託す）、第1回原水禁世界大会広島大会に、山口美佐子と辻幸江《つじゆきえ》を派遣した。その後も、被爆の実相を知らせてほしいという声に応えて、会のメンバーが日本各地に出かけ、被爆の体験と被爆者の実情を訴えた。

広島での世界大会後、原水禁運動をさらに推進するための全国組織として、原水爆禁止日本協議会（原水協）が発足すると（１９５５年９月）、長崎でも同年11月に原水爆禁止長崎県協議会（長崎原水協）が結成された。そして、第2回の世界大会が56年8月に長崎で開催されることが決まると、長崎で実行委員会が組織され、杉本亀吉が実行委員長に就任した。その後杉本は、小佐々八郎《こささはちろう》、辻本与吉《つじもとよきち》、木野普見雄《きのふみお》、香田松一《こうだまついち》、小林ヒロ、瀧川勝らとともに被爆者の組織化に取りかかった。

また、翌56年5月、原爆乙女の会は、山口仙二が55年10月に結成した長崎原爆青年会［★5］と合同し、長崎原爆青年乙女の会が発足した。そして同年6月、杉本らと長崎原爆青年乙女の会のメンバーら12人が呼びかけ人となり、「私達はここに団結して国家の補償が実現出来るようにする為に被災者の会を結成したいと思います」と呼びかけ［★6］、長崎原爆被災者協議会（長崎被災協）を結成した。

こうして迎えた原水爆禁止世界大会長崎大会（１９５６年8月9日〜11日）の初日、会場となった長崎東高校（当時は西山町）の体育館では、渡辺が長崎代表として母親に抱きかかえられて登壇し、被爆者の救済と原水爆の禁止を訴えた。大会2日目には、被爆者救済について議論するための分科会「原水爆被害の実相と被爆者救援について」（第4分科会）が設けられた。広島原水協事務局次長（その後被団協初代事務局長）の藤居《ふじい》平一《へいいち》は、この分科会の討議資料のなかで「原爆被害者とて、戦争犠牲者と変るところはない、と軽く考えていたのではないでしょうか。たしかに戦争による被害という点ではそれらと同じであるかも分かりませんが、原子兵器という全く異質的な悪魔が出現し、それによる世界最初の犠牲者が作られた」と訴えた。そして、「将来もしも原子戦争が起るならば、［…］私たちの子孫は絶滅するであろうことを、実感として知ったのであります。［…］被害の何ものであるかを示している唯一の証拠としての被爆者の存在を、原水禁運動はいかなることがあっても忘れてはならない」として、被爆者の救援運動を原水禁運動の基礎と意義づけた［★7］。

こうして、原水禁運動は被爆者救援運動と結合し、広島・長崎の原爆被災と被爆者の問題は国民的・人類的な問題と位置づけられた。そして、この分科会終了後、長崎国際文化会館に全国の被爆者８００人余りが集まり、被爆者の全国組織として日本原水爆被害者団体協議会（日本被団協）が結成された。これに長崎被災協も加盟し、杉本亀吉と小佐々八郎が代表委員に選出された（広島からは3名選出）。

この後同会は、原水協に加盟し、原水爆の禁止運動とともに、原爆被害者の治療費の全額国庫負担や国費による健康管理の実施などを求めて運動を開始していく。それとともに、運動に参加した被爆者は、被爆やその後放置されてきた体験を、日本や人類の生存にかかわる重要な経験として積極的に語りはじめた［★8］。

3．原爆被害の特殊性をめぐって

第２回原水爆禁止世界大会の翌年（１９５７年）３月、「原子爆弾の被爆者が今なお置かれている健康上の特別の状態にかんがみ、国が被爆者に対し健康診断及び医療を行うことにより、その健康の保持及び向上をはかることを目的」（第１条）として、「原子爆弾被爆者の医療等に関する法律」（原爆医療法）が制定された。国は、原水禁運動などで主張された原爆の特殊性を認め、特別な対応を行うことにしたのである。これによって長崎では、原爆投下当時の長崎市とその周辺の指定された区域で被爆し、被爆者健康手帳を交付された者などが法的に「被爆者」とされ［★９］、健康診断や原爆の放射線に起因する疾病やけがの治療を国費で受けられることになった。つまり、原爆医療法は、放射能による「健康上の特別の状態」のみを原爆の特殊性とみなし、放射能の影響による白血病や貧血病などの疾病の治療のみを対象としたもので、生活困窮などを救済するものではなかった。さらに、被爆地域が、原爆被災時の長崎市の行政区域で区切られたことは不公平感を生み出した。そのためこの後、長崎被災協や日本被団協は、同法の改正や被爆者援護の法制化を求め、放射能被害にとどまらない原爆被害の実相を明らかにする取り組みを進めていくことになる。

60年には、爆心地から2キロ以内で被爆した者などを、特別被爆者として医療費が無料になる医療手当制度が設けられるなどの改正が行われたが、その対象となる被爆者はごく一部にすぎなかった。そこで、61年7月の長崎被災協総会では、「原子爆弾被爆者に対する国家保障（ママ）を完全にするため、国会や政府がそのため立法措置を早急に進められるよう」に求め、医療法の改正や生活困窮者への特別生活手当ての支給、原爆死没者の遺族への弔慰金と年金の支給とともに、全原爆死没者を軍属として処遇し、速かに靖国神社に合祀することなどの要求を決議した［★10］。

原爆被災者や死没者を軍属として処遇することは、長崎被災協初代会長の杉本亀吉や、長崎被災協の理事であった深堀勝一らが主張していた。杉本は、「戦争による犠牲者は軍人軍属だけでなく、国民全部が軍人軍属と変りなく任務に服していた」と主張し、特に空襲時に警察の指揮下で、警報の伝達や消火、救護などを行う警防団員や医療報国隊員、防空監視員が、戦傷病者戦没者遺族等援護法の適用外となっていたことを問題視していた［★11］。深堀勝一は、戦傷病者戦没者遺族等援護法によって原爆死した動員学徒、女子挺身隊、徴用工の遺族に支給された弔慰金が、軍人・軍属と比べて大きな格差があったため、「動員学徒犠牲者の会」を結成し（1957年11月）、その会長として、格差をなくすことを求めて同法の改正運動に取り組んでいた。

ただし、この時期の長崎被災協について福田須磨子は、「ただ名前だけでちっとも被爆者の心のよりどころになっていなかった」と記している。そのため福田ら西町の被爆者は、地域単位の組織を作るために、被爆者の家を回って59年に西町原爆被災者の会を結成した［★12］。60年前後の長崎では、他にも被爆者や遺族らのさまざまなグループが結成され、それぞれが独自に活動を模索していた［★13］。

一方、日本原水協専門委員会は、61年7月に出版した『原水爆被害白書―隠された真実』のなかで、被爆者の要求として、戦争責任を追及し、補償を求めるという国家補償の要求をかかげた［★14］。すると同年8月、日本被団協の定期総会で決定された基本方針でも、初めて戦争の責任を追及した上で「国家補償にもとづく援護法獲得運動」を進めることが明記された。これによって、長崎被災協も、国家に原爆被害の責任を問うことによって、国家補償を求める被爆者援護法の制定を要求していくことになる。

4．被爆者援護法制定運動

1960年代前半、日本原水禁が内部の政党間の対立のために3つに分裂すると、日本被団協は、いかなる原水禁団体にも加盟しないと決定して原水協から脱退したが（1965年）、その後、内部での対立が深まり休止状態となった。この時期の長崎被災協は、会員がどの原水禁大会に参加するかはそれぞれに任せるとして分裂を回避し、日本自転車振興会からの補助金で建設した被爆者会館（1965年3月完成）を拠点として、被爆者健康手帳申請などの相談も受けるようになった［★15］。

ただし、65年10月に杉本亀吉が被爆者救済運動の考え方にズレが生じたとして、被災協から離脱して原爆遺族会を結成した［★16］。そして、戦傷病者戦没者遺族等援護法の適用外となっていた警防隊員、医療報国隊員、防空監視員、長崎医科大生などを同法の適用対象とすることや、一般市民の原爆死没者に対する弔慰金・原爆障害者への年金の支給を求める運動に取り組んでいった［★17］。また、67年6月には深堀勝一も被災協を離脱して、動員学徒犠牲者の会を母体に長崎県被爆者手帳友の会を結成し［★18］、独自に被爆者援護法の制定運動を進めはじめた。こうして、長崎被災協も3団体に分裂した。

一方、63年に、被爆者が原爆被害に対する損害賠償を請求した「原爆裁判」で東京地裁は、損害賠償については否定したが、原爆投下を国際法違反とし、「被爆者が十分な救済策をとられなければならないことはいうまでもない」と、政治の貧困を指摘する判決を出した。また、64年には広島で『中国新聞』の金井利博《かないとしひろ》らが、国の責任で原爆被災者の全国調査を実施して被害の全体像を明らかにし、世界に公表することを求めた原爆白書運動を開始した。長崎でも、各地で白書運動を訴えていた西村豊行が、岡正治らの協力をえて、66年4月に「原水爆被害白書をすすめる長崎市民の会」を設立した。

同年には日本被団協も活動を再開し、『原爆被害の特質と被爆者援護法の要求』（『つるパンフ』）で、原爆被害の特殊性（放射能や爆風、熱線の複合的障害、原爆症と貧困の悪循環）と、戦争を開始して原爆投下をまねき、戦後も被爆者を放置してきた国の責任を指摘し、国家補償を求めた。そして翌67年に展開した、大規模な中央行動や被爆者全国行脚などの被爆者援護法制定の要請行動には、長崎被災協も代表団を派遣した。

これに対して厚生省は、65年11月に、戦後はじめて被爆者の生活や健康状態などについて「昭和40年度被爆者実態調査」を実施し、その結果をまとめた「原爆白書」（『原子爆弾被爆者実態調査――健康調査および生活調査の概要』）を67年11月に発表した。ただし、その結論は、「健康、生活の両面において、国民一般と被爆者との間にはいちじるしい格差はない」というものであったため、日本被団協はこれを批判するとともに、援護法制定要求をさらに進めていった。

そのなかで政府は、「原子爆弾被爆者の特別措置に関する法律（被爆者特別措置法）」案を国会に提出し、68年5月に成立させた。これによって、原爆症認定被爆者に支給される医療手当（原爆医療法から移行）の他に、特別手当（治療が終った原爆症認定被爆者を対象）、健康管理手当（特定の疾病をもつ被爆者を対象）、介護手当の支給制度が創設された。しかし、この法律も被爆者が求めてきた国家補償法ではなく、放射能被害に限定した被爆者対策であり、所得制限や年齢制限のために、健康管理手当を受給できた者はごくわずかであった。

そのため、この後も日本被団協を中心に被爆者援護法制定要求は続けられ、長崎被災協は、70年8月に遺族会と手帳友の会とともに原爆被爆者団体連絡協議会を結成し、団体間で協議を行い、被爆者援護法制定をめざして地方自治体および政府、国会への陳情を共同で行うようになった。73年4月に日本被団協が『被爆者援護法のための要求骨子』を発表し、同年11月に大規模な中央行動を展開すると、長崎被災協は、原爆遺族会、被爆者手帳友の会、さらに国労や電通の被爆者の会、長崎の証言の会、被爆教師の会などに呼びかけ、協議会を開催した。そして、署名や募金、代表派遣に取り組み、長崎市や諫早市などの自治体も決議や陳情・要請を行い、東京に24名の代表団を送った［★19］。

このような運動の高まりのなか、74年3月に野党が国会に共同提案した被爆者援護法案は廃案となったが、医療法が改正され、被爆者手帳の特別と一般の区分が撤廃され、特別被爆者に限られていた一般疾病への医療給付が全被爆者へ拡大された（同年10月）。

またこのとき、総評がその傘下にある各組合組織（単産）に被爆者連絡協議会の結成を呼びかけたことで、長崎では県労評傘下の各組合の被爆者代表が協議し、75年に長崎県労評単産被爆者協議会連絡会議（被爆連：現在は長崎県平和運動センター被爆者連絡協議会）を結成し、国への被爆者救援施策や職場の被爆者の勤務条件改善の働きかけを行うようになった［★20］。

一方、74年10月には、長崎の被爆地域について健康診断特例区域が創設され、原爆被災時の西彼杵郡長与村・時津村がその対象区域となった。そして、原爆投下当時その区域にいた人には健康診断受診者証が交付され、健康診断で一定の障害があると診断された場合は、被爆者健康手帳が交付されることになった。さらに、この対象区域は、76年９月に爆心から約６キロに位置する長崎市周辺の町村に拡大され、爆心地から東西約７キロ、南北約12キロの範囲が被爆地域となった。

ただし、それまで被爆地域拡大に取り組んでいた被爆者手帳友の会は、その後これ以上の被爆地域拡大は難しいとして、近距離被爆者の原爆症認定問題を積極的に取り上げる方針を打ち出した。そのため、同会の役員で、拡大を求める地域の住民らで結成された被爆地域是正期成同盟会の会長であった吉田満《よしだみつる》らは、友の会を脱退し、被爆地域を爆心地から半径12キロまで拡大するなどの運動方針をかかげ、79年８月に被爆者手帳友愛会を結成した。

５．基本懇「受忍論」をめぐって

１９７８年には、孫振斗《ソンジンドゥ》への被爆者健康手帳交付を認めた最高裁判決［★21］が、原爆医療法には、「実質的に国家補償的配慮が制度の根底にある」と判断したことをきっかけに、被爆者対策は社会保障なのか、あるいは国の責任にもとづく国家補償なのかが問われることになった。そのため、厚生大臣の私的諮問機関として「原爆被爆者対策基本問題懇話会」（基本懇）が設置され（１９７９年）、被爆者の聞きとりや広島・長崎への現地調査もおこなわれた。そして、80年12月、基本懇の「意見」が発表されたが、そこで示されたのは、戦争という非常事態のもとでの国民の犠牲は、「国をあげての戦争による「一般の犠牲」として、すべての国民がひとしく受忍しなければならない」という「受忍論」であった（「原爆被爆者対策基本問題懇談会意見報告（概要）」）。さらに、原爆放射能による健康障害のみを「一般の戦争損害とは一線を画すべき「特別の犠牲」」とし、国家補償による被爆者援護を否定して、他の空襲などによる戦災者の補償に拡大しないようにする方針を明確にした。

この受任論に対して日本被団協は、国の戦争責任を問おうとしないのみならず、戦争を肯定する姿勢と批判し、「受忍論」をのりこえる運動として、翌81年に「原爆投下の国際法違反を告発し、国の戦争責任を裁く国民法廷」運動を呼びかけ、市民の協力や参加を求めた。そして、84年11月に『原爆被害者の基本要求―ふたたび被爆者をつくらないために―』を発表し、世界は核戦争による破滅の危機に直面しています」と訴え、国家補償の原爆被害者援護法制定は、核戦争被害を「受忍」させない制度を築き、国民の「核戦争を拒否する権利」をうち立てることであると意義づけた。さらに、援護法制定は、在外被爆者、外国人被爆者、さらに核実験被害者などに対する補償制度の根幹となり、一般市民の戦争被害に対する補償にも道をひらくものと位置づけた。この方針のもと長崎被災協も、81年8月と10月、翌年10月に被爆者を原告、政府を被告とした国民法廷を実施し、85年には、「基本要求」を掲げ、県下の全市町村を訪問し、すべての首長・議長からの賛同署名を集めて、被団協による国会などへの要請行動に参加した。

この80年代は、ヨーロッパで米ソによる中距離核ミサイル配備問題から限定核戦争の可能性が議論され、欧米で反核運動が盛り上がり、日本でも日米安保条約などには触れず、反核の一点で市民が結集した運動が展開していた。その核戦争という危機感のなかで被団協は、被爆者への国家補償は（核）戦争を拒否するものであり、被爆者だけの問題ではないと訴えたのである。これに対して当時の日本の世論は、１９８５年7月20日付の『朝日新聞』が報じた、同社による核意識についての世論調査結果によれば、核全面戦争に不安を感じる人が56％（10年前の調査は44％）、被爆体験を風化させてはならないという考える人が88％（同83％）で、国は被爆者援護法を制定し、補償すべきだと答えた人は87％であった。これについて同紙は、「全面的な核戦争が起るかもしれないという不安感を募らせ、核兵器への拒否反応を強める国民が増えている」と評価し、援護法については、政治的立場を超えて、「実に幅広い支持を得ている」と分析している。

一方、この被団協を中心とした運動に対して、長崎被爆者手帳友の会の深堀勝一は、「基本懇の答申に思う」として、「これまで捨ててかえりみれなかった同胞の戦争犠牲者沖縄、内地戦災者、シベリヤ抑留者等に筆鉾を揮って欲しいものである」（昭和56年度支部代表者大会資料）と述べ、戦争犠牲者が団結して国家補償を要求する運動を模索しはじめた［★22］。

6．冷戦終結後の被爆者運動

１９９４年12月、原爆二法を一本化した「原子爆弾被爆者に対する援護に関する法律」（被爆者援護法）が成立した。この法律は、原爆の惨禍が繰り返されることがないよう恒久平和を念願するとしたことや、被爆者に対する保健、医療、福祉にわたる総合的な援護を国の責任において行うとしたこと（前文）、そして、手当の所得制限の撤廃や、原爆による死没者への「特別葬祭給付金」の支給を定めたことなど、それまでの被爆者らの要求を一部取り入れている。しかし、「原子爆弾の投下の結果として生じた放射能に起因する健康被害が他の戦争被害とは異なる特殊の被害であることにかんがみ、［…］被爆者に対する保健、医療及び福祉にわたる総合的な援護対策を講じるものである」（前文）と、「放射能に起因する健康被害」のみを「特殊の被害」として、被爆者対策を行うという姿勢は変わらなかった。そのため、「被爆者援護法」の制定によって、被爆者問題は解決したかのような雰囲気がうまれたが［★23］、被団協や長崎被災協などは現在も援護法改正を求め続けている。

ただし、それまでの国家補償による被爆者援護法制定要求は、冷戦下の核戦争の脅威のもと、核兵器の特殊性を強調し、被爆者を核被害の証人であり、援護法を国民が核戦争を拒否する権利を打ち立てるものと訴え、広く市民の支持を集めてきた。それが、89年の冷戦終結によって、反核運動から冷戦（＝全面核戦争の脅威）という枠組みがなくなったことで、原爆被害が切実に受け止められない状況が生まれることになった。一方、70年以降、歴史研究やジャーナリズムによって戦争中の日本の加害の側面が語られ始めるなかで、明治以降のアジア侵略の拠点となった「軍都広島」の歴史や、長崎での朝鮮半島や中国大陸からの強制連行の歴史とその被害が明らかにされていった。さらに、冷戦が終結すると、従軍慰安婦などのそれまで凍結されていた戦争の記憶が呼び起こされ、日本の戦争責任や加害責任をめぐる論争が巻き起こることで、原爆被害は、戦争によるさまざまな加害や被害のなかで相対化されることにもなった［★24］。そのため、原爆被害については、それまで他の戦争被害と異なる特殊な被害という前提のもとで、その特殊性とは何かが争点となってきたが、それに加えて、原爆被害と一般戦争被害との関係をどのように考えるのかという問題が浮かび上がった。

このようななかで、援護法改正の要求には80年代のような運動の高まりは見られなくなったが、現在の日本被団協や長崎被災協は、空襲被害者らによる国家補償を求める訴訟と連帯しようとするとともに、原爆症認定や在外被爆者、被爆体験者などの問題についての裁判の支援や、核兵器廃絶を求める運動を中心に活動を続けている。また、長崎では、長崎被災協と長崎原爆遺族会、手帳友の会、友愛会、被爆連の被爆者5団体が、被爆体験の継承活動や核廃絶運動などに取り組みながら、核兵器禁止条約の署名・批准や被爆者援護施策の拡充、「被爆体験者」の救済の要望、核実験への抗議などに共同で取り組み続けている。ただし、現在、これらの被爆者団体は、会員の高齢化と減少によって、活動の継続が難しくなっており、被爆二世・三世の会の育成や市民の参加が課題となっている。［新木武志］

★1　長崎のプロテスタント教会の牧師であった藤本陽一は、「人々は彼らの悲惨な生活に同情しつつも、一時的な感情に終ってしまい、持続的な運動に至らなかった」と評している（藤本陽一『霊に仕える者』１９６７年、87～88頁）。

★2　渡辺千恵子『長崎に生きる』新日本出版社、１９７３年、70頁。

★3　長崎市が広島市とともに１９５３年7月に国会に提出した「広島長崎両特別都市建設事業の完成促進と原子爆弾による障害者に対する治療援助に関する請願書」では、「今なお爆発時の熱線による火傷瘢痕を身体各部にとどめ、これがため運動障害を生じ職業能力を阻害されているものを始め」と、熱線による火傷を負った原爆障害者を問題としていた。ビキニ事件後は、54年5月に長崎市議会が採択した「原爆障害者治療費全額国庫負担要望に関する決議」で、「原爆放射能による、いわゆる原爆症状に罹患して不測のうちに病死する」者の存在が訴えられた。そして、同年9月に広島・長崎両県選出の国会議員、広島・長崎両市長らが政府に提出した「原爆障害者治療費の国庫支出に関する陳情書」では、「いつ何時、絶望的な原爆症を発病するか知れず、現在潜在的な生命力の減弱を内に蔵し、不安と焦燥にかられている被爆者」と、「被爆者」の呼称を用いてその検査や治療対策の必要性を訴えた。この後、55年の新聞報道でも「被爆者」を用いるようになり（『長崎日日新聞』の特集「原爆十年」④「ポックリ死ぬ被爆者」5月4日、⑤「被爆者に光明の灯」5月5日）、56年の原水爆禁止世界大会長崎大会では、「原水爆被害の実相と被爆者救援について」という分科会が設置されるなど、被爆者という呼称が一般化した。

★4　渡辺とともに「長崎原爆乙女の会」を結成した堺屋照子、山口美佐子、辻幸江、溝口キクエのうち、堺屋、山口、辻は１９５３年に結成された原爆乙女の会のメンバーであった（『長崎日日新聞』１９５３年5月24日など、溝口については未確認）。渡辺は、新たな原爆乙女の会の設立について、ＮＢＣのラジオ番組「被爆を語る」のなかで、「『長崎原爆乙女の会』が再出発」と述べている（渡辺の放送分の書き起こしは、「乙女らの訴えを世界に―ひとりの女学生の体験」として『太陽が消えたあの日』童心社、１９７２年に収録）。

★5　山口仙二によれば、長崎大学付属病院に入院していたとき、調来助が患者の術後の経過を調べるために山口が世話役を依頼され、同世代の被爆した患者10数人で患者の会を結成していたので（１９５３年9月）、その名簿をもとに長崎原爆青年の会を結成したという。患者の会では、退院後4、5回ほど連絡を取って集まってもらい、傷の具合の調査や検査がされたという（藤崎真二、山口仙二聞書『灼かれてもなお』西日本新聞社、２００２年、87、95頁）。

★6　「原爆被災者協議会結成の呼びかけ」より（長崎原爆被災者協議会編・発行『あすへの遺産』１９９１年、10頁）。

★7　藤居平一「救援運動の意義と方向―原水爆禁止運動を深めるものであることを強調して―」第2回原水禁世界大会実行委員会『分科会討議資料』42、43頁、広島県立文書館「今堀誠二文書」所収）。

★8　渡辺千恵子は、大会後、「まったく省りみられなかった私たち被爆者は初めて生きる希望が出てまいりました」、「私の胸は大会を通じての感激が強く強く燃えつゞけ、今まで以上に自信と、勇気と、生きる希望が芽生え、私たちの体が今ほど大切なときはないと思い、その使命の重大さを一層強く痛感いたしました」と記している（長崎生活をつづる会編『生活をつづる』第1集、1956年、63～64頁）。

★9　さらに、原爆投下後2週間以内に爆心地から2キロメートル以内に入った者、被爆者の救護などで身体に原爆の放射能の影響を受けるような事情にあった者、そしてこれらに該当する人の胎内にあった者のいずれかに該当することとが「被爆者」認定の要件とされた。

★10　長崎原爆被災者協議会編、前掲書、27頁。

★11　杉本亀吉著・発行『原子雲の下に』1972年、152頁。

★12　福田須磨子『われなお生きてあり』筑摩書房、1977年新装版、241頁。

★13　『長崎新聞』は、「原爆に打ち勝つ」という特集（1959年8月4日～9日）で、城山平和のこども会、長崎原爆青年乙女の会、長崎原爆母親の会、長崎原爆患者の会、動員学徒犠牲者の会の5つのグループを紹介している。

★14　原水爆禁止日本評議会専門委員会編『原水爆被害白書――隠された真実』日本評論新社、1961年、171～172頁。この要求については、一般的な国民の社会保障要求と同質と主張した石井金一郎《いしいきんいちろう》らと、国家に補償を求めることに重点をおいた伊東壮《いとうたけし》との間での激しい論争の末に取り入れられたという（日本原水爆被害者団体協議会日本被団協史編集委員会編『ふたたび被爆者をつくるな―日本被団協50年史』本巻、あけび書房、2009年、100～101頁）。

★15　被爆者会館が建設される前は、第2回原水禁世界大会に寄せられた被爆者救援金などをもとに平和公園に隣接する土地を買い、長崎市に寄付したうえで市の許可を得て、被爆者の自立・更生のために建てられた「被爆者の店」があった（1957年10月）。被爆者会館建設後、被爆者の店は、その2階に移り、会館が1994年に現在の場所に建て替えられるとその1階に移された。

★16　NHK長崎放送局編・発行『長崎原爆ハンドブック』1975年、105頁。

★17　杉本亀吉、前掲書、152～153頁、『長崎新聞』1965年10月31日。

★18　NHK長崎放送局、前掲書、105頁。

★19 長崎原爆被災者協議会編、前掲書、95頁。

★20 「被爆60周年証言記録集」編集委員会編『グラウンド・ゼロからの再生』長崎県平和運動センター単産被爆者協議会連絡会議、2005年、6頁。

★21 広島で被爆した孫振斗は、1970年に原爆症の治療を受けようとして韓国から日本に渡ったが、不法入国として逮捕された。収監された孫は、日本の市民団体の支援も受けて、被爆者健康手帳の交付を福岡県に申請したが、福岡県がこれを却下したため、処分取り消しを求めて提訴し、1、2審で勝訴していた。

★22 昭和56年度支部代表者大会資料には、深堀による「戦災犠牲者が一堂に会して、全戦争犠牲者のあるべき国家補償を語り合うことは、非常に意義あること」として、戦争犠牲者に呼びかけ政府に対する要求事項をまとめあげ、国会に働きかけたいという訴え（「沖縄・シベリヤ抑留戦災者との共同行動について」）と、国戦争犠牲者国家補償要求長崎大会（1981年8月）で話し合われた要求実現のために、11月に戦災者遺族協議会、全国戦災傷害者連絡会、沖縄県戦争傷害者の会などと全国戦争犠牲者国家補償要求中央共同行動を実施するという案内が掲載されている。また、昭和59年度支部代表者会資料には、1983年8月に長崎で開催された第2回全国戦争犠牲者代表者会議を紹介し、「同じ戦争犠牲者たるもの、いまこそ大同団結して、あるべき国家補償を勝ちとる斗いを進めるべきである」と主張している。なお、これらの資料は、長崎県被爆者手帳友の会編『被爆者手帳友の会会報綴』（1994年）に収録されている。

★23 長崎原爆被災者協議会「長崎被災協の45年 1995年～2001年」、https://hisaikyo.jp/history/#1995-2001（2021年8月10日閲覧）。

★24 例えば、長崎市長を務めた本島等は、中国華北で「目は日本鬼子を見据え、銃弾をあびて血しぶきをあげてふき飛んで死んだ幼い2人の男の子」と広島で「水をもとめ、母の名をつぶやきながら死んだ娘」を紹介し、「この3人の子どもの死はどちらが重かったか」と問いかけた（本島等「原爆ドームの世界遺産化に思う」『平和教育研究年報』24号、1997年、12頁）。また、長崎で被爆し、広島で「ヒロシマ・ナガサキの修学旅行を手伝う会」を主宰してきた江口保《えぐちたもつ》は、被爆者の証言を聞いた生徒から、「先に戦いをしかけたのは日本です。自分だけが被害者ではありません［…］1940年代の日本史を学ぶことをおすすめします」、「Aさんに腹が立つ事がありました。お話はすごくしょう撃的でした。でも、日本がした事に、一つも触れていませんでした。［…］相手がした事だけ言うのではなく、日本がした事も認めないと、決して解決はできないと思います」といった感想があらわれたことを紹介している（江口保『いいたかことのいっぱいあっと』クリエイティブ21、1998年、212～215頁）。

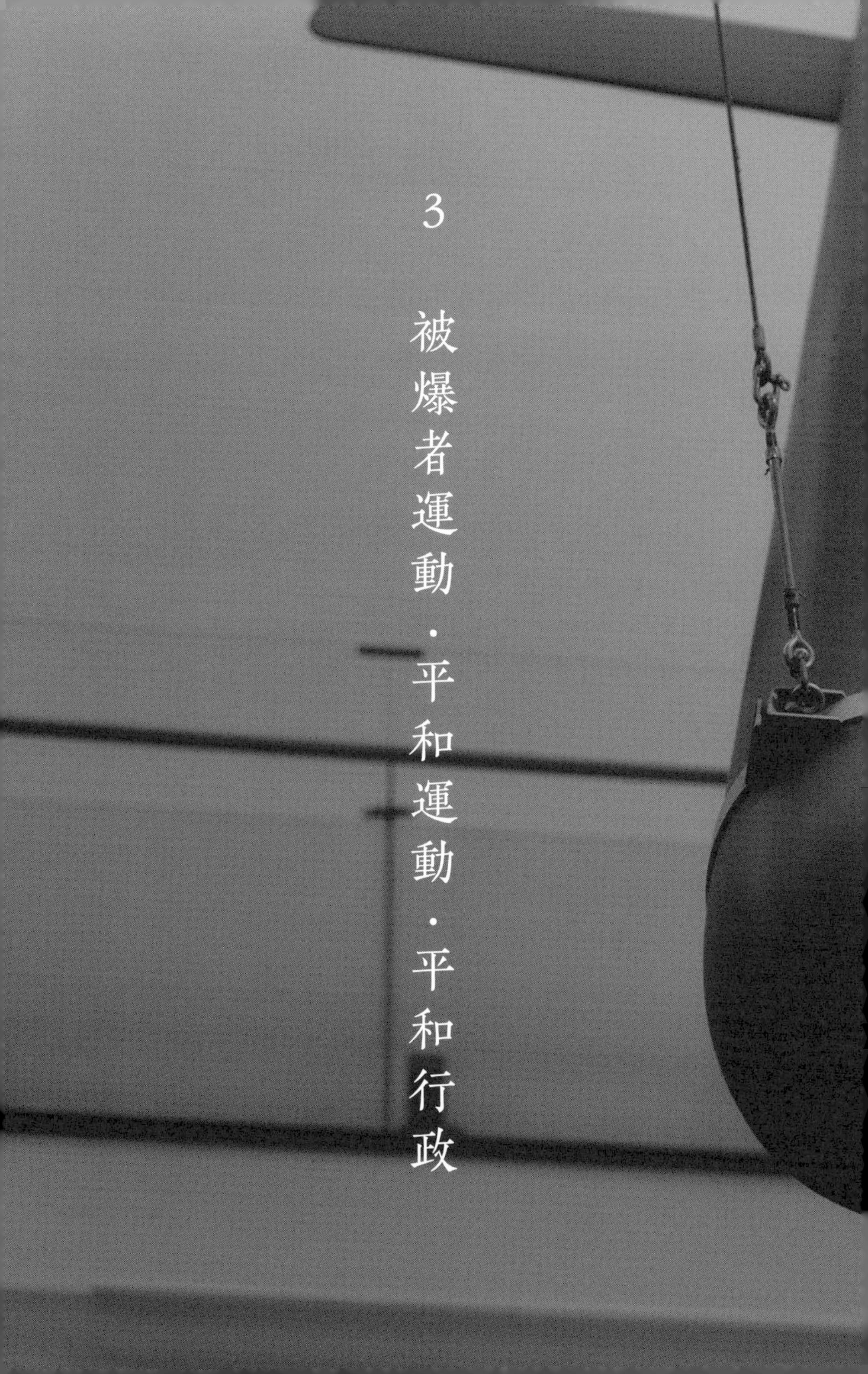

3 被爆者運動・平和運動・平和行政

「被爆者運動・平和運動・平和行政」の聞き取りについて

第3章は、被爆者運動・平和運動・平和行政という多様なテーマについて、6人の聞き取りを収めた。

ここで言う「平和行政」とは、被爆者援護対策を扱ういわゆる「被爆者行政」とは相対的に独自の領域であり、被爆地広島・長崎両市政による、核兵器廃絶をめざす取り組みのことをさしている。歴史的に見れば、１９５０年代以降の民間での被爆者運動や原水爆禁止運動が先行し、70年代に入ってから行政が後追い的に核兵器廃絶を政策目標として取り込んでいったという関係を指摘することができる。

残念ながら、50年代・60年代の被爆者運動や平和運動に実際に参加された方々の多くがすでに鬼籍に入られたか、ご存命でもお話を伺うことが困難な状況にあり、本書にその証言を収めることはかなわなかった。本書で主として扱えたのは70年代以降の状況である。

高橋眞司《たかはししんじ》さんは被爆者ではないが、70年代前半に大学教員として長崎に移住してから、瀬戸口千枝・秋月辰一郎などの被爆者や、鎌田定夫・岡正治などの活動家と出会い親交を深める中で、「被爆体験の思想化」に取り組んでいった経緯を語っている。１９８２年の第2回国連軍縮特別総会で同行した山口仙二さんとの思い出は、高橋さんの証言の一つのハイライトである。

井原東洋一《いはらとよかず》さん、山本誠一《やまもとせいいち》さん、本田孝也《ほんだこうや》さんの3人は、それぞれ被爆地域の拡大運動にかかわった経験を持つ。第2章で扱った被爆者5団体は、被爆者手帳友愛会をのぞけば、すでに被爆者健康手帳を持つ人たちを主として組織化しているが、こちらの方は、その既存の制度の枠組みからは漏れてしまった人々を救済するための運動である。

井原さんと山本さんはそれぞれ長崎市議会議員として地域拡大運動に深く関わった。井原さんは、70年代というかなり早い段階から、出身地である東長崎を足場に運動を続けてきたこと、山本さんは、民主医療機関連合会（民医連）を基盤として大規模な「被爆体験者」調査に加わったことが特徴である。それに対して本田さんは、東長崎地区の開業医として被爆体験者訴訟を支援し、内部被曝を軽視する政府や自治体の姿勢と闘い続けている。

最後に、田崎昇《たさきのぼる》さんと中村明俊《なかむらあきとし》さんは、それぞれ長崎市の職員として平和行政に関与した体験を語っている。田崎さんの方が関わりは相対的に早く、70年代の長崎市の平和行政初期に立ち会った。姉妹都市や国連外交などの国際的活動に加え、本島等・伊藤一長という2人の長崎市長の平和行政について貴重な証言をしている。原爆資料館の館長を務めたこともある中村さんは、被爆資料や遺構に対して文化財的なアプローチを採ってその保護に努めたと振り返る。また、山崎榮子さんがろうあ者として初めて平和祈念式典で「平和への誓い」を行う被爆者代表に選ばれたときの経緯についても語っている。

なお、第1章では、川野浩一さんが長崎での第2回原水禁世界大会（1956年）の思い出を語っているので、そちらもあわせて参照されたい（42頁）。［山口響］

被爆者との出会い

高橋《たかはし》眞司《しんじ》さん

〈高橋眞司さんの略歴〉
１９４２（昭和17）年、旧「満州国」新京（現在の中国東北部の長春）で生まれ、敗戦後、佐世保に引き揚げ。一橋大学修士課程修了後、福岡で教職に就くが退職して一橋大学の博士課程に進み、近代と現代の哲学を学ぶ傍ら、石田忠ゼミナール「被爆者問題研究会」に参加。その後１９７３年に長崎に赴任、長崎総合科学大学と長崎大学に勤務。その間に『長崎にあって哲学する』（正、続、完）を出版するなど、長崎から核時代の人間について考え続けている。

［聞き取り日時・場所］２０２１年3月25日・長崎総合科学大学平和文化研究所
［聞き手］木永勝也、四條知恵、中尾麻伊香、山口響、新木武志（まとめ）

家永三郎講演を聞いて、再び上京

福岡で教職に就いていた時代、１９６９年1月、熊本で日教組の全国教育研究集会があったとき、家永三郎《いえながさぶろう》先生［★1］が「国家と教育」という講演をなさった。自分はあの時代の国家主義に流されることはなかったが、積極的な抵抗はできなかった、その負い目が戦後の著作には表れている、というお話でした。その話を聞いて、わたしはもう一度、学問の世界に入り直したいという強い希望を持って、教職を辞して、１９７０年に博士課程に入りました。高校の非常勤講師は、中野区教育委員会の重鎮の方が斡旋してくださったのがうまくいかなくて、婚約者・宮崎靖子嬢（西洋史、とくにルネサンス、宗教改革の歴史家・宮崎信彦の娘）の高校時代の恩師の紹介で、杉並区、都立西高の「政治経済」の非常勤講師になりました。２年間教えて、最後の学期に、すなわち、１９７２年１月に２クラスでアンケート調査を行なって、統計的な分析もして、それを「原爆と平和のための教育」と題して、ガリ版刷り、Ｂ４版、縦置き・横書き40枚の大冊にまとめました[★2]。私の指導教官は教育学の鈴木秀勇教授（Ｊ・Ａ・コメニウス『大教授学』の名訳あり）でしたが、そのお隣が社会調査室、すなわち石田忠《いしだただし》教授の研究室なのです。その石田先生の所に持っていったら、先生は「ほう!」と言って受け取ってくださって、「高橋君、被爆者問題研究会をやっているから、そこに出席するようになさい」ということで、石田研究室とのつながりが出来ました。社会調査室の助手は栗原淑江《くりはらよしえ》さん、大学院生は濱谷正晴《はまたにまさはる》さん（社会調査室・石田忠の後任、のちに『原爆体験』の大著を著わす）でした。

　翌１９７３年の３月、社会調査室の長崎被爆者の調査に濱谷君も私も院生でしたけれど、旅費や宿泊費も出していただいて長崎に来ました。そのときは、栗原淑江さんと一緒に原口功さんの聞き取り調査に当たりました。そして、その直後、４月に長崎に赴任したのです。広島か長崎に就職したい、という思いはありました。そういうことを口にしたことはなかったけれど、結局、東京の石田忠研究室と長崎の鎌田定夫《かまたさだお》研究室の間にかかっていた、いわば「知的ロープウェイを伝って」、私は長崎に赴任した、ということになります。

長崎での出会い

私が長崎に来て最初に会ったのは、『熱い骨――女教師の

★1　１９１３年～２００２年。歴史学者。日本思想史の研究とともに、自著の高校日本史の教科書が検定で不合格となったことなどに関して、教科書検定制度を違憲として国に損害賠償を求めた教科書裁判の原告として知られる。

★2　この「原爆と平和のための教育」を一橋大学大学院生自治会発行『一橋研究』第24号―第27号（１９７２年12月～１９７４年７月）に投稿掲載した。長崎市立図書館、長崎原爆資料館所蔵。なお、ウェブ上で読むこともできる。

原爆記』（長崎生活をつづる会発行、１９５９年）の著者、瀬戸口《せとぐち》千枝《ちえ》先生です。宮柊二主宰の短歌結社「コスモス」の長崎歌会に出席して、よくご一緒しました。瀬戸口先生から、やけどの少年、谷口稜曄《たにぐちすみてる》さんの赤い背中の写真をかかげた表紙、１９７０年版『長崎の証言』を署名入りで頂きました。瀬戸口先生は歌会の１時間、２時間を畳の上に座って、歌の批評をしたり聞いたりできないのです。「失礼します！」と言って、机の下に足を伸ばして、寝そべってやり過ごさなければいけない、それくらい体力が消耗していたのでしょう。被爆者の日常を目の当たりにした、という思いでした。あの痩せて小柄で繊細な、それでいて意志の強い瀬戸口千枝先生は、私にとってとても印象に残る歌の仲間でしたね。

鎌田定夫先生と最初に出会ったのは、長崎に赴任してから、です。鎌田先生は大学で隣り合わせの部屋でしたから、会議や催し物の司会を頼まれたり、発言するよう促されたり、いろいろ協力するよう求められました。ある日のお昼休みにお会いしたときには、午前中は集会開催のために、講師の依頼や案内の手紙を20通書いていた、とお聞きしたこともあります。77年に被爆問題国際シンポジウム（77シンポ）が開催されたときには、とくに『長崎レポート』を短期間に完成するために、鎌田先生は大学に泊まり込みで仕事をなさったのです。私の研究室の鍵の在りかも知っていらして、真夜中、自由に入られてご利用しておられたようです。それで、「昨晩は先生の研究室に入って、アレを使わしてもらいましたよ」と、翌朝、報告するなど、本当に自由に行き来しておりました［★3］。

秋月辰一郎《あきづきたついちろう》先生は「77シンポ」で私を知っていただいた、と思います。『被爆者の現在』に寄せていただいた「基調報告」は、被爆者調査の集計と分析にたずさわった私たちには、大きな励ましと自信を与えてくれました。そして、１９８２年の第２回国連軍縮特別総会（ＳＳＤ－Ⅱ）に、秋月辰一郎・すが子ご夫妻とニューヨークまでご一緒してからは、よく先生のご自宅にお話をしに、ときに家内も一緒に伺って、家族ぐるみのお付き合いをさせていただきました［★4］。

77年から十数年を経て、１９９１年に私の主著『ホッブズ哲学と近代日本』（未来社）が出版されました。それが私の博士論文になるのですが、それを出版して、秋に先生に贈呈するためにご自宅を訪問しました。秋月先生は大変喜んでくださって、その翌日付で先生からお手紙をいただきました。そこには「長崎には哲学者がいないのです。頑張ってください」

という言葉が書かれていました。非常に短いお手紙なのですけれども。この言葉が私のこころに響いて、〈長崎にあって哲学する〉という生涯のテーマを胸に刻んだのです。人との出会い――秋月辰一郎先生との出会い、そして秋月先生のこのような言葉との出会いがなかったら、私がこういうテーマを立てられたかどうか……。秋月医師の言葉に接して、それが『長崎にあって哲学する』正、続、完の三部作《トリロジー》（Trilogy）となったのです。長崎に赴任した時には、予想すらできませんでした。

長崎ルーテル教会牧師、岡正治《おかまさはる》先生は、私たち「長崎「原爆問題」研究普及協議会」（長崎原普協）の活動をどこかで知る機会があったのでしょう。岡先生は「長崎原爆問題キリスト者協議会」という組織をつくって、1983年から毎年夏、「反核平和セミナー」を開催なさいました。その講師に私を毎年、呼んでくださったのです。岡先生はその名称を「原普協」と同じように、「長崎原爆問題キリスト者協議会」と名づけました。そして、略称は「原普協」とわずか1字だけしか違わない「原キ協」と呼んでおられます。そういう形でご自身の組織を作った。岡先生がどうして私に講演するように言われたか、その理由は未だに謎なのですが、あるいは、1981年8月8日、日本被団協主催の「長崎国民法廷」という、国民法廷運動のモデル法廷と言われる、本当に感動的な国民法廷が「長崎県勤労福祉会館」でありました。私は、『被爆者の現在』に基づいて、「被爆者――集団としての訴えと要求」について冷静に証言しました。ルーテル教会からすぐそばの会場でしたから、その場に岡先生は出席されていたのかもしれません。そして、岡先生のなさる「反核平和セミナー」に毎年夏に呼ばれて、講演をしました。先生が亡くなる、その年、1994年まででですね。岡先生は驚くほど熱意を込めて、講演を依頼してくださいました

被爆者運動との関わり

特に山口仙二《やまぐちせんじ》さんがご存命中は、仙二さん（わたしたちはそ

★3　高橋眞司「鎌田定夫さんを偲ぶ」、『長崎の証言50年――半世紀のあゆみを振り返る』（長崎の証言の会、2019年）所収。

★4　高橋眞司「秋月辰一郎――長崎の被爆医師」『長崎にあって哲学する・完―3・11後の平和責任』（北樹出版、2015年）第2編参照。

う呼んでいました）と親しくしていて、いろいろ教えてもらったり、おいしいごちそうを頂いたりしたこともあります。わたしは彼を尊敬していたし、彼も優しかった。

ＳＳＤ－Ⅱでは、ニューヨークで私は山口仙二《やまぐちせんじ》さんと同室でした。私はなぜ同室なのか分からなかったのですけど、被団協の職員、伊藤直子さんからは「仙二さんを守ってあげてください」と言われました。仙二さんは国連軍縮特別総会での発言にあたって、日本原水協をはじめ５つの団体から支援を受けていた。その代表があらかじめ、仙二さんの国連演説の案文を練り上げて渡してある。資金カンパも受けている。仙二さんはそうした意向も汲み上げなければいけないということで、いろいろ配慮しながら文案を考えていた。

仙二さんが国連の軍縮特別総会の場でしゃべるということに関して、もう率直に言いましょう。やっぱり、被団協の中でも初めて国際的な晴れ舞台で、被爆者が証言するというときには、内輪での競い合い、時には嫉妬やそねみも渦巻いていた。内部で打ち合わせをやっていて、そこに山口仙二さんがいないと、「山口仙二はどうしてここに居ないんだ」とか、仙二さんに厳しい言葉が投げかけられることもあったのです。

伊東壮《いとうたけし》代表委員（山梨大学教授、のち学長）は、首都圏で東京の被爆者団体を立ち上げた功労者です。当時は山梨大学の助教授か教授。特に１９６０年代の早い時期に、「被爆者の否定意識」について論文を書いて注目された論客でもあった。学者でプライドもあり自負心もある。ニューヨークにいた時、伊東壮代表委員と岩佐幹三《いわさみきぞう》先生（金沢大学教授）が「仙二さん、スピーチの原稿を見せてほしい」と頼み、仙二さんが見せると、お二方が学者として字句を訂正する。それを読むと「言葉は良くなっているが、自分にむかない言葉が使われている」、それで今度は仙二さんが「これでは俺の演説にならない、訴える力が弱くなっている」ということで、それを再修正の上、２人に戻す。ニューヨークで、その繰り返しをやっていたのです。

そのような中で、山口仙二が国連の場で発表するまで、私がそばにいてリラックスさせて、「守って」あげなければいけなかった。

結局、仙二さんは壇上に登って、しっかりした自分の言葉で演説することができた。それは、仙二さんが自分の意志と言葉を貫いたからです。伊東壮さんらの修正は理論的にはよかったのかもしれないけれど、訴える力は弱まっている、というのが仙二さんの最終判断でした。「学者に目を通させると、訴えが弱くなる」と、それははっきり言っていました。したがって、1982年6月24日、国連総会の場で被爆者の初めてのスピーチを他の誰にでもなく山口仙二さんにさせたというのは、本当に素晴らしい人選だったと思います［★5］。

仙二さんとは、その生涯の最後まで美しい友情が続きました。最晩年を雲仙のケア・ハウスで過ごされましたが、亡くなる前の最後のお葉書には「もう高橋先生は、東京にお帰りになることはありませんね」と念を押して、私が長崎にいることを喜んでくださいました。そのような間柄だったのです。仙二さんにはそういう深い人間的な愛情があって、被団協の中でも、あんなに人のことを思いやれる人はいないですね。だから、彼は真に被団協の代表委員であり、被爆者の代表と言っていい人でした。

山口仙二さんと谷口稜曄さん。谷口稜曄さんを被爆者運動に誘ったのは仙二さんでした。そして、「稜曄さん、着てるものを脱げ！」と言って、海水浴場で彼に全身の傷を隠さず、裸になるように言ったのも仙二さんでした。わたしの見るところ、二人はお互いに張り合うところもありましたが、上手にすみ分けていましたね。

谷口稜曄さんは、その死の直前、国連で、2017年7月7日、歴史的な核兵器禁止条約が採択される直前の、市民による緊急集会で、「赤い背中」の写真を掲げながら、核兵器の非人道性を訴えて、世界中の人々に深い感動を与えました。この二人を長崎が持つことができたというのは、被爆地・長崎の誇りですね。あんなに対照的でいて、互いに競い合いながら、それぞれに長所を持ったお二人を指導者《リーダー》として持つことができたというのは、長崎にとって何と誇らしく、素晴らしいことだったでしょう。

私の場合、「松谷訴訟」のように、被爆者と具体的な運動をともにするというよりは、むしろ、被爆体験というものをどう捉えるか、被爆体験というものを概念化したときに、それをどういうふうに把握できるのかということを中心に考えてきたようです。個々の被爆者の体験がいろいろあるけれど、そういうものをいくつかの新しい概念でくるとすれば、どういう言い方ができるのか。そして、それはまたどういう意

★5　山口仙二の国連演説の全文は、高橋眞司編『SSDⅠ・Ⅱ・Ⅲ　長崎からの訴え』長崎「原爆問題」研究普及協議会、1993年、に収録されている。

味を持っているのか、世界の人々にとって、それは新しい時代をつくっていくのに、どういうふうに役立てることができるのか。被爆体験が新しい時代にもたらすもの、意味するもの、その重要性、そういうものを高橋さんは考えてほしい、自分たちに話してほしい、そういうことはしょっちゅう言われておりました。

ですから、被爆者団体は、特に被災協は、私の役割をある程度、限定してくださって、「被爆体験の思想化」というところに、限定してくださっていたと思います。必ずしも十分であったとは言えないけれど、できるだけのことはしてきた、というのが率直なところです。

被爆者訴訟の法廷の証言台に立つことは池田眞規《いけだまさのり》弁護士などの先生方や濱谷さんらが中心になってやってくださいました。濱谷さんは東京にいて、一橋大学社会調査室の歴史的な蓄積があり、数量的な把握も可能で、彼はそのほうの専門家ですからね。

被爆地域拡大運動　東長崎地区を中心に

井原東洋一《いはらとよかず》さん

〈井原東洋一さんの略歴・聞き取り日時・場所・聞き手〉48頁参照。

1976年の被爆地域拡大と東長崎地区［★1］

私はずっと、被爆地域拡大運動をやってきました。被爆者手帳友の会の深堀《ふかほり》（勝一）さん、中村重光［★2］さんら国会議員もいました。市会議員で、林光之助《はやしみつのすけ》っていう議員もいました。そういう皆さんと協力して、ずっと取り組んできたんです。それで、現川《うつつがわ》とか中尾とかが被爆地域拡大ではいったときに、私が原爆に遭った薩摩城《さつまじろ》も入ったんですね。その後も私はずっと知らなかったんですけど。

国会ではもう、年末（1975年末）にわかってました。中尾で責任者だった船山栄四郎さん、現川の金原《かねはら》勇さんが中心になって、被爆地域拡大運動をやっていたんです［★3］が、ちょうど私が臨時の選挙専従で、中村重光の事務所にいたんです。

★1　被爆地域拡大については、第2章「コラム　被爆地域の変遷と被爆者」（112頁）を参照。1974年10月に西彼杵郡時津村、長与村（高田郷、吉無田郷を除く）、76年9月に福田村（柿泊郷、中浦郷、手熊郷、上浦郷）、式見村（向郷、木場郷、牧野郷）、三重村（詰ノ内、白髪、遠木場）、矢上村（現川名、田川内、薩摩城、中尾、矢筈）、日見村（河内名）、茂木町（田手原名、木場名、田上名）が指定された。

遅くに2人来て、わんわん泣いて喜んだことを覚えてます。

　鹿児島の出身で村山喜一〔★4〕さんっていう教職員出身だったでしょうか、重鎮が来られました。その人たちも一緒に地域拡大運動のための地域集会をして回りました。古賀とか中尾、現川、あちこちで、結婚したりして出ていってる人たちも全部呼び集めて、集会を何回もやりました。古賀は実現しませんでしたけれども、やっぱり熱心にやってた所がなりました。田ノ浦、茂木とか戸石とかは、自然になるんだみたいな感覚で、あんまり熱心じゃなかったですね。その後、結局拡大是正はできてないです。

　中にはこれ以上、増やしてほしくない。自分たち被爆者に手厚くしてもらいたい。だから広げていくことによって自分たちが見放されるんじゃないかなという、そういう意識の人もおりました。それから、被爆者と言われたくない、烙印といいますか、そういうものを押されたくないという人たちもいました。やる必要ない、そんなことは黙っとってもなるんだからする必要ないっていうふうで足を引っ張った議員もいました。

　ただ、次々に被爆者の援護対策が改善されてくるわけです。手当がなかったのに手当が出てくる。医療費も特別被爆者、2キロ以内の被爆者と区別されとったのが一律になってくるというふうなこととか。既存の被災協とか、私たち友の会も含めた団体の度重なる陳情行動とかもあって、少しずつ改善されてくるんです。その中で、自分たちも被爆地域にいたのに、なんでこんな区別されてるんだと。労働団体とか、主に社会党でしたけれども、啓蒙する運動もできました。人々が、そういう運動の中で目覚めてくるわけです。それで、何とかこれを運動に拡大して集中的に活動しよう、政治家の皆さんとも関わりを深めていこうということになって。積極的なのが、中尾と現川だったんです
　戸石、川内〔★5〕は入ってないんです。川内は、被爆体験者の事業が始まったときも外れてるんです。12キロ超えとるということで。千々《ちぢ》〔★6〕、それから、三重田《みえだ》〔★7〕っていう所も外れてます。3年後に是正をされました。最初は12キロ以内で被爆して、12キロ以内に住んでることが条件だったんです。それはあまりにもひどいということで、結局3年後の見直しのときに県内に広がったので、その長崎市内の12キロ以遠の千々、それから東部の川内、西部の三重田、そういう所は救済されたわけです。

　1995年に周辺の12キロ以遠の自治体、例えば、当時は諫早市になっていなかった田結村《たゆいむら》とか、今は長崎市に入ってますけど琴海、外海《そとめ》とか、そういう地域の自治体が全部、議

会決議をしたんです。12キロ以上をもう求めないから12キロ以内にしてくれということで。県が主導して、県と長崎市が中心になって、周辺の自治体を全部巻き込んで12キロの範囲内に限定することについて異議がない、外側について、今後拡大の要望をすることがないという趣旨の決議を県の主導でそれぞれの自治体の議会に決議させたんです［★8］。

被爆者ももちろんですけれども、行政と一緒になった地域拡大、是正と表現が変わりました。国会にも、議員連盟みたいなものがあったんじゃないかなと思いますけど、非常にたくさんの人たちが対応してくれ、議員会館で何回か集会をしたり、ホテルで居座ったり、大々的な行動をしました。その結果が被爆体験者になったんです［★9］。だから、これは当時はそういう運動をしてる人たちの説得っていう意味もあったと思いますけども、途中下車と、一時停車だというような認識で妥協したっちゅうんですかね。

被爆地域拡大運動と訴訟

被爆体験者の事業が始まるときは市議でしたが、みんな協力してくれましたね。伊藤一長《いとういっちょう》（市長）さんの時代だったと

★2　中村重光については、第2章「長崎原爆遺族会を受け継いで」注2（91頁）を参照。

★3　長崎県動員学徒犠牲者の会・長崎県被爆者手帳友の会『わが戦いの日々（被爆四十周年記念）』（長崎県被爆者手帳友の会、１９８５年）「11　現川、中尾等六キロから八キロ圏の被爆地指定について」参照。

★4　村山喜一、日本社会党所属の衆議院議員、選挙区は鹿児島2区。１９６０年から93年まで。

★5　コラム「被爆地域の変遷と被爆者」（１１２頁）を参照のこと。戸石、川内は、北高来郡戸石村の地域。戸石村には上戸石、川内《かわち》、里《さと》、牧島の各名《みょう》、行政区域があった。戸石村は１９５５年に北高来郡古賀村、西彼杵郡矢上村と合併し東長崎町となる。63年に東長崎町全体が長崎市に編入された。被爆体験者事業が始まった際には、川内は入っていない。隣接する旧村が北高来郡田結村（現在、諫早市飯盛の一部）である。

★6　千々は、西彼杵郡茂木村の一部。茂木村の行政区域には、飯香浦《いかのうら》、田手原《たでわら》、田上《たがみ》、太田尾、木場《こば》、本郷、宮摺、大崎、北浦、千々《ちぢ》の各名がある。１９６２年に長崎市に編入されたが、注1に記したように、田手原、木場、田上は76年に「健康診断特例区域」として被爆地拡大区域となっていた。茂木の最南部にある千々は被爆体験者事業が開始された際にも区域とならなかった。

思いますけど、議会こぞってっていうんですか。だから、今、被爆体験者が裁判しているのは、その長崎市の市長を相手に言ってるんですね。長崎市、県が国に被爆地の是正をすべきだと主張した内容を主張しているんですが。

蔭平の向かい側、館《たち》というんですけど。かき道でも大星という集落があるんですけど、金比羅山を越えて、いわゆる風が直接当たるような場所です。そこの人たちは障子が倒れたり、ガラスが割れたり。被爆地域拡大を求める被爆者の側に科学的合理的な説明をしろといわれても、ちょっと無理な話です。水を飲んだり灰がかぶった野菜を洗って食べたりって、そんなことは当時は危険だと思っていませんから。水道がなかったですから、私は地元にある井戸水を飲んでましたし。それが枯れたら、川の水を少しせき止めて飲んでいました。当時は川で泳いだり、川がプール代わりでしたから。だから、内部被曝などもあったと思いますけど。

今、被爆体験者訴訟という形にもなっていますけど、幾つにも分かれてまして、裁判をするというグループと、裁判はしないで交渉でいくというグループと、それからもう今の制度でいいという人たちといるわけです。裁判という方法は勝ち負けがありますから、これはもしも負けたときに、つまり認められなかったということが固定化するのを私は恐れたんです。集団訴訟ですから、必ず部分的に認められる人と認められない人と出てきますよね。そうしたときに、認められる人と認められない人との葛藤が出てくるんです。だから、そういうこともあるし、集団訴訟というのは功罪相半ばするなと思って、私は賛成しませんでした。

友の会としては、訴訟よりも厚労省を相手にした協議を積極的に進めて、行政も巻きこんで進めていくほうがいいと。県・市が足並みそろえてやってきた運動なのに今は被告になってるわけです。これはなかなか難しい。もともと県・市を中心に地域拡大是正運動を被爆者団体と一緒になってやってきた。そのうちの何分の1かに、５００~６００人はいるんですけど、1割弱ですか、そういう人たちが裁判になったときには、国と県·市が被告でしょ。だから、対立的な中でやっていくもんだから、なかなか協議は難しい。厚労省に対する要請行動だって、裁判中だからっていうことで、逃げられます。だから、協議で改善していくという方式のほうがいいんじゃないかなと。今もそう思ってるんです。

しかし動き出してしまったから、やっぱり既存の組織として敵対するわけじゃありませんので、これは何とかせんといかんということで、当初から友の会として、裁判闘争の諸君に10万円ずつ寄付してきました。やがて裁判で決着して、例えば、実現したあかつきには手帳取得ができるという見通しですから。そのときは、うちに入るか入らないかわかりませんけど、いわゆる食い逃げという形では困る、だからぜひ、うちに会員登録を何人かしてくれとお願いもしました。規約も作って、年間1000円で。友の会の規約を変えて、会員は2800円ですけど、二世の会は900円、二世は全く医療保障も何もないとそういう差がありますので、体験者の場合は一部ですけど医療保障がありますから。被爆体験者の会費は年間1000円ということで、受け入れの枠を作ってるんです。

　ところが、入ってこないです、全然。今、ただひとりおります。その体験者で会員っていうのは。代表の方が申し訳ないっていって、2年ぐらいかな、1000円ずつ10名、その名前は匿名です。10名分という会費を納入して、友の会からの寄付に応えたという実績がありました。第2次訴訟団ができてから、一部一審で被爆者として認める判決が出たんです。そのときのひとりがうちに入りました。今も入ってます。しかし、高裁で敗北しました。集団訴訟というのは、そこから抜け出して、その人だけをするってことがなかなか難しいんです。

私も、裁判闘争の顧問に位置づけられてたんです。ところが、いつの間にかそれは外されてました。平野（伸人）さんは裁判で何回も海外の皆さんを救済したこともあって、ずっと携わってます。それでこれを支える会もできて、川野（浩一）さんあたりが会長になっているわけです。私も被災協の山田《やまだ》（拓民《ひろたみ》）さんも顧問になってたんですけど、いつの間にか外れてます。

被爆体験者訴訟と東長崎地区

今の裁判というのは、基本的に三号被爆者［★10］としての認定を認めよということで、被爆地域を拡大しないままに、この地域に住んでたのは被爆する状態にあったんだという主張です。結局、被爆地域を是正する以外にできないんじゃな

★7　三重田《みえだ》は、西彼杵郡三重村の区域の一部。三重村は、1973年に長崎市へ編入されたが、松崎、樫山、畦《あぜ》、三重、三重田、向、京泊《きょうどまり》、畝刈《あぜかり》、多以良、遠木場《とおのこば》の各郷からなった。このうち、注1に記した遠木場・詰ノ内・白髪は長崎市鳴見町の一部となった。三重田は三重村の西部にあり、被爆体験者事業が始まった際にも区域とはならなかった。

いかと思うんです。だから、地域拡大運動とからめてすべきだと思ってるんですけど、そうはなってないんじゃないか。訴訟は、長崎市については長崎市長、市外については県知事が認めれば、国はそれを追認せざるを得ないんだという考え方なんです。被爆者運動を長くした者からすると、ちょっと主張が違うんじゃないかと。今、裁判してる人たちの前で話をすると、きょとんとしてました。よく知った人ですから、弁護士さんにも直接電話して、その主張では通らんのじゃないかとも言いました。

　また、１９７０年代の地域拡大の時に、あなたがたはなぜ運動しなかったんだという気持ちはあります。なぜ、妨害したんだと。あのときにやった中尾、現川は是正になったじゃないか。当時の地域のリーダーたちが、ほとんど非協力的だったんです。金を集めて運動してるけども、そんなことは飲み食いに使われるばっかりで何もならんというふうに主張して。うちの部落もそうやったんです。戸石もそうでしたし。茂木は、うちの組織から分かれていったんです。その地域是正の運動だけを重点にするという趣旨で。どちらかというと、深堀さんが原水禁、社会党系列に色濃ゆいという運動をしてましたので、自民党系の人が分かれていったんです。だから、その運動は、中島正徳《なかしままさのり》さんのところ、系統的にいえば、核禁会議のグループですよね。手帳友愛会っていう組織は、分かれたのは、昭和60年ぐらいじゃなかったですかね。本島（市長）さんと非常に仲が良かった手態出身の議員、吉田満という、彼がその運動をリードしたんです。被爆者手帳友の会から分かれて、別の動きをする。深堀勝一さんという人物が、非常に立身な人でもあったけど、ワンマンで、考えが違う意見を言ったら、もうおまえ来るな、やめろと言下に言いよった人なんです。そういうワンマン的なことでリードしてきたが、きちんと緻密に運動はしてたんです。対政党とか非常に親密に連携取って、要所で必要な運動はやってきた人でした。でも、茂木の被爆地域の拡大是正の運動をやってた人たちは、中島さんところに入っていったわけです。

★8　『長崎原爆被爆五十年史』（長崎市原爆被爆対策部編集・発行、１９９６年）第３章第５節に詳しい。

★9　被爆体験者事業は、２００２年から開始された。川野浩一さん、山本誠一さんの聞き取り参照（１０５、１５０頁）。

★10　第３号の「原爆が投下された際、又はその後身体に原爆放射能の影響を受けるような事情の下にあった者（たとえば、救護、死体の処理、しゃへい物のない海上で被爆した者）」。

被爆未指定地域からの被爆者運動

山本誠一《やまもとせいいち》さん

〈山本誠一さんの略歴・聞き取り日時・場所・聞き手〉
55頁参照。1978（昭和53）年12月1日厚生省要請以降、被爆地域拡大運動に取り組み、2001年に呼びかけ人として「長崎被爆地域拡大連絡会」を立ち上げ、10年「長崎被爆地域拡大協議会」改組以降、同会事務局長を務める。

労働者としての目覚め

私が市役所に入ったのが昭和30（1955）年です。私は長崎工業高校の機械科卒業で、日産自動車に入って自動車整備工になって、3級の整備士を取って将来は自動車整備工場を開業したいと夢をいだいていたとき、師匠であった技術主任が日産自動車を退職し、長崎市役所清掃課自動車整備工場の工場長となり、私も誘われたので、2人で自動車整備工場を一緒にやってきとったんです。

そういうさなかに、ちょうど1960年の安保闘争が始まって。安保闘争が始まった頃は、私は右翼的青年で、岸内閣支持で安保賛成なんです。そのときに組合オルグで、田川務市長が現業労働者は職員にふさわしくないから正規雇用しないと宣伝していたのでこれは恐らく共産党のオルグのための宣伝だと思い、田川市長を崇拝しとったから市長がそんなこと言うはずは絶対ないと。この目で耳でしっかり聞きたいと思って、はちまきをして集団交渉に参加したんです。ところがそこで実際に、市当局から現業労働者への差別的発言があったんです。その差別的発言を受け止めた瞬間から、私は「労働者」になった。その翌日から、市長室座り込みの先頭に立つんです。昨日までの右翼的思想の青年が。そして機動隊から排除されるんですね。そしてその年に、現業職員の労働組合を立ち上げることになった。ところが、現業労働者の結成大会をやる一週間前に、長崎市が書記長候補を事務職に任用替えする。なぜかその時に、私に書記長にならんかと言われた。労働組合のイロハもわからんから、なんでもよかやろと思って、やろうと。それで現業労働組合結成大会で新書記長に選ばれ、組合結成大会を無事成功させることができました。

私が安保条約について最初に矛盾を感じたのは、本屋さんで、偶然立ち読みした『学習の友』を読んだときです。安保条約は日本を守るためのものじゃないんだ、これはおかしいなあと思ってですね。毎週のようにあった労働者教育協会主催の学習講演会に行きましたね。頭にびんびん１８０度ぐらい違う知識が入ってくるわけでしょう。日本は独立しとると思ったのにしてないとかね。もういやが上にもこれは勉強しないといかんと思って。だから『学習の友』が私を変え、世の中を見る目がすっきりしましたね。

現業労組の書記長になったばかりの頃、不幸にも原水爆禁止運動が分裂し、公会堂で三県連絡会議［★－］が開かれたとき、私は会場から挙手をして、原水爆禁止世界大会で母親に抱かれて原爆禁止を訴えられた被爆者の渡辺千恵子さんの訴えを思い浮かべながら、「原水爆禁止運動の分裂は被爆者を悲しませ、原水爆禁止を困難にするので絶対に分裂させてはいけない。統一のために努力してほしい」と必死に訴えました。その時にやじられるかと思ったんですよ。そしたら会場から大きな拍手が沸いたんです。この時の発言が原因となったのか、直後の代議員会で、執行委員長から突然、私の組合除名が提案されました。理由は、「組合の方針に反し、共産党の福岡淳次郎候補事務所に出入りしている」ということでした。私は「組合員の団結を壊す特定政党支持には反対しているが、共産党選挙事務所出入りは事実無根」と反論しました。代議員会は結論持ち越しとなり、その後半年間に及ぶ議論の結果、除名提案を否決しました。その直後の役員選挙では私が対立候補に大差で再選され、その後の人生の大きな支えとなりました。

被爆者運動への関わり

被爆者運動に関わるようになったのは市議会議員になってからで、1971年12月1日に被爆者とともに厚生省に要請に行きました。1980年の基本懇答申が出て、直後に自民党の国会議員が国会で「長崎の大浦診療所が健康管理手当診断書をばらまいている」という攻撃を始めました。これで最初の火がついたわけです。基本懇答申はそのとき初めて勉強し直しましてね。一体何なのかと。国民に戦争受忍論を押しつけ、国家補償の援護法を拒否し、被爆地域拡大には科学的合理的根拠が必要だと歯止めをかけるひどい内容のものです。国が定めた長崎原爆被爆地域は、原爆被害をまったく無視して被爆当時の長崎市と一部周辺地域で線引きし、東西に約5〜7キロ、南北に約12キロに限定されています。科学的合理的根拠はまったくありません。とくに基本懇答申後ひどかったのは、3年に1回切り替えが必要だった被爆者健康管理手当の診断書の却下がどんどん出てきたんです。大浦診療所の富田満夫《とみたみつお》所長を先頭に私も参加して被爆者団体と対市交渉を行い、全日本民医連や日本被団協などと政府交渉を行い、その結果、3年に1回更新の健康管理手当診断書の切り替えはその後不要となる貴重な成果をあげました。

1988年には、長崎の被爆者松谷英子《まつやひでこ》さんの原爆症認定申請を国が却下する事態が起こりました。松谷英子さんは、3才のとき爆心地から2・45キロメートルで被爆、爆風で飛んできた瓦が頭に当たり重傷を負いました。その日から右手右足は麻痺し、足腰や傷跡の痛みは絶えなかったのです。松谷さんは、原爆症認定を2度申請しましたが、却下されたため、1988年9月に国を相手に訴訟を起こしました。支援する会の運動が全国に広がる中、1993年5月、長崎地裁で全面勝訴を勝ちとり、国は控訴しましたが、1997年11月福岡高裁で再び完全勝訴を勝ち取ったのです。この松谷訴訟で、放射線被害との因果関係を立証されたのが大浦診療所の内科医であった山下兼彦《やましたかねひこ》先生でした。原爆投下による放射線被害による因果関係が立証されたため勝訴したのです。松谷訴訟の勝訴は、長崎被爆地域拡大運動にも大きな転機となりました。国の被爆者行政を打ち破る闘いが、被爆地長崎で起こったのです。すごい運動を長崎はやったと思います。その運動に大きく関わったのが当時大浦診療所で働いていた牧山敬子《まきやまけいこ》さんとケースワーカーの上戸真弓《かみとまゆみ》さんです。私もいろいろ教えてもらいながら勉強させ

★―「原水爆被災三県連絡会議」は、原水禁運動の分裂を受け、1964年に広島、長崎、静岡の原水協の呼びかけで発足した。

てもらいました。だから私自身がそれで火がついて被爆地域拡大運動に取り組むようになったといえます。

被爆地域拡大運動

被爆地域拡大の運動は地域ではずっと起こっていて、市、県、厚生省への申し入れは毎年絶え間なくありました。それに応えた形で行われたのが、長崎市と県が１９９９（平成11）年12月から２０００年３月末にかけて実施した爆心地から半径12キロメートル以内にいた８７００人に対する「原子爆弾被爆未指定地域証言調査」の取り組みでした。被爆証言をもとに長崎大学医学部などの協力を得て、「聞いてください！私たちの心のいたで　原子爆弾被爆未指定地域証言調査報告書」と「平成11年度原子爆弾被爆未指定地域証言調査　面談実施者証言集」という調査報告書が完成し、被爆地域拡大にむけた機運が一挙に高まりました。２０００年７月26日には東京で約３００人規模の「被爆地域拡大是正を求める決起集会」が開かれ、各政党やすべての衆参国会議員への要請行動が行われました。そして、２０００年８月24日、被爆未指定地域の住民代表５人と津島雄二《つしまゆうじ》厚生大臣との面談がはじめて実現しました。

私が市議会議員をしているときにこうした動きが出てきて、まだ調査の前段階で、何とかこれをやっぱりつなげんといかんなということで、地域の人たちにも呼び掛けました。私は共産党の市会議員ですから、なかなか保守の人たちは来てくれないだろうと思いながら呼び掛けたんですが、真っ先に共鳴してくれたのが自民党県会議員の後援会の副会長だった間ノ瀬地区の河浪則男《かわなみのりお》さんだったんです。河浪さんはもう亡くなられましたけど、原爆投下の翌年にお母さんが出産するわけですね。ところが、そのときに出産した赤子は死産で、黒い赤ちゃんだった。父親と母親がこんな赤子の死体を人に見せるわけにいかんと箱に詰めたのを、河浪則男さんは見ているわけです。それが脳裏から離れなかったんでしょう。また当時、２歳の妹さんがおられたんですが、その妹さんがだんだん髪の毛が赤くなってきた。そして脱毛し、脱毛から２年後に亡くなりました。これは一体何なのかということで、河浪さんはそこで疑問を持ち、これは原爆の影響だと確信するようになります。津島厚生大臣との面談の中で一番、厚生大臣の心を動かしたのは河浪則男さんだったといいます。その河浪さんたちと一緒に、被爆地域拡大連絡会というのをつくって、私は議員でもあったから後ろから支えながら活動をしていました。長崎被爆地域拡大連絡会は、旧長崎市周辺の深堀、茂木、東長崎、香焼、伊王島などの被爆未指定地域で運動を進めてきた地域組織や個人が一同に会し、２００１（平成13）年11月６日に発足しました。

自分自身が被爆者であるっていう自覚が出てきたのは、この運動が始まったときです。原爆の日にどうだった、こうだったって、自分のことは分かる。周りがどうだったかということについては、みんなでそんな話をしないわけですよね。下痢をしたとか歯茎が出血したとか、この調査でみんなが原爆投下から6ヶ月の間に起こったことを聞いて初めて、「ああ、自分はこうだった」と。だからこの調査がなかったら何にも分からなかった。友人の高野くんが下痢で亡くなったということは知っていて、深堀で聞き取り調査をやったときに同じように60日後に下痢で亡くなった人のことを聞いて衝撃を受けました。原爆というのは、健康的な被害と非常に密接な問題があるんだなと。それまでそういう科学の知識は全くなかったですから。

被爆体験者の聞き取り調査

県と市の調査の報告書の中でいろんな症状が出てくるんですよ。発熱、下痢、脱毛、歯茎からの出血など。こんな大掛かりに何千人も調査をするってことはそれまでなかったわけですから。それでこの調査の結果に愕然としたんです。歯茎から出血したっていうのがかなりあるんですね。普通、個人で歯茎から出血したっていっても、それは何か虫歯かなんかあって歯茎から血が出たくらいにしか思わないじゃないですか。しかしそれが一定の対象者、該当者の中に出てくるとなると、「お?」と思いまして。内部被曝という問題についての意識がこの調査以降、浮き彫りになりました。

それで厚生省（当時）に「被爆地域拡大問題検討会」が設置され、精神的影響に関しては、精神科の専門の先生が来て３１３人の聞き取り調査をやったんです。10ヶ月後の２００１年8月1日に出された最終報告では、原爆投下に起因する不安がトラウマ症状となり、今日なおも精神上の健康に悪影響を与えている可能性が高いとしながらも、放射線被害の影響を否定します。聞き取り調査をされている人たちの内容を見ると、健康被害を訴えているのがかなり多いんですよ。それを精神的影響だけを切り離してしまって、健康被害というのは精神的な影響を受けたトラウマが原因で起こっているんだという形で、間接的な形になって。一人の人間の精神的影響と健康被害を分離するということが、できるはずがないじゃないですか。

この検討会に精神医学の専門家として長崎大学の中根允文《なかねよしぶみ》先生も参加しておられたんですよ［★2］。中根先生はその報告書が出たときに異議を唱えて、この検討会では放射線被害は検討していないので、放射線被害否定の記述は削除すべきだと発言されました。長瀧重信《ながたきしげのぶ》先生は応援はされたんです。それに対して他の先生方は聞く耳持たず、そういう意見は承っておきますという程度でした。あのとき中根先生は、精神的影響が認められれば自分の主張がもう入ったということで、ほとんど抵抗はしなくてもよい立場なんですよ。しかし放射線による健康被害の問題をやっぱり重視しておられたんですね。放射線被害の問題と精神的な問題をわざわざ切り離すということを医師として認められないという気持ちがあったと思うんです。それが唯一、私たちには救いでした。

こうして10ヶ月間に及ぶ検討会は終了し、被爆体験による精神疾患が認められる場合のみ、ガンを除く疾患・症状を対象にした被爆体験者支援事業が発足し、対象住民に「被爆体験者精神医療受給者証」が交付されました。しかし、この不十分な事業も小泉構造改革による社会保障予算削減で、実施からわずか3年で改悪され、14億円の事業予算が9億円に削減され、驚くべきことに「被爆体験の記憶がない」との理由で、被爆当時の幼児や認知症の高齢者など約3千人（3割）が切り捨てられました。国の不当な切り捨てに対し、被爆者をはじめ長崎県・市・県議会・市議会の3年余にわたる要請行動によって、「原爆の記憶は問わない」こととなりました。ところが、こんどは精神科医の関与を強め、対象疾病を大幅制限・縮小し、被爆者援護とほど遠い施策となりました。そのため、「被爆の記憶なし」として切り捨てられた3千人のうち再交付は１５００人にも満たない状況にあります。

全日本民医連新聞の新井記者が２０１１年に調査に来たとき伊王島《いおうじま》、深堀、香焼《こうやぎ》、茂木、東長崎で16人の被爆体験者から聞き取り調査を行った感想として、穏やかな表情が、被爆地域問題となると表情が一変し、「手帳を第一種に」「ガンを認めてほしい」と話される姿が印象的でした。これだけの証言がありながら、なぜ、国は被爆地と認めないのか。その矛盾に怒りがわいてきます。同時に「早くしなければ、時間がない」との感想が寄せられました。

全日本民医連の調査を契機に私どもが本格的にやったのは２０１２年の長崎民医連の調査です［★3］。この調査では、発熱、歯茎出血、皮膚斑点、脱毛、下痢、血便、吐き気、倦怠感などの被爆後の急性症状は、13種類すべての症状で被爆体験者の回答が非被爆体験者に比べて明らかに多く、一人あたりの急性症状数も被爆体験者が有意に多いこと、その後の疾病についても、21種類の疾患中、心臓病、関節腰痛、貧血や血液疾患など11種類の疾病で被爆体験者の回答が有意に多く、一人あたり疾病数も同様に被爆体験者の回答が有意に多いことが報告されました。この証言調査では、爆心地から12キロの地域外の広範囲にも放射線障害があったことも示されています。

いまは長崎市が被爆地域拡大にむけた科学的知見を見いだすために設置した長崎市原子爆弾放射線影響研究会で議論が進められています。同研究会ではさまざまな科学的知見が出されていますが、次の希望は長崎大学環境科学部の高辻俊宏《たかつじとしひろ》先生たちの調査［★4］、長大原爆後障害医療研究所の七條《しちじょう》和子《かずこ》先生の調査です。七條先生は、原爆被爆者のアメリカから返還された標本を研究しておられて、七條先生の研究成果である、被爆者の臓器に蓄積した放射性物質が60年以上経っても放射線を放出している様子を撮影した写真を見たとき、本当に愕然としました。これが何万年も体の中で、お墓に入っても生き続けてるんだと。半減期が何万年とか言われても全然ピンと来ないんですけれども、そういうものが体の中にあって、それが原因でがんになったり、健康被害の原因になっている。そういうことを研究しておられる先生が長崎大学におられたということに、非常に希望を持っています。

★2　中根允文さんは、長崎で精神医学を牽引してきた。１９６３年に長崎大学医学部卒業後、68年に大学院医学研究科内科系精神神経学専攻を修了。84年に6代目の長崎大学医学部精神神経科学教授に就任。長崎国際大学教授を経て、出島診療所長を務める。長崎大学名誉教授。

★3　長崎民医連は、２０１１年秋に「被爆地域拡大調査プロジェクト」を立ち上げ、12年からから13年にかけて被爆未指定地域で被爆された方々の証言調査を行なった。この報告書として以下のものがある。長崎民医連被爆地域拡大証言プロジェクト『被爆地域拡大証言調査結果報告書』２０１５年。証言集も刊行している。長崎県民主医療機関連合会『被爆体験者証言集』２０１４年。

★4　放射線生物物理学を専門とする高辻俊宏さんは、原爆や原発事故によって生じた放射線降下物の測定、分析を行ってきた。１９８３年に京都大学理学研究科を修了し、長崎大学ＲＩセンターに就職。87年に環境科学部に異動し、２０２０年度に定年退官された。

被爆「体験者」とともに闘う

本田《ほんだ》孝也《こうや》さん

〈本田孝也さんの略歴〉
１９５６（昭和31）年長崎県北高来郡古賀村に生まれる。慶應義塾大学医学部卒業後、日本鋼管病院など大学関連病院に勤務。１９９５年より父親を継いで本田内科医院の院長を勤める。長崎県保険医協会会長。被爆地域未指定地域に生まれ育ち、診療所を営んできた立場から、２０１１年より原爆による黒い雨や内部被曝の問題に取り組む。

［聞き取り日時・場所］２０２１年２月15日・長崎県（オンラインでの聞き取り）
［聞き手］四條知恵、中尾麻伊香（まとめ）

黒い雨問題に関わる経緯

僕のクリニックは東長崎と呼ばれる地区にあるんですけど、この地域には原爆の後に雨というよりは灰がたくさん降りました。被爆指定地域外なので、住民は被爆者と認められず、被爆体験者と呼ばれていて被爆者健康手帳を持っていません。それも被爆者に含めるとすれば、今でも外来に来ている患者さんの約半分は被爆者です。雨や灰などに含まれる放射性物質が降下した地域の住民に、被爆者とよく似た症状が出ることがあります。僕が子どもの頃は周りはみんな被爆者でした。そのような中で育ってきたので、そういう症状が起こるということも見聞きしてきましたし、一方で、逆に過大に評価されているところもあると思うんですね。

例えば、福島の原発事故のとき、鼻血が出たという人がたくさんいましたが、どこまでが事故の放射線によるものかは、わからないところがあります。被爆者の症状についても同じことがいえます。被爆者のお話を聞いていると、その中には本当の記憶と、後からつくられた記憶があるんですね。嘘を言っているわけではなくて、「私は原爆のとき、こういうことがあった」という証言の中に、本当の記憶と、そうでない記憶がいり交じっている。しかも被爆者の人たちが高齢化してきているので、そういう話を直接聞く機会がだんだん少なくなっているというのが現状なんです。

僕が生まれ育った頃の状況からいうと、原爆の被害に苦しむ人がそんなにたくさんいたわけではないけれど、ある程度は人体に影響があるとは感じていました。それを、きちんと医学的に整理しようと思い立ったのが10年前ということになります。

今からちょうど10年前の２０１１年4月、僕が世話人をつとめている反核医師の会という全国組織で広島大学教授の星正治先生をお招きして、黒い雨の講演会をやることになりました。広島では黒い雨が広範囲で降ったんですが、長崎では西山地区を除けばあまり降っていないんです。どちらかというと雨よりも灰がたくさん降った。ただ、間の瀬《ませ》という集落に黒い雨が降ったということは聞いて知っていました。当時、間の瀬地区の患者が７人通院しており、脱毛が結構見られたということも知っていました。本格的に患者の聞き取りを始めたのが、10年前の２０１１年の3月11日だったんです。最初の聞き取りを始めた日に東日本大震災が起きました。午後３時前に急に待合室がざわざわっとして、大変なことが起きていると、皆テレビに群がっていました。それから10年になります。

間の瀬の調査

間の瀬は爆心地の東北約８キロメートルにある、住民６００人ほどの小さな集落です。被爆地域には含まれていないので住民は被爆者健康手帳を持っていません。黒い雨が降っただけでなく、子どもが死んだとか、白血病が多いとか、いろんなことが言われていて、住民は自分たちも被爆者と認めてくれという運動をやってきました。そこで老人会に声を掛けて、原爆投下時に間の瀬にいた住民20〜30人に聞き取りをしました。その結果、黒い雨が降ったこと、非常に高率に脱毛があったということが分かりました。それを4月の反核医師の会の講演会の後で星先生にお話したところ、「これは大変貴重なデータだ。土壌のサンプリング調査をする必要がある」ということで、7月に長崎で土壌調査をしていただくことになりました。これをきっかけとして僕が黒い雨問題に首を突っ込んでいくことになったんです。

３年ほど前にようやく土壌調査の結果が出ました。残念ながら、間の瀬からは原爆由来のプルトニウムは検出されませんでしたが、東長崎の複数の地点から原爆由来のプルトニウムが確認されました。ただ、放射性降下物による人体影響は、必ずしも放射線量が高い所だけに集中しているのではなく、記憶のバイアスを差し引いても、放射線量が低い地域でも結構たくさん症状が出ていたりもするんです。間の瀬では降ったプルトニウムの量が少なくて検出されなかっただけで、実際には放射性物質を含む黒い雨が降っていますので、そういう症状がでたと解釈しています。

ひとくちに内部被曝と言いましても、いろいろな形があります。よくある話は、原爆の黒い雨の水を飲んで、灰をかぶった野菜を食べて内部被曝した。これは本当だと思うんですけどね。だけど、それで髪の毛が抜けるかというと、それだけでは抜けないだろうと僕は思っています。星先生がそのときにおっしゃっていたのはベータ線被曝です。ベータ線は届く距離が非常に短いんですが、そういうもの（ベータ線核種）が頭に付着すると、そこからベータ線を出して髪の毛が抜ける。原爆が落ちたのが8月9日ですが、それから9月に至るまで長崎では雨が降っていないんです。間の瀬には当時から水田がありました。水田に降ったものは、雨に流されることなく、そのまま水田に留まったわけですね。夏場は、土地の人は水田の草取りをします。そうすると、どうしても水田に入るわけで、水田に入って農作業をしているうちに頭とか髪の毛にそういうものが付着するとベータ線被曝を起こす。それが、脱毛の原因じゃないかと考えています。

聞き取りの中では、下痢の症状とかもあったんですが、これはどちらかというと、はっきりしませんでした。あと、子どもが小さいうちに相次いで死んでいるんですね。それが黒い雨によるものかどうかはわからないのですが、土地の人は、そのせいだと思っていたらしいです。ＡＢＣＣの調査によると、出産に及ぼす原爆の影響はなく、いわゆる先天奇形が増えたという事実もなかった、ということになっています。恐らく、先天異常や奇形児が多発したということはないと思います。ただし、先天奇形で生まれてきた子どもの中の何人かは、確かに原爆の影響を受けていたんだろうと思います。間の瀬の住人もそうなんですが、昔は原爆に遭ったことをずっと隠していたんですよ。原爆に遭うと奇形児が生まれるという風評は当時から根強いものがあり、差別があるから隠してきたという暗い歴史があります。

長崎大学と長崎市の立場

岡島俊三先生が長崎大学の教授のときに、ＡＢＣＣと共同で西山地区の黒い雨に関する調査をされていたんですね[★1]。当時、ホールボディ・カウンターは日本に3台しかなかったんですが、そのうちの1台を長崎大学に入れて、西山地区住民の調査をやったんです。その頃はまだ原爆の放射性セシウムが住民の体内に残っていて、内部被曝が検出できたんですね。被爆未指定地域についての岡島先生の報告書は、「放射性セシウムによる人体影響はあったとしても非常に小さいものである。しかし、それ以外の短半減期各種の影響は分からない」というのが結論だったと思います。しかし、「人体影響は非常に小さいものである」というところだけが引用されて、「それ以外の短半減期核種の影響は分からない」の部分はカットされて現在に至っています。岡島先生は今年１０１歳で亡くなりました。岡島先生がなさったお仕事が、長崎大学の内部被曝に関しては最後ということになると思います。長崎大学では内部被曝、黒い雨の調査は、岡島先生が退官された後にとりやめになったと聞いています。大学の方針でしょうが、なぜかというのは、僕は長崎大学の人間ではないので分かりません。国の意向ですとか、アメリカの意向ですとか、非常に強い圧力がかかったのではないかと推測します。今は「内部被曝は人体に影響がない」という以外の結論がなかなか出せないような状況になっているのではないでしょうか。

原爆については、昔のことなので新しい真実はほとんど出て来ようがないんですよ。しかし、放影研[★2]には、まだ

★1 放射線物理学を専門とする岡島俊三教授は、１９６３年から１９８５年まで長崎大学医学部附属原爆後障害医療研究所教授を務め、同研究施設長、長崎大学医学部附属原爆被災学術資料センター長、長崎大学ＲＩセンター所長などを歴任した。

未公開の被爆者のデータがあります。どういうデータかというと、原爆が落ちてから10年後ぐらいにＡＢＣＣが行った聞き取り調査のデータです。雨に遭ったかということや、髪の毛が抜けたか、熱が出たか、という健康状態に関する非常に細かい聞き取り調査です［★3］。それを記録したのがＭＳＱ（Master Sample Questionnaire）という調査用紙で、被爆者約10万人を調べたと言われています。そのデータは非公開っていうことになっていますが、非常に信ぴょう性が高いものです。本当は外に出してはいけなかったのですが、たまたま僕がその存在を見つけてマスコミに公表してしまったので、大ごとになったんです。当時、「データがあるじゃないですか」と散々公開をお願いしたんですが、見せてもらえませんでした。「原爆放射線の影響は直接被曝だけであり、いわゆる残留放射線による被曝の人体影響はない」というのがアメリカの方針でもあり、日本の方針なんです。１００ミリシーベルト以下の被曝では人体影響はないと。これが裁判所の判断でもあるし、それを大きく逸脱するようなデータ（の公開）や研究は日本ではなかなか難しいです。

長崎市の立場も、どちらかというと後ろ向きなんです。長崎市に原子爆弾の放射線による人体への影響に関する研究会（長崎市原子爆弾放射線影響研究会）があります。朝長万左男《ともながまさお》先生が座長をされているもので、被爆地域拡大に向けてという目的で開かれました。僕はその当時、既にオークリッジ・レポートのことがあったりとか、マスコミ報道があったりして、結構名前は出ていたのですが、研究会のメンバーの選定の前から、「本田は入れない」という決定になっていました。それはおかしいですよねって、みんなで言ったのですが、理由は何だっけな。長崎市は裁判の被告になっていたので、僕が被爆体験者の裁判で原告側の意見書を書いたりしていることが入れない理由だったと思います。でも、不公平なことに、被告側の意見書を書いている研究者はメンバーに入っていました。長崎市の方針は被爆地域の拡大を推進したい、というよりは、国のほうを向いているのではないかと思います。田上市長は核兵器廃絶や被爆者に対する援護に対しては積極的なんですが、残留放射線というか被爆地域拡大問題になると後ろ向きになってしまう。国とアメリカとの関係でしょうか。長崎市の研究会も、座長の朝長先生以外のメンバーは、残留放射線や低線量被曝の人体影響に対しては慎重な立場の方々なので、一向に前に進まないんですね。僕も何度か傍聴したんですが、歯がゆい思いばかりでした。

裁判と今後に向けて

被爆体験者訴訟では1陣と2陣を合わせて原告が500人ぐらいになりますが、そういう人たちと定期的にお会いしてお話を聞いて相談をしたりしました［★4］。あとは、原告団とは別に、長崎被爆地域拡大協議会という団体があります。その会合に参加して、定期的に意見交換をして今に至っています。

今は裁判の第3陣のお手伝いをしているのですが、広島の黒い雨訴訟で画期的な勝訴判決が出たんです。広島は、長崎に比べてデータが少なかったんですよ。長崎はマンハッタン調査団の放射線量測定結果があったり、黒い雨のデータがあったり、いろんなものがそろっていたんですが人体影響は否定されました。広島はそういうものは何にもなくて、雨が降ったということと、住民の証言をもって勝訴判決が下されたんですね。なぜ長崎で負けてしまったかというと、裁判所と国がグルになっていて、司法の独立性が失われていたからだと考えています。僕らは「原爆の残留放射線をあびたので健康影響があった」という当たり前のことを当たり前に主張しただけです。最初に相談を受けた時点で、この裁判は負けるはずがないと思いました。放射性降下物が降ったということのみを証明すれば、もうそれで放射線の影響があったという要件を満たすと考えたんです。だけど、その後の裁判では、「放射性降下物が降ったことは認める。しかし、それは人体影響があるとは言えない」という屁理屈に対する争いが延々と続いたんです。最終的に裁判所は、「100ミリシーベルト以下では人体影響があるという証拠はない。内部被曝の人体影響は考えられない。よって、原爆の影響を受けたという

★2　ABCCは1975年に放影研（放射線影響研究所）に改組された。

★3　本田さんは、2011年に黒い雨の人体影響に関するオークリッジ国立研究所のレポート（通称：オークリッジ・レポート）を発見した。そこから、レポートの元となった調査データが放射線影響研究所に所蔵されていることが判明した。

★4　国が認定する被爆未指定地域にいたため被爆者と認められていない長崎の被爆体験者の集団訴訟は、第1陣は2017年、第2陣は2019年に最高裁で敗訴が確定した。現在、再提訴した原告らの裁判が続いている。

ふうには言えない。だから、原告の主張は認められない」という判断を示し、原告全面敗訴の判決を下しました。科学のかけらもない、裁判長が国を忖度したとしか説明のしようのない、ひどい判決です。

今、広島大学名誉教授の大瀧慈先生が猛烈な勢いで意見書を書いてくださっているので、科学的な側面から、もう一度攻めていこうとしています。広島の裁判では被曝線量については全く触れていないので、長崎でも原点に戻って、きちんと内部被曝の人体影響を認めさせる、というところから訴えを整理している状況です。３陣の準備が進んでいる中で広島の判決が出たので、非常に勇気付けられたということですね。どうしても1陣、２陣の敗訴判決を受け入れられない人たちが被爆者健康手帳の交付を求めて第3陣の訴えをおこしました。手帳の交付要件は、「原爆の放射線の影響を受けるような状況の下にあった」かどうかということなんです。それはあったに決まっているのだけれど、その当たり前のことがどうしても認められなかった。諦め切れないんですよ。それで、３陣の原告たちは頑張っているんです。

平和行政の始まりに立ち会う

田崎《たさき》 昇《のぼる》さん

〈田崎昇さんの略歴〉
1944（昭和19）年時津村生まれ。1歳の時、自宅で被爆。1970年、長崎市役所に入る。以後、秘書課、国際課、長崎国際文化会館、長崎原爆資料館と回る。1996年以降、退職する2003年までは平和推進室長。『新長崎市史』第4巻（現代編）で原爆・平和問題について執筆した。

［聞き取り日時・場所］2021年6月5日・長崎爆心地公園
［聞き手］山口響（まとめ）

姉妹都市

　1970（昭和45）年に市役所に入ってから最初の10年は、秘書課と国際課で国際親善、姉妹都市交流担当でした。当時、姉妹都市だったのはセントポールだけです［★1］。市の記録には、国連友の会のヒューズさんという人のあっせんで提携したということしか残っていませんでした。私が市に入った当時、長崎市とは都市の類似性も少ないし、市民交流としては活発じゃない時でしたが、1975年から交換留学生を始めました。セントポール市からは市民使節団が2、3年に1回来ていましたが、長崎市が市民使節団を送ることは、その当時はなかったですね。

1975年、被爆30周年のときに、アメリカの2か所で原爆展を開きました。セントポールとテキサス州のサンアントニオ市です。サンアントニオ市の原爆展のきっかけは、パプテスト教会の牧師バックナー・ファニングさんという方です。19歳の時に海兵隊員として長崎に来て（占領軍の一員）、原爆の惨状を目の当たりにして衝撃を受け、これではいけないと、宗教の道に入られたということでした。（原爆展の）前年、ご自身の半生に関するテレビ番組の撮影のため長崎を訪問されました。それがきっかけで、ファニング牧師が住むサンアントニオ市で原爆展を開催することになりました。同時に提携20周年を記念してセントポール市での開催も決まりましたが、原爆だけではなく長崎の文化・歴史も紹介するものにすべきじゃないかという長崎日米協会からの申し出があって、併行展示をしました。当時、諸谷義武《もろたによしたけ》さんが市長ですけど、市民使節団を組んで両市を訪問しました。セントポールでは、日米協会の方と、被爆教師の会の人たち、市民使節団の3つの使節団が合流する形でした。

私自身も通訳として随行しました。レストランで食事しているときに、「私は原爆展のために長崎から来ました」と言ったら、年配の米国人男性から「原爆を落としたのは真珠湾攻撃があったから」だと、いわゆる「リメンバー・パールハーバー」ということを言われました。私としては、なぜ原爆展が必要かをその場でうまく英語で言えないことがあって、これではいけないという気持ちがずっとありました。

国際的な平和行政の始まり

1975年、広島市と長崎市の間で平和文化都市提携が結ばれました。広島平和記念都市建設法と長崎国際文化都市建設法から、平和・文化都市提携という名称になりました。提携当時は、平和祈念式典の相互参列ぐらいで、それほど密な提携ではなく、象徴的なものでした。

1976年12月、長崎市の諸谷《もろたに》市長と広島市の荒木武市長が国連を訪問して、ワルトハイム事務総長に要請書を手渡します。この要請書の内容は、国連アピール資料編集専門委員会（広島市6人、長崎市6人）が国連への要請事項と原爆の被害についてまとめたものでした。国連への要請という当時としては画期的な発想は、広島市の有識者から出ました。残念ながら、長崎市にはこのような発想が生まれるアカデミックな基盤はなかったように思います。長崎の専門委員のトップは秋月《あきづき》辰一郎《たついちろう》氏（聖フランシスコ病院長）でした［★2］。私は秋月氏に随行して両市合同の委員会に何度か出席しましたが、秋月氏は「長崎には大学に法文系の学部がないので広島のような学者がいない」と話しておられました。このときは、国連での原爆展開催、国連軍縮特別総会への市長の出席、国連代表の平和祈念式典参列など要望したんですけど、その後ほとんどの要望が実現しました［★3］。

1978年には第一回国連軍縮特別総会（SSDⅠ）があって、諸谷市長の随行として国連を訪問しました。荒木広島市長は演説したけど、諸谷さんは自席からの紹介でしたね。82年のSSDⅡでは、二人とも（広島の荒木市長も長崎の本島等市長も）演説できましたけど。この時は（日本からの）演説の機会が2回あって、ひとつは広島・長崎両市長、もうひとつは山口仙二《やまぐちせんじ》さん［★4］。原水禁・原水協含めてかなりの数の民間団体がニューヨークに行きまして、役所としては初めて市民の勢力を認識しましたね。

この時に荒木市長が、核兵器廃絶に向けた都市連帯という構想を演説の中で打ち出した。これは1985年の「世界平和連帯都市市長会議」につながります。最終的に名前が変わって、「平和市長会議」になるんですね［★5］。背景には、80年代の世界的な反核運動の高まりがあったと思います。

長崎平和宣言の起草

長崎平和宣言の起草委員は、本島市長時代［★6］の最初は、

★1　1955年、長崎市は米中西部のセントポールと姉妹都市提携を結んだ。日本初の姉妹都市提携とされる。提携当時は「同族都市」と称していた（『新長崎市史』第4巻現代編、2013年、377頁）。

★2　『核兵器の廃絶と全面軍縮のために——国連事務総長への要請』（1976年）によると、同委員会は今堀誠二（広島大学）を委員長とし、長崎からは秋月が副委員長、その他の委員は、市丸道人《いちまるみちと》（長大医学部）、岡島俊三《おかじましゅんぞう》（長大医学部）、島内八郎（長崎原爆資料協議会副会長）、西森一正《にしもりいっせい》（長大医学部）、宮城重信（長崎原子爆弾被爆者対策協議会医療部会長）となっていて、医学者に著しく偏っていたことがわかる。

★3　1978年5月の第1回国連軍縮特別総会（SSDⅠ）で国連内での初の原爆展が実現。同年8月、アメラシンゲ国連総会議長が長崎の平和祈念式典に参列。

旧態依然とした役所中心の5、6人の委員だったんです。この委員会に秋月先生とか、鎌田定夫《かまたさだお》先生（長崎の証言の会代表委員）とか市民の有識者も入れて、しかも公開にしたのは本島さんです。かなり自由な議論、あるいは要望が出てきましたね。でも、とにかく本島さんは読書量がちがうもんだから、起草委員の皆さんよりも詳しいんですよ。秋月先生によれば、「起草委員会で一番しゃべっとるのは本島君じゃないか」、と。秋月先生は本島市長の先輩（京都大学）なので、このような言い方をされていましたね。

市長や委員の意見をまとめて文章化するのが私の役目でした［★7］。毎年、宣言の起草段階になると、本島市長さんから核問題の専門書の他に「この本を読め」って持たされる。『人間の大地』（犬養道子著）とか、要するに南北問題ですね。「平和の配当」とか、そういう概念を覚えていますよ。すると本島イズムというのが浸透するというかね。（起草委員会の議論があっても）最後は市長自身の主張が入ってくる。あるとき、（起草委員だった）原水禁の岩松繁俊《いわまつしげとし》さん（長崎大学経済学部教授）が、委員会で言っていない内容が（最終的な宣言に）載っている、これはどういうことかって私が怒られましたけど。

本島さんいわく、日本のスピーチっていうのは書き言葉だけど、外国は読み言葉、聞かせるスピーチだと。自分はどう訴えるかをいつも考えているんだ、と。ですから、激しいというか、訴える力がある。被爆者の気持ちをぶつけた文になったのが本島さん流です。秋月先生は「本島のスピーチは激しいのう」っておっしゃっていました。平和宣言を読んだ後に会場から拍手が起こったのは本島さんの時が初めてです。異常ですよね。あの厳粛な雰囲気の中で自然発生的に拍手が起こったんですから。

伊藤市政時代の平和行政

伊藤一長《いとういっちょう》市長［★8］が初めての戦後生まれの長崎市長でした。被爆50年の時に50歳で自分も運命を感じるということで、いろんな青少年の継承事業が始まりました。今も続いている「青少年ピースフォーラム」とか、平和学習のテキストづくりとかです。それに、沖縄に少年少女を派遣する「平和と友情の翼」。その功績は大きいと思う。伊藤さんの主導で次から次に、もう止めてくれってくらいイニシアチブを取ってきたわけです。ただ、伊藤さんは選挙が上手だから、平和問題が選挙にプラスになることは充分意識されていたようです。

4月から8月までは、もう休みも全然ないぐらい。さらに、平和市長会議とか日本で開かれる国連軍縮会議がある時は、本庁から2名、1年間応援スタッフが来ますが、時期的には忙しくなりますね。えらいもので、伊藤さんは、東京、大阪、広島、京都その他で開かれる国連軍縮会議には全部出ていました。長崎では2回誘致したんです。その他の都市であるときには、（会議に参加した専門家）数名を長崎に招待して、国連軍縮シンポジウムを毎年開いていました。

長崎平和宣言の解説文があるでしょ、あれは以前、だいたい12月末ぐらいに完成してたんですよ。そしたら伊藤さんが、これじゃ遅いから8月末に間に合わせろ、2学期の勉強で使えるんじゃないかと。最後には、原爆登校日に間に合わせろっていうんです。間に合わせましたけどね。

それから平和学習テキストの作成で、思い出がありまます[★9]。小学校用と中学校用のA4版で30頁ぐらいの。最初は、教育委員会で7割、8割ぐらい執筆していただいたんですよ。当時、長崎平和推進協会継承部会の会長の今田斐男《いまだあやお》さんに見てもらったら、継承部会が出していた本を丸々引用してあるんです。もちろん許可を得ればいいけど、丸々引用は良くないと思ったので、平和推進室の職員で手分けして書き直しました。（現場の先生には具体的な中身を書ける人材は）ほとんどいなかったです。でも、今では平和教育の経験を積まれた先生

★4　山口仙二は当時、長崎原爆被災者協議会副会長。「ノーモア・ヒロシマ、ノーモア・ナガサキ、ノーモア・ウォー、ノーモア・ヒバクシャ」と絶叫して終わるこの時の山口の演説はあまりに有名である。山口や本島市長らの演説は『ヒロシマ・ナガサキの証言』第3号（'82夏）に収録されている。

★5　2001年8月に「平和市長会議」へ、13年8月に「平和首長会議」へ名称を変更。

★6　本島は1979年から95年まで長崎市長を4期16年務めた。

★7　田崎さんは、1980年4月から84年3月まで長崎国際文化会館（長崎原爆資料館の前身）の資料係、84年4月から96年3月まで同館事業係（平和行政担当）、96年4月から2003年4月まで長崎原爆資料館で初代平和推進室長を務めた。

★8　1995年から2007年まで3期12年務めた。4期目を狙う選挙戦の途中で狙撃され、07年4月18日に亡くなった。

★9　『平和ナガサキ』という名称で、2003年に初版が発行されている。

がおられると思います。

それと、伊藤さんの時には、平和教育三原則が変わっています[★10]。本島さんは教育行政に口出したらいけないとはっきり議会でも言っていましたから（何も言わなかった）。（伊藤市長が原則の見直しを表明した時は）言ったその日にもうバーッとマスコミで報道されましたからね。教育委員会としては受け身です。反対できないぐらいの大きな扱いだったからね。元々（旧原則は）おかしいという意見もあったので、修正は当たり前の話ということもあったんでしょう。その後、1年以上かけて修正されました。

中心地碑撤去問題

本島さんの時に平和公園の「聖域化」プロジェクトって言って、検討委員会の答申が出ているんですよ。中心地近辺を「祈りのゾーン」にするという[★11]。（平和祈念像の前で）中学生や高校生がワイワイガヤガヤしているところで、平和を祈れるのか。外国人の中には偶像崇拝をしたくない人もいるわけでしょ。だから中心地を誰もが自然とお祈りするような場にすべきだというのが委員会の答申だったと思うんですけどね。伊藤さんがそれを勝手に解釈したというか、中心地碑を撤去して、富永直樹《とみながなおき》さん制作の母子像を据えようとしたわけです。でも、聖域化を具現化するための公開の委員会があったかというと、ないんです。（伊藤市長のイニシアチブで市の）公園課の方で話をして、撤去を決めたようです。被爆者だけではなく多くの市民が、立場を超えて、中心地碑撤去に反対しました。リコール運動の話も出てきて、ようやく市長が方針を撤回しました[★12]。土山秀夫先生（元長崎大学学長）から聞いた話ですが、「中心地碑撤去は間違いだ」と市長に直接話したこともあったそうです。

原爆資料館の「加害」展示問題

国際文化会館の建て替え検討委員会の中で、光や緑、水を入れるといったコンセプトが作られました。そのなかに、原爆投下に到った歴史的な事実や、戦後の核兵器の状況、核軍縮についても展示に入れること、という一文があるわけです。私たち事業係はまさにそのCコーナーを担当したんです[★13]。投下に到った歴史的事実を示すコーナーについて強調したのは、本島さんでした。本島さんが亡くなった後で、ある新聞記者さんからそう聞きました。ただ、（建て替え最中の）95年に市長が伊藤さんに替わって、できたのはその1年後ですよ。

96年4月にオープンしてから問題になったのは、南京虐殺の写真でした。『ザ・バトル・オブ・チャイナ』という映画から切り取った（連行される中国人の）写真をCコーナーで使っていて、（実写ではないとして）騒動になった。委員会を作って、業者を使って調べさせて、映画制作の経緯はわかったが[★14]、（問題の場面が）実写かどうかわからない。それでもう、フィルムからは使わないと。毎日新聞の『一億人の昭和史』から撮影者がわかっている写真を組み合わせて展示し、また同コーナーのビデオにもフィルムの一部を使っていたので、一部修正しました。

このCコーナーの場合、（元々の展示は）展示担当の業者が案を持ってくるわけですね。それを専門家が見て、監修していく。主に、安齋育郎先生（立命館大学教授）が現代の核兵器の部分、そして戦前の歴史の記述は、教科書検定委員も務めた龍谷大学の先生に相談していました。（問題になった）映画の一シーンは、日本の兵隊が中国人を連行しようとする場面でね。実写としたら、こんな状況でこのようなきちんとした

★10　1978年、長崎市教委は「平和に関する指導資料」の中で、「平和に関する教育の基本的なよりどころを憲法、教育基本法などの法令に示された『平和希求の精神』に求め、いわゆる『原爆を原点とする』ものではないこと」という方針を示した。教員組合を中心とした原爆教育・平和教育を牽制する目的であった。しかし、冷戦が終結し左派的な教員組合の影響力がほぼなくなっていた2000年12月、長崎市教委は「いわゆる『原爆を原点とする』ものではない」を削除した。

★11　1983年2月に市は「平和公園聖域化検討委員会」を設置、93年3月に最終報告が出されて、爆心地を「祈りのゾーン」、平和祈念像地区を「願いのゾーン」、国際文化会館（現在の原爆資料館）地区を「学びのゾーン」と位置づけることになった（大平晃久「長崎原爆落下中心碑にみるモニュメントの構築」『長崎大学教育学部紀要』3号、2017年）。

★12　市長は1996年2月に中心地碑撤去を表明するも、市民の間に反対論が強く、97年1月に計画を撤回した。しかし、母子像そのものは、爆心地公園の別の場所に設置された（97年8月）。

画面は撮影できません。これは反省していますよ。私たちも検証が足りなかった。

街宣車が3日間来てね、（平和推進室長だった）私も迷彩服を着た人たちから「貴様！」という感じで図書館でつるし上げられて。こっちは防戦一方です［★15］。じゃあ、展示を見ようかということで一緒に行ってみたら、相手がそう言ったかどうか記憶がありませんが、「なんだこんなもんか」という感じでしたね。虐殺の写真があるとでも思っていたのでしょうか。

展示の修正を原爆資料館運営協議会に諮って承認され、以後は私が２００３年3月に市役所を退職するまで問題にはなりませんでした。「加害」という言葉は市は使っていませんが、原爆投下に至る戦争の歴史を展示するコーナーを作ったのは、当時（戦後50年）としては画期的な意味があったと思っています。

★13　長崎原爆資料館は、浦上天主堂廃墟のレプリカなどがあるAコーナー、熱線・爆風・放射線などによる原爆被害の実相を展示するBコーナー、原爆投下に到る歴史と、戦後の核開発・反核運動などについて知るCコーナーに分かれている。国際文化会館から原爆資料館に替わったのは１９９６年4月。

★14　１９４４年に米国で制作された映画であった。

★15　１９９６年4月25日から3日間、右翼約60団体３００人余りが、数十台の街宣車を原爆資料館周辺で走らせた。

長崎の被爆遺構に向き合って

中村明俊《なかむらあきとし》さん

〈中村明俊さんの略歴〉
1958（昭和33）年長崎市に生まれる。長崎大学教育学部卒業後、長崎市役所に就職。青来有一として1995年「ジェロニモの十字架」で文壇デビュー、2001年「聖水」で芥川賞受賞。障害福祉課長、平和推進課長を経て、2010年に原爆資料館長。2019年退任。現在、RECNA客員教授。

［聞き取り日時・場所］2021年2月6日・長崎大学核兵器廃絶研究センター（RECNA）会議室
［聞き手］木永勝也、四條知恵、山口響、中尾麻伊香（まとめ）

長崎市職員として

長崎市に就職して、商工課、西浦上支所で勤務した後、文化課（現文化財課）で、文化財を扱いました。経理など一般的な事務の仕事ですが、出島の復元にもかかわりました。出島復元整備室ができる前の段階でしたが、当時、出島はまだほとんど市有地化されていない状況もあり、出島の扇型をどう顕在化するか、といったことが主なテーマになっていたころです。出島復元計画の話もあり、復元するならいつの時代の出島が適当かといった議論もありました。出島は時代によって建物などかなり変わってきていて、今復元しているのは1820年代の出島です。

長崎市は、九州でも、国宝が多い都市です。それから史跡も多い。大浦天主堂と、崇福寺に大雄宝殿と第一峰門ですね。それから史跡も多い。出島は国指定の史跡ですが、東長崎に曲崎古墳などもあり、文化財の時代が広く、管理が大変でした。当時、原爆に関する遺構を文化財として保護するという話が将来でてきたとしても、とてもできないだろうな、といった話を職員同士でしたことがありました。人もいない、財源もない。原爆遺跡は、被爆建造物群と呼んでいましたが、戦争遺跡として考えてもおかしくない。ただ、文化財としては微妙なところもあり、やはり新しいのです。戦争に関する国の指定史跡なら、西南戦争の田原坂とか、関ヶ原とか広い範囲で史跡になっている。ただ、爆心地一帯を史跡指定したら、それは大変な話になります。都市の発展と絶えず微妙に関わってくるから、それは難しいだろうし、ただ、範囲ともかくとして、将来はそういう話もあるかもしれないということは当時も思っていました。

2005年に原爆資料館に異動をしました。2019年に退職したのですが、原爆資料館に異動した時とそこを辞める時でなにが違うかって言ったら、原爆資料館には、3人の広く知られた被爆者の写真が展示しています。山口仙二《やまぐちせんじ》さんと吉田勝二《よしだかつじ》さんと谷口稜曄《たにぐちすみてる》さん。3人とも原爆資料館に異動してきた当時は、ご健在でした。

原爆資料館に異動してすぐ、小浜の療養所（ケアハウス桜花苑）に奥さんとおられた山口仙二さんに会いに行きました。子どもの時、山口仙二さんは私の父を知っていて、山口さんがわが家に訪ねて来たこともありました。やはり、顔のケロイドのイメージが強烈だったからよく覚えていましたね。山口仙二さんは、若い時には土木建築の仕事をしていたようで、私の父は県庁では、建築課とか土木事務所に勤務していた関係でよく知っていたようです。その山口さんが亡くなり、吉田勝次さんが亡くなり、谷口稜曄さんも亡くなり、私が原爆資料館で勤務を始めた時にはまだ御健在だった3人の被爆者が、2019年に原爆資料館を辞めた時には全員亡くなっていました。多分、そのことが、その時代において象徴的だったのかなと思います。山口仙二さんも、平和運動の第一線からすでに退いてはおられましたが、その存在感は圧倒的で、吉田勝二さんも、一時期は他の被爆者と距離を持っていたような話をされていましたが、当時は平和活動にとても熱心に取り組まれておられて、谷口稜曄さんは相変わらず寡黙な感じでしたが、やはり、その存在感は圧倒的でした。その3人が亡くなられていく時代が、私が原爆資料館で働いていた時に重なっていました。

障害福祉課時代

原爆資料館で働くようになって初めて、平和行政、原爆関係の仕事をしましたが、原爆資料館に異動する前の部署、障害福祉課の時に平和関連で一つだけ関わったことがありました。平和祈念式典において「平和への誓い」を述べる被爆者代表として、山崎榮子さんにろうあ者として証言をしたときです［★1］。その当時「平和への誓い」は、毎年、被爆者団体から順番で被爆者代表を選んでいましたが、山崎さんがろうあ被爆者として証言できないかって言われた時に、原爆被爆対策部にその話の取り持ちをしました。

山崎さんの体験を聞いて、これは強烈だと感じたのは、当時、時津のあたりに住んでおられて、原爆が落ちた後にお母さんに連れられて爆心地に入っているんだけど、ろうあ者ということで情報がなく、何が起きたか分からないまま過ごされて、1年後ぐらいに浜町のアーケードで原爆展があり、それを見た時、あの時見たのはこの原爆というものだったんだって初めて分かったという話でした。家の中にいても、ろうあ者の場合、当時テレビがなく、ラジオだけで、新聞を取っていないと、情報はほとんど入ってこない。最近の出来事は筆談で聞くぐらいで世の中のことがわからないといった状況があったようです。被爆者にはいろいろな体験をされた方がおられるけれど、何が起きたか1年ぐらい知らないっていう人もいるというのが驚きでした。「平和への誓い」に文案で相談をされたのですが、一年間知らなかったというその話はなくて、「ぜひ、そのことはふれたほうがいいんじゃないですか」と言った記憶はありますね。子どもの時から城山小学校で原爆の話はいろいろ聞かされてきて、小説にも書いてきましたから、ある程度は知っているつもりでしたが、こういった被爆者がいたなんて想像もできなくて、驚きました。私としては衝撃的でしたね。

原爆資料館

2005年に平和推進室長として原爆資料館に異動したと

★1　長崎市が毎年8月9日に開催している長崎原爆犠牲者慰霊平和祈念式典で「平和への誓い」を読み上げる被爆者代表として2003年にろうあ者の山崎榮子さんが選ばれ、手話で「平和への誓い」を行った。

き、主な仕事は平和行政でしたが、原爆資料館全体の運営の調整もありました。まず思ったのが、当時、原爆資料館には、学芸員がいませんでした。文化財課にいた経験から、原爆資料館にあれだけの被爆資料があり、被爆遺構もあるのに、専門に扱う学芸員がいなかったことは驚きでした。それでは被爆資料などにどう対応していたのかというと、担当職員が学芸員化するというか、一生懸命勉強をして、知識もそれなりにあり、学芸員だと思うくらい、よくやっていました。皆さん熱心に勉強して、それなりに被爆資料の扱いもできるようになるのですが、しばらくしたら異動していきます。当時の館長に、とにかく学芸員を入れてもらわないとどうにもならないという話はよくしていました。市役所では原爆資料館だけでなく学芸員はなかなか採用しない。当時、遠藤周作文学館が最初から2人配置していて、うらやましいなと思いました。もっとも、採用の時点から原爆を専門に勉強している学生なんてまずいません。学芸員は、大学で学んだことをベースにして、原爆資料館で育てるしかないんです。それには長い時間がかかります。5年、10年かかけて育てていかないとだめなのです。現在の田上市長になり、2人学芸員が採用されましたが、正直言ってほっとしました。その時、これで資料を守ることができるといったことを意識しました。

それでも、現在の学芸員も歴史が専門だったりしますから、採用後に育てていって、学芸員として仕事ができるようになるのに時間はやはりかかります。どうしてもね。学芸員が重要なのは、資料の管理はもちろんですが、他の博物館などと交流しようと思ったら、やはり学芸員が窓口にならないと信頼性がない。原爆資料館の場合は、長崎市の内部でも、被爆資料をきちんと展示していればいい、という考え方がありましたね。被爆資料の研究ではなくて、被爆資料はわかりやすく展示して、平和のアピールができればいいのじゃないか、という考え方ですね。

被爆資料の展示は、元々、被爆直後の六角堂［★2］って、今の爆心地公園に建てた展示施設が始まりでしたから。以前六角堂の一部が休憩のための椅子として残っているのを見たことありますが、とりあえず被爆資料を集め、展示したところから始まっています。被爆資料に文化財的価値を認め、文化財的な資料として保存もしているといった意識は、国際文化会館［★3］ができたころからでてきたのではないか。原爆資料館ができたころには書庫まで整備しているから、当然、文化財的な資料としての保管保存の意識はあったのでしょうが、それを一貫して管理する学芸員がいなかったのは悩みでもあり、そこをなんとかしたいという思いはずっとありました。

市民にも、被爆資料を文化財的な発想で考えるといった意識は意外となかったかもしれません。平和公園のエスカレーターの整備工事の時、被爆当時の防空壕が出てきたことがありました。被爆者や市民の方から「残すべきだ」と強い要望があり、その時にくりかえして責められたのが、山里小学校の防空壕の整備のことでした。山里小学校の防空壕はきれいに整備をして残したのですが、結果として被爆当時の防空壕とはちがう立派なものとなり、それは当時の防空壕とはちがうと厳しく市が批判されたことがありました。その事例があったので、当時の状況のまま保存すべきだという意見が強くありました。

山里小学校の防空壕の整備のとき、どのようないきさつがあったのか、はっきりと確認したわけではなく詳しくはわかりませんが、学校の整備関係の事務担当も、だれの話も聞かないで勝手に整備したわけではなかったようです。整備にあたり相談する方もいて、その防空壕付近では、防空壕を掘る作業のときに亡くなった方々もいたことから、整備をするなら、きちんとした整備をしてほしいといった話があり、お墓を整備するような意図で、当時の防空壕とは趣も異なる今の立派な整備になった、といった話も聞きました。なにかというと、追悼の場として整備をするのか、被爆当時の惨状を伝える遺構、資料として保存していくのか、その位置付けがぼんやりしていて、どう整備したらいいのか、相談する相手から「こうしなさい」と言われたら、そのとおりに整備するという一面があり、やっぱり長崎市として文化財とか歴史資料として価値をあきらかにすることが必要だと平和公園の防空壕保存の話がでたときに思いました。

★2　１９４９年に開館した長崎市原爆資料館は上から見ると六角形だったため、「六角堂」と呼ばれた。

★3　長崎国際文化会館は１９４９年に成立した長崎国際文化都市建設法に基づいて建設された6階建ての文化施設で、長崎市原爆資料館から資料が移管され、被爆資料の展示を行っていた。開館当初、原爆展示は同館の主たる目的ではなかったが、徐々に展示スペースが拡大し、被爆30周年の１９７５年には2階から4階を展示資料室、5階を視聴覚室とする原爆資料センターとなった。被爆50周年を機に老朽化した建物が取り壊され、１９９６年に現在の長崎原爆資料館が開館した。

その流れを考えたら、「長崎原爆遺跡」が国の史跡に指定されたことで、今後の被爆遺構の在り方がはっきりしたと思います。国の予算も財源として充てることができるし、私はそれをきっかけにして、県指定レベルの原爆遺跡、長崎市指定レベルの原爆遺跡があってもいいんじゃないかなというのは思いました。今のところは国指定の文化財の位置づけがきちんと決まったから、今後、将来の発想としてそんな考えもでてくるかもしれません。

広島と長崎の被爆資料

広島の原爆資料館は、ひとりの研究者が資料を収集されたことがはじまりであり、被爆資料も比較的によく集められていたのでしょう。一方、最初の頃には、原爆1号とも呼ばれた吉川清さんなどが、自らのケロイドを見せて、被爆瓦のかけらを販売していたといった状況もあり、被爆資料の扱いは始めのころはさまざまでした。広島市にしても、長崎市にしても、被爆都市としてどれだけお金をかけて被爆資料の保管や展示をするのかと考えた時、都市の規模に応じてどこまでお金をかけられるかが違うということは、ずっと疑問に思っていました。

自治体としては、広島市より長崎は小さくて、なににしても予算措置が限られてきます。たとえば、福田須磨子さんが１９５５年に「ひとりごと」で「石の像は食えぬし、腹の足しにもならない」って言っていて、被爆者でさえ、そんな思いがあったのでしょう。背景には、被爆者の生活が、当時、すごく大変だったということがあったのですね。その中で、平和の理念とか平和の祈念といったことにお金をたくさんかけてどうする、っていう発想はごく自然にあったのだと思います。それこそ、ひとりごととしてつぶやくしかない環境だったのでしょうが。それは、被爆者にかぎらず長崎市民にも多分ずっとそんな思いが、胸の奥のある部分にはあると思います。

原爆の遺跡といったものは、広島や長崎だけのものじゃなくて、被爆国としての遺跡、歴史資料であり、その位置づけをきちんと出すためには、国の文化財にすればいい。本来なら原爆資料館も、考え方によっては国が運営してもおかしくない。被爆国として世界に平和を発信しようとするのなら、どこかで国に関与させせないといけないという思いはありました。

原爆被爆対策事業概要（平成30年版）という資料はインターネットで公開されていますが、たとえば、平成30年の原爆被爆対策部の予算（民生費　18,045,288千円）全体が１８０億円を超えるぐらいですが、そのうち１７０億円（民生費16,976,509千円）ぐらいが、国のお金を財源（国庫支出金）とする被爆者のための援護対策費です。被爆者の支援のための医療費とか生活費とか。福田須磨子さんの時代と変わってきたのはそこですね。原爆資料館の予算というのは、これとは別の3億4千万円（総務管理費　337,186千円）ぐらいです。人件費は別です。だから3億4千万円ぐらいで、平和の発信や被爆資料の保存をやっていて、長崎市だけでできるのはそれぐらいになります。被爆資料の保存などは、長崎市民が負担してきたこの部分も、なんとかして国の財源でまかなうことができないか、国のお金をここにも持ち込むしか、大きな予算の確保はむずかしいと当時も思っていましたね。そのために国の文化財に指定するという発想でしたね。

その時々のいろんな政治状況もあるし、市民生活の根底にあるのは、広島もそう変わらないかもしれないけど、やはり、市民生活を維持していくための経済が大切なのか、平和を訴えていく理念が大切なのか、というのはいつもつきまといます。ある種の経済支援、平和の理念のための活動だけではなくて、生活の支援をきちんとしてほしいという活動を被爆者の方々もずっとやってきたんですね。ビキニ環礁で水爆被災があって、原水爆禁止署名運動が大きなうねりになってきますが、それまでは、被爆者の生活に追いつめられた心情から言ったら、やはり、石の像は食えない、なんとかしてくれっていうのが一貫してあったのではないかと思います。

今、平和祈念像の前では、被爆者団体の方々もあの像の前に座って、核兵器禁止条約を訴え、アピールしています。あの場所が長崎の平和を象徴する場所になりました。長い時間が流れるなかで、人々の心情も変わってきているのかもしれません。

被爆の遺構に関しては、やっぱり浦上天主堂を被災したそのままのかたちで残せなかったっていうことに関しては、今でもいろいろと言われていますね。背景にアメリカ政府の意向があったといった話もありますが、信徒の方々にお話を聞くと「あの場所は、踏み絵をしていた庄屋跡だから、あの場所じゃないと再建なんてありえなかった」というのが、当時の考えだったということも聞きました。結果として、長崎は被爆遺構を残すのに熱心じゃないといわれていますが、歴史的な文脈が非常に複雑な場所であり、なんともわからないところもあります。ただ、被爆遺構の保存を考えるときには、今もその事実は大きな教訓になると思います。

解説

反核・平和運動と長崎市

１．せめぎあう平和

占領下の１９４８年８月15日、長崎市は、長崎港で民間貿易が再開して1年が経過したことを祝って貿易再開祝賀市民大会を開催した。そのなかで、市政記者団から平和宣言の緊急動議があり、「原爆の地よりもえ出ずる平和こそ真に人類愛なるを固く信じ、ここに平和は長崎からを全世界に、全人類に絶叫する」と宣言され、満場一致で可決された。この「平和は長崎から（ピース・フロム・ナガサキ）」のスローガンは、49年に「広島平和記念都市建設法案」が国会に提出されると、長崎市もまた平和都市であると訴えるために使用され、「国際文化都市」となった長崎市の標語として定着した。その後長崎では、日本国際連合協力会長崎支部やＭＲＡ（道徳再武装）、長崎ユネスコ協力会などによる占領軍の意向に沿うかたちで平和運動が生まれたが、それらは、長崎の政財界や文化人を中心とした「社交的」な運動にとどまり、市民に広がることはなかった［★1］。

一方、世界では、冷戦が激化していくなかで、49年に平和擁護世界大会（パリ、プラハ）が開かれ、その後、平和擁護世界委員会が組織されたが［★2］、日本でも世界大会にあわせて平和擁護日本大会が開催され、日本平和を守る会（日本平和委員会）が結成された。そして、平和擁護世界委員会の第３回総会（１９５０年３月）で、原子兵器の無条件使用禁止などを求めたストックホルム・アピールが採択され、世界的な署名運動が始まった。日本では同年6月に朝鮮戦争がはじまるなかで、日本共産党と平和委員会が中心となって署名運動を展開したが、長崎でのストックホルム・アピールの署名数は約4万2千筆であった。

しかし、署名運動は共産党が主導する「アカ」の政治運動として警戒され、これらの反戦平和運動は反占領軍行為として取締りの対象となった。さらに、共産党内部の路線対立などもあり、同党への支持が失われていくと、代わって社会党と総評系の労働組合や民主団体が中心となって日本平和推進国民会議を結成し、全面講和や再軍備反対などを訴えた。

長崎でも、共産党指導部のメンバーが逮捕され、西日本重工業（三菱）などで共産主義者とその同調者とみなされた人々がパージされる一方、長崎地区労働組合会議（長崎地区労）［★3］が主体となって長崎平和運動推進会議を結成し、51年8月9日に平和推進長崎市民大会を開催した。ただし、その運動に対しても、「アカ」という批判が寄せられ、そのなかで長崎市は、50年と51年の8月9日に実施予定であった文化祭［★4］を中止し、平和都市をアピールすることもなくなった。

2. 占領終了後の平和運動

占領終了後の長崎では、1953年1月に丸木《まるき》位里《いり》・俊《とし》夫妻による「原爆の図」展が開催された。「原爆の図」は、占領期から労働組合や平和委員会、文化サークルなどの協力によって日本各地で巡回展示され、その会場ではストックホルム・アピールや全面講和を求める署名も行われていたが、長崎では、労働組合や学生団体とともに婦人会や長崎市教育委員会、医師会などの共催で開催された［★5］。占領が終わり原爆被害や原爆障害者の問題が顕在化するなかで、原爆の図展は原爆被害の訴えと原爆障害者救援のためのイベントとして、長崎の保守から革新までさまざまな団体の協力によって開催されたのである［★6］。会場では、再軍備についてや「長崎にも平和の組織を」という署名があり、その後、署名した市民を中心に、「長崎平和を守る会」が結成された［★7］。

同年8月には、長崎平和を守る会会長らが発起人となって、九州各地の労組や民主団体などを結集した原爆記念全九州平和大会を長崎で開催し、原爆をはじめとする一切の大量殺人兵器の禁止、再軍備反対、整理合理化反対などについて討議した。さらに54年3月のビキニの水爆実験による第五福竜丸の被ばく以降、原水爆禁止運動が国民的運動として日本全国に広まっていくなか、長崎では、平和を守る会や地区労などの民主団体、労組の関係者らが集って実行委員会を組織し、8月に原爆記念平和週間を設け、講演会や文学展示会、音楽会、美術展、集会、原水爆展、演劇祭などを実施した。

ただし、原爆の図展については、当初、団体で学生に見学させる予定であったが、校長会議で取りやめとなり、全九州平和大会では警官が監視に来ていたことが問題となった。54年の平和週間についても、「平和集会」という名称はどうも赤の臭いがするので、賛同しかねると尻込みする動きがあったという（「平和への叫び」『長崎日日新聞』1954年8月8日）。

そのようななかで、長崎市が進めていた平和祈念像建設のための寄付金集めは、十分な寄付金が集まらなかったため、長崎県教組が54年の日本教職員組合（日教組）札幌大会で教職員および児童・生徒の一円募金を提案し、募金運動を展開した。その結果、日教組は団体の寄付としては最多の600万円を集め、全国小学校長会議や全国都市教育長会議も同様の取り組みを行った。平和祈念像建設への協力は、どの団体にとっても市民の支持を得やすく、「アカ」批判の心配なく取り組むことができる平和運動であった。

さらに、原水爆禁止運動の高まりのなかで、長崎でも原水爆禁止長崎県協議会（長崎原水協1955年11月）が結成された。そこには、民生委員・婦人会・青年団・PTA・国際連合協会・ユネスコ・市医師会・県労評・

長崎地区労・平和を守る会・原爆乙女の会・原爆青年会・生活をつづる会・キリスト教連盟など多様な立場の組織・団体が結集し、会長に古屋野宏平（長崎大学学長）、副会長に杉本亀吉・小林ヒロらが就任し、これらの協力によって、１９５６年８月に長崎で第２回原水禁世界大会が開催された［★８］。

３．市民団体による運動

原水協内部での日米安保条約改定をめぐる政治的な対立から、１９６１年11月に自民党系や民社党系勢力が脱退し、民社党系は核兵器禁止平和建設国民会議（核禁会議）を結成した。さらに、ソ連の核実験をめぐる共産党と社会党の対立が激化するなか、社会党・総評系は63年の原水禁世界大会から離脱し、65年２月、原水爆禁止日本国民会議（原水禁）を結成した。これらの分裂によって、原水禁運動は党派性の強い運動と見なされるようになり、国民運動としての盛り上がりは失われていき、長崎でも多くの被爆者や市民が運動から離れていった。

その一方、60年代後半の長崎では、憲法改悪阻止をかかげた長崎憲法会議や、国に原爆被災者の全国調査や被害の全体像を明らかにすることを求めた原爆白書運動を、長崎でも展開しようとする「原水爆被災白書をすすめる長崎市民の会」が結成されるなど、市民団体による運動がおこっていた。そして、67年11月に厚生省が「原爆白書」を発表すると、それへの反発から長崎憲法会議が被爆者の実態調査を提案し、鎌田定夫が中心となって調査を行い、68年８月９日にその結果を公表した。その後、鎌田が証言運動を開始すると、そこに原水禁運動や市民団体で活動していた人たちが参加していった。

70年代になると、宗教、宗派をこえた宗教者が集まり、平和を祈る「長崎県宗教者懇話会」（１９７２年）や、「核実験に反対する長崎市民の会」（１９７４年）、被爆の実相と核兵器廃絶の願いを世界に伝えるために通訳・翻訳・出版事業に取り組んだ「長崎を世界に伝える会」（１９７７年）などの市民団体が設立された。そして、77年に開催されたＮＧＯ軍縮特別委員会による「被爆問題国際シンポジウム」（77シンポ）のために組織された長崎準備委員会には、研究者とともに、被爆者団体や長崎の証言の会などの市民団体が結集した。さらに、これらが原水禁運動の統一を働きかけたことで原水禁大会の統一の機運が高められ、シンポジウム直後の77年の原水禁広島大会は統一大会となった。翌年には長崎大会も統一され、統一世界大会は85年まで続いた。

また、77年に長崎総合科学大学では、鎌田が中心となって長崎平和文化研究所を設立し、長崎の歴史や原爆体験を基礎に平和文化の研究をすすめ、長崎からの平和学の構築に取り組みはじめた。

4. 長崎市の平和の取り組み

１９５３年3月の長崎市議会で、田川《たがわ》務《つとむ》長崎市長は、「本市は平和祈念像を建設し観光ポスターは平和の標語さえ使用しているが、市長は平和を守るためにはいかに考えているか」という質問に対して、「具体的には平和対策は行っていないが、戦争の悲惨さは機会ある毎に説いている」と答えている。ただし、55年には、浦上の丘に国際文化都市建設の記念施設として長崎国際文化会館本館が竣工したが（竣工時、内部はホール、会議室、市立博物館、原爆資料展示室、食堂・休憩室）、このとき田川市長が強調したのは、世界文化交流の拠点としての機能であった［★9］。また、長崎原爆のシンボル的な存在となっていた浦上天主堂の廃墟も、その保存を望む声があったが、田川市長は最終的に、平和を守るために必要不可欠なものではないとして、保存に向けて動こうとはせず、58年に教会側が天主堂の現地での再建計画を進めるなかで撤去された。

その後、田川に代わって長崎市長となった諸谷義武《もろたによしたけ》は、68年3月の長崎市議会で、国内では原爆を受けたのは広島市だけという感じになっており、長崎市の宣伝が欠けていると批判された。これに対して諸谷は、批判を認めて対応を約束し、71年に被爆地復元運動を市の事業とし、73年には長崎国際文化会館の原爆資料展示室を2倍に拡充した。75年には広島・長崎平和文化都市提携協定を結び、世界平和に寄与することを誓い、海外で初めての原爆展を開催した（アメリカのサンアントニオ市とセントポール市）。さらに、77年には世界各国から平和と人類愛を象徴するモニュメントを寄贈してもらい、平和公園を「世界平和シンボルゾーン」とする事業を開始するなど、被爆都市「ナガサキ」をアピールするようになった。

一方、80年代の欧米や日本などで反核運動が高まるなか、来日したローマ教皇ヨハネ・パウロ二世が広島・長崎を訪れ（1981年）、平和と反核を説いたことは、長崎のカトリック信徒のみならず、日本の反核運動を後押しした。

82年の第2回国連軍縮特別総会では、本島等長崎市長が「長崎は最後の被爆地でなければならない」と演説し、山口仙二は「ノーモア・ヒロシマ、ノーモア・ナガサキ、ノーモア・ウォー、ノーモア・ヒバクシャ」と訴えた。また、このときの広島市長による核兵器廃絶に向けた都市の連帯の呼びかけをもとに、広島・長崎両市は賛同した都市とともに世界平和連帯都市市長会議を創設し、85年に第1回の市長会議を広島市と長崎市で開催した［★10］。そして、冷戦が終結した1989年には、長崎市は、「長崎市民平和憲章」を制定し、世界平和実現のために努力することを誓い、被爆体験の継承や核兵器廃絶に努めることを宣言した［★11］。

また、長崎市は82年に平和公園聖域化検討委員会を設置し、平和公園のあり方を検討させていたが、その検討結果にもとづいて97年に原爆殉難者名奉安箱を原爆落下中心碑前に移した。そして、原爆落下中心碑を中心とした地区を「祈りのゾーン」、平和祈念像を中心とした地区を「願いのゾーン」とし、長崎原爆資料館のある地区を「学びのゾーン」と位置づけた。こうして平和公園は、原爆や戦争の悲惨さを「学び」、死者へ「祈り」を捧げ、平和への「願い」を新たにする聖地とされた。

5．市民と行政の連携

１９８０年代に、長崎市が平和への取り組みを強化していくなかで、秋月辰一郎《あきづきたついちろう》は、市民と行政が共に平和運動に取り組むことができる組織の設立を提案した［★12］。これを受けて本島等長崎市長は、83年に官民一体となった平和推進協会を設立した。さらに、89年には、秋月が長崎県地婦連会長の小池スイらと、政党が主導して対立する中央の運動にまきこまれない、長崎の一般の市民が参加できる独自の平和集会を提唱し、「小異は残して大同につこう」と訴え、「ながさき平和大集会」が開催された。この集会は、その後も継続され、98年にインドとパキスタンが核実験を実施すると、その実行委員会が「核兵器の廃絶を願い、全ての核実験に反対するネットワーク」を結成し、核廃絶を求める署名活動を行った。そして、集まった署名を国連に届けるために高校生2名を「平和大使」として国連本部に派遣したことから（大学生1名も選ばれていたが不参加）、高校生平和大使の活動がはじまり、そのなかから高校生自らが署名を集める高校生1万人署名活動も生まれた。

また、同年に日本政府が核問題の専門家らに核軍縮のための提言を求めて東京フォーラムを開催すると、長崎からは土山秀夫《つちやまひでお》や鎌田定夫らが参加し、長崎で外務省からの参加者も交えた市民集会を開き、提言をまとめた。フォーラム終了後、その活動を引き継ぐために、思想・信条・党派をこえて市民個人が参加する組織として「核兵器廃絶２０００年長崎集会」が結成された（２０００年）。これに長崎市や長崎県、長崎平和推進協会が共同して「核兵器廃絶地球市民集会実行委員会」が設立され、県と市が資金を援助し、市民集会側が内容を引き受けるかたちで、２０００年11月に「核兵器廃絶‐地球市民集会ナガサキ」が開催された［★13］。こうして、市民運動の高まりと長崎市が平和の取り組みを強化するなかで、反核・平和という一致点で市民と行政が連携し、草の根の市民や高校生らの若者も参加し、反核・平和について考え、行動する場が作り出された。

その一方、長崎平和推進協会は、06年の被爆体験継承部会総会で、会員に対して、被爆講話にあたっての注意事項として、天皇の戦争責任や憲法改正、イラクへの自衛隊派遣、原発など8項目を示し、国民の間で意見が分かれている政治的問題について言及しないことを求めた（その後、市民団体や被爆者団体の抗議を受け要請を撤回）。その背景には、会員が政治的問題に関して発言することによって、それが推進協会の意見と誤解されることへの危惧があったと思われる［★14］。これは原爆被害とともに原爆投下や戦争の責任を問い、政府の安全保障政策を批判することへの「アカ」攻撃が消えてはいないことを示している。

そのなかで、長崎の証言の会は、被爆証言だけでなく、平和運動や平和教育についても記録し、発信を続け、95年に設立された岡まさはる記念長崎平和資料館も、開館以来、日本の侵略や加害の事実、朝鮮人被爆者の問題を明らかにし、それを広く伝える取り組みを続けている。また、97年に鎌田定夫が私財を投じ、市民に呼びかけて設立した長崎平和研究所は、２０１０年に閉所するまで、核兵器廃絶と核被爆・戦争被害問題の研究と発信に取り組み続けた。12年には、長崎大学が長崎大学核兵器廃絶研究センターを設立し、核兵器問題についての研究や教育、情報発信を行っている。これらをはじめとする市民団体や大学の研究機関、そして行政は、１９８０年代から構築されてきた市民と行政の連携を受け継ぎつつ、新たな市民が反核・平和を考え、行動できる場を創り出そうと模索している。［新木武志］

★1　長崎市役所調査室発行『市勢要覧昭和25年度版』（１９５１年）は、「平和運動」の章をたて、日本国際連合長崎支部、ＭＲＡ、長崎ユネスコ協力会の活動を紹介している。これらについて、長崎市役所総務部調査統計課編・発行『長崎市制六十五年史』（１９５９年）では、「この時期における長崎市平和運動の主流であったことはまちがいない。それはあきらかに、市民上層部ないしは「有識者」「文化人」の集いであり、広汎に市民の平和への希求をくみあ

げたものとはみられなかった。というよりも、市民の多くは、それらの団体が存在することさえも知らなかったといってよい」と評価している。なお、ＭＲＡとは、アメリカの宗教家ブックマンが提唱した、キリスト教の精神を基調に、宗教・国籍・人種・階級の別なく精神的道義の再建を通じて人類の和合を説いた道徳再武装運動のこと。１９５０年６月には、スイスのコーで開かれたＭＲＡ世界大会に大橋博長崎市長、浜井信三広島市長らを含む72名が招かれて出席、この使節団はその後フランス、西ドイツ、イギリス、アメリカを２ヶ月ほど巡遊した。

★2　世界平和評議会の運動は、基本的に共産主義者たちによって組織されたものであったが、党派を超えて幅広い人士・団体を組織し、運動スローガンも比較的穏健で、戦後世界の平和運動のイニシアチブをとり、恒常的な組織を確立した点で戦後平和運動の代表的存在であったと評価されている（藤原修「日本の平和運動――思想・構造・機能」日本国際政治学会編『国際政治』第１７５号、２０１４年、90頁）。

★3　長崎地区労は、１９４６年にストライキ中の電産九配（現在の九州電力労働組合）長崎支部が、長崎地区の労働組合に争議支援を呼びかけたことがきっかけとなって結成されたが、49年に共産党の影響力が強かった組合が脱退した（長崎労働組合運動史編纂委員会『長崎労働組合運動史物語』長崎県労働組合評議会、１９７２年、２３３～２３６頁）。

★4　長崎市は１９４５年と46年に原爆犠牲者の慰霊祭を実施したが、47年は、内務・文部次官通牒「公葬等について」によって、地方公共団体による宗教的儀式をともなう慰霊祭などが禁止されたことから、慰霊祭を実施しなかった。これについて、『長崎民友新聞』が批判すると、48年から、まず長崎市主催の文化祭として市長のあいさつや平和宣言の発表などが行われ、その後戦災者連盟主催の慰霊祭が開かれるという形式をとるようになっていた。

★5　開催にあたっては、西岡竹次郎長崎県知事や田川務長崎市長、長崎市教育長らもメッセージや推薦のことばなどを寄せている（『長崎民友新聞』１９５３年１月16、17日）。

★6　原爆の図展の後援団体のひとつとなった『長崎民友新聞』は、原爆の図を「原爆の犠牲者、遺家族の救済と世界平和を叫ぶもの」と位置づけていた（１月15日）。

★7　１９５３年３月13日の『長崎民友新聞』は、３月15日に長崎原爆図展実行委員会が製作者の赤松俊子、丸木位里を招き、「原爆禁止平和の夕」を開催し、この機会に長崎平和を守る会を結成すると伝えている。一方、原爆の図展についての新聞報道でも、共催団体のひとつに平和を守る会が挙げられているが（『長崎民友新聞』

★8　1953年1月16日）、これらの関係については現在のところ不明である。実行委員長となった杉本亀吉は後に、「私は正直に云うて労働組合の組織、婦人会の組織について軽く見ていたが、この大会を成功させると云う意欲と情熱にはほんとうに胸を打たれ頭が下った。私は認識を新にした」と記している（杉本亀吉著・発行『原子雲の下に』１９７2年、１４９頁）。

★9　長崎市の広報誌『長崎市政展望』48号（１９５５年3月1日）に掲載された、田川市長の国際文化会館開館にあたってのあいさつでは、「貴重な原爆資料、記念物などをはじめわが国の文化史を飾る資料はもとより、史都長崎を物語る幾多の資料を展示して広く内外に公開し、世界文化交流の拠点たらしめたいと感じております」と述べられている。

★10　現在の名称は平和首長会議。２０２０年11月現在、１６５の国と地域の７９６８の都市が加盟している。

★11　ただし、１９８７年8月の時点で非核都市宣言を行った全国の自治体は１１６７に上ったが、長崎市議会では１９８５年以降、たびたび非核都市宣言が提案されながら、議会内の会派からの反対によって見送られ続けていた（『長崎新聞』１９８７年8月2日）。

★12　秋月は、「これまでの平和論と平和運動は同じ考え方の人々が集まり、同一の行動をすることであった。［…］しかし人間の多様性はそれだけではいかない。目的が同じであれば異なる考え方の人々が集まってもいいと思う。［…］平和推進協会は、すべての長崎市民は平和を望んでいると言う信念で異なる考えの人々をも包んでいくものにしたい」と述べている（『長崎平和推進協会会報』第1号、１９８３年6月15日）。

★13　土山は地球市民集会について、団体主導ではなく、草の根の市民たちが中心となって行政と共同で催し、国内外のＮＧＯのリーダーたちが被爆地に結集した、過去に例のない集会になったと評価している（「インタビュー「核兵器廃絶―地球市民集会ナガサキ」（二〇〇〇年十一月実施）の意義」長崎の証言の会『証言――ヒロシマ・ナガサキの声２００１』（第15集）、２００1年、24頁）。その後、地球市民集会は２０１８年までに5回開催されている。

★14　平和推進協会は、２００４年にも全国平和教育シンポジウムの名義後援を求められたが、開催趣意書に「有事法制反対」の一言があるという理由で拒否し、「政治色の強い集会は後援できないと説明していた（舟越耿一「政治的発言の自粛要請問題」長崎の証言の会『証言２００６』２００６年、１５2頁、高比良由紀「被爆者の良識に任せよ」同１６０頁）。

4 証言・記録運動

「証言・記録運動」の聞き取りについて

第4章には証言・記録運動に関して、再録を含む6人の聞き取りを収めた。西村豊行《にしむらとよゆき》さんは、被爆体験の証言運動が始まる以前から周縁に置かれた被爆者に視点をおき、その体験を聞き取ってきた。彼の著書『ナガサキの被爆者』の販売中止は、時代に先駆けて被差別部落と被爆者の問題を扱ったこの本の意義を物語るエピソードでもある。西村さんは長崎に住み、被爆者と共に生きつつ、カトリック、中国人、朝鮮人、原爆小頭症、被差別部落などのテーマをそれほどに深く、本人の言葉を借りれば「ボーリング」していった。原爆被災白書運動やきのこ会の活動への言及は、広島との繋がりという点でも興味深い。

長崎における証言・記録運動は、「長崎の証言の会」抜きに語ることはできない。コラムにもあるように、同会は雑誌『長崎の証言』の発行を通して、１９６０年代後半から半世紀にわたり、被爆体験証言運動を牽引してきた。同誌は長崎で最も大きな被爆体験の資料群の一つであり、原爆被害や核をめぐる市民運動を紐解く資料ともなっている。しかしながら、往時を知る人の多くが鬼籍に入り、２０２１年現在、会が発足した頃の話を直接聞くことはできなかった。そのため、『長崎の証言50年――半世紀のあゆみを振り返る』より、廣瀬方人《ひろせまさひと》さんの聞き書きを再録している。廣瀬さんの語りからは、浜の町に行き、メガホンで被爆体験の原稿募集を訴えたことなど、かつての関係者の熱意が伝わってくる。

体系的な言及は少ないが、多くの写真家たちも原爆被害を記録する一翼を担ってきた。本章ではこのうち、日本リアリズム写真集団長崎支部を結成した村里榮《むらさとさかえ》さん、黒﨑晴生《くろさきはるお》さん、写真資料調査部会会員で写真の調査を続けてきた深堀好敏《ふかほりよしとし》さん、ろう者を撮影した豆塚猛《まめづかたけし》さんの聞き書きを収録している。写真資料調査部会は、原爆被害に関わる写真の収集・整理、写真展などの開催を通して、ボランティアでありながらも公的機関の役割を補う独自の活動を展開してきた。深堀さんは、想像を超えた状況を語る手段として写真に可能性を見出し、ライフワークとして調査を行ってきた。被爆写真とともに歩んだ深堀さんの人生の軌跡は、爆心地復元運動や長崎平和推進協会の誕生などの長崎の戦後史とも交差している。

村里さん、黒﨑さんは、組合活動に携わる傍ら、長崎原爆被災者協議会（被災協）の協力も得て、被爆者を撮影してきた。被爆者との関係を築きつつ、個人の生活に入り込んで撮る撮影者の思いを率直に話して頂いた。「写す方も厳しいし、写される方も厳しい」という言葉には、その葛藤がよく表れている。

一方で、豆塚さんが撮影したろう者の多くは、穏やかな表情と笑顔を見せている。豆塚さんとろう者を繋いだのは、長崎の手話通訳者たちだった。１９８０年代半ばにろう者の被爆体験が世に出ることとなった陰には、地道に生活支援を行い、聞き書き活動をしてきた全国手話通訳問題研究会長崎支部の活動がある。写真集『ドンが聞こえなかった人々』の出版は、辛い体験を持ちながらも戦後を生き抜いてきたろう者たちへのエールでもあった。

これまで、多くの先人が原爆被害を証言し、記録する取り組みを行ってきたが、その証言・記録運動自体が記録される機会は少なかった。これらの一端を記録にとどめておきたい。［四條知恵］

「ナガサキの被爆者」の声を聴く

西村《にしむら》豊行《とよゆき》さん

〈西村豊行さんの略歴〉
1937（昭和12）年大阪市で生まれる。高校中退後、働きながら、東京の新日本文学会の文学学校に通うなどした後、1965年に長崎に転居する。その後、約6年間、長崎で暮らしながら長崎の被爆者の調査を行い、『原点』（1号、2号）を発行し、『ナガサキの被爆者』（社会新報、1970年）を出版した。

［聞き取り日時・場所］2021年2月8日・ホテルアークインてんねん
［聞き手］木永勝也、新木武志（まとめ）

長崎に居住するまで

僕は東京に住んでいる時代に、交通事故で病院に入院しまして、そこで、大江健三郎氏の『世界』で連載が始まった『ヒロシマ・ノート』（1963年10月号～65年3月号に連載）を読んで、感動を受けるんです。1964年の11月から、大阪に実家があって、親父たちがいるもんですから、そこに世話になって、交通事故の後のリハビリやるんです。大阪で、広島で、原爆症で亡くなった子どもの新聞記事を読んで、非常に衝撃を受けて、1965年の5月こどもの日に、大阪をチャリンコで出発して、広島へ向かうんですね。

大阪から広島に入って、原爆被災白書運動を始めていた中国新聞社の金井利博《かないとしひろ》論説委員を訪ねました。広島には、金井さんら新聞記者のグループがいましたね。特に中国新聞社の平岡敬《ひらおかたかし》さんとか、大牟田稔《おおむたみのる》さんとか、秋信利彦《あきのぶとしひこ》さんは放送局だと思うんですけど、被爆に取り組む人がいました。所持金が少ないですから、周囲の理解を得て協力してもらうとか、そういうことはありました。

金井さんらは、その時点まで、日本政府が広島・長崎や、全国に散らばった被爆者の実態調査をしてなかったから、全然まだなんにもつかめてない状態だったので、初めて、原爆被爆者の実態調査をして、白書を作れという要求運動を始めたんです。運動は、広島を中心にして、文化人、ジャーナリストを中心にした運営で、そこに大江健三郎さんなんかも入るわけです。大江さんは、『ヒロシマ・ノート』の連載をずっとやってましたから。特に中心的な役割を果たしていくようになったと思うんですね。

僕は、金井さんから、いろいろ助言を受けまして、運動には大江さんも入ってるということで、共鳴したんです。「原水爆禁止」と「被爆者救援」の二つのスローガンを掲げ、原爆被災白書を作らせようというところに絞り込んで、サイクリングしながらアピールして回るということで始めていくんです。広島では、5月、6月、7月の3カ月近く滞在して、アルバイトしながら、広島県下の市役所が置かれている地域を中心に、政府に実態調査をさせるという署名の呼び掛けをして回るという運動を始めるんです。

広島が終わって、山口を回って、それから福岡に入って、福岡の市内を中心にして何日かおったんじゃないですかね。それで、その後、佐賀を経由して、長崎に入るんですね。その後、長崎から熊本に渡って、熊本から鹿児島に入って、鹿児島から大分県で、大分から福岡の小倉に戻った。それが8月5日で、6日の早朝にたって、8月6日に広島でゴールするという段取りだったんです。だから、長崎には、1965年7月の終わりから8月の1、2日にかけて訪問してるんじゃないですかね。僕にとってそれが初めての長崎訪問でした。

浜町アーケード街に1人で立って、布を広げて、呼び掛けやって、署名してもらうというふうなやり方を採ってました。チャリンコにシュラフも積んでますから、いつどこでも野宿できるような感じで。結構、野宿もやってました。署名はそんなに集まんなかったです。広島もそれほど集まらなかったですね。ずっと回るだけは回ったっていうのはありましたが。

そして8月6日に、当時、佐藤栄作が総理大臣だったんですけども、多少は原爆被災白書運動の一つの成果だったといえるんですけど、被爆白書を作るというふうに明言したわけです。それを受けて、サイクリングの方法はやめることにしました。それで、広島に行くか、長崎に行くかって考えたんですけど、広島はやっぱり取り組んでる人が多かったんです。市民運動としての、あるいは文化人の運動としても結構進んでて、人も多かったということもあって、広島入っても、なかなかやりにくい面があるかなっていうふうに思いました。長崎は、どうも取り組みは遅れてるし、市民レベルっていうんですか、そういう人たちの動きがちょっと見えなかった。そこで長崎で、何かやってみたいなっていうふうに考えるようになった。長崎は、僕みたいに、第三者の立場で関わる人たちがね、圧倒的に少なかったっていうのがありましたよね。それで、65年の8月末ぐらいに、長崎に単独で入り込んで、仕事先と下宿を見つけ、そこから長崎での取り組みが始まるんです。

長崎での活動

僕のなかでは、やっぱり『ヒロシマ・ノート』ですね。『ヒロシマ・ノート』が非常に大きな力を占め、また深い意味を持ちましたね。大江さんもサルトルなんか随分読んでて、実存主義の思想で、当時は広島の中で考えてるっていってた。僕も影響を受けたりして、サルトルなんか読んだりしたんですけどね。それでやっぱり自分の実存っていうか、そういうものとして、長崎にキャッチアップするみたいな。そういうのがありました。

長崎には面識も何もなくて。のちに岡正治《おかまさはる》さんと鈴木達夫さんを個人的に知ったぐらいでね。最初に自転車で来たときは、アーケード街でやってましたから、そのときにNHK長崎放送局のディレクターだった鈴木達夫さんが、街ん中をぶらぶらして、僕を見掛けて、話し掛けて取材を受けるっていうことがありました。鈴木さんとはそれ以来、付き合い始めるんです。鈴木さんも個人として、市民運動で関わるっていうような、スタイルで、やってましたね。

岡正治さんは、ルーテル教会の牧師で、最初に来たときに、多分、泊めてもらおうっていうような魂胆があって、訪ねた可能性があるんです。それ以来だと思うんです。独特の人だったんですけどね、岡さん自身は。

それで、僕が火付けになって、鈴木さんにも加わってもらって、岡さんを擁立しまして、ルーテル教会を事務所にして、「原水爆白書をすすめる長崎市民の会」を始めたっていうのが、長崎での取り組みの初めです。岡さんは牧師として結構、人望があったみたいですからね。だから、彼を中心にして、市民運動としての白書運動ができないかっていうふうに考えたんです。

岡さんは、それまでは原爆について関わっていなかったんじゃないですかね。僕が朝鮮人被爆者について取り上げたりしたもんですから、岡さんも個人的に、朝鮮人被爆者問題には、随分賛同して、長崎在日朝鮮人の人権を守る会とかつくったりして頑張ってましたよね。岡さんは、軍隊体験から朝鮮人についての贖罪っていうんですか、それはあったんじゃないですかね。それで、朝鮮人被爆者っていうのは大事なテーマだと、岡さん自身が捉えた。

被災協には事務局長の葉山利行《はやまとしゆき》さんっていう人がいて、かなり中心的な運動の活動家だったんですけど、葉山さん通して被爆者の方を紹介してもらうこともしていただいてましたね。それとそんなに頻繁ではなかったんですが、山口仙二《やまぐちせんじ》さんにも会っていただいたっていうのはありました。

長崎のきのこ会の活動

『原点』は、僕が、長崎で個人的に刊行したものです。ちょうど、田中写真製版株式会社っていう写真製版会社にいたもんですから、出入りしてる絵描きさんだとか知り合って、それで、カット描いてもらったりしたんです。労働組合関係には広告掲載をお願いしました。「現代社」って名乗って個人で全部やってました。1号は金もなくって和文タイプ、2号は思い切って活版にしましてね。内容も増えたりしましたが、2号で終わったんです。あんまり問題にはならなかったみたいですね。僕の周りでも。

『原点』では、胎内被爆児について書いてるんだけど、そのほとんどは原爆小頭症[★1]のことなんです。『原点』では、原爆小頭症の方々のことが、一つの重要なテーマになってきますよね。その後、広島のほうが、早くから取り組みがあって、「きのこ会」っていう組織ができてて、そこの中心やってた、文沢隆一《ふみざわりゅういち》さんっていう人がいまして、その人から、僕が連絡を受けるようになって、広島と長崎、歩調合わせて一緒に取り組もうっていう要請を受けるんです。それで、長崎のきの

★1　母親の胎内で被爆した子どものなかに、放射能の影響で頭部が平均より著しく小さく、知能や身体に障害のある原爆小頭症が生まれた。

こ会を名乗って、広島と長崎のきのこ会が交流していくっていうような、そういう積み重ねをその後していくんですけどね。長崎で一緒に活動していた人はいなかったのですが、わずか数回だけど、僕も広島行ったり、広島から来たりして、交流したことはあります。

長崎では、多分、僕がＡＢＣＣを訪ねて、名簿を引き出したんじゃないかと思うんですよ。ＡＢＣＣには、かなり通いましたからね。簡単に出さないですよ。今でこそ、個人情報は全然駄目なんだけども。かなりせっついてね。日本人職員からね。文沢さんが書いた資料の中に、８人の長崎の名簿が出てますよね。よく出したと思いますね。長崎では、この小頭症の方との活動に僕はかなり力を入れました。

『原点』１号に載せた文章をちょっと修正して、『ナガサキの被爆者』にほとんど同じ内容で載せています。『原点』の２号の巻頭には、そんな長くないんですけども、小頭症の息子さんをもったお母さんに手記を書くように勧めて、それで何とか完成させたものです。これはいい手記ですね。僕、何度も読み返したけど、やっぱり自分の息子が原爆小頭症で精神障害持って、健康上の諸問題も抱えながら、何とか、学校終わって、ブロック工場に就職させるんですけど、それを支えるドキュメントとして、すぐれた手記だと思います。

ところが、僕、その後、長崎を離れるようになるんです。『日本の原爆記録』第14巻（家永三郎ほか編、日本図書センター、１９９１年）に、「胎内被爆小頭症の記録」っていうのがあります。このなかでそのお母さんが書いてる別の文章があって、それに、西村さんが長崎からいなくなって、大変なんですよ、なんていうようなことを書いてあって、ちょっと胸が痛くなるような内容でした。

カトリックの被爆者

長崎の原爆それ自体が、永井隆《ながいたかし》で象徴されてた面があるでしょ。それで、もうちょっと違った見方ができるんじゃないかっていうふうにして、浦上へ入り込んでいって、カトリックの信者の中での被爆の固有性、そういうのを探ろうとしたってのはあります。

被爆者の店に勤務していたカトリックの人がいましてね。それで、せっせと通っていったんですけど、何回か行くうちに会ってくれるようになって、俺の話を聞きたかったら、俺がいる所まであんたが下りてこんねっていうようなことをしきりに言われました。それは暗い所で、深い所ばい、なんていうようなことを言われたんですよ。そういう会話を通して、もうちょっと土俗的なといいますか、そういう意識を持ってる方は、かなり広範囲にいたっていうのが分かりましたね。

当時の浦上の本原にあるキリシタン墓地っていうのは、木の十字架だったんですよね。これには非常に衝撃を受けましたね。これから考えたら、永井隆のような捉え方には、しないほうがいいんじゃないかっていうのが、僕のなかにありましたね。生活困難者っていう言い方するよね。そういうカトリック信者の捉え方は、ちょっと違ったという印象はありましたね。あんまり生活の心配ないような人たちの場合、インテリ層なんかは結構、永井隆の捉え方っていうのはあったかもしれませんね。カトリック信者のなかの貧困層、そういう人たちは必ずしも、永井隆のような捉え方ではなかったんではないでしょうか。

もっと違った言い方すると、僕だったら、マルクス主義から学ぼうとして来たところがあるから、階級的に長崎の原爆を見ようとした、捉えようとしたっていうことはあるかもしれません。階級の問題としてね。ですから、一般的に長崎の原爆で象徴される永井隆がおり、もう一つ、階級的に言うとしたら、長崎の原爆を階級的に捉えようとしたら、どういうテーマが設定できるのかみたいな捉え方はあったかもしれません。例えば、松田さん一家の生活なんかはそうなんですよね。ご主人は、当時の国際文化会館の屋上から飛び降り自殺するんですけど、残された家族が、母親を中心にして、どういうふうに生きていったかっていうようなところに焦点を当てて、やっぱり共に生きるみたいに。そういうことをしきりに考えたっていうのはありますよね（『ナガサキの被爆者』増補改訂版第Ⅰ部第Ⅳ章）。

中国人・朝鮮人被爆者

新地町の中華街で出会って、中国人被爆者の問題ってのが、いろいろあるんじゃないかっていうんで、調べていきました。浦上刑務支所に収容されてた中国人が亡くなったっていうのは、資料で見てましたからね、それも整理する必要があるなと思って、朝鮮人被爆者に続いて、中国人被爆者の被爆体験を民族体験として、ちゃんと措定する必要あるんじゃないかっていうことも考えて、『ナガサキの被爆者』で、一編を書きました。

在日中国人の組織がありますよね。そこを訪ねて、被爆者のことを教えてもらって、それで、何人か聞き取りしたんではな

被爆で焼けた王水栄さんの中国服　出典：『ナガサキの被爆者』増補改訂版第Ⅰ部第Ⅲ章

かったですかね。新地町に住んでる中国のおばあちゃんをよく訪ねて行ってましたね。中華街の裏通りになる所で、3、4年前に訪ねたときはもう、家がなくなってて、さら地になってましたね。新地町には福建出身の中国人が多くて、そのおばちゃんも福建で生まれて、福建で育って、かなりの年頃まで中国で生活してて、纏足だったんですよ。初めて、纏足っていうのを見ることできたんですけど、歩行が相当困難でした。

朝鮮人の被爆者の問題は、神奈川の朴壽南《パクスナム》さんという人が、広島でいち早く調査とか聞き取りやってまして、朴さんが西村を知るようになって、僕も朴さんを知るようになった。それで、長崎で朝鮮人被爆者のことをちゃんとやってくれっていうような、そういう会話をしたことがありまして、その後、朴さんと交流するようになったりしました。

影響を受けたっていうのはありますね、あるいは触発されたとか。植民地支配の問題は僕の中でも、重要なテーマとして、一応、座ってたから、特に意識して考えるようになったっていうことはあるかもしれませんね。

新地町の近辺と、もうちょっと先行った所に住んでる朝鮮人被爆者をつてをたよって、関わるようになったんかな。集落は特になかったですね。点在してるっていうのか、そういう感じでしたよね。最初は、僕が何者か分かんないでしょ、向こうからすれば。それをまず分かってくれて、話が聞ける状態っていうのは、結構積み重ねが必要でした。

長崎を去る――被差別部落の被爆

71年の秋に長崎から福岡へ転居しました。長崎を離れるについては理由がありました。長崎の原爆を考える上で、被差別部落における被爆の意味を考えようとして、長崎の被差別部落を訪ねて、聞き書きをしてたんですが、そのときはまだ長崎で部落解放同盟が組織される前でした。その段階で、僕が被差別部落のことを『ナガサキの被爆者』に書いたっていうことが問題にされ、糾弾されたんですよ。

後に部落解放同盟長崎県連の委員長となる磯本恒信《いそもとつねのぶ》さんは、長崎地区労の書記長でしたが、部落解放同盟が組織されてないのに、本が出されて被差別部落のことが公表されては、差別にさらされるばかりで守る態勢がないと、単独で本の販売差し止めをおこなって、販売中止になるんです。それで、この本を最後に社会新報新書は廃刊になった。それで、残った300か400部ぐらいでしたか、僕が自分で単独で引き受けて、個人的に買ってもらうっていうふうにしたんです。

それで、長崎の原爆を捉えようとするときに、被差別部落の固有の意味を考えようとして取り上げたのだけれど、本の中に書いてしまって、それを問題にされたことで、被差別部落に関わることについて、ちゃんと答えないといけないなと思いました。ちょうどその折に、福岡の筑豊で朝鮮人高校生が日本人高校生から狙われて、襲撃直前に事件が発覚して、それで、朝鮮人高校生が日本人高校生の組織の幹部4人を実力で糾弾するんですよね。それが朝日新聞から朝鮮人と部落民の対決みたいな、すごいキャンペーンが出てきました。この福岡の事件をきっかけにして、それ以後、被差別部落を生涯のテーマにしていくんです。これに取り組むために、長崎から離れざるを得なくなったっていうことなんです。

長崎での運動をふり返って

当時の長崎では、カトリックの方にしても、中国人、朝鮮人にしても、そういう聞き取りみたいなことを聞きに行くみたいなことは、多分だれもやってなかったんじゃないですかね。だから、僕も時間かかりましたね、積み重ねが。

それは警戒するし、追い返されますよね。だから、長崎に住んでるってことがあっても、ルポを書くみたいな関わりでは駄目だってのはありました。

長崎の原爆を、腰を据えて捉えようとするときに、後で自分でも分かってきたんですけど、やっぱりスタンスをできるだけ広く取って、個別テーマについては、深くボーリングするっていうことを方法論として考えてるようなところがあるんです。だから、原爆一般ということじゃなくて、原爆に関わる個別のテーマを考えて、そこにチャレンジしていくというのを、一つの方法論にしたっていうのはあります。

それと、今にして思えば、やっぱり、階級として長崎の原爆を捉えたら、どういうテーマが出てくるかという、そういう見方をとっていたということがありますね。だから、あえて、朝鮮人被爆者、中国人被爆者、被差別部落の被爆、それからキリシタンの被爆、特に原爆小頭症のテーマなんかに特化していくようになったというのがあるかもしれません。だから、階級ぬきで、一般的に被爆を考える見方というのがあるじゃないですか、それからすると、なんで朝鮮人被爆者なんだ、なんで被差別部落の被爆なんだという見方があって当然ですよ。それは自分の生い立ち、育った、あるいは生きてきた道に重なるものでした。僕は大阪で生まれて、空襲を受けて、それで親父の里に疎開するんですよね。疎開先が兵庫と鳥取の県境の山村だったんです。そこで小学校・中学校に行ったんですが、そこに被差別部落があったんですよ。それが僕の生活史のなかで大きな出会いでしたね。

『ナガサキの被爆者』は、アメリカの長崎原爆投下の問題を考える論を冒頭に置いて、それから、浦上のカトリックの信者たちの集落における個別の問題がありますし。それから、朝鮮人被爆者、中国人被爆者、それから、原爆小頭症、それから、被差別部落にとっての被爆の問題、そういうことを個別のテーマとして、関わりを持ったっていうのはありますね。ただ、それでいろいろ考えてみて、少しずつ分かってきてるんですけど、ルポルタージュの方法というよりも、ドキュメンタリーの方法なんです。だから、被爆者と共に生きるみたいなことを大切に考えたところがあります。共に悩み、共に苦しみ、みたいな、そういうことは結構、心掛けてやったっていうのはありましたね。だから、取材して書いて終わりっていうことではなくて、被爆者と共に生きる。それが、僕が考えた、実存主義から生まれてくる思想として、考えたようなところがありましたよね。

感動的だったのは、被差別部落のある被爆者の高齢者とカトリック信者の高齢者のおばちゃんが、いろいろ対立もあったんだけども、お互いがカバーし合ってる、そういういい聞き書きができた。なんで私はあんたらを差別しとったんだろうかな、なんていう、そういう言葉が聞かれたっていうのが。

白書を進める長崎市民の会については、新木さんがいろいろ、広島の金井さんの資料を見て、書いてくださってて［★2］、それを読んで思ったんですけども、かなり僕も苦しんでますよね。最初ね。時間かかったと思いますね。僕が金井さんに送った手紙、ちょっともう僕の記憶になかったんですが、かなり悪戦苦闘してるんですね。やっぱり長崎は困難でしたね。被災白書を進める市民の会会員は、ルーテル教会に出入りしてる、教会員も何人かいたんでしょうけどね。市民運動としては、からっきし駄目でしたね。市民の中に入っていくっていうようなことでは、かなり困難だったみたいですね。

代表委員の木野普見雄《きのふみお》さんという人も、僕は記憶にないんですよ。多分、名前を借りたぐらいの関係じゃないですかね。岡さんとの関係でね。集まってきたのは岡さんの関係ぐらいです。僕の関係ではちょっと見当たらなかったですね。鎌田定夫《かまたさだお》さんが関わったっていうのは、僕はあまり記憶になくてね。

僕は、一方では、長崎地区反戦青年委員会に所属してたんだけども、地区反戦に結集してる労働者も原爆そのものにあまり関心持たなかったですね。地区反戦のなかには、被爆二世の青年たちもいたけども、僕がやった白書運動には関わってこなかったね。また憲法会議のメンバーが白書の会に入ってくるっていうふうにはならなかったですね。岡さんに象徴される、あるいは代表されるというところにつながりがあったというぐらいですね。

白書の会は、市民運動としては、展開できなかったんでしょうね。実際に、市民として、市民の中に足場を置いて、その中で広めていくっていうふうにはならなかったんですよね。岡さんは教会の牧師だし。西村は自分でやってるみたいなとこがあって。やってることは必ずしも市民運動として展開はできにくい面が、やっぱり感じてましたよね。そこら辺に、長崎の持ってる独特の歴史とか、労働運動とか、あるいは文化なんかも、もっと考えるテーマがあるかな、なんて思った

★2　新木武志「「長崎の証言の会」をつくった人たち――廣瀬方人さんの聞き取りを手がかりに」長崎の証言の会編・発行『長崎の証言の50年――半世紀のあゆみをふり返る』２０１９年。

りしますけど。やっぱり独特の風土ですね。

広島はあったですね。例えば、作家の山代巴《やましろともえ》さんみたいな人が中心になってね。長崎で言うと、僕の面識のあった、詩人の山田かんさんっていう人がいましたけど。山田かんさんとは面識がありました。ちょうど、僕が勤めた田中写真製版の上に県立図書館があって、山田さんの勤務が終わったら、場末の角っこに酒屋があって、僕は会社にいますから、僕誘って、一緒に角打ちに行くとか、そんな付き合いがあって、いろいろ先輩として、支えてくれたようなところがありましたね。

しかし、長崎っていうのは、取り組みはあるんだけども、横に広がっていくっていうのがなかなかなりにくい所で、市民の中に浸透できなかった、っていうのはあったんでしょうね。被爆者の間へどうやって入っていくかみたいなのは、必ずしも、重要なテーマになってなかったっていうようなことがあったかもしれませんね。岡さんが、教会員の中で何人か、連れてきたっていうのはあったんでしょうけども。だから、被爆者を中心に据えるか、市民を中心に据えるか、その辺が必ずしもはっきりしてなかった、っていうようなところがあったかもしれませんね。

カトリック、被差別部落、朝鮮人の問題も、運動とは、それが結びつかなかったんでしょうね。朝鮮人被爆者の報告はしても、それが運動として展開できるかというと、それはまた別の問題ですもんね。長崎在日朝鮮人の人権を守る会とかね。そういう展開は、僕の頭になかったかもしれませんね。

むしろ、鎌田定夫さんを軸にした証言の会の運動っていうのが出発しますよね。非常に粘り強く、鎌田さんを中心にした動きはその後も続いていきましたよね。鎌田さんは造船大学で、長崎では僕よりも早いし、根付いてたところがあったんじゃないですかね。僕は証言の会に対しては、距離を置いてました。鎌田さんとは面識があったんですけど。鎌田さんも、新日本文学会〔★3〕の会員で、その後、僕も会員になりました。鎌田さんは新日本文学会の文学運動の経験も僕よりもはるかにある先輩で、尊敬の念を持ってましたね。ただ、だから、一緒にやるっていうことじゃなくて、お互いに、やっていこうみたいな、そういう暗黙の了解っていうか、暗黙の尊敬もありましたね。お互いにやってることを尊重しながら、特に、直接関わりを持たなくていいや、みたいなことがあったと思いましたね。

★3　1945年、日本の敗北後、それまで弾圧されていたプロレタリア文学の復興と、民主的な文学の創造をかかげて結成された。

長崎の証言の会設立のころ

廣瀬方人《ひろせまさひと》さん

〈廣瀬方人さんの略歴〉

1930（昭和5）年長崎市生まれ。長崎中学校在学時、戸町トンネル工場の事務所で被爆。1951年に在学していた同志社大学内で原爆展を開催。大学卒業後は長崎県の公立高校に勤務するとともに、第2回原水爆禁止世界大会長崎大会の事務局次長や、長崎の証言の会の初代の事務局長、核兵器廃絶地球市民長崎集会実行委員会事務局長などを務め、2013年には長崎原爆の戦後史をのこす会を設立した。2016年死去。

［聞き取り日時・場所］2012年3月4日、28日・長崎市内のご自宅

［聞き手］新木武志（まとめ）

『長崎の証言』の創刊

厚生省が被爆者白書を発表すると、これに対して福田《ふくだ》須磨子《すまこ》や小林《こばやし》ヒロが反論していた。その声を糾合する形で被爆者実態調査がはじまった。鎌田《かまた》（定夫《さだお》）先生から1968年5月頃、実態調査をするので協力してくれと電話があった。その頃、私は被爆体験をもった高校教師70～80名で高校原水協を作って、その代表になっていたが、活動はしていなかった。それ以前は、長崎には「婦人公論友の会」や「ロマン・ロランの会」、「ゲンコツの会」、「生活をつづる会」などのサークルがあり、それらのサークルを集めて会合を開いていたことがある。

鎌田先生は1962年に長崎に来たが、それから、長崎の被爆者運動を見ていたのではないか。そして、長崎で反核について発言していた人をメモしておいて、このとき電話したのだろう。

実態調査は、長崎憲法会議や日本科学者会議などとともに行った。調査のために片淵町の原爆病院の門の前に集まった。集まったのは30人くらいだったと思う。鎌田先生が調査票を持って来ており、それから原爆病院や上戸病院などで面接調査を行った。

私は浜口町の自治会長のところに行き、会長さんから紹介してもらって被爆者の家をまわったが、話したくないと言われて何度も行き、3、4回目で話してもらったことがある。目の前で子供が焼け死んだという話だった。この人ならば悲しみがわかってくれるという人間関係ができたとき、話してくれたのではないか。ただし、名前は出さないでくれと言われた。

まとめた調査結果は『あの日から23年――長崎原爆被災者の実態と要求』として出した。

その後1969年6月か7月の末頃か、鎌田先生から私に電話があり、今の思いを3日間で書いてくれと言われた。そして『長崎の証言』が作られ、『あれから23年』とともに販売した。復刊したときは『長崎の証言』に合本されたが、当時は分かれていた。

秋月先生と鎌田先生

東京で朝日新聞が原爆展を開催したとき、長崎から秋月先生が招かれた。原爆展では、広島についてはたくさんの本があったが、長崎については秋月先生の本『長崎原爆記』しかの本がなかったことに秋月先生は衝撃を受け、長崎についての記録の必要性を感じていた。この秋月先生の思いに応えるかたちでもあって、鎌田先生が秋月先生と長崎の証言刊行委員会を設立した。秋月先生は、数万の被爆者の証言を集める、それでも爆心地から半径500メートルは空白となるが、そうしないと原爆についてはわからないと言っていた。

鎌田先生には、原水禁運動を統一しようとする思いがあった。ただし、鎌田先生は、共産党系の仕事をしていたので、なるべく表に出ないようにしていたので、秋月先生が証言の会の顔だった。

長崎の証言刊行委員会が設立されたとき、私は初代事務局長となった。自宅には事務局の看板を掲げた。

この頃は、岸信介が自主憲法制定を主張しており、県教組にブレーキをかける動きがあった。教育委員会は、文部省との関係から原爆のことを表に出すことを遠慮しており、教育現場では、文部省・教育委員会と教職員組合との間でせめぎあいの歴史があった。そのなかで、県教組のなかでは、教壇でケロイドの傷を見せるという取り組みをする教師もいた。『長崎の証言』第2集（1970年版）を作るときには、鎌田先生とともに、長崎県教組の坂口《さかぐち》便《たより》さんのところに行って、一緒に本を出せないか相談した。

1971年の総会で、長崎の証言刊行委員会は長崎の証言の会という名称になった。会の活動は、証言を集めて刊行するだけでなく、鎌田先生がいろいろ思いついて、市民運動のようになっていった。3月1日のビキニデーには、浜の町に行き、メガホンで被爆体験の原稿募集を訴えた。

私は、活動を平和教育運動としてやらなければと考えていた。勤務していた長崎南高校で1970年代に長崎原爆展を開いたときは、校長からは校内でやってもいいが、新聞には言うなと言われた。県教委にわかると指導力が疑われるからだろう。

また、原水禁の大会で『長崎の証言』を売らせてもらおうと持って行くと、当時の労働運動は社会党系が中心だったので、地区労の書記から「おたくたちは共産党じゃなかとか」と言われた。戦後の平和運動や反原爆の動きには「アカ」のレッテルが張られたが、証言の会にも「アカ」というレッテルが長い間つきまとった。しかし、メディアを味方につけて周囲の空気が変わった。

金井《かない》由美《ゆみ》さん（廣瀬方人さんの長女）の回想

［2019年11月14日］

あの頃の事は断片的な出来事として覚えています。父が何か原爆に関する本に関わっている、と聞いた後、本が出来上がったとドッサリ送られて来ました。その頃の父はとても生き生きとして元気でした。

真っ赤に焼けただれた少年の背中がバックの黒地にくっきりと浮かび上がった表紙が私の目に焼き付きました。あれは谷口さんだったのですね。その後続々と全国から注文のハガキや手紙が我が家に届きました。その多くは1冊、2冊、3冊、5冊などと、その殆どは少ない冊数の注文でした。母も私も荷造りを手伝っていました。包装紙に包み、紐をかけ住所を書きました。次は2冊よ、こっちは3冊……などと父や母と何だかウキウキしながら荷造りをしていたことを覚えています。本で家が狭くなったね、などと話しながらとても幸せだった記憶があります。その頃、「事務局長」という言葉も覚えました。その後父に、「大江ヒデさんの「8月が来るたびに」を読んで感想文を書いて。次の号に載せるから。」と頼まれ、本を読み感想文を書きました。次の号に私の作文が本当に活字になって載っているのを見てとても嬉しかったのを覚えています。

＊廣瀬方人さんの話は、２０１２年3月に聞き取りしたときのメモから、「長崎の証言の会」設立に関する部分をまとめ直したもので、金井由美さん（廣瀬さんの長女）の文章は、廣瀬さんの聞き取りをまとめた後で、当時を回想してもらったものです。これらは、新木武志「「長崎の証言の会」をつくった人たち——廣瀬方人さんの聞き取りを手がかりに」（長崎の証言の会編『長崎の証言50年　半世紀のあゆみを振り返る』２０１９年）のなかに収録されていますが、長崎の証言の会の許可を受けてここに再録しました。

証言写真集 被爆者を撮るということ

村里《むらさと》 榮《さかえ》さん
黒﨑《くろさき》晴生《はるお》さん

〈村里榮さんの略歴〉
１９３３（昭和８）年長崎市生まれ。52年に岡政百貨店に入社。88年退職。67年日本リアリズム写真集団に入会、68年から被爆者を撮り始める。70年、写真集「長崎の証言」共同編集・出版に参加。

〈黒﨑晴生さんの略歴〉
１９３５（昭和10）年平戸市生まれ。40年に大連にわたり、47年に長崎市に引き揚げる。53年に長崎相互銀行に就職、95年定年退職。67年日本リアリズム写真集団に入会、68年から被爆者を撮り始める。70年、写真集「長崎の証言」共同編集・出版に参加。95年写真集『ナガサキ・傷痕癒えぬままに―苦悩の50年を生きて―』刊行。

［聞き取り日時・場所］２０２０年８月29日・長崎市民会館
［聞き手］草野優介、国武雅子、四條知恵、新木武志、橋場紀子、東村岳史、木永勝也（まとめ）

本格的に写真を撮りはじめるまで

［黒﨑晴生さん］昭和10（１９３５）年１月６日生まれです。生まれは平戸ですが、父親が中国の大連にいて、「紀元２６００年」の年１９４０年から７年間、終戦後までいました。昭和22（１９４７）年の３月、日本に帰ってきたのは母

親と兄、姉、妹と私5人家族です。父の遺骨もないです。母の実家が矢上（西彼杵郡矢上村）にあったものですから、そこに引き揚げてきました。新制中学の始まる年で、新制中学の第1期生でした。私は親父がいなかったものですから、高校は就職の関係で長崎市立、長崎商業高校に入りました。そして昭和28（1953）年に長崎相互銀行に入ったんですけれど、その当時は家庭環境がどうしても優先されていたんですね。日本銀行を受験しても駄目だったし、三菱を受けても駄目だった。たまたま、学校の先生と頭取が知り合いで助かった、そんな就職状況です。このころは戦後の生活がずっと続いていて、まだ生活は厳しかったですね。職場の同僚たちは、全部被爆者なんですよね、学徒動員とかそういうことで。そう言った職場環境の下で働いて、結局、皆の生活を見ながら被爆者の生活という問題から、絞り込んでいって撮影したということですね。もう一つは職場の環境。状況をよくするために労働組合にも参加しました。入って1年経ってから、どうもこの職場はまずいぞ、と。例えばですね、10年勤めても退職金が1500円、そういった状況があって、翌年昭和29（1954）年に労働組合が立ち上がって行く。そして大ストライキを夏と冬にやって、大闘争をやったんです。そのとき、このまま銀行がつぶれるぞと第二組合が誕生する、そういうこともあったんです。僕の場合は組合を守らないといけない、皆の生活を守らないといけない、ということから組合の執行部に入るとか専従やるとか、色々やっていきました。

[村里榮さん]　昭和8（1933）年12月8日生まれです。稲佐町3丁目で、昔は製氷工場があり、商店でお酒とか駄菓子を売っていました。私は小学6年の時に島原の方に疎開して、戦後すぐに私が戻ったころは余燼がくすぶるような市内で、生家は燃えて灰の中でした。私の友達なんかも、空襲警報解除になって、浦上川の河口近く泳ぎに行って亡くなったり大やけどをしたり、私の幼友達はそこでいなくなったという感じです。飽の浦小学校から淵中学校、そこから長崎工業高校にいき、昭和27（1952）年に、岡政デパートに入りました。当時、労働環境は劣悪で、丁稚奉公からたたき上げたという人が多く、上にはもちろん絶対逆らえないし、物を教えるというよりは身体で覚えるという風潮が残っておりました。百貨店という表現は華やかですけれど、まだ会社の中にはそういう徒弟制度が十分残っていました。たまたま当直の時に総務課長の机の上に「全百連《ぜんひゃくれん》」という新聞があって、何気なく見たら全日本百貨店労働組合連合会というところから機関紙

が送ってきてたんですね。労働組合を作りたいと手紙をだしたら、当時の福岡の岩田屋百貨店に先鋭的な組合があり、そこから訪ねてこられて、労働組合の作り方を色々教わりました。入社した当時は200人足らずの従業員でしたけれど労働組合を結成することになって、会社に通報する人が誰もいない中で三々五々帰るような形で会場に参集して、労働組合が結成されたわけです。それから岡政が大丸傘下へ、そして長崎大丸になり岡政が閉店する（1988年）まで、ずっとある時は書記長、ある時は組合員、ある時は委員長、ということで組合一筋でした。結成から終焉までいたというのは珍しいくらいでしょう。というのは、うちは課長になると組合員じゃない、管理職なので、組合員じゃないということだったんです。

カメラの経験と「一眼の会」

［村里榮さん］　当時、労働運動も比較的活発でありましたけれども、市内の労働組合の中には、黒崎が所属していた長崎相互銀行従業員組合、放送関係でＮＢＣ放送さんの組合とか長崎新聞労組とか、比較的組合員の数の似たような組合で「中小共闘」が作られました。当時、地区労、総評もありましたけれど、なかなかキメの細かい指導を受けることもない、比較的労働環境も似ているし、それから悩みもお互いに打ち明けやすいという関係で中小共闘というのを結んだんですね。黒崎とはそのころからの仲間で、今日まで付き合っているわけです。岡政が弾圧を受けて組合が全く御用化してしまったときに、私たちははじき飛んでしまう訳ですが、長崎相互銀行従業員組合にお世話になりながら、「ひろっぱ」っていう機関紙を作って、それを300円ぐらいで売って闘争資金にしてということもありました。

その中小共闘を通じながらメーデーにも参加するんですけれど、百貨店というのは女性が多いですから、メーデーになるとほとんどが女性が行く。浜町通りをメーデーでずっと行進してくると岡政の屋上から紙吹雪をまくんですね。これがいつの間にか風物詩になって、行進が決まると岡政労働組合の前か後が一番いい、とみんな。

そういう労働組合のメーデーなんかで写真を撮っているのが組合にいて、情宣部ですとか広報とかやる人がいて、「あいつも写真撮ってる」「こいつも写真撮ってる」というので、いつの間にか写真を撮っている仲間たちが何となく集まって、「一眼《ひとつめ》の会」というのを作ったんです。これがＪＲＰ（日本リアリズム写真集団）長崎支部の結成の火種になったんですね。

［黒﨑晴生さん］撮影を始めたのはですね、組合の新聞を作ったりするので、そういった写真を撮ったりすることはあったんですが、実は最初はカメラを持たなかったんです。昭和34（1959）年ぐらいですかね。そのうちにだんだん自分のカメラがいるようになって、昭和42（1967）年か43年にカメラを買って、自分なりに写真を撮っていこうとリアリズム写真集団の中に入って、今まで続いてきているということですね。

佐世保の原潜闘争とか、色々と平和運動に関わっていくというのがあったんですね。最初、僕自身は写真をやることはなかったんですけれども、僕の相棒が東京の本部に行くんで、お前は俺の代わりに写真取材に入れということで後を継いだということで、悪縁の始まりですよね。そういったことでずっと続いているということです。

［村里榮さん］中学のころから写真を始めてはいたんですけれど、本格的に写真を始めたのはデパートに入って、最初の給料で「ペトリ」というカメラ、1万3800円かを最初に買ってからです。中学、高校の時にはミゼットのような小さなフィルムを手巻きしたのを使って修学旅行に行った記憶もあります。中学のころのおもちゃの経験というのが今日まで尾を引いて、今でもフィルムカメラには郷愁があります。カメラの原点を忘れないでいられる、そういう原初的体験があったのかな、と。

本格的に写真を始めたころはカメラ雑誌があるということも知らなかったです。自分の写真を『アサヒカメラ』、あるいは『日本カメラ』『カメラ毎日』辺りに月例といって毎月応募してといったことがあっていた。投稿写真を審査するのは隔月で今月は土門拳が、来月は木村伊兵衛が、次はまた土門拳が審査する。土門拳と木村伊兵衛というのは日本の写真界の両巨匠で作風は全く違っていまして、何となく写真界が仕分けされたような時代がありました。リアリズム写真集団というのは、歴史を見ると土門組の人たち。土門拳が主張する、写真の非演出。当時は、景色を撮ったり、あるいはモデルさん辺りをどこかに連れて行って、木陰で写真を撮ったりという、どちらかというと演出をする、演出をしながら写真を撮るというのが主流だったんですが、土門拳はそういう演出を嫌っています。非演出を主張した土門拳さんの主張に呼応するように、写真はリアリズムじゃないといけないということで集まったのがはじめだと聞いております。

日本リアリズム写真集団長崎支部の結成

［村里榮さん］　１９６７年、中国の撮影家集団の一行が長崎に入るということで、ＪＲＰ本部から、当時、ＪＲＰというリアリズム写真集団はできていなかったんですけれど、そういう組織はないかという問い合わせが来たんですね。「一眼の会」が比較的、労働組合を中心とした写真団体、といっても5、6人しかいませんけれど、そこへリアリズム写真集団というのを作らないかという話があってできたということです。聞くところによると日本共産党に、当時共産党というのが文化問題に積極的に取り組んでおられる時期だったようで「何かないか」、そういう進歩的写真団体みたいなのがないか、という話があったらしいです。もちろんそういうのはありません。

受け入れる団体として何か格好をつけられないかということで、茂木の「玉台寺《ぎょくだいじ》」というお寺で合宿して、そこで結成大会をやりました。翌日、茂木で漁港での水揚げなどを撮影しながら第1回の撮影会の成果として、地元で写真展をやろうと。今でいう街頭写真展のようなものをやって、撮った写真は皆さんにお配りする、ということをしました。そういうのがもう54回、毎回、私たち年に1回の写真展を続けております。その時からずっと続いていますけれども、その撮ったものを返す、というのは今でも続けています。

［黒﨑晴生さん］　私は第1回には参加していなかったです。だいたい2回目ぐらいからでしょうか。そして各支部が全国に作られているんですけれども、その支部のテーマとして何を撮るかということが論議になってくる。結局、長崎では被爆者をおいてないんじゃないか、ということから被爆者を取り上げていく。なかなか取り組みが難しいんですね。原水禁大会で福田須磨子さんが涙を流しながら訴える。今度は目の見えない人が訴える、色々あった訳です。そこでくらいついていったのが村里なんですね。福田須磨子さんに、それはかなり厳しく入っていったんですけれど。

１９７０年『写真集　長崎の証言』の刊行へ

［村里榮さん］　支部の共同テーマで「被爆者は証言する」と

いうことを発表したことがあったんです。それを、ＪＲＰの全国組織で西日本あたり、岡山からこっちで「西日本の全部で集まった写真展をやったらどうだ」という提案があって、長崎支部から何か共同で取り組んでいるテーマの作品を出そうじゃないかということで、私たちがテーマとして取り組んでいた写真を共同制作として出品したんです。徳島が皮切りだったんですが、徳島支部の人たちが梱包を開けて、「おお、これはなんだ」とびっくりしたという話が伝わってきたんです。私たちには特別にテーマになるほどはなかったんですけれども、被爆者を初めて見る人たち、徳島の人たちはびっくりして。巡回で徳島から岡山に行くと、またこれが大変な騒ぎになって、「こういうのが撮れる」「長崎支部というのはどういう支部なんだ」と過大に評価された。逆に自分たちのテーマがそれほど普遍的な問題であると、だんだん使命感みたいなものを逆に感じるようになるし、写真の持っている社会性に改めて気がつくということになるんです。

我々は街頭で写真展をしてみんなに返すということで満足しているのじゃなくて、もっともっと広めていく必要があるのではないかというんで、写真集を出そうと考えたんです。当時から10人そこそこのクラブでしたから写真集を出すにもお金もないし、こんな写真集が売れるはずもない。それで当時、被災協の事務局長だった葉山《はやま》（利行《としゆき》）さんに、被爆者を撮ったりしていることで仲よくなっていましたんで、「写真集を作りたいんだけれどもあんたんとこで協力してくれんやろうか」と言ったら「よかばい」ということで、当時会長の小佐々八郎さん辺りに相談してくれて、「金は出すけん撮ってみんね」という風なことになりました。限られた被爆者じゃなくて、被災協に撮影に協力してくださるような被爆者の方はいらっしゃいますか、ということでリストアップしていただいたんです。それが写真集に登場していただいた方々なんです。どういう写真集にしようかということから始めたんですけども、被爆者だけではいけないということで、いくつか写真集のプロットを考えたんです。被爆遺構もいるんじゃないかとか、あるいは被爆資料もいるんじゃないかとか。それで誰が誰を、どこを撮りに行くかということでチームを編成したんです。ベテランと初心者を組み合わせみたり、どうも人を撮るのは苦手だという人は資料の方を撮りに行ってもらったり。チームをいくつかに分けて、例えば私の場合には福田須磨子さんを撮りに行く。

たまたま私の家が僕一人しかいないから（妻の出産などで）、

我が家が戦場になりました。部屋には洗濯物の紐を張り巡らせて、撮ってきた現像のフィルムは全部ぶら下げ、ベタ焼きだったら全員で見られませんので、それをすぐサービスサイズに焼いて全部テーブルに広げて、夜には検討会議をやってダメなものは全部落としてしまう。また撮影に行って持って来たフィルムを全部現像して。それを繰り返していくうちに、どうしても偏りがあって、撮れるところと写真になっていないところとがあるんで、チームの編成を組みかえたりしながら、何とか写真の体裁が整えられた。そして編集して、ああいう本になったんです。

『写真集　長崎の証言』の1970年初版と
2020年増補改訂版

［村里榮さん］当初の写真集と、今回の増補改訂版を比べるとわかるんですが、当初の場合は被爆者の実相というのを、これでもか、これでもかと、ケロイドとか被爆の惨状というものを強調するために、比較的そういうものをクローズアップする写真が多い。写真の技法的にいうと、周囲を比較的焼き込んで対象を浮かび上がらせるよう焼き方を変える。僕らは「焼き込み」とかよく言うんですけど、周囲を暗くすることで、真ん中に目が集中するような焼き方をかなり露骨にしていったわけですね。そのために写真がかなり「重たく」なったんですけども、当時は私たちはそれでよかったと思っているんです。今回改訂版を作るにあたってもう一回見てみると、悲惨さは伝わって来るけれども、「被爆者に明日《あす》はない」という感じがどうしても拭えない。

当時の被爆者は撮影していくと、やっぱり悲惨な生活でした。今でも十分ではないけど被爆者援護法なんてないし。原爆が落ちた後は75年とか、50年とかは草木は生えないという話が伝わっていた時代です。当時はまことしやかに信じられていたし、また、ケロイドは隠しようはないですけど、自分が被爆者で、その娘であることは結婚に影響する現実があり、今でもあるらしいですけど、当時はもっとひどかったです。被爆者であるということを秘匿してしまうというのが一般的でしたけれども、町には被爆者がまだたくさんいらっしゃった。そういう状況で、僕らが写真に込めたのは、どうしても被爆の実相を、これでもかと強く出し過ぎました。

自分で職のある人、例えば福田須磨子さん。写真で撮ってるのはテーブルセンターですね。龍踊《じゃおどり》のテーブルセンターを描いて、材料込みで３００円ぐらいで売るわけですけども、全部、手描きなんですね。ですから、１枚書いて30円ぐらいしか手元に残らないんですね。僕らが行った時もせっせ、せっせと、その手描きのテーブルセンターを作ってた。川崎一郎さんは、「ニコヨン」といって失対事業ですね。１日働いて２４０円、賃金ですね。もちろん今は時給にもなりませんけども、それで生計を立てているんです。奥さんの話では、私たちが行くと比較的元気に応対をしてくださるんですけれど、僕らが引き上げるともうぐったりして、１日何もできないという状態が続くわけです。それでも仕事をしなければ飯が食えない。ほとんどの被爆者の方がそういう状態でしたから、それをこれでもか、これでもか、といったのが最初の版でした。

ですけども、そういう被爆者の方々も実際行って話をしてみると、やっぱり生き抜いただけあって底抜けに明るい部分もありました。今回は、そういう前回撮りこぼした明るい部分、未来に生きる被爆者の部分はないかと比較的探したので、今回は（渡辺）千恵子さんの場合もそうですし、（山口）仙二さんの場合もそうですけど、笑顔の写真を比較的取り込むようにしました。しかし、改めて今回７０００枚近くのネガをデータから起こして２，３回見てみましたけれども、そうはいうものの、やっぱり笑顔は少なかったです。写ってないんです、ほとんど。なるべくそういう中からでも笑顔に、あるいは未来に通じるような写真を取り込もうと、今回は努力したつもりです。

［黒崎晴生さん］初版で出てる長崎支部のメンバーについては、大串嗜乗《おおぐしよしのり》は、深堀のお寺の円成寺《えんじょうじ》の坊さんです。柴原勝彦《しばはらかつひこ》というのは長崎市役所に務めていたんです。鳥越泰山《とりごえたいざん》は学校の先生で、亡くなりました。原賀《はらが》欣一郎は当時水道局に勤めていて、今も現役で写真を撮っています。渕上《ふちがみ》剛幸さんは水道局に勤めていて、時々交流しております。松尾弘《まつおひろし》はＮＢＣ放送局、亡くなりました。松田宏《まつだひろし》は三菱造船だったですけれども。こういったのが初版の『長崎の証言』に参加しています。この中で残っているのは、村里、原賀、黒崎だけで、あとは被爆者を撮ったというのはいないですね。しかも、この初版から50年経ったなかで、ずっと被爆者の写真を撮り続けているのは私だけなんです。途中で村里も撮ってはいますけど、被爆者との関係ではなかなか難しく、入りきれなかったというのがあると思うんです。

写真集の中に載ってる人は、恵の丘の特別養護老人ホームとの関係もあります。原爆病院に入っているとか、原爆孤老、健診とかの作業であうとか。大変、厳しい人もおったんですが、長崎被災協がバックアップしてくれました。原水爆禁止世界大会などで発言した方を後で訪ねていくようなことだったですね。慣れている人は一人でも撮影に行くわけですけれども、僕たちはチームを作っていき撮影をする。例えば、谷口稜曄《たにぐちすみてる》さんは、まず谷口さんが逓信病院に入院していたのを撮影に行って、退院した後、自宅に訪ねて行って撮る、と。

被爆者を「撮る」という行為

［黒崎晴生さん］『長崎の証言』の初版本を作った時には、非常に被爆者が生活している環境として、厳しい現実があったのです。原水禁大会が長崎であったころから組織の運動が広がっていくんですけれど、改善の運動が進んでいきます。そういう中でやっと人間らしい生活が被爆者の方にも出てきた。もう一つ、被爆者そのものがどう生きていくかという問題が出てくるんです。例えば谷口稜曄さんなんかは運動で先頭に立って闘って行くということが出てくる。片方では、外海の富永吉五郎［★1］さん（当時60歳）という人がいるんですけれども、この人は娘を原爆でなくされ、自分自身は原爆で吹き飛ばされて、そして年を取って家族を養うために無理して働いていたけれども、とうとう半身不随で寝こんでしまう。20年以上、寝たきりで。たまたま長崎の証言の会の方に、富永さんが自分の話を聞いて欲しいという連絡があった。私は行きたいと思い、長崎から約50キロ離れているんですけれど、そこまでオートバイで訪ねて行って、初めての日ですから、弁当を持って行って、座敷の真ん中で座って、話を聞いた上で写真を撮る。そしたら、正体がわからない、と僕のですね。夜に、鎌田《かまた》（定夫《さだお》）先生のところに電話をしているんですよ、あいつは誰か、と。そしたら鎌田さんが「あの人は、被爆者の味方なんだから、写真をどんどん撮ってもらえ」という風に言ってくれてですね、翌日、写真を持って訪ねて行ったら、今度は自分が風呂に入っているところを撮ってくれと、色々と向こう側が壁を壊してですね。そして、そういう写真を撮っ

★1　富永吉五郎氏の証言は黒崎晴生・松尾弘編『いまだ癒えず　現在を語る被爆者たち』（非核長崎市民の会・日本リアリズム写真集団長崎支部、1985年）にある。外海《そとめ》町神浦《こうのうら》に住んでいた。

ていうような状況になった。結局、続けている間に「34年目の夏」という写真を4枚ぐらい作って、昭和54（1979）年の長崎県美術展覧会に応募したら県知事賞に選ばれたんですね。そのことを、富永さんは、自分のことをみんなに知ってもらえますね、とそう言ってくれて、それが本当に良かった。その後富永さんは、長崎大水害が起こって、家の中を濁流が流れて天井からぶら下げられて、何日かそのままでいたんですけれど。身体に堪えられなくなって亡くなってしまった。

1970年当時、村里さんのところに泊まり込んで、そこを暗室代わりにしとって出勤するということもやっていたし、撮影そのものも大変だったし、作業も大変だった。作ったころの被爆者の状況はまだまだ困難な状況の中で生活している。それを写していったということで、よくやれたと思います。カメラマンが、上が35、6歳かな、下は20代、写真を撮っていくことで、非常に精神的にも圧迫される、そういった状況の中での撮影だったですね。

もうどうしよう、被爆者をいつまで撮っているんだという問題があって、結局、明日に生きる被爆者、明るい展望を持った被爆者を撮って行こう、そして、写真集をもとにした展覧会をやってそれでいったん終わりにしよう、ということになった。写真展が終わって、じゃあ、みんなどうすると言うことになって、みんなが、それぞれが撮りたい写真を撮っていく。僕の場合は、被爆者と心を通わせて、もっと撮って行きたいと思って。僕自身が引揚者であるという生活環境もあったし。写す方も厳しいし、写される方も厳しい。しかしながらそういった中でやっていったということです。

［村里榮さん］当時は、ほとんど1か月で撮影しています。一眼の会の時代もそうですけど、被爆者の写真も原水禁大会のもので、ほとんど会場風景で、全体が何万人といますから、その主役であるべき被爆者というのがあまり写っていなかった。特に個人、例えば谷口稜曄さん、山口仙二さんも出てはくるんですけども、集中的にその人たちを撮るというんじゃなくて、群というか、そういう中にいたりしたんですね。写真集を作る段になって張り付いて撮っていくと、群ではない、山口仙二さん、福田須磨子さん、そういう個人の生活に入り込まないと写らないんですから、否が応でも個人の暮らしに入っていく。そうなると今ではもう撮れないという話をするんですけども、かなりプライベートな部分に踏み込んでいく。僕が担当した山口仙二さんなんかは最初に行って持ってくる

写真が全然だめだったので、入れ替わり立ち代わりと向こうでは思ったと思うんですが、そういうやりかたです。僕の体験で行くと、挨拶もそこそこに玄関、小さな入ったら人が通れないぐらいの玄関で奥さんが仙二さんの髪切ってるんですね。最初は恐る恐る手前から撮ってるんですが、「すみませーん」と横の、散髪している横を通って廊下側から撮らしてもらう。散髪した後、頭を洗うのに風呂に入られるんですが、仙二さんが風呂入ると「失礼しまーす」って言って、相手は男ですから、風呂に入って撮る。使いませんでしたけども、素っ裸の写真を何枚も撮ったり。で、風呂から上がってひげをそっているのを使わしてもらったり、というのを、かなり無遠慮に、無作法に踏み込んでいった。結果的にはそういうことが写真に迫力というのがあるとすれば生まれたと思うんですけども、今考えると、相当に失礼、非礼なことの繰り返しであったと思って反省しているんです。

当時、被爆者の方々がそういう我々の非礼な若いカメラマンの要求に応じてくださったというのは、被爆者が、被爆から当時25年経過していましたが、ほとんど置いてけぼりの状況でした。私たちはそういう状況を訴えて、被爆者援護の拡充のために頑張るんだ、反核・平和のために頑張るんだ、という意図を熱っぽく語る。そうはいっても、じゃぁ私を撮ってくれと胸襟を開くような関係にはなかなかなれない。だけどそれでは写真にはならない、の繰り返しです。僕は1か月と言いましたけれど、来る日も来る日も行くわけですから、かなり濃密な時間だったと思っています。実際何年も被爆者とか、原水禁大会を撮影した蓄積が何万枚と集めてみるとあるんですが、さっき言ったようにほとんど使い物にはならないんです。ただそういうものに関わったという歴史的な時間。これはものすごく貴重だったと思うので、その凝縮した1か月の間にほとんど燃焼しつくされたのではないかと思うぐらい肉薄をしました。

また、私たちの気持ちが分かってもらえるために、なるべく被爆者と同列、同次元に自分たちを置きたいということで、生活を共には出来ませんでしたけども、近い感覚で一緒にいたい、と思っていました。松田宏と一緒に、萩元正《はぎげんせい》さんの家にお伺いしたとき、「あんたたちは、酒は飲むね」と、「はい、飲みますよ、好きですよ」と言ったら、「飲まんね」とかいって、奥さんも全盲に近いぐらい、眼鏡をかけておられますけど0コンマいくらというんで、ほとんど目が見えない状態です。元正さんは人工眼球を入れるぐらいですから、全く全盲ですし。コップにお酒を注いでくださるんですが、コップを手に取ると、真っ黒でほとんどコップを洗ってない感じなんですね。一瞬、手が止まって「えー、この酒飲むのかよ」というぐらい、真っ黒で。水垢がこびりついてしまって、真っ黒になっていた。もう、今だったらとても飲めないでしょうけども、注いでくださるし、もうやっぱり飲みます。「あ、飲んだね、またやろうか」と。いやとは言えないし、「美味しかったですね」というとまた注いでくださる。例えばの話ですが、そういうことでなるべく相手の気持ちと乖離しないような関係を作りたかった。

そして、だんだん、「上がらんね」「来んね」という風な関係が、短い時間ですけれどできるようになったら、心を許されたという錯覚を起こしてしまいます。僕は福田須磨子さんを担当したんで、行ったら「上がらんね」「はい」って、「須磨ちゃん」と軽くいって、それが親愛の情を示すようなことで、「須磨ちゃん、また来たばい」、そういう打ち解けたつもりでいたんです。で、ある時、「須磨ちゃん、そのシャッポを取ってくれんね」って。私が言ってもかつらみたいな帽子をかぶって、頭をなかなか出してくれないんで、それを見たい、写真を撮りたいと思って、「須磨ちゃん、シャッポを取ってくれんね」、軽い気持ち、多分軽い気持ちだったんでしょうけども、さりげなく言った。そうしたら、しばらく、じーっとこう、私の顔を見てて、ぽつりと「うちも女よ」とかって。その時に「須磨ちゃん」が女であることは百も承知で行ってるわけですが、そのことばに込められた思い、それほど実感はなかったんですけども、彼女を撮ろうかと構えてて「うちも女よ」って言って、みるみる目に涙があふれてきて、その時、言葉の意味を初めて理解して。もう、逆にしびれてしまって「うわ、もう、写真、撮れない」と思ったんです。彼女は、親しく「須磨ちゃんよ」と言っている間柄でも、彼女としての女としての矜持というものがちゃんとあったのに、それをもう引っ剥がそうとするわけですから。その「うちも女よ」というものに込められた思いというのが、それをほとんど私たちは無頓着にいろんな人たちに取材をして行ったんだな、と初めて慄然とする思いになったんですね。

変な言い方ですが、被爆者も人間なんだし女なんだし、我々は伝えるという使命がある、伝えなければいけないだけなのに、そういうことをひん剥いてもいいのかということに立ち至りました。それで持ち帰って、被爆者っていう、我々は何でもある程度客観性の中に引きずりだしてしまっていいのかという反省がありましたけれども、かなり編集も進んでおりましたし、当初の計画通り、そういうことになったんです。ただ今にして思うと、そういう被爆者の人権、あるいは個人の尊厳というものをかなり踏みにじりながら、無遠慮に立ち入ってしまった。これは紛れもない事実なんで、じゃぁそれをどういう形で彼らにお詫びしてお返しするのか。これは彼らの思いをやっぱりいい写真集に残して、彼ら自身にしても生きてきてよかったたね、という色々な体験談を聞きます、「何べん、死のうと思ったか」という話を聞きます。その彼らが、僕らが写真を撮る段階まで25年間生きていて、そしてさらに生きていって、死のうかと思って死なないで生きていてよかったね、とやっぱり言われる日が早く来ることを、我々は写真集を通じて訴えなければいけないなと思いました。初版の中のあとがきの最後にそういうことを書かせていただいた。被爆者の人が「苦労して何べん、死のうかと思ったかわからんけど、やっぱり生きとってよかったね」という、やっぱり被爆者援護法がきちんと整備されて、世界から核兵器の恐怖がなくなって、平和が訪れる日。これが一日も早く来ることが生きていてよかったという日だと思うんです。そういうことにこの写真集は使うべきだ、という風に、最後に1行書き加えさせていただいたんです。

２０２０年増補改訂版と今後

［村里榮さん］ 前回と比べて、今回は被爆者の方の笑顔だったり、未来に受け継ぐ被爆者であったりと言うことで、被爆から75年、今年なんですけれども、私たちが作った写真集からでも50年、経過しているわけなんですよね。これは立派な歴史であるわけですけども、実はこの中で語りたかったのは歴史を語りたかったわけではないんですね。今を語りたかったし、被爆者の未来を語りたかった。この中で込められた本当の願いっていうのは、今であり、被爆者の未来である。そういう過去の、75年前の惨状を訴える、ということを通して、本当の問題は今からの問題として訴えたかった。これが私たちのこの『長崎の証言』の改訂版に込められた最終のメッセージだ。当時のときには被爆者たちが生きていてよかった、という日が来るように、さらに今度はもっと、その被爆者から通り越してこの地球上から核はいらないんだ、というところまで踏み込んだメッセージを発信し続けないければいけないと言うことで、ほんのわずかな力ですけれど、そういう願い

を込めました。

いま、４０００部作っています。８月９日においでになった外国の代表者の方、被爆者の方々にも無償でお配りしました。長崎県下の小中学校、広島の小中学校、小倉が実は長崎に原爆が落とされる前の目標地点であったということで北九州小倉区の小中学校に『長崎の証言』をお配りして平和学習に使っていただこうと、ということで取り組んでおります。被爆問題は今年は75周年で、大きな節目ではありますけれども、来年も再来年も８月９日は訪れてくるわけです。ほかで戦争の犠牲者はたくさんいらっしゃいますけれども、原爆による犠牲者というのは実は日本だけ、世界で日本だけだし、広島と長崎だけなんですね。戦争の犠牲者は資料も、生きていらっしゃる人の証言も色々ありますけれども、被爆、原爆の被爆者という、そこについては日本だけ、広島と長崎だけです。私たちの社会的使命というのは本当に小っちゃな団体で今８人しかおりませんし、平均年齢も60何歳、私、86歳ですけれども、そういう先も見えておりますので、生きている限り、そういう証言活動としての写真集を有効に使いたいと考えているところです。

付記：『写真集　長崎の証言　増補改訂版』は、２０２１年６月日本リアリズム写真集団理事会により、「２０２０年度ＪＲＰ年度賞」に選ばれ、表彰された。

被爆写真とともに生きて

深堀《ふかほり》好敏《よしとし》さん

〈深堀好敏さんの略歴〉
1929（昭和4）年長崎市生まれ。県立長崎工業学校4年生（16歳）の時に学徒動員先の県疎開事務所（中川町）で被爆。1979（昭和54）年8月、被爆者6人で「長崎の被爆写真調査会」を発足し、写真の収集と調査を始める。1983年2月、長崎平和推進協会設立時に「写真部会」と改称。2017年の長崎平和祈念式典では被爆者代表として「平和への誓い」を読んだ。翌2018年3月に写真資料調査部会長を退任し、同名誉部会長となる。

［聞き取り日時・場所］2019年8月24日・長崎市内の老人ホーム
［聞き手］四条知恵、新木武志、草野優介（まとめ）

療養、就職、復元調査へのかかわり

私は設計技師になりたかったんですよね。原爆のあと長崎工業を出て川南高等造船学校に入るんですけど、昭和23年の夏に結核の少し手前ぐらいの肺の病気になって、新興善［★1］で半年間入院したあと自宅療養するんです。そして復員してきた兄が父の跡を継いで大橋で米屋を始めたのを手伝ってました。すると、あるとき外人に日本語を教える先生が近所に住んでおられて、その先生から、療養しながらでいいからと聖フランシスコ病院の事務の仕事を紹介されて行ったのがもう運のつきでね。平成3年、定年65歳になるまで勤めました。ちょうど秋月《あきづき》辰一郎《たついちろう》先生がおられて、四十何

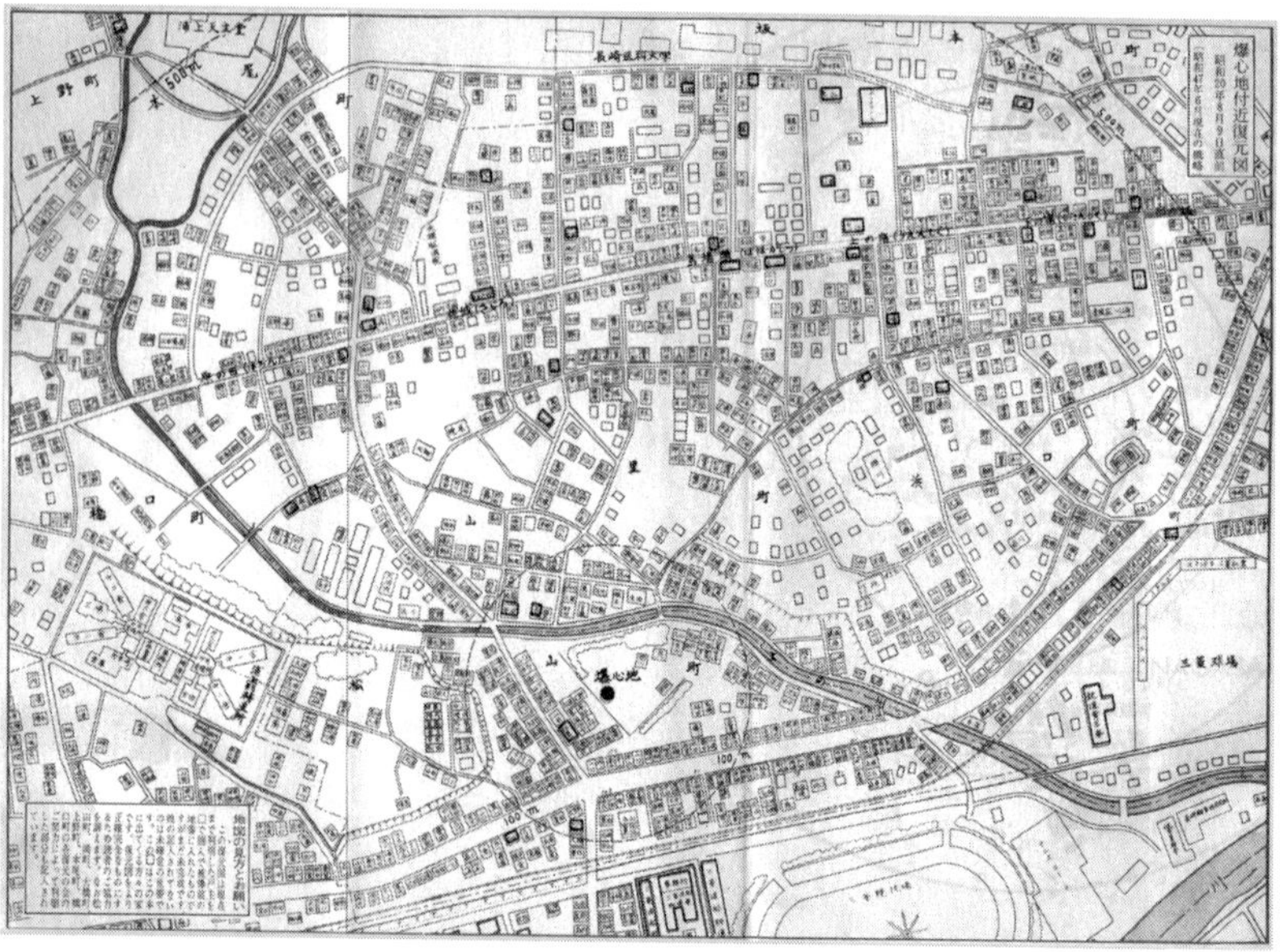

資料1　爆心地付近復元図（浦上キリシタン資料館提供）

年ずっと一緒だったんですよ。事務系なんですけどね。

少年のときには山里町で米屋と八百屋をしてるでしょ。だから大体この辺の人は知ってるわけよ。私は知らんでも向こうがね、米屋の息子とか。それでいろんなことをするのに都合がよかったんでしょうね、考えてみると。復元調査［★2］をするときになんかもですね。私は米屋の息子のこういうものですって言ってね、原爆の復元をしたいと思いますから、情報を教えてくれませんかって。8月9日になると爆心地公園にテントを張って、地図を大きく大きく伸ばして、その頃はまだ空白ですから名前が入ってない、その空白のところを知ってる人に聞いてね。だんだんだんだん増えていってですね、昭和45年から49年の5年間ぐらい。しかしね、復元して良かったんですよ。

語り部活動から調査活動へ

昭和44年かな。証言の会がちょうど始まってですね、その会長に当時私の上司だった秋月先生がなって、みんなで被爆体験を残そうじゃないかという運動を始めたんですよね。その最初の頃に自分も書きました［★3］。そしたら県外から来る高校生たちにお話をしてくれませんかっていうことで、何年もじゃないんですけども語り部をしたんですよ。私がいた頃はですね、山口仙二《やまぐちせんじ》さん、谷口稜曄《たにぐちすみてる》さんがおられましたね。それから葉山利行《はやまとしゆき》さん（当時、長崎被災者協議会事務局長）。あとはね、だんだん出てこられたんですけども、そのときは私はもうせずに、写真の収集を始めました。

　私たちは自分の体験だけを一生懸命話そうとするけども、県外から来る人には分からない。それよりも、このやられた町はどんな町だったのか、そしていまどう復興してるのかっていうのに関心があるわけよ。それが一つと、被爆者は被爆体験の一部を、点の部分を語るわけで、全体像は分からないもんね。ほんとは全体像を見て点に行きついた方がいいんだけどね、でもそれがなかなかできないから、それぞれが体験したことを話す。それでは無理だなあと半分思ったんですよ。結局この事件が想像を超えているから。想像を超えた状況を分かるように語るっていうのは非常に難しいと思ったんです。それで何か写真を使って見せるとか、映像を使ってできないかなあと思って。

　昭和54年の8月、その頃はとにかくなかったんですよ、写真が。今みたいに写真が、原爆資料館には。ときたま体験集とかが出ますけども、その中で写真が点在している。ところが、その写真の説明がないからですね。どなたが撮られた写真なのか。それで、長崎を撮った写真としてどういうのがあるのか全国的に調べてみようじゃないかと言って、その頃の長崎国際文化会館の次長をしていた荒木正人《あらきまさと》さんの呼びかけで被爆者が集まって、6人で始めたんですよ。もちろんボランティアですよ。何か分かる名前を付けとかんばいかんねえっていって「長崎の被爆写真調査会」としました。

　その直後ですね、東京で、「子供たちに世界に！被爆の記録を贈る会」というのが組織されたんですよ。アメリカ軍が撮ったフィルムを買い取ってきて映画を作りたいと。岩倉務さんという方が理事をされていて、アメリカに行かれたんですよ、フィルムを探しに。そして軍の写真センターとか個人展とかずっと廻って、だいぶフィルムが集まったらしいです

★1　１９４５年10月から１９５１年12月まで新興善国民学校の校舎は長崎医科大学附属医院として使用された。

★2　第1部第4章「解説　長崎原爆の証言と記録」（２３３頁）参照。

★3　長崎の証言刊行委員会編『長崎の証言　１９７０』に掲載された手記の中で深堀さんの被爆時の状況が語られている（深堀義俊「被爆者のかげ」、１００頁）。

ね。帰るときに、ワシントンの国立公文書館に立ち寄った。そしたらそこにアトミックボムなんとかかんとかってフィルム、これがね、無造作に置いてあったそうです。岩倉さんは広島、長崎のことはご存じないわけですよ。もともとは東京の人で。しかしまあ書いてあるから、日本の広島か長崎か分からないけども、原爆の写真だろうと。そして１４００枚ぐらい、広島に持って行かれたそうですよ。それで広島の方で見て、あと分からないものは長崎でしょうということで長崎の方を訪ねられたんじゃないでしょうかね。でも、写真について分かる方がおられなくて、その前に私たちが調査会をつくってたもんだから、そういう草の根の活動をしている方がおりますのでって紹介されて写真を持って見えたんですよ。もう、私たちもびっくりしましてね、初めて見る写真じゃないですか。今まで日本にない。これを調べてくださいとおっしゃるんです。それが初仕事になったんです。

被爆の実相を伝え、情報を収集する

ところが資金も何もないので、ＮＨＫに持って行きました。ＮＨＫで写真展をしてくれませんかって。ＮＨＫもすごいねえって言って。ぜひ自分のところでやりたいと。もう、看板から何からＮＨＫに用意してもらって。最初､市民会館でやって、とにかく一般市民に呼びかけて、情報を頂きましょうと。いまはノウハウがありますけど、そのときはまったくノウハウが無いんですよ。見てもどこかわからないし。それで原版をね、預かったものをそのまま並べて。いま考えるとびっくりするんだけど。初めて市民も見るもんだからね。ああ、この土蔵は誰だれさんの家の土蔵だったとかね、いろいろあるじゃないですか。それでどんな小さなことでもいいから書いてくださいって言って、だいぶ情報を得ました。

私たちが一番困るのは、工場の内部の写真。それを見たってどこの工場か分からない。いまなら大体こう見ると、少しでも山の稜線が見えるとかで見当がつくけど。そのときはほんとに五里霧中という感じで。そして一般市民に情報をもらって、またＮＨＫに写真展をしてもらって、情報が増えていったんですよ。そして２００枚ぐらい調べたときに、もう長くなるもんだから、いまこの程度に分かりました、いったんお返ししますって言ったんですよ。そしたら団体の方がえらく感激なさってねえ。あなた方は無い無いづくしの中、仕事を持ちながらこれをやって。もうこれは東京に持ち帰るよりも、あなた方に預けておいた方がいい、そして長崎のために使ってくださいって言って、下さったんですよ。だけどぼくら無名じゃないですか、まったく。だから、原爆資料館に寄贈なさってくださいって言ったんですよ。そしたら原爆資料館には寄贈しませんっておっしゃって。「えっ」て言ったら、自分は何回も来てるけど、来るたびに人が変わって、ああいうところに預けたら、せっかく持ってきた写真が飛散してどうなるかわからないから。それで下さったんです。

そしたら今度は朝日新聞社の松本栄一《まつもとえいいち》さんという人が、私も実は300枚持ってるんだけども、8月25日に長崎入りして、そして9月8日まで撮り続けましたって言って、持ってこられてね。写真を調査してくれる人が長崎の被爆者の中にいるらしいと東京で聞いたもんだから。実は自分は何回も来てます、長崎に。来るたびに、家は建つは、道路は整備されるはで、自分が毎日通った山道とか、どこをどう歩いたかっていうのが分からなくなったそうです。

一切の原爆に関するフィルムはGHQに提出せろ、それから破棄せろという朝日新聞本社の命令があったわけですが、この方は、自分は若かったって言ってね。苦労して東京から長崎の道の尾まで4日かかったそうです。そうして来てこの焼け野原に、支社も焼けてるわけですよ。そして諏訪荘という料亭があって、そこに各社が貸し切って住んでたらしいんですけども、そこから毎日、浦上街道を通って、天主堂を通って、撮った写真をですよ、焼却せろとか破棄せろとか言われてもね、ばかにするなって。いま考えてみると、若かったからできたんでしょう。部長さんにね、「分かりました」と答えて、後でまた聞かれた、「焼却したか」って。「はい、もうありません」。それであとはロッカーの中にずっと隠してたそうです。もう知られたら完全に首飛んでますよって。そんなものを昭和27年にサンフランシスコ条約が締結されるまでずっとロッカーにしまってた。そして、サンフランシスコ条約が締結されて占領が終わったから、アサヒグラフを出して初めて日本人は広島原爆、長崎原爆というものを知ったわけ[★4]。それまで知らなかった、長崎広島の人以外は。新型爆弾か何かが広島・長崎に落ちて、そして15日終戦を迎えた。でも実態は知らないんですよ、みんな差し止められてるから。

★4　『アサヒグラフ』（朝日新聞社、1952年8月6日号）は「原爆被害の初公開」と題して広島・長崎の原爆被害の写真を掲載した。この特集号は人々に衝撃を与え、即日完売し、増刷を重ね70万部が発行された。

そしてアサヒグラフに原爆被害が出てね、それから初めて普通にしゃべるようになったみたい。

被爆継承活動としての確立

調査会をつくって、私も写真を持ってますという人が出てきたんですよ。カメラもフィルムも持っている人は少なかったから、枚数は多くないんですけども。そうやって写真が増えていって、個人の家に持って帰るわけにはいかないから、最初は国際文化会館の館長さんから部屋をお借りして。原爆資料館に建て替えられてからは、学習室を平和推進協会から借りて活動を続けてきました。

長崎平和推進協会ができるのが昭和58年で、それ以前から調査会は活動してるわけですから、つまり草の根運動ですよ。それで秋月先生が平和推進協会をつくりたいと婦人会に呼び掛けて、いよいよつくることになったんだけども、「さあ協会はつくった、しかし協会は何をやるんだ、母体も何もないじゃないか」ということで、ひとつは語り部の会、そして秋月先生から「あなたたちの集めてる写真を全部持って協会に入って来てほしい」ということで「写真部会」となったんですよ。だから平和推進協会に入ったという記憶があまりなくて、僕らが平和推進協会をつくったという感覚なんですよ。母体がないからね。語り部の人たちは継承部会をつくり、僕らは写真部会をつくって。調査会の人はその前にも語り部をしてきてるから、語り部のほうもしたいって言う人もいたんですけど、写真をする人は全部、協会の発足に参加しようということで来てもらいましたね。語り部を続けながら写真の調査活動もできるんですけど、みんなやっぱり写真の方で精一杯になっていきました。

写真部会はずっと呼びかけ人の荒木さんが部会長をされていたんですが、２００２年に私が引き継ぎました。発足当初の6人も荒木さんと2人だけになり、「寂しかねえ」と言っていたら、荒木さんも亡くなりとうとう私だけになって、時代だなあと。だから私の頭の中にいつもあるのは後継者の問題だったですね。特に写真の場合は一年二年でわかるものではないからね。何年も一緒にやりながら覚えてもらわんといかんから。

だからその意味では案外うまくいったんじゃないかと思うんですよ。もう私がいなくてもやっていけるし、一人二人入ってきてるからね。

『ドンが聞こえなかった人々』の出版

豆塚《まめづか》 猛《たけし》さん

〈豆塚猛さんの略歴〉
１９５５（昭和30）年奈良県御杖村生まれ。１９８５年よりフリーの写真家として活動し、雑誌『手話通訳問題研究』のグラビアの取材をきっかけに被爆した長崎のろう者の写真撮影を始め、１９９１年に全国手話通訳問題研究会長崎支部とともに写真集『ドンが聞こえなかった人々 The Deaf and the Atomic Bomb』（文理閣）を出版した。

［聞き取り日時・場所］２０２０年12月25日・電話インタビュー
［聞き手］四條知恵（まとめ）

被爆ろう者との出会い

１９８０年代半ば頃、『手話通訳問題研究』（全国手話通訳問題研究会〈全通研〉［★1］の機関誌）の取材で、広島で長崎と広島の手話通訳者が集まって話をする場に行きました。そこで長崎の手話通訳者たちが、ろう者の被爆体験を収集する意義をものすごく熱く語っていたんですよ。体験を聴く中でものすごい手ごたえを感じて、何かもう、燃えていましたね。長崎では被爆から40年経って、ようやくろう者の被爆体験の収集を始めたのですが、なぜそれが可能になったかというと、長崎に手話通訳者の団体（全通研長崎支部［★2］）ができたからなんですよ。手話通訳者を統括する運動団体ができて、ろう者と向き合って行こうとする時、根底に必ず被爆体験があるということから、それらを収集することで彼らの存在に迫っていこうとしたんです。その長崎の手話通訳者の熱意に打たれて、じゃあ、僕は写真で何かしようと思って、長崎に通って写真を撮りはじめました。

僕は仕事ではコマーシャル写真の撮影がメインだったんだけど、カメラ小僧の頃からドキュメンタリーをやりたいと思っていて、プロのカメラマンになってからもその思いを持ち続けていました。でもなかなか題材に恵まれない。お金にもならないしね。そんな僕の思いと長崎の手話通訳者の熱い思いとがパッと合うたんです。「僕のやりたいことが目の前にある！」と。彼女たちの熱さにこっちも影響されちゃって、僕としてもものすごい情熱を持って取り組んだ仕事です。まあ、青春ですね。

写真集『ドンが聞こえなかった人々』の出版経緯

全通研は各都道府県持ち回りで毎年夏に集会を開くんですよ。その長崎大会［★3］で写真展「Nagasaki Today」をやって、その後、京都でもやりました。そして、この被爆体験をまとめることを全通研の本部に話したら「組織として販売に協力します」と言ってもらえたので、じゃあ出版しようと思って、写真集『ドンが聞こえなかった人々』を京都の出版社に話して、5000部出版してもらったんです。その年、東京で世界ろう者会議［★4］が開かれることもあり、長崎県の補助金で英語版も刷って、世界ろう者会議に集まった海外からの参加者にもプレゼントしたんです。

この写真集を出した時、全日本ろうあ連盟の関係者から「大変いい本なんですけど、一つ残念なことがあります。」と言われました。「何ですか？」ってきいたら、「それは豆塚さんが、耳が聞こえることです」と。僕が聞こえなくてこれができたらもっと良かった、と。これは褒め言葉やな、と思いました。聞こえているのにこういうことに深く関わってやってくれた、っていうことでもあると思っています。

どのように写真撮影に臨んだか

被爆ろう者への聞き取り事業を始めるにあたって、手話通訳者とろう者の団体（長崎県ろうあ福祉協会）が、まず、会員に「被爆者手帳をもっているか」「被爆者であるか」、この2つをアンケート調査したんですよ。誰が被爆者であり、誰が手帳を持っているかをここでちゃんと掴んでいるんです。そして詳しい聞き取りをする調査を始めていき、その途中から僕も一緒について回った。途中からの参加でしたが、僕はこの調査でわかった被爆ろう者すべてを撮りに行きました。

僕は部外者で、手話とは全く関係のない人なんだけど、全通研長崎支部のメンバーと一緒だと、そのお仲間だからと、バンと全面的に受け入れてもらえるんですよ。被写体のろう者が和やかな表情で写っているのは、全通研長崎支部がコツコツと被爆体験の収集活動をやり、彼らの悩みをきいたり、相談にのったりするなかで人間関係を構築している上に乗っからせてもらって撮影しているから。信頼関係がすごくできているんですね。

何べんも関わって撮っている人と、通訳者に連れられて行って1回こっきりしか会っていない人もいます。特に郡部に住んでいる人なんかは。いろいろですね。

当時は時間ができるとしょっちゅう京都から長崎まで９００キロの道を車で通っていました。高速がまだ佐賀の武雄北方《たけおきたがた》までしか通ってなくて、そこから先は一般道を走ってね。車で行かないと機材もあるし、長崎の中で動きが取れないでしょ。だから深夜、車の少ない時間帯を選んで、ずっと車で行っていました。

撮影は最初、35ミリ判のカメラで撮っていたんだけど、「被写体に負ける！」と思ったんで、６×６判の大きいサイズのカメラに切り替えてやりました。６×６判はフィルムのサイズが６センチ×６センチで真四角なんです。35ミリ判は24ミリ×36ミリで、細長い画面は外に向かう画面なんですけど、真四角の画面はね、内向的。外に広がらない。だから人物とか、想いとか、考えとか、そういうものを表現する場合に向くのかな。それと「小さい画面のカメラでは、彼らの存在と対《たい》で勝負できない」と思って、大きいカメラを使いました。そして、夜景の写真以外は基本的には三脚は使わず、人物と向かい合った時には、暗くても全部手持ちでやりました。手ぶれをする

★1　聴覚障害者福祉と手話通訳者の社会的地位の向上を目指して、手話や手話通訳、聴覚障害者問題についての研究・運動を行う全国組織。

★2　１９８３年に結成。

★3　第21回全国手話通訳問題研究集会。１９８８年8月26～28日に長崎市で開催され、１３０９人が参加した。

★4　第11回世界ろう者会議。１９９１年にアジアで初めて東京で開催され、52カ国から7千人を超える参加者があった。

可能性があるけど、彼らと勝負するためにはもう手持ちで、被写体の存在に負けないように、こちらも気合い入れて勝負するぞ！っていう、そんな気持ちで一枚一枚シャッターを切っていましたね。やっぱり被写体ですわ。被写体がすごいから。

写真集に込めた思いと、聞き書き活動の意義

一つは、「どっこい、生きている」。どんなことがあっても、笑って生きているっていう楽天的な生き方に、彼らの強さを見たんでね。だから、笑顔でみんな、明日《あした》に向かって生きているっていう、それが僕は、一番出したかったとこなんです。どんなに辛い思いをしても、抱えていても、笑顔で明日に生きるっていうね。そういう部分が出たらいいな、という思いを僕は込めているんです。

印象に残っているのは、やっぱり東《ひがし》メイ子［★5］さんと菊《き》地《ち》司《つかさ》さん［★6］。僕の中では、この2人はもう、スーパースターです。聞き書き調査の中で大きく変わった、成長したっていう意味では、この2人が一番大きいんです。原爆を語る中で、ろう者が変わっていくんですよね。その成長ぶりがすごく見えるし、やっぱ嬉しいじゃないですか。

東メイ子さんは9歳で被爆してから親戚に預けられて、そこで野良仕事、子守、家事労働でこき使われ、お兄さんに引き取られてからは建設作業員として働き、原爆病院で手話通訳者と出会うまで手話とろう者集団も知らずに暮らしてきました。彼女の原爆手帳によると爆心地の近くで被爆している。原爆でお母さんを亡くし、お父さんも徴用の事故で亡くなっているんです。彼女は戦争、原爆のために家族、青春、学ぶ機会とありとあらゆる事を奪われ、9歳からずっと苦労の連続だったんです。それが、ろうあ協会、手話通訳と出会う事で彼女の人生がガラッと変わり、自分のために生きる事を知るのです。彼女の手話は初めたどたどしいのですが、仲間と出会う事で手話の語彙を増やし、中高生手話テキストで文字を覚え自分の名前が書けるようになる。ある時は世話焼きのおばさんになって、ろう仲間を誘って料理教室に誘ったり、親しい友人の家に泊まりに行って女学生のように明け方まで手話で語り合ったり、まさに青春を謳歌するような晩年でした。聞き書き調査は東メイ子にとっては青春の学校であり、彼女が青春を取り返す大事業になったんです。

菊地さんに関しては通訳者なしで僕一人で自宅に遊びに行ったりもしました。本の最後のページにある彼の写真［写真

─」も、窓際に座って話してる時に菊地さんがふっと外を見た、その表情を撮りました。菊地さんは語る中で、語り部としての自覚が生まれてくる。自分が未来にこれを伝えないかん、平和への自分の気持ちを伝えないかん、っていう使命感にだんだん燃えてきますからね。最後のページの写真なんて、未来を見据えた哲学者みたいな顔になっている。顔つきまで変わるっていうのはやっぱりすごいことじゃないですか。あの顔は語り部としての彼の顔なんですよ。被爆者として、これから若者たちに被爆体験を語り、彼らは未来に生きるというメッセージを込めて、最後にあの写真を持ってきたんです。

聞き書き調査から始まって、語ることが、語るだけに終わらない。自分のことを語ってるんだけど、それがどんどん膨らんでくると、新しい若い世代にそれを伝えていこうという動きにだんだん変わっていくんです。これがすごいな、と。手話で語ることから全て、始まるんです。彼らに語らせた通訳者たちもすごいじゃないですか。それまで被爆ろう者たちは、沈黙の海に沈んでいたって感じですよ。誰も聴いてくれないから、聴こうとする人がいなかったから、語れなかったんですよ。彼ら自身も、あまりいい思い出じゃないから、わざわざ語ろうとしないし。聴く人ができて初めて語り、語ることが次の大きな動きになっていきますから。そういう意味で長崎の手話通訳者たちは、本当に大きな事業をやったな、と思いますね。

あそこで語ってきた素晴らしい人たちは、もうほとんど亡くなってしまった。でも、彼らは、思いっきり語って、自分の新しい生き方を見つけて、僕たちにいろんなメッセージを残してくれた。手話通訳者たちもあの事業を通じてろう者の苦労であるとか、彼らの生き方であるとか、その人から学ぶこととか、いろんなことを体験して学んできているから、すごい事業であったなと今、思います。この事業をもう30年以上もやっているんですよね。その一角に僕も少し参画させてもらって、いい体験をさせてもらって、本もできたし、いいものを残せたなと喜んでるんですよ。

★5　1935（昭和10）年生まれ。9歳の時、浦上川沿いの自宅で被爆。被爆から1か月後に母と幼い妹2人を失い、生き残った3人の兄妹弟は26年間離れ離れとなって暮らした。1996年逝去。

★6　1913（大正2）年生まれ。32歳の時に道の尾駅近くの園田鉄工所で勤務中に被爆し、火の燃え盛る爆心付近を通り、長崎市馬町の自宅まで帰った。1993年逝去。

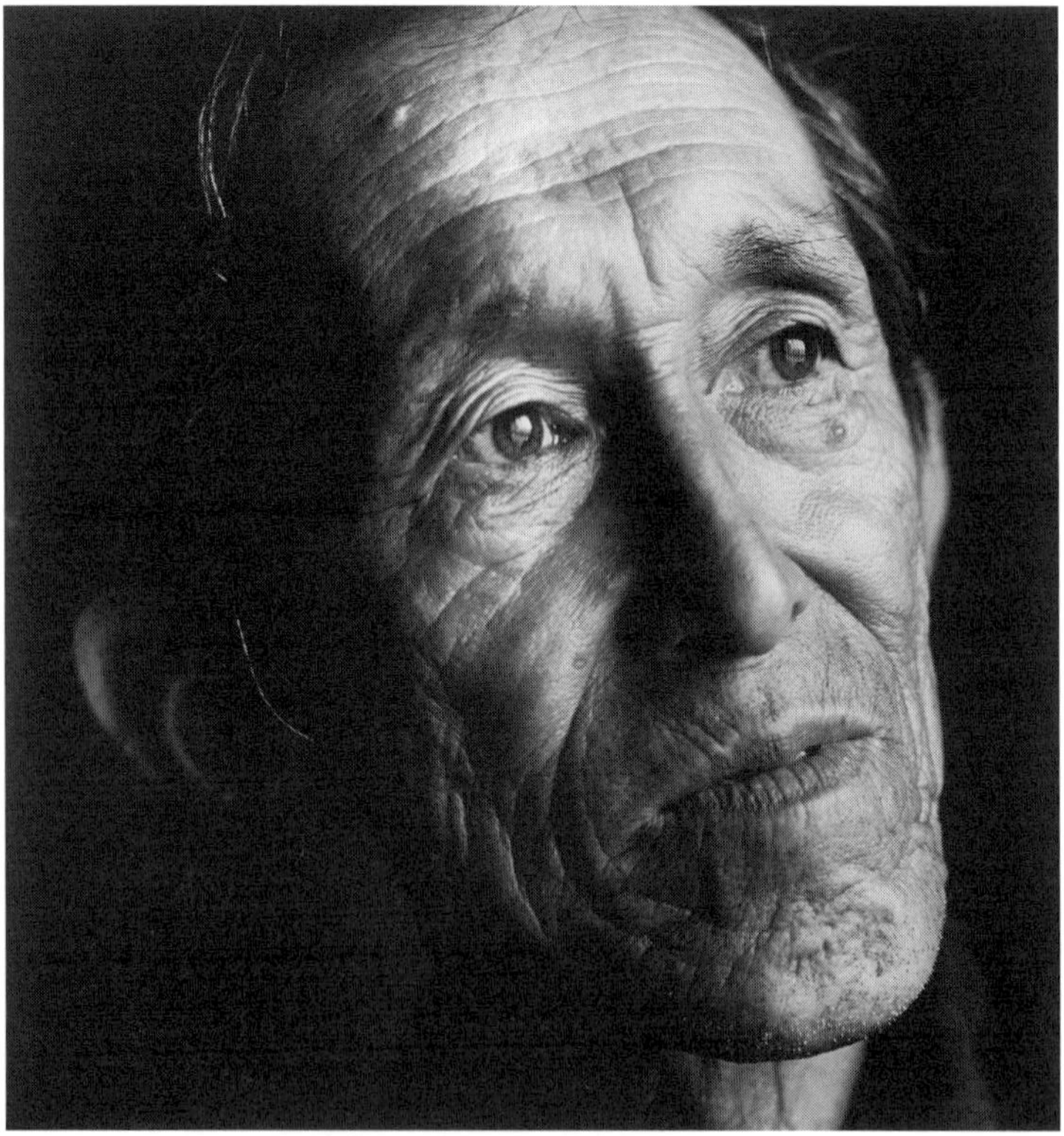

写真１　菊地司さん（豆塚猛氏撮影・提供）

コラム

長崎の被爆証言案内

被爆証言は、戦争をめぐる数多の証言のうち、最もよく記録されているもののひとつではないだろうか。それだけに、被爆証言の大海に溺れて、個々の体験者の声に耳を澄ますことは意外と難しかったりする。そこで、ここでは、①長崎を発行地としている、あるいは、長崎原爆をめぐる証言を中心としていること、②組織・団体によってある程度継続的に発刊された刊行物であること、の二つを基準として、長崎原爆をめぐる証言記録のガイドを試みたい（なお、戦後50年までの原爆体験記全般に関しては、宇吹暁編著『原爆手記掲載図書・雑誌総目録１９４５―１９９５』にある解説が便利である）。

長崎で最も体系的に被爆証言を記録してきたのが「長崎の証言の会」であることについては、大方の異論はないのではないか。１９６９年に「長崎の証言刊行委員会」として『長崎の証言』を世に問うて以来、『長崎の証言』（年刊）、『季刊・長崎の証言』、『ヒロシマ・ナガサキの証言』（季刊、「広島の証言の会」との共同刊行）、『証言――ヒロシマ・ナガサキの声』（年刊）と誌名を変えながらも、半世紀以上にわたって計77冊の証言集を刊行してきた（現在の誌名は『証言―ナガサキ・ヒロシマの声』）。「長崎の証言」シリーズは、①特定の組織に属したり、特定の属性を持ったりした人に限定することなく、広く市民からの被爆証言を募ったこと、②被爆証言のみならず、反核・平和をめぐる時事的なテーマも精力的に取り上げたこと、という特徴を持っている。

それに対して、特定の組織に属した人々を中心とした証言記録として、次のようなものを挙げることができる。

「長崎原爆青年乙女の会」は、１９５６年というかなり早い時期に『もういやだ』を刊行している。のち、70年に第2集、85年に第3集が刊行されている。「長崎原爆被災者協議会」は、かつては必ずしも証言記録に熱心であったとは言えないが、95年に被爆50年を期して『いのちの証Ｉ』『同II』を刊行したのを皮切りに、２００１年に『被爆者２３０人の証言』、07年に『明日に生きる者たちへ』、15年に『ノーモアヒバクシャ―被爆70年私たちのメッセージ「継承・警鐘」』、20年に『平和を―被爆から75年を生きぬいて』をそれぞれ刊行した。

旧長崎医科大学関係では、１９５５年に『追憶』が出され、68年に「旧長崎医科大学原爆犠牲者遺族会」名で『忘れな草』が刊行された。以降、85年の第7号まで続いている。旧医科大は爆心地に近く、９００名近い教職員・学生らが死亡するという壊滅的な被害を受けたことから、『忘れな草』は、被爆当事者よりもその遺族による手記を中心としていることが特徴である。

『原爆前後』は、原爆当時に三菱重工業長崎造船所に勤めていた白井秀雄らを発起人として１９６８年に刊行が始まり、86年の第61集まで刊行が続けられた。当初は三菱造船設計部員による手記を中心としていたが、のちに、三菱製鋼・三菱兵器・三菱電機の関係者からの寄稿も増えてくる。『原爆前後』のタイトルからも明らかなように、戦前・戦中から戦後にかけた三菱関係者の回想が数多く集められており、長崎における三菱の役割の大きさを考えるとき、きわめて貴重な仕事だと言えよう。

「恵の丘長崎原爆ホーム」は、１９８２年に『原爆体験記』第１集を刊行している。その前年の訪日時に同ホームを慰問したローマ教皇ヨハネ・パウロ二世が「あの忘れ得ない劫火の日に受けた破壊のしるしを今なお負っている［…］皆さんの生きざまそのものが［…］絶え間なく語りかける生きた平和アピールであり…」と入居者に言葉をかけたことが、ホーム施設長のあとがきに書き留められている。ホームの運営主体がカトリック系の「純心聖母会」であることから来る独特の発刊動機だと言えよう。日常の人間関係を活かしてホームの職員自身が入居者である被爆者の聞き書きを行っていること、入居者の属性を反映して女性の証言が多くなっていることが、この証言集の特徴である。ただし、個々の証言はそれほど長くない。2003年に、『『原爆体験記』としての発行が困難な状況にな」ったことから、『青空―平和への希望を託して』と改題（通算では第18集）。ペースは落ちているものの、現在も刊行は継続している（最新は19年の第25集）。

次に、特定の属性を持った人々に関する証言記録集として、まずは『原爆と朝鮮人』を挙げたい。「長崎在日朝鮮人の人権を守る会」が1982年に第1集を刊行した。以後、2014年の第7集刊行まで続く。会のメンバーが靴底をすり減らして長崎県内の現地調査を通じて証言を多数集めていることが印象的である。ただし、県内に残った朝鮮人の被爆当事者の数はあまり多くないことから、朝鮮人よりも、戦時中に朝鮮人と接触のあった日本人の証言が多いことが特徴である。また、後年になると、原爆関連のみではなく、端島や県北など産炭地域での朝鮮人をめぐる証言の記録に積極的に取り組んでいる。

「長崎県部落史研究所」は、80年代前半に『ながさき部落解放研究』で長崎市内の被差別部落における原爆被災の記録を連続的に行い、95年には単行本『ふるさとは一瞬に消えた―長崎・浦上町の被爆といま』としてまとめている（なお、部落の場合は、「属性」と言っても、外部から押し付けられた属性であることには注意が必要である）。

公的部門では、長崎市が『長崎原爆戦災誌』（全5巻）を1977年から85年にかけて刊行した。民間人の手になる刊行物に収録された証言にかなりの程度依拠しながら、原爆被災の状況を克明に記録しているが、編さん過程で独自に集めた証言もある。ただし、全体的に出典の記述が甘く、事後的に検証することが難しいケースが散見されるのが惜しまれる。また、半官半民の組織である長崎平和推進協会は『ピーストーク―きみたちにつたえたい』を１９８８年から刊行し始めた。証言者は同協会継承部会の部会員を中心としている。83年に発足した同協会は、80年代に入って急増した長崎への修学旅行生による平和学習の主要な受け入れ団体として機能してきた。そのためこの証言集は、被爆証言に修学旅行生の感想文がセットになるという独自の構成を取っている。最新は、２０１５年発行の第10集。

その他のものとして、創価学会青年部反戦出版委員会が１９７０年代中盤から80年代中盤にかけて全国規模で取り組んだ戦争証言記録について挙げておく。２期にわたって80冊近い書籍を刊行するというかなり大規模なプロジェクトであるが、そのうち5冊が長崎原爆を中心的に扱っている。女性の証言を積極的に取り上げている点でも特筆すべき証言集である。［山口響］

新木武志

解説　長崎原爆の証言と記録

1．占領期の原爆の記録

１９４５年10月に開催された長崎市会の全員協議会の席上、國友鼎《くにともかなえ》議員は、原爆の被害跡の保存を訴え、「人類の責務においてわれらはこの被害のあとを詳細に記録せねばならぬのだ」と主張した（『長崎新聞』１９４５年10月8日）。また、長崎市は、「幾万市民の精霊を弔ふと共に世界平和招来の基となつた原子爆弾のあとを後世に記録しやうと」浦上の高台に原子爆弾供養塔を建設し、「一般参詣者の入場料、線香や原子爆弾の記録絵葉書も頒つて慰霊祭の費用と塔の維持費にあて観光長崎の一名所として残す計画」を発表した（『長崎新聞』同年10月25日）。さらに、同年11月に、理化学研究所の災害調査特別委員会のメンバーから、爆心地についての調査結果が長崎県の庶務課長に伝えられると、被害調査や惨害を永久に伝えるために爆心地標柱の設置が検討されはじめた（『長崎新聞』11月9日、『毎日新聞』長崎版11月11日）。これらのように長崎では、原爆被災後間もなく、後世への記録、慰霊、被害調査さらには観光などのために、被災地の保存や供養塔、爆心地標柱の建設が提案されていた［★1］。

その後、49年4月、長崎原爆資料保存委員会が設立され、長崎市は原爆資料の収集・保存に取り組みはじめた。翌5月には、爆心地の公園の一角に長崎市原爆資料館の建設がはじまり、同月末のフランシスコ・ザビエル来日400周年の記念行事のために来日した巡礼団が爆心地を訪れた当日に開館した（同資料館は建物の形状から六角堂とも呼ばれた）。つまり、このときの原爆資料の収集と資料館の建設は、長崎がザビエル来日400周年の記念行事の中心会場の一つとなり、ローマ教皇の特派使節や外国人巡礼団を迎えることになったため、「観光長崎」を発展させる絶好の機会として期待が高まるなかで取り組まれたものであった。

一方、GHQが45年9月に発令したプレス・コードによって、原爆被害についての記録を自由に報道・出版することは困難となっていた。検閲は49年10月に終了したが、秋月辰一郎は後に、「ザベリオ（注・ザビエルのこと）の行列が帰ってしまうと、長崎では共産党のほかは原子爆弾についてなにもいわなくなってしまった。原爆を語れば、それは反米分子であり、革命分子であると見なされるようになった」と振り返っている［★2］。

このようななか、49年に長崎で出版された原爆被災の記録は、永井隆『長崎の鐘』（日比谷出版）、安部和枝「小さき十字架を抱いて」（『週間朝日』の記録文学入選作品）、石田雅子『雅子斃れず』、三菱重工長崎精機製作所編『長崎精機原子爆弾記』、長崎文化連盟編『長崎―二十二人の体験記録―』、山里小学校・中学校の児童・生徒の体験記『原子雲の下に生きて』などにとどまっている。新聞でも、サンフランシスコ平和条約が結ばれる1ヶ月前の51年8月に、『長崎民友新聞』（8日）と『長崎日日新聞』（9日）が原爆被災者の体験を掲載するまで、原爆被災の体験が報じられることはなかった。

2．忘れられた長崎原爆

1952年4月に講和条約が発効し、日本の占領が終わると、『アサヒグラフ』が原爆被害の特集を組むなど、原爆被害の実情が報道されはじめた。8月に出版された『写真記録原爆の長崎』（北島宗人編、1952年）は、山端《やまはた》庸介《ようすけ》が長崎で原爆被災の翌日に撮影した写真とともに、当時被災者を治療した医師の記録や軍の報道部員として被災後の長崎に入った東潤のルポルタージュなどを掲載した。また、『長崎民友新聞』も、長崎市・県教育委員会との共催で「私の原爆体験記」を募集し、応募された３００余編から選出した特選・入選作を同年8月9日に掲載した。

一方、長崎市は、55年に国際文化都市建設の記念施設として長崎国際文化会館（地下1階、地上6階建）が完成すると、5階を長崎市原爆資料館を引き継いだ原爆資料展示室とし、被爆資料を公開した。

また、この時期、長崎で結成された芽だち文学サークルが発行した『芽だち』や、長崎文学懇話会発行の『地人』でも原水爆反対などの特集が組まれ、山田かんらの作品が掲載された。また、長崎市在住の女性らが結成した「生活をつづる会」には、渡辺千恵子や福田須磨子が加わり、被爆者や原水爆禁止の問題を切実に受け止めて、原水禁運動にかかわるようになっていった。

56年の第2回原水禁世界大会が長崎で開催されることになると、長崎原爆青年乙女の会が、大会の開催にあわせて37人の被爆体験を掲載した『もういやだ――原爆を生きている証人たち』を刊行した。大会では、渡辺千恵子が被爆者の救済と原水爆の禁止を訴えるとともに、亀井文夫が渡辺千恵子らを取材したドキュメンタリー映画『生きていてよかった』が上映された。

ただし、第2回原水禁世界大会長崎大会後に発行された長崎原爆青年乙女の会の会報『ながさき』（第9号）には、「遠い他県の見知らぬ人からの慰問の手紙に感激するのに長崎市の人々（原爆を受けていない人）はまことに無関心のようだ」という感想が紹介されている。さらにその後、日米安保条約をめぐり原水禁運動内部の政治的な対立が表面化し、ソ連の核実験をめぐって原水禁運動が分裂していくなかで、被爆者運動やサークル運動の活動は沈滞していった。長崎大学教員であった被爆者の岩松繁俊《いわまつしげとし》は、当時の長崎の状況について、こころない非被爆者が「あれは被爆者だ」「うちの娘は嫁にはやれぬ」「うちでは被爆者は雇えぬ」と言って、被爆者の声に耳を傾けなかったことが被爆者を黙らせたと記している［★3］。

このようななかで出版された被爆体験記には、『純心学徒隊殉難の記録』（純心女子学園、1961年）、『炎と影——被爆者20年の手記』（原水爆禁止長崎協議会、1965年）、秋月辰一郎《あきづきたついちろう》『長崎原爆記——被爆医師の証言』（弘文堂、1966年）などがある。ただし、秋月辰一郎は、68年8月に東京で開催された「長崎原爆展」（長崎市と朝日新聞社の共催）の会場で、積んであったのは広島の原爆記や資料ばかりで、長崎の本は1冊もなかったことに衝撃を受けたという［★4］。長崎は2番目の被爆地として「ヒロシマ」の陰に隠れ、市民からの差別や無関心のなかで多くの被爆者が沈黙し、ほとんど忘れられていた。

3．長崎の証言の会と爆心地復元の会

1960年代後半の長崎では、それまでの政党や労働組合を主体とした運動にかわって、市民団体による運動が生まれ始めた。65年6月には、小選挙区制導入による改憲の動きが高まるなかで、憲法改悪阻止長崎会議（長崎憲法会議）が結成された。66年4月には、西村豊行が、岡正治らの協力をえて「原水爆被災白書をすすめる長崎市民の会」を設立した。

そのようななか、67年11月に厚生省が「健康、生活の両面において、国民一般と被爆者との間にはいちじるしい格差はない」と結論した「原爆白書」（『原子爆弾被爆者実態調査——健康調査および生活調査の概要』）を発表すると、被爆者とともに、これら市民団体も反発した。そして、鎌田定夫を中心に長崎被災協と長崎憲法会議、科学者会議、高校原水協などのメンバー、さらに学生や三菱造船の労働者たち約60名が、68年7月21日から8月3日まで被爆者の面接調査を行い、その調査結果をまとめた報告書「あの日から23年——長崎原爆被災者の実態と要求」を、同年の8月9日に公表した。そして、翌69年8月9日に、実態調査に携わったメンバーを中心に『長崎の証言—戦争と原爆の体験を見つめ証言する長崎の声—』を刊行した。こうして始まった証言運動には、「生活をつづる会」の福田須磨子や川崎キクエ、鎌田信子、長崎憲法会議や原爆白書をすすめる長崎市民の会で活

動していた岡正治、そして、廣瀬方人などそれまで長崎で文化運動や被爆者運動、平和運動、組合運動などで活動してきた人々が参加していった。

それとともに、沈黙していた被爆者たちも口を開き始めた。『長崎の証言1971』のあとがきで、廣瀬方人《ひろせまさひと》は、「ものを言わぬ」と言われた長崎の被爆者が、場所と条件が与えられた時、噴き上げてくる胸の中の思いを抑えることが出来ないかのように語りはじめることを物語っていると記している。4半世紀の間、孤立し、見捨てられてきた「ものを言わぬ」長崎の被爆者は、証言の会が被爆者の声に耳を傾け、語る場を提供したことによって、被爆の証言を語り始めたのである。

ただし、証言が語られ、集められ続けても、埋めることのできないのが、爆心地から半径500メートル以内の8月9日午前11時のわずかの後にある歴史であった［★5］。この空白を埋めるために始められたのが、その被爆直前の姿を明らかにする爆心地復元運動であった。広島では、66年に広島で爆心地復元の動きがおこり、広島大学原爆放射能医学研究所とNHK広島放送局が被爆者や市民の協力を得て調査を進めていた。

長崎では、70年4月から内田伯《うちだつかさ》ら旧松山町の住民による復元運動が始まり（正式には7月に復元の会連絡会議発足、8月に長崎市松山町原爆地復元の会総会開催）、隣接する山里町でも同じ頃、独自に復元地図づくりを開始していた秋月辰一郎と高谷重治らによって復元の会が結成された。これらのグループは、記憶を頼りに一軒一軒を地図上に書き込み、旧住民を探し出すと、聞き取りや手紙で確認して地図の上の空白を埋めていった［★6］。

この運動には、まずNHKと『朝日新聞』が協力したが、その後長崎市も被爆の実態を明らかにし、被爆の全体像を後世に伝えるための「原爆被災復元調査事業」として取り組むことになり、71年1月に市の民生部に原爆被災復元調査室を設置した［★7］。さらに同年3月には、各地区の代表や被爆者団体などからなる長崎市原爆被災復元調査協議会が発足し、爆心地から約2キロの範囲内にあった町には、復元の会が結成された

（１９７３年度までに48の地区に結成される）。こうして、各地区の復元の会が復元調査室の支援を受けながら調査を進め、その調査結果を復元調査協議会のもとで復元調査室が集約し、75年3月に復元調査事業は一応終了した。その成果は、『原爆被災復元調査事業報告書昭和45年度—昭和49年度』（長崎市国際文化会館、１９７５年）としてまとめられたが、それによると。爆心地周辺の推定世帯数の88％、各世帯の家族構成、被災状況の67・４％が明らかになっている。

４．拡大する証言・記録運動

１９７０年頃、広島で認知されていた原爆関係の資料は1万点にのぼり、体験記だけでも3千点であったのに対して、長崎の原爆関係の体験記や作品を掲載した主要単行本、文集類は約２００点に過ぎなかった［★８］。しかし、長崎の証言の会による証言運動や復元運動が本格化した１９７０年以降、長崎では多くの記録・作品集が発行されるようになった［★９］。

村里栄《むらさとさかえ》や黒崎晴生《くろさきはるお》らの長崎のアマチュア写真家たちが結成した日本リアリズム写真集団長崎支部は、被爆者の「いま」を撮影し、長崎被災協の協力で『写真集長崎の証言』を出版した。また、坂口便《さかぐちたより》や築城昭平《ついきしょうへい》らが結成した被爆教師の会は、教師たちの体験記と被爆体験をもとにした平和教育の実践を『沈黙の壁をやぶって』（労働旬報社、１９７１年）にまとめた。

そして、「原水爆被災白書をすすめる長崎市民の会」を立ち上げた西村豊行は、それまでほとんど顧みられることのなかった長崎の原爆小頭症の子供をもつ母親や、中国人、在日朝鮮・韓国人、被差別部落の人々からの聞き取りをもとに『ナガサキの被爆者——部落・朝鮮・中国』（社会新報、１９７０年、２０１６年に社会評論社からリニューアル版出版）を著した。朝鮮・韓国人被爆者をはじめとする外国人被爆者の問題については、鎌田が、日本の加害と戦争責任を問うものとして、積極的にその証言を集め、『長崎の証言』に掲載するとともに、在韓被爆者の被爆者健康手帳取得の支援活動に取り組んだ。岡正治も、『長崎の証言1970』に「被爆朝鮮人への無責任を告発する」を寄稿し、その後も長崎在日朝鮮人の人権を守る会の中心となって聞き取りを続け、『原爆と朝鮮人　長崎朝鮮人被爆者実態調査報告書』に、韓国・朝鮮人被爆者の被爆や強制連行の証言をまとめた（長崎在日朝鮮人の人権を守る会編、第1集は1982年発行、現在、第7集まで発行）。さらに、80年代後半からは平野伸人《ひらののぶと》が、在韓被爆者の聞き取り調査と支援に取り組みはじめ、在外被爆者の問題の掘り起こしとともに、それら被爆者が援護を受けられるように裁判の支援を続けている。

被差別部落での被爆体験については、79年に大学、行政、教育関係者、部落解放の活動家や研究者らによって設立された長崎県部落史研究所（2004年から長崎人権研究所）が、聞き書きをはじめ、『ながさき部落解放研究』に「反原爆・反差別―被差別部落からの告発」として連載した（第3号〜第8号、1981〜84年）。さらに、日本軍の捕虜となり長崎の捕虜収容所で被爆した元オランダ兵士のレネ・シェーファーによる体験記『オランダ兵士長崎原爆体験記』（緒方靖夫訳、草土社、1983年）や、『手よ語れ』（長崎県ろうあ福祉協会、全国手話通訳問題研究会長崎支部編、北人社、1986年）など、さまざまな立場のからの被爆体験も出版された。

このような被爆証言とともに、長崎の放送局の長崎放送（NBC）は、68年11月から被爆者が被爆体験とその後の人生について語るラジオ番組「被爆を語る」の放送を開始した。この番組は76年4月に終了したが、その後は「長崎は証言する」という番組として引き継がれ、週1回の10分番組として現在も続いている。これを企画した伊藤明彦は、放送開始の約半年後に担当からはずれたため、長崎放送を退職し、「被爆者の声を記録する会」をつくり、71年から東京を拠点に自費で全国の被爆者を訪ね、「被爆者の声」を収録する活動を続けた。そうして集めた声は、オープンリール・テープやカセットテープに編集し、全国の図書館などへ寄贈した。また、74年にＮＨＫ広島放送局が「市民の手で原爆の絵を」という運動をはじめると、ＮＨＫ長崎放送局も、2年にわたって原爆の絵を募集した。その結果、４２２枚の絵が手記とともに寄せられ、それらは75年に長崎県内外で巡回展示された［★10］。

5．長崎市による原爆記録事業

原爆被災復元調査事業によって爆心地の原爆被災時の状況が明らかにされていくとともに、長崎の証言の会などが原爆戦災誌の刊行を長崎市に要請すると［★11］、長崎市は原爆戦災誌編纂委員会を組織し、原爆被災復元調査室に原爆戦災誌の編纂業務を担当させた（１９７３年7月、原爆資料課に改組、課長は復元調査室長であった荒木正人）。そのなかで地域の被爆の様相の調査には長崎の証言の会や復元の会のメンバーも協力し、『原爆戦災誌』がまとめられていった。

また、長崎市は、長崎国際文化会館の原爆資料展示の充実も図った。１９７３年には5階にあった原爆資料室を2階と3階に移し、75年には全館を原爆資料センターとして、2～4階を展示室、5階を視聴覚室として証言ビデオなどを上映するようになった。80年には「外国人被爆者コーナー」を新設し、85年には6階が原爆関係の図書室とした。そして、長崎市が被爆50周年の記念事業を検討するなかで、長崎国際文化会館の老朽化が問題とされるとともに展示機能の充実が求められ、その取り壊しが決定し、新たに長崎原爆資料館として建て替えられることになった（１９９６年に開館）。

83年には、官民一体の組織として平和推進協会が設立され、そのなかに置かれた継承部会では、修学旅行生や市内の小中学生らに被爆体験を語り、原爆の悲惨さと平和の大切さを伝える活動を開始した。また、原爆被災復元調査事業や長崎原爆戦災誌の刊行の中心となった荒木正人は、79年に深堀好敏ら有志６人で「長崎の被爆写真調査会」を結成し、長崎原爆に関する写真の収集・調査を始めていたが、この会が平和推進協会の「写真部会」（1997年から写真資料調査部会）となった。

ただし、その一方で、長崎市は80年代に老朽化を理由に被爆校舎を解体していった。爆心地近くの城山小学校の被爆校舎は、保存運動によってその一部が保存されたが（1982年）、山里小学校と淵中学校の被爆校舎は、すべて解体され、建て替えられた（1988年と1989年）。92年には、平和公園の地下駐車場の建設工事中に見つかった長崎刑務所浦上刑務支所の基礎部分と処刑場の地下部分について、そこは原爆被災とともに中国人や朝鮮人も死亡した日本の加害責任についても伝える重要な場であるとして、「平和公園の被爆遺構を保存する会」が全面保存を訴えたが、基礎の一部が保存されるに留まった。

6．長崎原爆の記録・証言の現在

長崎の証言の会による証言集の発行は、2019年に50年目を迎え、これまで2000編以上の証言を掲載し、現在も活動を続けている。会が発行してきた証言集と『長崎の証言刊行ニュース』にはじまる会報（現在は『ナガサキ・ヒロシマ通信』）は、被爆体験とともに核問題や平和運動や平和教育などについての活動記録や論考も掲載し続けており、長崎での核や平和の問題についての記録集としても貴重である。

報道機関では、NHK長崎放送局が02年に「被爆者が描く原爆の絵」を募集し（長崎市、平和推進協会、長崎新聞と共催）、329点の作品が寄せられたが、21年にもNHK長崎放送局と長崎市が、「未来へつなぐ　令和原爆の絵」をテーマに作品募集に取り組んでいる。また、『長崎新聞』は、1996年2月から「忘られぬあの日　私の被爆ノート」として毎週、被爆体験を掲載しており、『朝日新聞』長崎県内版でも2008年8月から「ナガサキノート」として、1人の被爆者の人生を数回の連載でたどるという企画を続けている。

長崎市は、長崎原爆戦災誌第1巻の「総説編」について、被爆60年にあわせて見直しを行い、新たな資料などを加えて加筆訂正した改訂版を２００５年に出版し、また、平和推進協会の写真資料調査部会の深堀好敏《ふかほりよしとし》部会長に依頼し、２０１２年～15年にアメリカ国立公文書館が所蔵する写真の収集を行った。写真部会は、現在は、４０００点余りの長崎原爆関連写真を所蔵し、毎年、写真展を開催している。

こうして長崎原爆の証言や記録を集め、残そうとする運動が引き継がれるとともに、新たな取り組みも始められている。03年7月に、原子爆弾による死没者を追悼し、永遠の平和を祈念する施設として開館した国立長崎原爆死没者追悼平和祈念館（以下、追悼平和祈念館）は、原爆に関する手記や被爆体験記を収集するとともに、被爆者の証言映像制作や、聞き取りによる執筆補助も開始した。

長崎平和推進協会は、04年度から、ボランティアガイド「平和案内人」の育成講座を開講しており、講座を修了した平和案内人は、修学旅行生や観光客など希望者と、長崎原爆資料館や追悼平和祈念館、平和公園周辺の被爆建造物などを巡るガイドを行っている［★12］。また、長崎市は、14年度から、被爆証言を家族・親戚が引き継ぐ家族証言者を募集し、16年度からは、さらに家族以外も「交流証言者」として募集して、体験を託したい被爆者から被爆体験を引き継ぐ「語り継ぐ被爆体験（家族・交流証言）推進事業」を開始した（２０１９年度からは平和推進協会が委託を受けて実施している）。

追悼平和祈念館は、12年から市民を対象とした被爆体験記朗読ボランティアの育成講座が開始し、15年には、講座の受講生らで結成した「被爆体験を語り継ぐ永遠の会」が、同館で被爆体験記の朗読を行うなどの活動を開始した。19年度からは被爆体験伝承者等派遣事業を開始し、「家族・交流証言者」や「被爆体験記朗読ボランティア」の国内外への派遣を行っている。

また、デジタル技術やインターネットの普及によって、これまでの取り組みを継承しながら、世界に向けて被爆者の証言を発信するなど、新たな被爆証言の継承のあり方も模索されている［★13］。

ただし、このように証言や記録の収集・発信が続けられる一方、その当時を知り、考えるための大きな手がかりとなる文書や遺構は失われ続けている。長崎には公文書館などのアーカイブズ機関が存在せず、原爆関係の文書資料の体系的な収集・保存は行われていない。さらに、被災跡の遺構についても、長崎市は爆心地と旧城山国民学校校舎、浦上天主堂旧鐘楼、旧長崎医科大学門柱、山王神社二の鳥居を、歴史的に重要な被爆遺構として史跡指定を申請し、16年に国指定史跡となったが、その他の被爆遺構は失われ続けている。［新木武志］

★1　これらの提案のなかで爆心地標柱については、1946年8月に、爆心地に調査団が立てた小さな目印の標柱に換わって、高さ5メートルほどの矢羽根型の標識が建てられた。また、同時期に長崎市役所が「戦災記録絵はがき」を作成している。

★2　秋月辰一郎『死の同心円——長崎被爆医師の記録』講談社、1972年、244～245頁。

★3　岩松繁俊「ひとりの原爆被爆者として」長崎の証言刊行委員会『長崎の証言 1970』1970年、236頁。

★4　山下昭子『夏雲の丘・病窓の被爆医師』長崎新聞・長崎文献社、1996年、59頁。

★5　秋月辰一郎「消滅した町と人を求めて—原爆復元・ナガサキ方式—」長崎の証言刊行委員会『長崎の証言』第4集、1972年、215頁。

★6　内田はこの作業を、地図のうえにひとつひとつ墓標を立てるつもりで爆心地の復元に打ち込んでいったと表現し（内田伯「墓標を刻む思いで」『長崎の証言1971』長崎の証言刊行委員会、151頁）、秋月は「復元は死んだ人びとの声を聞くのだ」と語り、これを長崎方式と呼んだ（秋月辰一郎、前掲書、219頁）。

★7　長崎市も1970年4月に復元調査事業の実施を企画し、5月以降、復元調査資料や長崎市街航空写真・地図などの収集を開始しており、7月には復元事業に対する国庫補助が決定していた（長崎市長崎国際文化会館編・発行『原爆被災復元調査事業報告書 昭和45年度‐昭和54年度』1980年、5頁）。

★8　「長崎の証言」刊行委員会「長崎原爆に関する文献目録」フランク・チンノック、小山内宏訳『ナガサキ—忘れられた原爆』新人物往来社、1971、334頁。

★９　長崎で出版された被爆証言については、本章のコラム「被爆証言案内」（２２９頁）で詳しく紹介している。

★10　ＮＧＯ被爆問題国際シンポジウム長崎準備委員会・長崎報告書作成専門委員会編『原爆被害の実相　長崎レポート』ＮＧＯ被爆問題国際シンポジウム長崎準備委員会、１９７７年、２０９頁。寄せられた原爆の絵は、その後長崎市に寄贈され、現在は長崎原爆資料館が所蔵している。

★11　長崎の証言の会の『長崎の証言ニュース』によれば、証言の会は１９７１年12月の総会で、長崎市に対して、『東京戦災誌』『広島原爆戦災誌』等の刊行企画に学んで長崎県市による総括的、系統的な資料収集と結合しながら、充実した戦災誌刊行へ取り組むことを要請し、その成功のために協力を進めることを確認した（NO.12、１９７２年１月10日）。１９７３年４月には、長崎被災協や被爆者手帳友の会、遺族会、被爆教師の会、長崎の証言の会などが呼びかけ、各地の復元の会や市民団体などが参加し、長崎原爆戦災誌の刊行推進協議会を結成し、長崎県・市議会に請願することを決定した。さらに、鎌田は、進行中の原爆復元調査室の仕事を発展的に継承していくことが必要などとの考えも示した（NO.18、１９７３年５月８日）。その後、世話人団体は県市当局へ要望書を提出するとともに、街頭署名を行い、集めた４１００余名の署名をそえて県議会に請願を行った。これらの動きを受けて、長崎市は６月に５か年計画での戦災誌を刊行することとし、これに長崎県も協力することになった（NO.19、１９７３年７月30日）。１９７７年３月に第１巻総説編、１９７９年３月に第２巻地域編が刊行され、その後、１９８３年３月に第５巻資料編、１９８４年３月に第４巻学術編、１９８５年３月に第３巻続地域編・終戦前後編が刊行され、全５巻の刊行が終了した。

★12　２０２１年４月に被爆75周年事業の一環として、長崎原爆の被爆遺構や慰霊碑についてまとめた『長崎の原爆遺跡・慰霊碑　ウォークマップ』を出版した。

★13　伊藤明彦が「被爆者の声を記録する会」をつくり、収録した「被爆者の声」は、２００６年に古川義久がウェブサイト「被爆者の声」を作り、世界に発信し続けている。また２００５年に、加筆訂正されて出版された長崎原爆戦災誌第１巻総説編改訂版は、翌06年から英訳作業がはじまり、18年からその全文が国立長崎原爆死没者追悼平和祈念館のウェブサイトで公開されている。さらに追悼平和記念館では、被爆者の映像とともに様々な質問への回答をデータ化し、人工知能（AI）の音声認識の機能を組み合わせることで、被爆者の立体映像と対話できるようにする装置の開発に取り組んでいる。

5 被爆者調査

「被爆者調査」の聞き取りについて

第5章には、被爆者調査に関して5人の方の聞き取りを収めた。これまで行われてきた膨大な被爆者調査は、ＡＢＣＣ（原爆傷害調査委員会）とその後継組織ＲＥＲＦ（放射線影響研究所）、医学者などが調査主体となった医学調査と、厚生省や被爆者団体、社会学者などが調査主体となった社会調査とに大別できる。被爆者調査は、被爆者の救済を目的とした被爆者運動とも密接に関わるもので、どのような状況や環境、動機のもとに調査がなされたか、その調査結果がどのように利用されてきたか、調査対象となった被爆者の証言とともに検討する必要がある。

被爆者の疫学データを蓄積してきたＡＢＣＣは、長崎では１９４８年の夏に調査を始めた。ＡＢＣＣの「治療なき調査」はしばしば批判されてきたが、長崎ＡＢＣＣは長崎大学医学部（１９４９年まで長崎医科大学）と密接な関係を持ち、医師や情報、試料を共有しながら調査にあたってきた。その関係については、**大串康隆《おおぐしやすたか》さん**、**朝長万左男《ともながまさお》さん**、**三根真理子《みねまりこ》さん**のお話からもうかがえる。長くＡＢＣＣに勤務された大串さんは、被爆体験とＡＢＣＣでの勤務経験があってはじめて明らかになった貴重な経験を語られている。

長崎大学医学部には1962年、原爆の後障害を専門に研究する原爆後障害医療研究施設が設置された（同施設は2013年に医学部から独立して研究所として改組された）。同施設で長く勤めてこられた朝長さん、三根さんには、そこでの研究を中心にお話しいただいた。血液内科で被爆者の造血異常を研究してきた朝長さんは、終わらない原爆後障害の恐ろしさとその解明の難しさを、被爆地で生まれ育った肌感覚とともに語られている。被爆者のデータベースを構築してきた三根さんのお話からは、原爆後障害医療研究施設が被爆者の医療データを収集・解析してきた一方で、それ以外の被爆関連資料の収集については個人的な尽力によってなされてきたことがわかる。

1965年に実施された厚生省の「原子爆弾被爆者実態調査」が被爆者と非被爆者の生活実態に明確な相違を認めなかったことに対する反発から、同調査に参加していた石田忠ら一橋グループの独自の調査が開始された。また、「長崎の証言の会」が結成され、市民主体の調査が活発になされるようになる。石田忠ゼミの一員として長崎での被爆者調査に参加するようになった**濱谷正晴《はまたにまさはる》さん**のお話からは、一橋グループの調査がどのようになされてきたのか、その詳細がうかがえる。哲学の教員として長崎に赴任した**高橋眞司《たかはししんじ》さん**は、1977年に開催されたNGO被爆問題国際シンポジウムを中心に語られている。お二人のお話からは、彼らの被爆者調査がいかに運動としての側面を有していたかということや、長崎の被爆者運動の横のつながりについても教えられる。

これまで営まれてきた被爆者調査は貴重で重要なものである。一方で、科学が捉えることができるのは、人間が経験した原爆被害の一面である。生身の人間を調査してデータにすることは容易ではなく、そこには科学の方法論的問題と調査の倫理的問題が付随する。被爆者調査の重要性と難しさについて、2章、3章ともあわせて読まれたい。［中尾麻伊香］

被爆体験とＡＢＣＣ職員としての日々

大串康隆《おおぐしやすたか》さん

〈大串康隆さんの略歴〉
１９３８（昭和13）年長崎生まれ。１９５９年７月、ＡＢＣＣ（原爆傷害調査委員会）長崎研究所の内科に技術員として入所。１９７５年にＡＢＣＣが放射線影響研究所となった後、１９９３年に技術職から事務職へと職種変更。１９９８年に長崎事務局次官、２０００年に定年退職。

［聞き取り日時・場所］２０２０年12月３日・放射線影響研究所
［聞き手］中尾麻伊香（まとめ）

謝辞　本聞き取りにご協力いただいた放射線影響研究所事務局長崎次長の渕博司さんに感謝申し上げます。

被爆体験

（原爆投下の日は）防空壕の中で、近所の５歳ぐらいの男の子と紙飛行機を折って遊んでた。対座して、幅はちょうどこれくらいですから、紙飛行機を折って、その時にピカですね。それで、もう２人とも驚いて。なんかこう、熱風で熱かったって近所の人は言うけど、それが僕は感じなかった。表にでると、もう空が原子雲で、ちょうど真北が金比羅山。それの上空が全部雲で覆われてる。で、まだ矢の平は雲がそこまで来とらんわ。だから、明るいところから暗いところを見とるわけです、矢の平からね。そしたら、瓦とか、トタンとか、もう何か分からないけど建具類が全部飛び交ってるんです。もう被爆、ドーンでしょう。したら、金比羅山のところから原子雲ってやつでしょ。キノコ雲。そこがもう真っ暗になって、だんだん拡散してくわけ。西山のほうに。そして、こっちにだんだん迫ってくるようなるから、すぐ自宅に引き返した。一緒にいた少年、相棒も隣の息子で。被爆、まあ被爆体験をっていろいろ言われるけど、あまりの奇抜な情景なので信じてもらえない。もう面倒くさくなって、言うのも。またほら吹いてるんじゃろうぐらいな話だから、そのままにして、もう私は被爆体験のほうからは遠ざかって。

それで、今度は後片付けで、親戚の遺体の捜査に行かないかん。僕は小学校1年生だから付いていっただけで何も作業しなかったけど。あと大八車の後押しがある。まだ息があったおじいさんのいとこを、うちの前の家に連れてきて、そこで介護した。それで子供心に興味ある。どういう人かといったら、全部ケロイド。そいで、おまえは見にいったらいかんって言って止められとった。けれども、やっぱり止められると好奇心が。それで、庭を伝って、見にいった。包帯で巻いてあるけど、もう臭いが何ともいえない臭い。それで、1週間から10日ぐらいで亡くなった。で、遺体はいつの間にやら引き取られた。遺体の捜査にはそら3日たたんうちに行ったよ。何日って覚えてないのでね。大橋まで。みんな水をくださいって何とかとよく聞くでしょ。それがあんまり記憶ないの、僕。今、頭ん中ぐるぐるしとるからな、ちょっと。お話しようと思って思い出すけどさ、どっからしゃべろうか。原爆落ちて、もう、「はあー、すごいな」と、もう驚きだけよ。アメリカに攻撃されたってことも僕は知らなかった。小学校1年生ですからね、社会のことは全然知らない。戦争をやってるっちゅうことは分かってた。空襲警報っちゅうのがありまして、それで、夜中なんかにサイレンが鳴ったりする。そしたら、みんな身支度して、防空頭巾かぶって、それで、矢の平の防空壕まで逃げ隠れた。だから、戦争をやってるっちゅうことは空襲警報の状態で分かった。でも、その頃はもう兵隊さんもおらん。あれは負け戦だから。

ABCCに入所して

それから7年後、ちょうど高校1年生ぐらいの時、私と（原爆投下の時に）一緒にいた子が死んだ。矢の平から大橋に転宅しとったです。その原因が、原爆の二次放射線でしたのか何かは分からない、原因は分からない。僕が放影研（当時は

ＡＢＣＣ）へ１９５９年に入って。それで私は、血液学的検査ってよく言ってるけど、その分野で内科のほうに所属されたの。そして、だんだん手慣れてきて、細胞をよく見るような仕事に就いて、そこで私と一緒にいた男の子の標本を見つけた。名前と番号が書いてあった。私はたまたま見る立場にあったんです。で、その標本を見たら、単球性白血病ってことで診断が下っていた。それで、カルテを見たら、被爆地点、どこで被爆したかという欄があるんですね。それは不明って書いてあります。私といたから親は知らない。（ＡＢＣＣは）すぐ調査に行ってるわけよ、亡くなった時に。そんとき、どこで被爆したかって家族に調査員が聞いたところ、分からなかったんです。そら、僕と一緒におったから。でも後でデータを訂正するわけいかんからな。そういういきさつ。単球性白血病。標本も私がちゃんと見て間違いないって。

ＡＢＣＣに入ったのは21か、そこら辺だな。ＡＢＣＣについては、小学校の上級のときに、明かりは煌々とつく、ジープは何台も並んどる、ここはどういうところだろうと思いよった。それで、寒い冬の学校の校庭の掃除当番のときには、ＡＢＣＣの裏がボイラー室だった。あそこにお湯をもらいにいきよったね、バケツで。で、熱いお湯をみんなに分けるな。それを水でうめて（ぬるくして）、そして廊下を拭くんだ。もう協力してもらいよったさね。そのときに、外人さんもかなりの人数いて、それでダンスパーティーとか催されてあった。電気もついてるし、きれいだなって思ってたら、もう占領後ですから、ダンスパーティーがあったのが印象に（残っている）。僕らは外から見てるのね。華やかです。うわさでは、治療はしないで検査だけするんだっていうようなことが聞こえはするけど、そんな憎しみを持ってそれを言ってる人にはあんま会ってない。むしろ、後半に、もっと後半になったら……。むしろ、無料で健診してもらうとか、送り迎えをしてもらうとかね。

みんないうけど、被爆者に対する差別はあんまり感じなかった。鈍かったんでしょうかね、ある程度。ＡＢＣＣに入ってもそんな違和感なかったよ。ただ、私の近所のおばさんが僕に、あそこはもう長くは勤めるところじゃないよって、すぐやめるって。すぐ解散するから、今のうちに早く次の転職しとったほうがいいよって言うてくれるんですよ。あれ、それは、そんときはそのときだって思って、それでずっと勤め続けたら定年までおってしまいました。先輩が、広島の人ですけど、ＡＢＣＣはほんとにいい職場だったと言って死んでいった。それで、あとを看取ったお嬢さんがこうやって死にましたという手紙をよこしたんだ。それを読んで、「ああ、よかったな」と思うね。

ABCCに入ってからは、それはもう見ること聞くこと、みんな医学的なことから勉強しましたよ。その知識が、自分の健康管理に非常に役立ってます。私は白血病の標本もいろいろ勉強させてもらって。研究員の方は全部医師関係ですから、まず僕は血液のほうを教えてもらっとったから、原研内科の先生方には良くしていただきましたね。朝長先生、山田先生、雨森先生、それに松尾辰樹先生ね。やっぱり、長大の先生方の協力なくしては放影研の運営は成り立ってないな。特に広島と比べて長崎は規模が小さくて、お医者さんの数は少なかった。人数からいけば、割合からいけばそうかもしれないけど、協力度っていうかな、長崎のほうが広島よりもはるかに濃密な関係があった。それは言えると思う。血液学においては、朝長先生のお父さんが広島から長崎に赴任してきて、そして原研内科を設立されたんだね。血液っていうかね、具体的に言えば、myeloma［★1］っていう病名があるね。あの発見は、アメリカの医者が来て、そいで、これはmyelomaやと。その当時珍しかったんよ。長崎大学の血液内科の市丸先生は、それを初めてその外人の先生から聞いてから勉強しよったなと、今記憶にあるね。やっぱりずっと向こうが進んでたな。それで、市丸先生と僕らの上司のアメリカ人の内科の医者とよう喧嘩しよったもんね。学問的な喧嘩。朝長先生の息子が万左男さんや。その万左男さんの教授が市丸先生やね。もう亡くなったけどね。その市丸とアメリカから赴任してきたブレイスデルという医者が口論しよった。わしらは黙っとったけど。みんな死んでしまった。

アメリカと日本

（ABCCは）もうアメリカの研究所で、そりゃ、システムが全部アメリカ式なんよ。今、ME-200［★2］という患者さんを2年に1回呼んで、そして、スケジュール立ててやるんですよね。そんときの計画の仕方、あれはアメリカ式さ。あれは日本じゃできない。何と言ったらいいかな。2年に1

★1 骨髄腫のこと。長崎大学医学部の市丸道人（後に長崎大学医学部原爆後障害医療研究施設の臨床部門（通称：原研内科）の二代目教授となる）は1960年代から被爆者における多発性骨髄腫に関する研究報告を行っている。

★2 広島・長崎における成人健康調査の調査集団。

サイクル。それで、毎月を割り振りするグループをつくるんだ、Ａから24のグループ。それを1ヶ月ずつ消化していく。あれはようできとるなと僕は感心しとったんだ。もしも興味があられれば、渉外課に行って説明してもらったほうが、僕が言うよりもましやな。今もそのシステムでやってる。で、このアメリカの計画性の素晴らしさは、この50年っていうスパンを緻密にやっとんね。日本ではそんなことまずせん。尻切れとんぼ。何でも最後まで面倒見るもんがおらん。その研究の差は、やっぱり日本はまだ学ばんばいかんねと思った。

日本人とアメリカ人の待遇はもう全然違う。私がＡＢＣＣ入ったときには、たぶんレートが1ドル３６０円か。ドルは触ったことないから分からんけど、そのようにいわれてた。医者の主任の給料が１０００ドル。僕らは大体、給料が1万円前後。したら、36倍。そら、戦争に負けた悲哀よな。それは実際仕方ないな。そしたら、今、今度はドルが安くなって、円が強くなって、もうアメリカは予算ないから、これくらいで切り上げてくれっちゅうのが現状ですよ。今は逆転せんならん。そのときにはみんなそうやね。まあ、そんなところかな。ＡＢＣＣから放影研に変わったとき、働き方とか給与とかは一切変わってない。組織のあり方がちょっと変わったんだな。そんなのは、放影研から発行された本に載ってるんじゃないかな、たぶん。今までが向こうの言いなりで、日本側は身分の不安定なのと、予算を出さないのとで、おんぶに抱っこされたアメリカが主体の研究ではないかと、日本の主体に取り戻せというのも含まれとる。働き方自体は変わんなかった、たぶん。

アメリカに対して反感感情っていうのを持ったことはなかった。そこら辺は長崎人の特質かもしれんな、ほんとよ。だから長崎の人たちはおくんちでも何でもわっしょい、わっしょいで。お墓も外人墓地なんか、みんな来て、交わってやってるでしょ。それで、外人の人に聞くと、いや、長崎ではリフューズ受けたことないちゅうのね。断られることないっちゅうね、どこ行こうが。長崎人はみんな温かく迎えてくれるという。だから、結構、悪く言えば、ボーっとしてるっていう感じです（笑）。いや、ほんとに。

終わらない原爆後障害とともに

朝長《ともなが》万左男《まさお》さん

〈朝長万左男さんの略歴〉
1943（昭和18）年長崎市生まれ。1968年長崎大学医学部卒業。同年長崎大学医学部附属原爆後障害医療研究施設（現・長崎大学原爆後障害医療研究所）に入局。以来、原爆後障害の研究に取り組む。長崎大学を退職後、日赤長崎原爆病院長、恵みの丘長崎原爆ホーム診療所所長として勤める。核戦争防止国際医師会議や賢人会議のメンバーとして、核兵器廃絶運動にも取り組む。

［聞き取り日時・場所］2019年11月25日・長崎大学核兵器廃絶研究センター（RECNA）会議室
［聞き手］山口響、中尾麻伊香（まとめ）

幼少期から青年期まで

祖父が（中町教会の近くで）内科の医院を開業してたので、その2階を借りて生活してたんですよ。そこで原爆にあって。私たち親子と、おじいさんの子どもも含めて、おばあさんと5人。2階建ての木造家屋は、ぺっしゃんこにはなってないんですよ。半壊したといってますね。しかし、2階はほぼつぶれて、その中で前の日から40度熱を出していた私は、大学病院の耳鼻科に行ってるんです。その時間はちょうど11時ごろ行ってるわけね。だから、1日ずれてたら大学病院で被爆していたと思うんです。その日は家で、まだ寝ていたんですね。布団の中にくるまったまま、とにかく寝ていたというのがおふくろの最初の目撃。その後、そのまま身ぐるみ、ばっと抱えてそこを脱出して。幸運だったんですけどね。

僕の母の実家が、それから祖父の奥さんの、僕のばあさんの実家も大村だったんで、そこで私が幼稚園に入るぐらいまで住んだんです。おやじは、大村に僕らが引っ込んだ後、1年ぐらいして、台湾の旧日本兵捕虜収容所から帰ってきたんです［★1］。われわれと大村で合流したその頃、永井隆先生が白血病で寝ているという状況があって。特に白血病の専門家じゃなかったんですけど、父親が主治医に任命されたんですね。その頃、もう父の同級生はかなり死んでるもんですからね。原爆でも、戦争でも。まだ若かったんですけども、すぐ、長崎医科大学の助教授に任命されて、「おまえ、永井先生の主治医になれ」っちゅうんで主治医になったんですね。バスケット部の先輩・後輩という間柄でもあったのが、主治医になった理由の大きい部分がある。「君、頼むよ」とか永井先生がおっしゃって。

幼少期で印象に残ってるということは、小学校に行き始めて、朝鮮戦争が勃発したんですよ。漢江にいっぱい架かってる橋を、朝鮮軍が越境して南下してこれないように、韓国軍の方が落としたんで。だから、ソウル市の漢江の北側に住んでる人たちは、そこを家族ぐるみで、家財道具も運びながら、多くの市民が川に落ちた、V字型になった鉄橋を越える写真が長崎新聞の一面にばーんと出たんです［★2］。これが僕が最初に戦争ということを本当に意識した出来事だったです。その頃、佐世保を中心に、負傷した連合軍の兵士が治療で入ってくるとか、そういう写真がもう毎日出たり。それとか、傷ついたジープとか、いろんな小型の船舶とかが大量に修理されるような状況が出てきて、長崎県内の、特にＳＳＫ（佐世保重工業）という会社がありますけど、戦時中は海軍工廠だったから、海軍の艦船の修理能力があるんですね。そこにたくさん壊れた船が回航されて、佐世保ものすごい活気を呈した。長崎の三菱造船は、戦艦武蔵を造った造船台でちっちゃな漁船を造ってたけど、それでほそぼそと食いつないでいたところに朝鮮戦争が始まって、また仕事が増えてくる。その後、さらに戦後の造船ブームが起こってきて、1960年初めごろから始まるオイルタンカーの時代に入っていく。そこで波に乗ったですね。

原爆そのものについてまだ意識があまりなくて。今でも覚えてるのは、山口仙二《やまぐちせんじ》さんとか、それから、吉田勝二さんね。電車の中で擦れ違ったりとかね。それから、僕のうちの

2軒隣のうちのお嬢さんがひどいやけどで、ケロイドができて。当時の整形外科で何回も手術を受けて、実際は形成外科的な手術ですよね。無意識に影響を受けてたとは思うんですけどね。自分の父親から原爆のことを、懇切丁寧に説明されたこともないし、永井先生の診療に時々付いてったこともありますけど、そういう、環境的に原爆のシークエンス（連続して起こるもの）というか、そういうものをおやじを通して見てたというか、それはあると思いますね。そして、一番僕にとってショックだったのは、白血病が自分たちと同じ被爆者世代に出始めて。早い人で3〜4年目ぐらい。それからずっとうなぎ上りに、約20年続くんですよね。その間がすっぽり、僕らの中学生、高校生時代なんで。新聞によく載るんですよ。1例出た、また出た。それで、もうそのくらいで多発っていう言葉をマスコミが使い始めてね。また、子どもたちが、未成年ががんになったとか、白血病になったというのも新聞報道される。そういうので世論が形成されていくところを実体験しましたね。自分も不安になってきますよね。

　父親が広島の原爆研究所、今の放射線医科学研究所に内科の講座をつくるっていうんで、昭和34年に初代の教授に呼ばれたんです［★3］。ちょうど僕が高校の頃の広島っていうのは、毎年、8月の原水禁世界大会でものすごい人が集まってる。それ、僕ものぞきに行ったです。よく、「怒りの広島、祈りの長崎」っていうんだけどね。それは確かに、長崎は、「長崎の鐘」を書いた永井隆《ながいたかし》さんがカトリックだったということで、しかも爆心地を中心にカトリックの、昨日の法王さんのスピーチにもあり［★4］。とにかく8000人ぐらい（浦上のカトリック信者が）が亡くなってますからね。すさまじい被害があって、祈りに徹する時期が長くて、あまりアメリカの原爆投下に抗議したりする雰囲気はなかったですね。しかし、

★1　万左男さんの父の正允《まさみつ》さんは、中国国民党の捕虜として屏東市で医療活動に従事していた。

★2　『長崎新聞』は当時、『長崎日日新聞』と『長崎民友新聞』に分離していた。

★3　正允さんは、被爆者における白血病の研究で知られる。１９５９年、その前年に設置された広島大学医学部原子放射能基礎医学研究施設に原子放射能傷害医学部門が開設された際、初代教授に迎え入れられた。

★4　聞き取りの前日、２０１９年11月24日にフランシスコ教皇が長崎を訪問し、爆心地公園、西坂でメッセージを発信、松山球場でミサを行った。

長崎も怒りをぶちまける人はいっぱいおったわけで。物事の反面の言葉が長崎の場合は祈りで、やっぱり広島と同じように怒りをあらわにする人もいたわけですよね。時には山口仙二さんみたいに、アメリカの軍艦の将校連中が落下中心地に花束を供えたの足蹴にして、大問題になったですよね［★5］。やっぱり許せんっちゅうことで。そういう意味では、それほど基本的には広島と長崎に差があるとは思わなかったですけど、長崎はどうしてもカトリックの被害と、カトリックの人たちの祈りのせいっていうのがあったのは事実だよね。

終わらない原爆後障害の研究

祖父が、開業して15年目ぐらいに交通事故にあったんです。往診に行く途中で。かなり重傷で、肋骨とか、あちこちの骨を4本ぐらい一遍に折って。それが僕の、ちょうど受験勉強の時だったんですよ。僕は歴史家になりたいと思って、歴史の本ばっかり読みよったんですけど、祖父の骨折の報が入って、ありゃりゃ、こりゃ祖父の医院を継ぐ人間がやっぱり要る、自分が医者にならんといかんかなと思っちゃったんですね。おやじが大学の教授だったから。それで、長崎大学の医学部に入って、長崎で過ごしつつあったわけです。そしたら、5年生ぐらいの時に父親が長崎大学に呼び返されたわけ。新しい原研ができて［★6］。新しくできた長崎の原研内科に僕は、卒業したら入った。父親はすぐがんになっちゃったんで、2年ぐらいですかね。おやじの命令である程度まで研究したりね。そんな全面的じゃないですよ。もう、まだ最初の頃ですからね。何もできない医者が引き継げるわけないんで。父親が亡くなり、そこで逃れなくなったという言葉は正しいんだけど、本当の意味で逃れなくなったのは、やっぱり白血病が出続けていたからです。

僕が入局したのが卒業した1968年だからね。その頃には白血病はもう出なくなってたんですよ。47〜48年から白血病が出だして、20年ぐらい続いて、もう68年ごろには確かに下がってきたんですね。これはもう出なくなるなと。原爆で研究できなくなるんじゃないかなと思いましたよ。真剣にね。ところが、ところが68年から70年代に入った頃から、被爆者には乳がんとかが増えとるとかいう話になってきて、そこのカーブが白血病のカーブとクロスするんですよ。がんが出だしたんです。がんは臓器が多いでしょ。あちこち。それが始まって。白血病は確かに少なくなっていくばっかりだったんですね。しかし、消えなかったんですね。完全には。いつも、調べると10％か20％ぐらい通常集団よりも増えてるんですよね。多いときは３００％、４００％増えてたわけですからね。3倍、4倍ね。これ、原爆の影響は結局、白血病は完全に消えないで今に至ってるんですけども。ところが、さらにがんのピークもすぐは来なくて、ずっと上がってって、１９８０年代も上がっていって、90年代ぐらいでピークに入ったかなって。少し、平衡状態になった。すとんと下がっていくかな、白血病も下がったからがんも下がるだろうと。そうすると、ここでいよいよ被爆者の放射線の影響は終わりかなと思ったんですよ。原研内科の研究者はみんなそう思った。ところが完全に裏切られたんです。ずっと続くんですよ。ＭＤＳっていう新たな白血病のタイプが出てきたんですね。僕らがそれに気付いた。それが今も続いてますね。その頃はもう高齢者になりかけてきた被爆者は、年齢が60代から70代、今の80代に来てる。がんが収束しない。そのままずっと、いろんな。しかも多重がんという、2つ目、3つ目のがんを起こす人もいた。そうなると、これは、おかしいねっていうことになったんですよ。何で終わらんのやろかという疑問が湧いてきたわけね。

全体としては、これは一生続くという感じが、段々はっきりしてきたのが90年代から２０００年になってからの最初の10年ぐらいですね。そうすると、よくよく考えると、何だ、これは一人一人の、個人の被爆者レベルで考えれば、大人で原爆にあって放射線浴びた人が白血病になったり、がんになったりして、その人たちはもう早く年取って亡くなってくでしょ。次に、子どもで被ばくした人たちが段々大人になっていって、老年期になっていくのをわれわれ、ずっと見てるっていう感じになるんですね。そうすると、ひょっとしたらこ

★5　被爆者の山口仙二（当時長崎原爆被災者協議会会長）は、１９８９年に多くの反対を押し切って長崎に寄港した米海軍艦ロドニー・Ｍ・デイビスの艦長が平和祈念像前に献花した花輪を踏みつけ、怒りをあらわにした。

★6　１９６２年に長崎大学医学部附属原爆後障害医療研究施設が設置され、その4番目の部門として１９６５年に開設した後障害治療部門の初代教授に万左男さんの父、正允さんが就任した。万左男さんは、１９９０年に後障害治療部門の3代目教授に就任。後障害治療部門は現在「原爆・ヒバクシャ医療部門　血液内科学研究分野」（通称：原研内科）となっている。

れは、人間に放射線が当たった場合に、白血病起こしたり、がんを起こしたりっていうのは、遺伝子をやっぱり傷害してそういう悪性腫瘍を起こすわけで、それは一生続いとるというふうに見ないといけなくなってくるわけですよね。そこから生涯持続性ということが、これは間違いなくあるなということにみんな気付き始めたわけですよね。僕だけじゃなくて。うん。終わらない。データを分析すればするほどずっと持続しているわけですからね。新たな現象が出てくるわけですからね。これは終わらんなという確信をしたのは２０００年、最近のこと。この10年から20年ですね。これは終わらん。

ＡＢＣＣ／放影研との関係

僕の、医者になって最初の何年かの仕事が、あそこで勉強してこいっていうことで出されて、ＡＢＣＣ、今の放影研ね。もうそれ（長大の医師がＡＢＣＣに派遣されること）は戦後すぐ始まっていた。ＡＢＣＣをつくる時に長崎大学の協力がないとつくれないからね。調来助先生と有名な先生がトップで、長崎大学とＡＢＣＣは学術協定を結んで、医者も派遣する。アメリカ式の研究所で進んでるのは間違いないね。それから、白血病の診断をして、日本ではまだ使えない薬がアメリカでは使えるというようなことが時々ありましたからね。そういうのは、ＡＢＣＣは提供してくれてたんですよね。ＡＢＣＣは治療しないというのは、正確にいうとほんとじゃないね。日本の医師法からいうと、やっぱりできないんですよね。日本人のお医者さんもいたけどね。そこで医療施設としてはつくられてないから、設備がないんですよ、元々ね。だから、学問的に学術協定を結んだ上で、特に疫学統計とかでどういうことが起こってるかを知る。そこに、今度は診断を正確にしないといけないっていうことで、日本の医者の目が必要なわけですよね。そこで協力関係を築いていくということで。そして、ほんとに白血病を発見した場合は、その白血病患者さんは大体大学病院に入院するわけだから、そこの治療は日本側の医者がやる。それ、原研内科がやってきたわけですよね。そういう関係だから、両方足して1というような構想が最初からあったと思いますよね。だから、ＡＢＣＣは治療せんかったというような批判は確かにあるんですけども、僕らは、大学側の医者としては、放影研で働いたこともある医者としては、ちょっと納得しかねる部分がありましたね。広島に比べるとマスコミの批判は弱かったんじゃないかな、長崎は。やはり長大の先生と一緒にやってるので。もう大体被爆者のがんとか白血病は大学病院でしっかり診られてるという。別にそれが不十分な体制じゃないんで。だから、そこはちょっと、やっぱり社会に対する説明が弱かったんじゃないかなと思うんですね。放影研、ABCC側も。

白血病の患者さんがどういうふうに病院にかかるかというと、普通は、自分が症状が出て具合が悪くなって、かかりつけのお医者さんから「もうちょっと大きい病院で診てもらってくれ」と言われて市立病院に行ったり、赤十字の原爆病院に行ったり、そこで診断がついたり。その中に大学病院もあるわけでね。そうすると、そういう体制の中で行われてて、それが1年たち、2年たち、3年たちすると、あと、例えば1950年から55年の間に白血病が何十例出て、どういうタイプが多いかっていうのが、統計が取れるぐらいの数になるでしょ。それは放影研がやるわけですよ。そのときに、線量問題があるわけです。一人一人の、Aさん、Bさん、Cさん、100人なら100人の人たちの、どこでどういう状況で被ばくしたか。推定線量というものを推定しないと、線量と白血病の発生率の関係が追えないわけです。解析できない。もう放影研の一番の根本は、線量を推定する研究所というのが最大の武器ですよ。彼らにとっては。これは僕らは太刀打ちできない。なぜならば、距離と被ばく線量の関係と、それから、どういうところで被ばくしたという遮蔽の問題と、米軍の原爆の資料がないと不可能です。

アメリカ側はプライバシーを盾にとって、個人情報に類する患者さんの検査データとか、そういうものを出さないんですよ。これはおかしいと思うよね。日本から持って行ってるだもんね。極端にいえばね。それ、返還せんといかんでしょ。それで、臓器は返還してるんですよ。だから、データも返還せんといかんですね。原研にあるカルテっていうのは（まとまった形では）ないです。米軍が持ってった。それと、臓器。それがカルテと全部一致するかどうか、きちんと対応させた研究はまだしてないんです。そのときいつも感じるんだけど、台帳がないわけですよ。これだけですよって出されたデータは、それが全てだという。そこから向こうが必要な特殊な例を抜くとか、そんなにめちゃくちゃはやってないとは僕は思ってますけどね。しかし、この方式ではなかなか、全面的に日本に返したといっても、全てのデータを返してるのか、なかなか証明はできないなと思いますね。

今も続く原爆の影響

被爆者サイドの白血病という病気の受け止め方に関していえば、これはなかなか、われわれも最初は想像しづらいものがあります。10年とか20年とか、何年もたって発病してくるでしょ。それをわれわれが、「これは、あなた、1・5キロで被ばくしとるから線量がこのくらいあって、今までの統計からいうと、これは放射線で起こった白血病ですよ」というふうな説明をしたときに、それを被爆者がどう受け取るか。最も印象に残る言葉は、30歳ぐらいで子どももできて、家庭もつくった揚げ句に、76歳ぐらいになって発病した人が「やっぱり原爆は自分の体の中に生き続けていたんですね」と言ったこと。ほんとに確信した人はそういうことを言いますね。それは2つのことを意味してるわけで、ひとつは、ほんとに医学的な意味で白血病の原因が（体の中に）巣くってた。もう一つは、何ていうかな、それだけ不安がずっと続いてたっていうことを告白してるわけですよね。いつかは原爆の影響が出るんじゃないか、それが今回、白血病になって出てきたということでね。

今最大のテーマは、被爆地域拡大の人たちの活動ですね。特に（被爆地域の）東側に住んでいて、放射性降下物が――プルトニウムですね――落ちてきて被ばくした可能性がある人たちがいる。推定線量を調べていくと、推定でトータルで20ミリシーベルトとか、25ミリシーベルト。距離もかなり遠いですよ。12キロとか。島原までも、プルトニウムが土の中にあると証明できますからね。国際的な研究の現状を申し上げると、今までは100ミリシーベルトっていうのが、人体に影響があるとされる、すなわち癌を起す最低の放射線量。日本政府は100ミリシーベルトをずっと堅持してるわけですよね。それを支持してる学者がいるということね。ところが、ヨーロッパの研究者が多いですけど、最近の論文の傾向としては、100ミリシーベルト以下でも、20から50ミリシーベルトぐらいで影響があるというデータを出してきている。僕らが長崎市から頼まれてやっている研究会（長崎市原子爆弾放射線影響研究会）でもそれがずっとテーマになっています。ところが、放射線影響研究所の正式の研究でも全く取り上げられてないのが、残留放射能と内部放射能の問題なんですね。人体影響を及ぼすような量ではなかったという大前提に立ってるのが放影研なんです。それを政府も追認して、そこから新たなデータを出す努力はしていない。ところが、原研病理の七條和子先生の研究において、プルトニウムが体内に入っていた証拠があると出てきて、そうなると、論理的には、体内に入ってるというのが証明されれば、放射能を出してるわけですからね。プルトニウムなんていうのは2万年ぐらい出し続けるわけだから。肺にあれば肺がんを起こす可能性だってあるんでね。それを被爆地域外の子どもたちが吸ってて、今、もう80代になってきて、今頃がんが起こってくるっちゅうことは否定はできないんですよね。だから、そういう否定はできないことがまだまだある中で、100ミリシーベルト以上直接浴びてないと駄目だ（放射線の影響を認めない）っていう行政の判断は、僕は間違ってると思うんだよね。でも、20ミリシーベルトも影響がありますねって認めちゃうと、被爆地域外の対象者がかなり救われるでしょ。それだけにとどまらないですよ。福島の低線量被ばく者が相当出てくるわけね。だから、そういうのも行政は考慮してると思います。

よくテレビのインタビューなんかで最後に聞かれるんですけど、非常に分かりやすい言葉でいえば、原爆の研究に最初は無我夢中で入っていって、いつかは原爆の影響の研究は終わるだろうと安易に考えてたところが、なかなかそうならなかったと。被爆者が自らの体を使って、集団として統計値を出してくるわけでしょ。僕らがその統計値を、フィールドワークして、一人一人の患者のカルテを書くことから始まってるんですよ。研究は、顕微鏡見て診断することから始まってるんです。七百何十例っていう白血病を集めて統計を解析した時期があるんですけど、今はもう1000例を超えてると思います。みんな、一人一人の患者の診断を的確にして、それを第三者の医者にも見てもらって、診断名とタイプも書く。そういうことの積み重ねなんですよね。それをずっとやってきたところが、被爆者が次々、新たな状況を起こしていくわけですからね。しかも、そういう遺伝子レベルの異常まで分かりつつあって、幹細胞が放射線を1945年に受けてたんだという仮説がほぼ間違いないというところまで、今来てますからね。国際会議で発表すると、外国の人たちもびっくりして、生涯持続性ということをよく言うようになってきましたね。国際赤十字の委員長も必ず講演では生涯持続性ということを言ってます。そういう大きな流れをつくっていったのは、まさに被爆者だと。

被爆者のデータ解析と資料保存に携わって

三根《みね》眞理子《まりこ》さん

〈三根眞理子さんの略歴〉
1950（昭和25）年大分県生まれ。72年、長崎大学教育学部卒業。74年、長崎大学医学部附属原爆被災学術資料センターで採用される。現在、長崎大学原爆後障害医療研究所客員教授。専門は、疫学・統計学。
［聞き取り日時・場所］2021年3月3日・長崎大学原爆後障害医療研究所
［聞き手］中尾麻伊香、山口響（まとめ）

被爆者調査のデータ整備

長崎大学医学部附属原爆被災学術資料センター［★1］に採用された1974年頃は、まだ設備も何もなく、狭い部屋に10人以上がいて、被爆者健康手帳の内容を全部、転記・コード化してコンピュータ化していました。昔は「パンチ」と言って、穴をあけたものをコンピュータに読み取らせたんですよ。それからいくらかして、今ミュージアム（原爆医学資料展示室）になっているところに新しい建物が建ったんですね。

被爆者健康手帳を持ってらっしゃる方の住所、被爆距離、被爆状況などの基本情報がありますね。今はぜんぜんそういうデータはもらえないけど、当時は個人情報がどうとかっていう時代じゃなかったので、長崎市から全部データをもらって大学でデータベースを作ったんです。昭和54（１９７９）年ぐらいからだったかな、市と協定書を結んでデータをもらい出したんです。その頃からやっと、ちゃんと形式ができた感じですね。

　市の方は、本当は5年保存になっているカルテ（被爆者健康診断の調査票）を処分したいと思っていた。でも、宮城重信先生という重鎮が、被爆者の資料は永久保存しなきゃダメだって言って、市は捨てきらずに築町の倉庫に溜めてたんです。大学では、91年ごろに市からそれをもらってスキャンし、画像データを作成しました。92年に長崎原子爆弾被爆者対策協議会がハートセンターに引っ越した時に、向こうも電算化されたから、それからは市も自分たちでデータを作れるようになりました。

長崎大学と放射線影響研究所

　放射線影響研究所（放影研）は、自分たちが捕まえた何万人かの被爆者の集団の中から、2万人ぐらいを2年に1回検診して、追跡調査しています。私たち（長崎大学）は被爆者健康手帳を交付された人たちが対象。もちろんダブりはありますけど。本当は、被ばく線量と疾病や死亡率などとの関係が問題なんだけど、放影研と違って、大学には線量に関する情報がなくて、距離と遮蔽状況に関する情報しかないんですよ。放影研は、被爆時にどこの部屋のどこにいたかという情報まで基にして、もう細かく集計してる。それは大学ではできないから、いちおう、ＡＢＳ-93Ｄっていう、大学方式の簡易線量を被爆者個々人につけてるんですよ。それは、広島大学が開発して、長崎バージョンに改訂してうちが使っている。放影研から言わせれば、それは正確じゃないって言われるんですけど、ある個人に関して、放影研の計算線量とうちの計算線量を実は裏で突き合わせているんです。まあ、両者が相関するのは当たり前ですよね。相関はよかったので、その当時の先生たちは、そのＡＢＳを使ってもいいだろうっていう

★1　１９７２年に「原爆医学資料センター」として設置され、74年に「原爆被災学術資料センター」と改称される。97年に「原爆後障害医療研究施設」の一部門である資料収集保存部となり、２０１１年に「資料収集保存・解析部」とさらに改称。

放影研からのお墨付きじゃないけど、もらってるんですよね。ただし、その結果は、残念ながら印刷物にしてないので、残っていません。

長大医学部による資料収集

原爆関係の資料収集をし出したのは、被爆50年の時ですね。長大医学部の同窓会で節目節目にいろんなことをやられるんですよ。名誉教授の相川忠臣先生から一緒に調《しらべ》漸《すすむ》先生のところに資料を探しに行こうって言われて、ついていって、その時に調復興日誌［★2］を調邸で見つけたんです。長崎大学附属図書館医学分館の中にも原爆関連のいろんな大事な資料が埋もれてて、それが見つかった時に、すごく嬉しかったんですよ。私はそれまで、ただひたすら統計とコンピュータをやっている人だったのですが、それからなんか目覚めちゃって。

広島は、原爆に関しては、原医研（広島大学原爆放射線医科学研究所）の中に資料を集める部門があったんです。私も少ししか覗いたことないけど、倉庫の中に一杯、もう羨ましいぐらいのお宝がある。長崎大学医学部附属原爆被災学術資料センターは、結局は医療情報のコンピュータ化、データベース化がメインの仕事だったので、紙資料を集める目的は、組織の掲げるミッションのどこにも入ってなかったし、そういうポストもないいんですね。本当は、医学の歴史を見るには、ドクターじゃないとわからない面があるので、ドクターが医学部の歴史に興味をもって跡を継いでもらわないといけないんだけど、先生方は異動があるじゃないですか。

うちでは、積極的に集めたわけではないけど、来るもの拒まずで、集まってきた資料を保管してきた。ところが結局、私がいなくなったあと、その資料を保管する人がいない。そうすると原研（長崎大学原爆後障害医療研究所）の保管庫に埋もれてしまう。何があるか誰もわからない、図書館に移管すれば永久に保存できるじゃないかということで、今回、長崎大学附属図書館医学分館に資料を移管することになりました［★3］。

調来助先生は、放影研に行けば胸像が置いてあるぐらいに、放影研の前身のＡＢＣＣ（原爆傷害調査委員会）と研究を一緒にしてたんですね。それで、調先生が亡くなった時に、奥様が、調査資料を放影研に寄贈してるんです。その調査は、何々さんが原爆投下時にどこにいて、どんな怪我をしたか、どんな急性症状があったかを記録している。それは普通の調査ではなくって、医科大の医者の卵が一緒にやっているから、けっこう質が高いって私たちは思っているんですよ。だからそれはやっぱり大学の宝として残すべきじゃないかって思っていて、被爆50年か60年の時に、私が長大に欲しいと言ったんです。いったんは放影研から断られたんだけど、被爆70年を機に、そろそろ返しましょうかねってことで、戻ってくることになったんです［★4］。調先生は、その６０００枚近くの調査票をひとりで手計算して、素晴らしい分析をしているんですよ。それは医学資料としてももちろん価値があるし、調先生とは違う切り口で分析すればまたなんか違うことが出るかもしれないってことで、全部データを起こしました。原研としてはもうデータを起こしたから、原資料は図書館で大事にしてもらわんといかんということで、附属図書館医学分館に移管しました。

あとは、事務文書の中から移管したものもあります。事務の方が大事に持っていて、辞めるときに、これ原爆関係だから、自分がいなくなったらその事務文書は棄てられるからって言って、偶然生き残った文書ですね。角尾内科、調外科と、教室ごとに教員や学生などの生存死亡の名前も一覧表にしてきっちり記録してあるんですよ。それがちゃんと調査して残してあるっていうのはすごいなって思って。もう全部大学が焼けちゃって、なんも残ってないんだからね。他には、相川先生が事務の倉庫に潜って調べたものもあるみたいなんです。それで、たしか、朝長万左男《ともながまさお》先生が資料センターのセンター長だった時に、原爆関連の書類だからということで、私

★2　長崎に原爆が投下された当時に長崎医科大学教授を務めていて、爆心地からわずか６００メートルのキャンパス内で被爆した調来助《しらべらいすけ》が、被爆直後から１９４５年10月までの様子を克明に書き留めた日誌。調漸《しらべすすむ》は来助の孫。

★3　２０２１年1月、原爆後障害医療研究所が保有する原爆関連資料79点が、附属図書館医学分館に移管された。

★4　調来助が１９４５年10月に原爆被災者５７７８人を対象に行った調査の資料は、90年10月に純子夫人が放射線影響研究所へ寄贈している。２００４年8月には長大に同資料のレプリカを展示することで放影研・長大間の合意があり、さらに２０１５年8月には、放影研から長大に資料が移管されることになった。

のところに持ってこられたんです。それをうちで整理した。とを厚労省は認めたんですよ。しかし、癌はダメっていうことで、認められませんでした。

被爆地域拡大

長崎市から、被爆地域拡大をしたいから何か調査はできないか、科学的根拠は求められないかって言ってきたときに、私は無理って言ったんです。結局、厚生労働省が求める科学的根拠は、被ばく線量との関係に尽きるので、爆心地から12キロの範囲では線量は出てくるはずもなく、無理ですよって言ったんだけどね。伊藤一長市長の鶴の一声で、現場の人は困って、いちおう、地域拡大のための調査をやったんです。ただ、熱が来たとか光を見たとかいう話では何も根拠にならないので、証言をみんな書いているんです。それを精神医学が専門の太田保之先生が読まれて、やっぱりこれはちゃんと調査して、形にしないといけないよねってことで、たぶん300人ぐらいだったけど、ＰＴＳＤの調査をしているんです。厚労省は300人ぐらいのデータでは被爆地域拡大を認めないけど、何十人もの人を送り込んで、短い間にすごい調査をやっちゃったんです。それで、太田先生の調査と同じような結果が出たから、被爆地域外でも心の傷があるというこ

長崎での被爆者調査に参加して

濱谷《はまたに》正晴《まさはる》さん

〈濱谷正晴さんの略歴〉
1946(昭和21)年富山県高岡市生まれ。65年、一橋大学社会学部入学。社会調査を専門とする石田忠ゼミに入り、以後、長崎を中心とした被爆者調査に関わり続ける。現在、一橋大学名誉教授。主著に『原爆体験——六七四四人・死と生の証言』(岩波書店、2005年)。

[聞き取り日時・場所] 2019年10月6日・長崎の証言の会事務所
[聞き手] 木永勝也、新木武志、中尾麻伊香、山口響(まとめ)

石田忠《いしだただし》ゼミの一員として
長崎での被爆者調査に参加

原爆が投下されてから20年。日本の国=厚生省(当時)がようやく「原子爆弾被爆者全国実態調査」を実施しました。このとき、「原爆医療審議会」にはじめて3人の社会科学者=隅谷三喜男《すみやみきお》[★1]・中鉢正美《ちゅうばちまさよし》[★2]・石田忠[★3]の各氏が参画しました。中鉢教授は、「原爆被害の特殊性」を解き明かすには、まず事例調査をやって、それから順次、抽出調査→全数調査へ展開していくべきという構想を持っておられたのですが、「昭和40年調査」は結果的に、「基本調査」(全数調査）――「健康調査」及び「生活調査」（抽出調査）を厚生省が併行して――調査問題を明確にしていくプロセスを踏むことなく――実施し（昭和40年11月1日）、事例調査の方は広島市・長崎市の「原子爆弾被爆者対策協議会」が「生活調査・特別調査」として行う（昭和41年3月30日～4月10日）という形になりました。石田先生に聞いたところによると、中鉢先生と隅谷先生は広島に行きたいと言われたので、自分が長崎に来ることになったとのこと。それが、私たちが「長崎に通う」きっかけになったわけです。

石田先生は「5年と6か月」（１９４０年12月1日～）、中国大陸と南方に兵隊で行かされて日本の戦争・戦場は骨身にしみて体験してきました。しかし原爆のことは、『原爆の子』を読んだことがあるくらいだったそうです。《原爆が人間に何をしたか》は、被爆者に会って聞いてみなければわからない。ところが、何をどのように聞けば原爆のことがわかるのかは、予めわかっているわけじゃない。「生活調査・特別調査」の調査票は、被爆者の「世帯構成」が被爆によってどう変化し（破壊され）、その後、再編・展開されていったのかをとらえようとするものでした。つまり、この段階では貧困調査や生活調査でのそれまでの枠組みを越えて出るようなものではなかったのです。

長崎での「特別調査」は当初、爆心からの距離にしたがって地域を無作為に抽出する方法で被爆者を選定しようとしたようですが、調査員たち（長崎大学や石田ゼミの学生が担当）が調査から戻ってきて言うには、「先生、訪ねていったけど、被爆者って言ったって、大したことないですよ」という報告が返ってきたそうです。対象を無作為に抽出すると、被害が軽い人も選ばれてしまいます。このまま進めていては、「本当の問題」はつかめない。そこで石田先生は、長崎原爆病院を訪ね、松尾幸子さんをリーダーとする医療社会事業部のワーカー（ＭＳＷ）たちから、「原爆症と貧困の悪循環」といわれる状態に陥っていた被爆者たちを紹介されます。こうした模索のもと、「特別調査」では相異なる2つの対象グループが存在することになりました。

「特別調査」の後、石田先生は、厚生省の調査から離れて、独自の調査に乗り出します。「特別調査」では、《被爆者問題の核心に迫れるような仮説》が見いだせなかった。持ち前の反骨精神がむらむらと湧き起こってきたのでしょう。《なにが本当の問題か。》それを探究していく過程のなかに、１９６６年度は谷川達夫・廣澤昌をはじめとする石田ゼミ生が、67年度は僕をふくむゼミ生が、翌68年には栗原淑江をふくむゼミ生が、長崎での生活史調査実習に加わっていきました。参加する学生たちが先生が直面していた課題を認識できていたとは必ずしも言えません、少なくとも僕はそうでした。

僕が一橋大学の社会学部に入った昭和40年ごろ、石田先生は学生部長をしておられたんですね。学寮問題や学生参加の問題でたびたびお見かけして、人間的な魅力にひかれて3年ゼミの選考を受けました。さっそく、①長野県や福島県で取り組んできた農村（農業構造改善事業）調査に参加するか、それとも、②長崎での被爆者の生活史調査に参加するか、どっちかを選ぶように言われたわけです。僕は生まれが富山県なもんですから、本州を出たことがなかったので、九州に行ってみたくて長崎を選びました。原爆のことに関心があって、長崎調査を選択したわけでは決してありませんでした。

1970年ごろまでに、「原爆症と貧困の真っ只中にある（あった）」ような方たちから継続調査の対象が絞り込まれていき、これが後に（足かけ8年をかけて）、石田忠編著『反原爆——長崎被爆者の生活史』（正続、未來社、1973-74年）に実を結びました。

僕は、（その当時は片淵にあった）原爆病院周辺に住む被爆者を担当することが多かったので、一軒調査が終ったら、いったん原爆病院の医療社会事業部に戻ってワーカーの方たちとだべって（笑）、また行ってきますって調査に出かけていくという感じでした。

当時の長崎は、所番地が整備されていませんでした。石田先生から、何町何番地の誰々さんのところに（行けと言われて）、二人一組になって行くんですけど、番地が飛び飛びになっていてなかなか探し当りません。出会った人に「あそこのお宅にはどうやって行ったらいいんですか」って聞くと、「うちの庭を通っていけ」って言われて、「お邪魔します」とか言いながらたどり着いたということもありました。

もうひとつの強烈な印象は、頭ごなしに怒鳴りつけられたことです。「東京の一橋大学から被爆者の方のお話をお聞きしたくて参りました」って言うと、「お前ら、いくら金もらってきた！」「自分のところが被爆者の家だっていうのをどうやって知ったんだ！」と。ところが、そういう方が、昭和20

★1　当時、東京大学教授。専門は労働経済学。
★2　当時、慶應義塾大学教授。専門は生活構造論。
★3　当時、一橋大学教授。専門は社会調査論。

年8月9日のことを一言しゃべり始めたら、もう止まらないんです。長崎弁は不慣れでも、対面状況では、その人が話そうとしている内容は何となく伝わってきます。お話の途中に割って入る隙すらないまま、宿舎に戻って録音テープを聞き返すと、何を仰っていたのか、チンプンカンプンという有様でした。

もうひとつ驚いたことは、ある鉄工場の工員さんに、「お勤めはどこですか」って聞いたら、三菱だっていう。よくよく聞いて見ると、三菱の下請けのまたその下請けの……、末端の町工場で働いている方も三菱という意識を持ってらしたということですね。その人は、「人類」って言葉を何度も使いました。普通のおじさんから人類って言葉が発せられる、そのことにびっくりし考えさせられたことを覚えています。

調査に行く前、私たちは、被爆者は原水爆禁止に関心を持っている人たちなんだろうと勝手に思い込んでいました。それを前提に調査票を組み立てていった。ところが実際に被爆者の方に会って話を聞いてみると、自分たちの頭で組み立てた質問事項では上滑りしてしまい、《原爆に抗って生き抜いてきた》営みにまでは及びませんでした。

長崎原爆青年乙女の会の調査へ

さて、長崎に来るのが3年時の夏一回だけだったら、僕が被爆者問題にずっと関わり続けることはなかったと思います。ところが谷川・廣澤両先輩が、被爆者問題で卒論を書こうと考えていらして、どういうわけか僕も、同じ昭和42年12月にもう一度長崎についてきてしまったんです［★4］。気づかぬうちに、被爆者問題から離れられなくなっていたのでしょう。

結局、僕も卒業論文は原爆のことで書き、1969（昭和44）年4月に大学院（社会学研究科）に進学。修士課程では、《社会科学的な被爆者調査史》についてフォローし、博士課程では、長崎で続けてきた事例調査をまとめて、単位取得論文を書きました。一橋の助手（特別研究員）になったのが1974年。1976年に専任講師になり、「77シンポジウム」［★5］のときに、（一橋大学のある東京都）国立市の被爆者の会の「一般調査」を僕のゼミの一期生が担当しました。それが僕のゼミ生が被爆者調査に携わった最初です。

同じ時期に長崎で行われた「一般調査」の調査票に書き込

まれた「自由記述回答」を読ませていただいて、もっと詳しく話を聞きたいという方が20～30人くらい候補に挙がりました。1978年夏は、その方たちのところに訪ねるという形で長崎に来ました。翌79年度の学生は長崎には来ていなくて、神奈川在住の被爆者の調査をやりました。

そろそろ長崎を足場にした調査活動に本腰を入れていかなくては、という思いが高まってきました。そこで思い起こしたのが、「長崎原爆青年乙女の会」の存在だったんです。

原爆青年乙女の会は、仙ちゃん（山口《やまぐち》仙二《せんじ》さん）、（谷口《たにぐち》）稜曄《すみてる》さん、（渡辺《わたなべ》）千恵子《ちえこ》さんの3人が代表的な存在ですが、僕は、あの人たちがああいう風に表に立って活動できたっていうのは、それを支えている人がいたからに違いない、その人たちのことを知りたい、と思いました。そこで手がかりになったのが、渡辺千恵子さんが持ってらした会員リストでした。

調査を始めた1980年は、ちょうど会の結成25周年でした。今の「岡まさはる記念長崎平和資料館」のある場所は、以前は確か中華料理屋だったと記憶しています。僕のゼミ生も丸いテーブルに分散して同席させてもらい、隣り合わせた被爆者の方とお話をして、調査をさせてもらえるかどうか、ご都合のいい日時はいつか打合せをする、というような形で調査が始まったんです。

以来、青年乙女の会調査は、僕が定年退職する2010年まで30年間継続しました。なんどかの反復調査を経てこれまでに作成できた聞き書き記録は30例近くになりましたが、1度だけの聴き取りになった方の証言もふくめて、いずれ集団としての会の歴史を再構成したいと夢見ています。

また、黒川正さんと、彼の没後、活動を引き継いだ深堀悟さんの繋がりで、山里国民学校6年生のときに被爆した方たちの生存者がつどう「山友会」会員（『思い出新たに』に体験記を載せた方たち）からも、1991年と2006年に、聞き取りをさせていただきました。

いずれも、《被爆時年齢》に着目して行った調査です。

★4　1973年までの一橋グループによる調査の経緯の一端は、『反原爆——長崎被爆者の生活史』未來社、1973年の巻末に掲載されている（ただし、この面接記録に出ているのは、『反原爆』に掲載された被爆者についてのみである。）

トにぶつけていくんです。昭和40（１９６５）年に福田さんが出した手記『生きる』を徹底的に読み込み、そこから調査の構想をくみたてたうえで面接に臨んでいった、先生の姿勢がひしひしと伝わってきます。

調査の切り口

一橋グループは、長崎という地域に関心を持っていないっていう批判があります。地形や、歴史、文化をみれば、長崎は場所によって異なる多様性に富んでおり、そのことは、僕らももちろん知っています。

しかし、私たちは、原爆というのは、投下された場所が違っても、その真下にいた人間には同じ苦しみをもたらすものだと考えます。《原爆が人間をどういう状態の下に置いたのか、どんな目に遭わせたのか》。石田先生は常に、「人間」とは、何かの属性に規定されている人間というとらえ方よりも、原子爆弾が現出させた〝極限状況下に置かれた一個の人間〟という意味で捉えていたと思います。

また、被爆者問題に関する最初の論文となった「原爆被害者の立場」［★7］の冒頭部分で石田先生は、「調査の争点」と

石田忠と福田須磨子

石田先生は、福田須磨子《ふくだすまこ》さんとの面接の録音を私たちには聞かせてくれませんでした。「子どもたちには聞かせられない」と仰って。お二人の間でどのようなやりとりが交わされたのか。先生が亡くなった後（２０１１年1月11日、享年94歳）、ご自宅の書斎に行きましたら、テープが一部、幸いにも残されていました。「反原爆の立場」で須磨子さんの戦後史を書くため、長崎だけではなく、先生は四条畷にも通われたわけで［★6］、それらの全貌を跡づけるに十分な音声資料はまだ見つけきれていません。

石田先生が福田須磨子さんに初めて会ったのは１９６７年12月。当初、廣澤先輩が卒業論文（『被爆体験の思想化』）を書くために福田さんの話を聞きに行く約束をしていたのですが、石田先生も一緒についていかれた。そのときの録音を聞くと、先生は開口一番、福田さんに向って、《私は長崎に来て、これこれのことをやりながら、こんな風に考えてきた、これからはそのことを明らかにしていきたいと考えている、どうでしょうか》という形で、先生の調査の構想や仮説をストレー

いう言葉を使っています。「原爆特別措置法」制定にあたっての最も基本的な「争点」は、《自分らの多くの〈苦悩〉が「原爆のセイであって自分のセイではない」》ことに〈事実〉によって決着をつけることだった、と。《被爆40年原爆被害者調査》(日本被団協)も、政府の原爆被害「受忍」論にたいし、「原爆ははたして人間が受忍しうるものかどうか」を解き明かそうとする⇓生存者の苦悩にふみこむ調査でした。私たちは、この調査の企画・設計・分析に当たりました。そのときどきに被爆者が直面する問題のありかを見定めながら調査の課題を設定していく。こうしたことも、私たちの調査のもうひとつの特徴です。後者には全国47の都道府県すべてに居住する1万3168人の協力を得ることができました。その膨大な内容にかんする整理・分析は、いまなおつづいています。

〝一橋大学の学生の中から、一人でもいい、被爆者問題の研究者が育ってくれたら……〟石田先生のお別れ会のときに伺ったのですが、長崎原爆病院のMSWの皆さんはそう願いながら、石田ゼミの調査活動をサポートしてくださっていたそうです。何十年と宿泊と食事の場所を提供してくださった原爆被爆者福祉会館(岡町)の皆さん、後半お世話になったカトリックセンターの皆さん。くりかえしくりかえしやってくる私たちを迎えてくださった、被災協の皆さん。〝長崎に来ると、なぜかホッとする〟(石田忠)そんな〝居場所〟がありました。

★5　1977年に開催された「NGO被爆問題国際シンポジウム」のこと。本章の高橋眞司さんの聞き取り(274頁)で詳しい経緯が語られている。

★6　福田須磨子は1970年3月から73年の暮れまで、大阪の四条畷市に居住していたことがあった。亡くなる前の年の暮れに、千里ニュータウンに住んでいた姉の豊後レイコのところに移ったものの、入退院を繰り返し、74年4月2日、帰らぬ人となった。享年52歳。

★7　石田忠、『思想』、1968年8月、岩波書店。

長崎での被爆者調査と平和研究

高橋眞司《たかはししんじ》さん

〈高橋眞司さんの略歴・聞き取り日時・場所・聞き手〉ー32頁参照。

77シンポ（NGO被爆問題国際シンポジウム）

77シンポ［★ー］には、鎌田定夫《かまたさだお》先生に誘われて、長崎準備委員会に参加しました。１９７７年３月に準備委員会ができて、いわゆる『長崎レポート』（正しくは『原爆被害の実相―長崎レポート』、Ｂ５版、３１２ページ）が7月30日に出版されています。山手茂《やまてしげる》氏（日本被団協専門委員、社会学）が書評で、長崎準備委員会ができてわずか4カ月のうちに、これほど質の高い充実したものができたのは驚きだ、と述べています。私も「被爆者の生活」という短い文章を寄せています。医学を含む自然科学、社会科学、人文科学、平和教育、これらの全体にわたる著述ができたのは、鎌田さんと長大医学部の武居洋先生が中心になって、全員で心を一つにしてやり遂げた成果だと思います。

しかし、そこには１９７０年以来の、『長崎の証言』の編集・出版という経験の蓄積があった。そして、医学部の先生方の援助もあって、オールラウンドな作品が非常に短い期間にでき上った。同様のものが広島に出来た、とは寡聞にして聞いておりません。長崎には中心になる人がいたということが大きい、と思います。それは、聖フランシスコ病院・医長秋月辰一郎《あきづきたついちろう》の人格的な威厳と魅力と言えばいいのかな。秋月辰一郎を中心にして、全体が緊密に協力し合っていくという組織が出来上がったのです。彼の周りで不平、不満、そういったものを一切聞かなかった。だから、本当に彼を中心にして、鎌田さんのような実務を担える人がいて、『長崎の証言』の既に7年の習熟のうえに立って、『長崎レポート』が刊行されたと言っていいのです。

話は飛びますけれど、2001年夏、岩波書店の雑誌『世界』の編集部から寄稿を頼まれたことがあります（『世界』692号、2001年9月号、参照）。そのとき、打ち合わせのために、岩波の雑誌編集者が広島経由で長崎に来ました。広島は活動家がバラバラの印象だったが、長崎に来てみたら、誰かに連絡したらすぐあの方、この方と連絡し、集まることができる。被爆地としての知名度は広島が抜群だけれど、運動体、組織体として考えたときに、長崎は緊密な人間関係ができている、そういうふうに言われました。そこには、1970年以降の証言運動の蓄積があって、『長崎の証言』もずっと刊行し続けてきた。それが積み重なって親密な人間的結合ができていた。77シンポの場合にそれが生きた、ということだと思います。

「長崎原普協」の活動

77シンポの一番大きな効用は、それまでばらばらに活動していた各分野の人々を結びつける大きな役割を果たしたということでしょう。例えば、山田かんという詩人、私は長崎に来て彼が主宰する詩誌『炮氓《ほうぼう》』に属して詩を寄せたり、エッセイを書いたりしていましたから、個人的には知っていました。けれど、たとえば、長崎大学の先生方で山田かんを当時知っている学者がどれだけいたでしょうか。医学部の武居洋先生と私、それ以前に会ったことはないし、互いに名前さえ知りませんでした。77シンポを通じての異分野の人々の結合、人々の紐帯というものがずっとあとあとまで続きました。だから、77シンポが長崎にもたらしたもの、その遺産というのは、長崎にとって非常に大きなものがあった、と思っています。

それから、もう一つとても重要なことがあります。それは77シンポの長崎準備委員会を解消するにあたって、秋月辰一郎医師を中心に、長崎「原爆問題」研究普及協議会（略称「長崎原普協」）を立ち上げたことです。これは、77シンポの成果

★1 1978年の第1回国連軍縮特別総会に向けて、原爆被害の実態を明らかにするために国連NGO軍縮特別委員会の主催で、1977年7月末から8月初めにかけて東京、広島、長崎で開催された。

を引き継いで、残された課題を明らかにして、その成果を出版するために設立されたものです。長崎の場合には秋月辰一郎という中核になる人を得て、「長崎原普協」は設立された、と言っていい。広島では、寡聞にして同様な組織が出来たとは聞いておりません。長崎で、もし秋月先生がいなかったら、どうなったか分からないところがある。歴史を作るのは人と人との結びつきなのですね。

「原普協」の作業部会の中心は、鎌田定夫先生と奥様の鎌田信子先生（県立長崎女子短大）です。秋月先生は文字通りのリーダーで、節目の決断をするときには、秋月先生の決裁を仰ぐというのが実情だったと思います。日常的作業は鎌田先生ご夫妻に負うところが大きかったですね。

77シンポで逸早く『原爆被害の実相―長崎レポート』を作った研究者たちがなおも持続的に所属して、そこで出したものが、英文の冊子『ナガサキからの報告』［★2］です。これはイギリスでもE・P・トンプソンが読んだという証拠があります。77シンポの長崎の成果を外国人にも示さなければいけないということで、鎌田先生、武居先生が中心になってこれを編集しました。

わたくしは『長崎からの訴え』の英語版［★3］を出しました。この小冊子は1982年の第2回国連軍縮特別総会とその関連行事に出席して、スピーチをした長崎の人たちの証言をあつめたものです。1983年には草稿が出来上がっていて、ピーター・タウンゼント氏の『ナガサキの郵便配達』（谷口稜曄ものがたり、早川書房、1985年：初出、1984年、ペンギンブックス、*The Postman of Nagasaki*. 1985）にも、参考文献として挙げられています。

「長崎原普協」から刊行された刊行物の英語への翻訳をして下さった方々は、長崎の英語教師のほかに、ブライアン・バークガフニ氏（当時、長崎市嘱託）、長崎ＹＭＣＡのスタッフで、英語講師スティーブ・コラック氏、永井センターのホセ・アギラール神父などです。これらの方々にお願いして翻訳をしてもらい、あるいは下訳を見ていただいて、出版しました。

77シンポの組織だけでは、これらの印刷物、それから、調査、分析を続けられなかったですね。だから、長崎「原爆問題」研究普及協議会（「長崎原普協」）という新しい組織を立ち上げて、市に予算を取ってもらって、そうやって刊行物として出版したのです。「原普協」出版物の事務処理を担った事務局には岡村進氏、ついで富塚明先生が加わって下さいました。「長崎原普協」の終息宣言のようなものは出ておりませんが、解明すべき新たなもの、出版する新たなものがなくなると、長崎市に予算を請求する理由もなくなり、活動も全体的には静かになっていく。そういう形だったと思います。だから、じり貧になったと言うのでなくて、出すべきものは出した、というふうに思っています。

１９８５年被団協調査

「77シンポ」の一環として行われた被爆者調査の設計は一橋大学社会調査室が担当しました。そして、１９８５年の日本被団協の被爆者調査［★4］は、戦後の被爆者調査の最高峰をなすものです。その具体的な設計は濱谷正晴《はまたにまさはる》教授が担当しました。石田忠《いしだただし》の「原爆と人間」という基本的な対置図式《パラダイム》のもとに、「原爆は人間に何をなしたか?」（生きる意欲の喪失、または漂流の過程）と「人間はいかにして人間性を回復したか?」（生きる支えの回復、または抵抗の過程）を明らかにすべく、綿密に調査項目を立てていったのです。これは濱谷正晴氏でなければできない精密な調査票の作成でした。濱谷氏から送られてきた調査票を見ても、つけ加える余地はほとんどないくらい完成されていました。

１９８５年調査が実施された3年後、１９８８年の秋以降、翌１９８９年春にかけて、資料集『「あの日」の証言』（その1）（その2）が、さらに『被爆者の死』（その1）（その2）が１９８９年夏から秋にかけてタイプ印刷の冊子体（B５版）で、その過程を主導した栗原淑江《くりはらよしえ》さんから陸続と送り届けられてきました。私はそれらを文字どおり感動と戦慄を覚えながら読み通して、日本被団協の主催する「被爆者問題研究会」、あるいは「社会思想史学会」などで逐次、報告しました。それらが私の『長崎にあって哲学する』正、続（北樹出版、１９９４年、２００４年）の内容の一端を形づくっています。

そして、１９８５年の被爆者調査の主担者であった濱谷さんは、調査から20年後の２００５年に、学問的にきわめて厳格な『原爆体験』（岩波書店、２００５年）と題する、決定稿を出版しました［★5］。

★2　*Report from Nagasaki: On the Damage and After-Effects of the Atomic Bombing*. Edited and Published by Nagasaki Association for Research and Dissemination of Hibakushas' (Atomic Bomb Survivors') Problems. 1978,1980,1985.

★3　正確なタイトルは、*Appeals from Nagasaki on the occasion of SSD-II and related events*. Edited by Shinji Takahashi, 1991.

★4　日本被団協が、被爆者援護法制定を要求するなかで、被爆者の実態と願いを明らかにするために、１９８５〜86年に全国の被爆者を対象に実施した調査。この調査では、1万３１６８人の回答から、その多くが健康や生活、子や孫への不安を抱えていることが明らかにされた。

「戦争と平和──九段階接合理論」

１９９７年６月、沖縄大学で開催された一般教育学会のシンポジウムにパネリストとして参加するように、という招きが宇井純《ういじゅん》さんからありました。この宇井純さんとの出会いのなかで私は、図表「戦争と平和──九段階接合理論」を考案し発表したのです。なぜ、私に指名があったかと言えば、それは日本平和学会春季シンポジウムが１９８１年４月25日から26日にかけて、この長崎総合科学大学で行われたからです。初日に、私は「被爆者調査から見た被爆者の要求構造」という報告をしました。そして、２日目には、当時、東大助手の宇井純氏が「公害輸出」という報告をしておられます。宇井先生は、長崎で私の被爆者調査の報告を聞いて心にとめて下さっていたのです。宇井純さんが私に沖縄で「長崎から報告してくれ」と言われたのは、私にとっては名誉であると同時に、大きな励ましでもあったのです。

それで、なにか新しいことを話さなければいけないということで、たまたま長崎大水害の直後、古書店「文禄堂」で見かけたＪ・Ｄ・バナールの書物の表題『戦争のない世界』がヒントになって、戦争責任だけでなくて、「戦争をなくすための責任」があると考え、そこで新しい理論を考えました。そして図表「戦争と平和─九段階接合理論」(Version 1) を作って報告したのです。図表は今日までに (Version 5) まで来ました。日本のアジア・太平洋戦争について「戦争責任」が追及されている。戦後には戦後責任があるという。それなら、戦前には「戦前責任」があるのでないか。そして、それ全体にもっと根源的な「平和に対する責任」、「平和責任」があるはずだ。そういう形で「戦前責任」、「平和責任」という、今まで日本語としては定着していなかった新しい概念を、一覧表を作ることによって、ここで生み出すことができたと感じています。

これは沖縄でのシンポジウムに、宇井純さんから直接ご指名があったという、そのことの衝撃が、「戦争と平和──九段階接合理論」、「戦前責任」、「平和責任」という新しい、それまで日本の平和学会になかった新しい概念を生み出したということになります。その初発は人との出会い、そして、あわせて、時代との出会いにある、と言えるように思います。

★5　これら１９８５年調査の４冊の証言集は、のちに全１巻にまとめられた。日本原水爆被害者団体協議会・編集『原爆被害者調査　ヒロシマ・ナガサキ　死と生の証言』新日本出版社、１９９４年。

解説　長崎の被爆者調査

１．占領下の被爆者調査

広島と長崎には原爆被災後、日本軍や大学などの調査団が訪れたが、日本の降伏後はアメリカから、マンハッタン管区調査団とアメリカ陸海軍の軍医団からなる調査団や、米国戦略爆撃調査団などが派遣されてきた。マンハッタン管区調査団と軍医団は、１９４５年9月、日本の学術研究会議が設置した原子爆弾災害調査研究特別委員会の調査団を組み込むかたちで調査を行った（日米合同調査団）。このとき長崎では、アメリカ側からの被爆者実態調査の要請に応じ、調来助《しらべらいすけ》を中心に長崎医科大の教官と医学生ら50名が、45年10月末から11月まで原爆被災地で戸別訪問を行い、原爆の人体への影響を調査した。

これらは、原爆の効果についての調査であり、将来の原爆の使用を想定したデータの収集であったと思われるが、アメリカではその後も研究を継続するために原爆傷害調査委員会（ＡＢＣＣ）を設立し、原爆の人体被害に関する継続的な研究に取り組むことになった［★1］。そのために、長崎では48年7月頃、当時長崎医科大学附属病院が使用していた新興善小学校の一部を借用して、遺伝学的調査や発育成長調査を継続した。これが長崎ＡＢＣＣのはじまりで、49年11月には占領軍の長崎民事部（軍政部から改編）廃止後、民事部が置かれていた長崎教育会館に移転した。そして、50年10月の国勢調査では、ＡＢＣＣの要請により、付帯調査として原爆被災の生存者調査が実施された。これによって入手した生存者の名前と住所のリストは、ＡＢＣＣのその後の調査に利用されていった［★2］。ただし、こうして実施されてきた調査の結果はアメリカの国家機密とされ、占領期には日本側による調査結果や研究成果も自由に公表することはできなかった。

2. 長崎市による調査

１９４８年9月23日の『長崎民友新聞』は、労働省婦人少年局長崎職員室が7月初旬から原爆による婦人傷痍者の現状を調査したところ、対象とした原爆婦人傷痍者１７８人のうち、68％がいまだに完治せず、不自由な生活を続けており、そのほとんどは治療費を出して病院通いができないため、１日も早く無料診療所をつくってくれるよう要望していると報じている。調来助によれば、これがそれまで戦災者という分類の中に包括されていた被爆者が、その分類から取り出され、長崎ではじめて「原爆による被爆」という考えが公にされた最初の例とされる［★3］。

しかし、占領期に福祉問題に取り組んできた長崎市の社会課長は後に、県の社会課長とともに毎週1回軍政府に呼ばれ、社会保障についての考え方を聞き、業務の計画および報告と軍政府からの指示を受けていたが、取り上げられた問題は孤児対策、未亡人対策などで、被爆者問題は何ひとつ問題にならなかったと述べている［★4］。原爆被災者は、データ収集の対象とされる一方、特別な対策はなされなかったのである。

そのなかで、占領の終了を目前にした52年3月、国会で戦傷病者戦没者遺族等援護法の審議中、長崎市と広島市が原爆の犠牲になった学徒報国隊員、徴用工員、国民義勇隊員なども適用対象とされるよう運動を展開するなかで、実現後の事務処理の準備などのため、民生委員を通して、公務による原爆死没者と原爆による身体傷害者、一般市民で原爆のために死んだ者について調査を行った［★5］。これが長崎市による原爆死没者と被災者の実態把握を目的とした調査のはじまりと思われる。

52年4月に占領が終了し、原爆被災について全国的に報道されるようになり、原爆障害者が問題化していくと、長崎市は長崎大学医学部に原爆による身体障害者の実態調査を委託した。それを受けて、52年8月に調外科が実施した調査では、市内在住の1288人の原爆障害者が判明し、そのうち外科的後遺症者839人に診療を推奨したところ、288人が受診した［★6］。翌53年5月には、長崎県・市、長崎大学、医師会などが長崎市原爆障害者治療対策協議会（原対協）を設立し、原爆障害者の治療並びに健康指導、治療に関する行政措置の要請などを行うことになった。そこで、同月には、長崎市の全民生委員に委嘱して長崎市在住の原爆障害者を調査し、さらに、同年8月から9月にかけて、長崎大学付属病院で無料の診察を実施した。

ただし、原対協の経費は県・市の助成金、交付金と寄附金によってまかなうこととされていたため、財源の確保が大きな問題となっていた。そこで長崎市と広島市は、国会に原爆障害者についての調査データをもとに、原爆被害の特殊性を訴え、国庫による援助を請願した［★7］。

3．被爆者運動と被爆者調査

１９５７年3月の原爆医療法の制定によって、被爆者健康手帳が交付された被爆者は、国費によって健康診断と治療を受けることができるようになったが、治療の対象となったのは、原爆放射能に起因する障害についてのみであった。これは、原水禁運動などで被爆者らが原爆被害を他の兵器とは全く異なる特殊なものと訴え、救済を求めたことに対して、国側が原爆の特殊性を放射能被害のみに限定したことによる。そのため、原爆による他の被害や生活の保障はまったく行われなかった。

そこで、56年に設立された日本被団協や長崎被災協などは、戦争と原爆についての国家の責任を追及し、国家補償にもとづいた生活保障や遺族の援護を求めて被爆者援護法制定運動を展開していった。それとともに、60年代には、広島のジャーナリストや大学人らによる、国の責任による原爆被災者の全国調査の実施とその結果の公表を求めた原爆白書運動が開始され、長崎でも「原水爆白書をすすめる長崎市民の会」が設立され、被爆の実相を明らかにして世界に伝えようとする動きが起った。

そして、厚生省が65年11月に、戦後はじめて被爆者の生活や健康状態などについて「昭和40年度被爆者実態調査」を全国規模で実施すると、被爆者らはその調査結果に大きな期待をかけた。しかし、67年11月1日に、「原爆白書」（『原子爆弾被爆者実態調査——健康調査および生活調査の概要』）として発表された調査結果の結論は、「健康、生活の両面において、国民一般と被爆者との間にはいちじるしい格差はない」というものであった。

これに対して、厚生省の調査に参加した隅谷三喜男《すみやみきお》や中鉢正美《ちゅうばちまさよし》、石田忠《いしだただし》は、両者の間には無視できない格差があると批判し、石田とそのゼミ生の一橋大学グループはその後も長崎で生活史調査を続け、その調査はゼミ生の1人であった濱谷正晴《はまたにまさはる》に引き継がれていった。さらに、長崎では、鎌田定夫らが被爆者の面接調査を行い、68年8月にその報告書を公表した。鎌田は、その報告書に「調査に現れた問題事例」27件を拾いあげ、それぞれ10行内外で収録したが、「個々の体験の重さはこのような簡単な集約で表現できるものではなかった」という思いを抱き、「この反省を活かすとすれば、それは必然的に被爆体験の記録や証言の発掘・作成・刊行を中心とする独自な市民運動の組織へと進む以外になかった」と考えたという［★8］。これが長崎の証言の会による証言運動となっていった。

77年夏に国連ＮＧＯ軍縮特別委員会の主催で、被爆問題国際シンポジウム（77シンポ）が日本で開催されたときには、日本準備委員会が結成され、被爆者の一般調査・医学調査・生活史調査が実施された。長崎で結成された長崎準備会には、一橋大学グループや、長崎の証言の会や復元運動などで活動していた人々も参加した。そうして、被爆者や市民、研究者、教育者らによる、長崎ではじめての総合的な研究・調査が実施され、その結果は『長崎原爆被害総合報告・１９７７――原爆被害の実相』（長崎レポート）としてまとめられた。これに掲載されている人文・社会科学、平和教育、マスメディア分野の研究報告、約１０００人を対象とした被爆者の一般調査、73例の医学調査、24例の生活史調査は、それまでの長崎原爆に関する研究の成果を集約したものであり、放射能被害などの身体的被害とともに、生活の破壊、不安や罪の意識、差別の体験など原爆被害のさまざまな側面が示された。さらにシンポジウム終了後も、長崎準備会を発展的に解消し、長崎「原爆問題」研究普及協議会（長崎原普協）として活動を続け（１９７８年7月結成）、被爆者援護法など77シンポで提起された問題についての調査・研究に取り組み続けた。

また、80年12月に、「原爆被爆者対策基本問題懇話会」（基本懇）が「受忍論」を主張し、原爆放射能による健康障害のみを「一般の戦争損害とは一線を画すべき『特別の犠牲』」とした「意見」を発表すると、日本被団協は、これを乗り越える運動を開始した。そして、83年から84年にかけて「被爆者要求調査」を実施し、書かれた被爆者の願いをもとに全国的な討議を行い、84年11月に『原爆被害者の基本要求―ふたたび被爆者をつくらないために―』を発表した。さらに、85年から86年にかけて1万人を対象に、「原爆被害者調査」を実施した。これは、「厚生省調査は、わたしたちの苦しみである原爆被害を、とらえるものにはなっておりません。［…］被爆によって、この四〇年間、背負わされつづけてきた、苦しみと不安について、おたずねしています」［★9］と、被爆の体験や被害とともに、現在の健康と生活状態や被爆者としての苦しみと生き方などについて問い、放射能被害にとどまらない原爆の被害を浮き彫りにした。

ただし、94年12月に成立した「原子爆弾被爆者に対する援護に関する法律」（被爆者援護法）は、「原子爆弾の投下の結果として生じた放射能に起因する健康被害が他の戦争被害とは異なる特殊の被害であることにかんがみ」（前文）と、放射能被害のみを原爆の「特殊の被害」とする姿勢を変えていない。

また、99年から２０００年にかけて長崎市が中心となり、被爆地域周辺（被爆未指定地域）の住民８７００名を対象実施した、原爆被災当時の体験手記を集めるなどの「原子爆弾未指定地域住民証言調査」では、原爆投下時に心の傷を受け、現在もその影響が残っている人がいることが判明した。この調査後、長崎の爆心地から12キロメートル以内で、被爆地域になっていなかった地域は第二種健康診断特例区域とされ、原爆投下時にその地域にいた人は、健康診断で原爆の精神的影響による疾患とその合併症が認められると「被爆体験者」とされた。つまり、この地域にいた人は、放射能による健康被害はなかったが、原爆の放射能被害への不安が心の傷に影響を与え、身体的な悪影響につながっている可能性があると判断されているのである。

4. 調査されなかったこと

厚生省（厚生労働省）は、１９６５年度から10年ごとに被爆者の生活、健康等の現状を把握することを目的として原子爆弾被爆者実態調査を実施しているが、その調査のなかで被爆者が受けた心身の傷や不安についてほとんど踏み込むことはない［★10］。

また、この厚労省の調査では、２００５年度から海外に住む「在外被爆者」も対象とするようになった。ただし、在外被爆者は、戦後長い間放置され、原爆医療法と原爆特別措置法の制定後もその適用外とされ続けた。１９６０年代になって在韓被爆者の問題から取り上げられはじめ、70年代に市民団体による聞き取り調査などが行われるようになり、長崎からは鎌田定夫らが調査に参加し、80年代には、平野伸人が韓国やその他の国々の在外被爆者の調査や裁判、生活の支援に取り組みはじめた［★11］。そして、２０００年代になり、裁判によって海外にいても被爆者健康手帳や手当の申請・取得・受給が認められたことで［★12］、在外被爆者も実態調査の対象となったのである。しかし、この調査は被爆者健康手帳の交付を受けている者のみが対象であるため、手帳を交付されていない在外被爆者の実態はいまだに調査されていない。

さらに、厚生省による85年の被爆者実態調査では、付帯して死没者調査を実施したが、これも被爆者健康手帳所持者のみが対象であるため、手帳を所持している親族がいない死没者（長崎市外から動員された原爆死没者ら）や、すでに手帳所持者の親族が亡くなっている死没者は把握されなかった。つまり、国は原爆死没者についての詳細な全国調査もいまだに実施していないのである。さらに言えば、国は、空襲などによる民間人の戦争被害者の調査も行っていない。つまり、国は放射能以外の民間人が受けた戦争被害については、その調査の必要性を認めていないのである。

これまで長崎や広島そして国内外で、軍や行政、大学、被爆者や市民の団体などによって、さまざまな立場から被爆者の状況や実態を把握するための調査が行われてきた。それらによって調査され、明らかにされてきたこととともに、調査されなかったこと、そして調査されても公表されていないことは、原爆や戦争について、それぞれがどのように向き合ってきたのかを示している。［新木武志］

★1　ＡＢＣＣは、マンハッタン管区調査団とともに広島・長崎を訪れた軍医団のオーターソン陸軍大佐が、帰国後に原爆の人体被害に関する継続的な研究を「計画および監督」することを求めて提言したことを契機に設立され、１９４６年11月にトルーマン大統領が承認し、正式な常設機関となった

★2　ＡＢＣＣには、日本の国立予防衛生研究所（予研）も研究に参加し、被爆者らを対象とした寿命調査や成人健康調査、胎内被爆者などの調査を続けた。１９７５年４月に再編され、日米共同出資運営方式の財団法人放射線影響研究所となり、現在も放射線による人体への影響を日米合同で調査している。

★3　調来助編『長崎爆心地復元の記録』日本放送出版協会、１９７２年、１８８~１８９頁。

★4　同書、１８１~１８２頁。

★5　長崎市の広報紙『長崎市政展望』第13号（１９５２年３月25日）は、この調査の実施ついて、学徒報国隊員らを（戦傷病者戦没者等遺族援護法案の）適用対象とすることが「具体化すれば、その事務の処理が直ちに出来るように準備しておかなければなりません。又、一般市民の原爆死没者の名簿もないため慰霊祭其の他の行事を行いますにも不都合な点があります」と説明している。

★6　長崎市の広報誌『長崎市政展望』22号（１９５３年１月１日）。

★7　「広島長崎両特別都市建設事業の完成促進と原子爆弾による障害者に対する治療援助に関する請願書」（１９５７年７月18日提出）では、「障害者の大部分は治療費の負担に堪えない人々であり而もこれらに対する治療費は相当多額となり、市財政窮乏の折柄市費のみによつて入院加療せしめることは著しく困難でありますので原爆障害の特殊性に鑑み、国費による援助救済につき格段のご配慮を賜りますよう御願い致す次第であります」と訴えている。

★8　鎌田定夫「「長崎の証言」〈創刊号〉再刊にあたって－証言運動の構想と出発点－」『長崎の証言』創刊号１９７３年７月15日改訂版、長崎の証言刊行委員会、86頁。

★9　「被団協「原爆被害者調査」（八五年調査）の呼びかけ」より。同資料は日本原水爆被害者団体協議会日本被団協史編集委員会編『ふたたび被爆者をつくるな（別巻）――日本被団協50年史』（あけび書房、２００９年）に収録されている（資料39、１２８頁）。また、この原爆被害者調査の調査票作成を担当した濱谷正晴は、その著書『原爆体験：六七四四人・死と生の証言』（岩波書店、２００５年）で、調査票の回答を分析し、被爆者が体の傷、心の傷、不安と闘いながら生きてきたという「原爆体験」を明らかにした。

★10　１９８５年の調査票には、「被爆者であることから、現在苦労していたり、心配していることはどのようなことですか」という質問があり、①自分の健康、②働く仕事がないこと、③経済上の困窮、④老後の生活、⑤被爆した肉親の世話、⑥肉親の日常の世話、⑦子供や孫の健康、⑧子供や孫の将来（就職、結婚など）、⑨その他から当てはまるものをすべて選ぶという質問があり、最後に、①原爆によってお亡くなりになったあなたの家族の思い出で印象深く残っていることがありましたらお書きください（例えば原爆でお亡くなりになった時の状況等）、②このほか、被爆者の立場から、ご意見がありましたらお書きください、という自由記載欄が１頁あった。しかし、調査後公表された報告書では自由記載については全く触れていない。その後は、質問票から自由記載はなくなり、「被爆者であることから、現在苦労していたり、心配していることはありますか」という質問は、２００５年度から、「ある」を選んだ場合にのみ、選択肢（１９８５年度のものから一部変更された7項目に）から当てはまるものを選ぶ形式になっている（「原子爆弾被爆者実態調査」 https://www.e-stat.go.jp/stat-search/files?page=1&toukei=00450161&tstat=000001089035、２０２１年8月10日閲覧）。

★11　１９８０年代には、長崎在日朝鮮人の人権を守る会が、長崎での韓国・朝鮮人の被爆と強制連行についての実態調査を実施し、３万人を超える人々が被爆し、少なくとも1万人が死亡したと推計した。

★12　被爆者健康手帳は、孫振斗裁判（１９７２年）によって在外被爆者にも交付されるようになったが、被爆者健康手帳の申請や取得には来日する必要があり、手帳を取得しても旧厚生省の通達（１９７４年）によって、健康管理手当等の支給は国外に出た時点で受けられなくなっていた。この通達は２００３年に廃止され、被爆者健康手帳を取得し、手当の支給認定を受けた在外被爆者には、出国後も諸手当を支給されることになった。さらに、２００５年11月から居住国の在外公館を通じて手当を申請できるようになり、２００８年12月から被爆者健康手帳の申請もできるようになった。

6 平和教育運動

「平和教育運動」の聞き取りについて

第6章は長崎の平和教育に関して2人の聞き取り内容を収めた。

築城昭平《ついきしょうへい》さんは1947年に教員になり、教職員組合活動に奔走するが、就職当初から平和教育に熱心であったわけではなかった。被爆教師の会を結成して本格的に平和教育に身を投じるのは1970年代に入ってからである。築城さんは長崎の被爆教師らの動きの中心に常におり、当局とのせめぎあいの中で平和教育を進めてきた体験を語っている。

他方、**森口正彦《もりぐちまさひこ》さん**は、狭い意味での平和教育でなく、国語教師として教科教育を中心にした実践を積み重ねてきた。森口さんの発言からは、平和教育のみならず、教師独自の教科教育に対しても当局からのきびしい弾圧があったことが見て取れる。［山口響］

被爆教師の会を設立する

築城《ついき》昭平《しょうへい》さん

［聞き取り日時・場所］２０１7年8月26日・長崎市内のご自宅
［聞き手］山口響、新木武志（まとめ）

〈築城昭平さんの略歴〉
43頁参照。

長崎県教組での活動

戦後、教員になってすぐ組合（長崎県教職員組合）ができたから、組合に入ったのは片淵中学校のときです。だいたいみんな入っていたですね。その頃は校長も入ってた。しかし、やっぱり、数年たって集団で脱退しました。

組合はだんだん社会党系という風になっていったですね。１９５７、8年ごろ執行部の方から要請されて、執行委員になったんですが、だいぶ考えたけれども、何でもやってみようと思って引き受けました。組合活動はですね、組合のいろんな方針、賃金問題とか、われわれの場合平和教育とかあるけれども、その前に教育問題も一つの大きなテーマとしていました。だから、労働時間とか賃金とか、そういう労働問題と教育問題と二つが大きなテーマで、組合としてやるために、しょっちゅう執行委員会があって、また代議員会などで話し合いました。

給料は安かったですよ。１９５０年代やったですね、ストライキをやってた会社があって、その趣旨を出した張り紙を見たら、「私たちの給料はものすごく安くて、先生たちと同じぐらいですよ」ってありました。ショックを受けました。

教育問題というのは、戦前、あまりにも国の方針に従わせされたこと。天皇制というもののなかに、がんじがらめになってたから反対はぜったいにできなかった。警察や憲兵も怖かったし、日本は世界のなかで唯一正義の国だと思い込まされていたんですね、戦争にも強いんだとか、そんなことを思い込まされてしまっていた。子供だったから。そういうふうにすることによって、国の統制のなかに組み込まされていたのです。教育というのを国はものすごく重視しとった。だから、師範学校は授業料がないばかりか、逆にお金をもらってました。これは、他に陸軍士官学校や幼年学校、海軍兵学校ぐらいしかなかった。

そういう反省が十分あって、もう二度と教育をそういう政治の手先に使われるというようなことが絶対にないようにしなければいけないと、これが一番大事なんだというようなことが、組合活動の一番基本になっとったですね。

被爆教師の会の結成

教員になったばっかりのころは、生徒もみんな被爆者なんですよ。休み時間になったら生徒と被爆のことを話しをしたりしてました。しかし、組織的に話すことはありませんでした。10年過ぎごろ、１９５４年ぐらいになってくると、第五福竜丸事件があり、核兵器の問題を真剣に話し合うようになりました。それでもまだ組織的に教えるという動きはなかった。

ところが、ほっと気づいたらもう生徒は被爆のときのことを知らない時代になっていたということがわかった。１９７０年頃、広島の石田明さんから話しかけがありました［★1］。広島ではこれはもう大変だということで、被爆教師の会を作って、平和教育に打ち込むようなかたちにしようと思うが、長崎でもせんかって言われたんです。それが最初の始まりやったですね。

★1　広島では、石田明が空辰男や有田穣とともに、広島県教組の支援を受けて、広島県内の被爆教師に呼びかけ、１９６９年３月に広島県原爆被爆教師の会が結成した。その結成大会で決定された運動方針のなかで、「長崎の被爆教師にも運動の展開をよびかけ、連携を深めて運動をすすめていくこと」を決定している（石田明『被爆教師』一ツ橋書房、１９７６年、２７４〜２７９頁）。

石田さんからは、まず市教組の委員長の坂口便《さかぐちたより》さんとこに連絡が来たんです。で、坂口さんが僕にすぐ相談してきました。（執行委員で被爆者は、僕一人だけでした。）坂口さんは原爆のときは、外地におって、被爆者ではなく、終戦後、長崎の教員になり、組合の委員長になり、被爆のことを真剣に考えるようになったのです。

坂口さんと僕は、広島に行きました。広島では、石田さんと県教組で会って、いろいろ広島の状況を聞いて、広島の状況、ものすごく進んどると思ったですね。負けんごとがんばらねばならぬと、決意したのです。

そのころは、広島に行くのは大変だったですよ。急行雲仙号というのが昼出て、広島に夜中の12時ごろ着くんですよ。それで12時から駅で夜が明けるまでだまって待っとくしかなかった。で、帰りも夜中で、やっぱり雲仙号に乗って、大変でした。

長崎で組織づくりをしていくのは、組合のなかでしたんです。坂口さんと、あと何人か被爆者の人が寄って、まず本を出そうということになりました。とにかく、広島を参考にして、広島の例をいろいろ出しながら、まず本を出そうと、それから生徒の実態調査をやろう、そして、特に被爆者の教師に訴えかけて被爆教師の会を作って、組織的に平和教育をやっていこうということになりました［★2］。そのため、県教組にもいろいろ相談に行ったりすると、県教組が徹底的に支援してくれたのです。こうして長崎でも「被爆教師の会」ができたというのも、県市教組の支援のおかげですね［★3］。それをそのまま使いました。「被爆教師の会」という名前は、広島が使っているので、そ全部参加してくれました。組合員のなかの被爆者はほとんど

最初に被爆体験などを載せた『沈黙の壁をやぶって』を作った。中心になったのは、山川剛《やまかわたけし》さんとか今田斐男《いまだあやお》さんとか、たくさんの人が来てくれました。

組合と教育委員会

平和教育をやろうとしても、時間がないから、結局道徳の時間とか学級活動の時間とか、余った時間とか放課後とか、そういう時間しかやれんわけですね。で、組合で、そういうことをやりだしてから、教育委員会が妨害をしだしたんです。70年までは、教育委員会は平和教育についてとやかく言わな

かった。被爆教師の会結成後、教育委員会はとやかく言いだしてきましたね。国の方針は、できたら憲法を変えて、戦争のできる状態にしたいと、早くから、独立したすぐからそれを思っとったんですね。なかなかそれができんので。「教育」からやっていこうというようなことで、文部省を通して、その圧力が教育に向かって強くなってきたのです。その国のそういう方針を長崎県や市教委がすぐそのまま忠実に受け取って、それをわれわれにおいかぶらせきているんですね。

この前も似たようなことを新聞記者から質問されて、そういうことを言うたら、それは組合対策じゃないですかって言うたから、それもあったにちがいないけれど、必ずしもそればっかりとは限らんと、国の方針を長崎はまともに受け取ってやってるんだと僕は思っていると言ったら、ふーんと聞いとったですね。

当時の組合は社会党系です。総評ですね。僕らのなかでも討議をしたりしよったんですが、社会党系にならんでもいいんじゃないかという、そういう意見も出よったんです。ただ、執行部の返事としては、社会党から出た方針とわれわれの方針とは一致しているから、共同でがんばっているのだと。

共産党系の人もおったです。いろいろ対立はあったです。特にひどいのは原水禁と原水協が分裂した1962、3年ぐらいかな、そのころから組合のなかの共産党系と社会党系が対立がひどかったですね、特に平和教育問題に関して。しかし、共産党系は最後まで、ちゃんと日教組の中に入ってはおったです。

組合に対して「アカ」という攻撃があったですね。このアカがと。今度は平和教育に対しても「アカが」と。被爆教師の会もアカという風に言われよった。だから、被爆者のなかにはものすごく気にしとる人もおったけれども、結局はみんなで僕らの考えに合わせていきよったですね。アカだとかは、特に自民系の市議会の議員たちは正面立って言うてきよったです。

★2　長崎県教職員組合長崎支部・長崎市原爆被爆教師の会編『沈黙の壁をやぶって』労働旬報社、1970年。

★3　第6章「解説　長崎の平和教育運動」（307頁）参照。

★4　「原爆読本隠し」についての山川剛へのインタビューは、長崎原爆の戦後史をのこす会編『原爆後の七〇年——長崎の記憶と記録を掘り起こす』（2016年）に収録している。

『夏休みの友』は組合が作っとったんです。それを教育委員会が自分たちの方でも夏休みの学習ノートを作ると言い出して、最初は両者で競いあっていましたが、最終的には、教育委員会発行だけになってしまいました。特に平和教育の問題が出てから露骨になっていきました。

『原爆読本』と市教委

被爆教師の会では、教科書的なものも発行したですもんね。『原爆読本』です。これは、役員の話し合いをして、広く会員にも頼んだりして、被爆教師が分担して原稿を書いたりしました。会結成の時から。計画実施にうつりました。これも坂口さんが中心になっていました。

このような平和教育の取り組みに対しては、教育委員会は、ひとつひとつ反発せざるを得んようなことばっかりやったですもんね。『原爆読本』は絶対使ってはいかんと。校長と話し合いを持つけれども、むこうは教育委員会から、厳重に言われとるから、もう絶対折れんですね。

本をね、絶対使わせないと言うから、それならと言って、児童図書とかとして図書館に置いていたら、それも校長が全部隠してしまう。山川剛さんが勤務していた学校です［★4］。そのとき僕は組合の役員でもあったし、教師の会の会長でもあった。だから、山川さんから言われて、今度は僕らが、教組でなく、「被爆教師の会」として校長さんと交渉に行ったんです。もう話にならんですね。他の校長と同じで、もうかたくなに教育委員会の言うとおり言うだけです。これは私が許可をしていないお金で買っているから、見せないように別のところに置いていると、それを変えないんですね。

市教委は、最後には、長崎の平和教育は原爆を原点としないという冊子を、教育問題研究委員会を作って発行しとっとですよね［★5］。その委員会は、もちろん向こうの意のある人間ばっかりで構成され、一人だけ坂口さん（当時、長崎市議）を呼んどるとですよね。坂口さんは、最初は入らんと言っておられたが、みんなから行って中味を見る必要があるんじゃないかと言われ、市教委の執拗な要求によって入ったけれど、結局は平和論者は坂口さん一人ですよ。それで多数決で決めてしまう。で、坂口さんが行ったから中味がわかったんですけれども。みんな、教育委員会が原文を作って、それを委員がいろいろ討論をする、ただ字句の修正だけだそうですね。坂口さんがいろいろ言うてもね、みんな多数決で決めてしまう。名前だけは坂口って書いているんですよね。しかし、坂口さんの意見は何も入っとらんとです。最後には、この問題に対する意見を聴く会というのを、20人ばかり選んでるんです［★6］。そん中に僕も入ってるんです。あとは山口仙二《やまぐちせんじ》さんだとか、秋月さんとかはみんな反対したんです。ところが、冊子、もし持っとったら見られたらわかるんですけどね、一番最後に、坂口さんたちの委員と、意見を聴く会の人たちの名前だけ書いて、その意見の内容は書かんのです。その本を見るとね、意見を聴く会の人も賛成したという風に読み取れる。そういうインチキをやるんですよね。とにかく、これは教育委員会が作ったんじゃなくて、教育問題研究委員会が決めたんですって、内容は全部教育委員会が作って、これを学校に押し付けて来て、「平和教育」という言葉も使うことが禁じられたのです。それが、試案（『平和に関する指導資料（試案）』）。試案て書いとるけれども、試案じゃないんですよ。僕が教員を辞めてから、市教組から平和教育の問題で市教委と交渉するから、参考のため来てくれんかと言われて、行ったんです。発言はできんやった、後ろの方で黙っとった。その試案の問題も出たんです。そしたらですね、向こうの教育長が、「今そこにおられる築城先生もこの意見を聞く会に出られておられますように、これは全くみなさんで作ったもんです」という発言があったんです。この時だけは黙っちゃおれんと思って、ちょっと差し出がましいですがと言って、手を挙げて、「私はそこで意見は反対をしたんですよ、むしろそこで挙げている名前の人はほとんど全部反対してるんですよ、それを全然述べずに名前だけ書いてるんじゃないですか。まるであれを始めて読んだ人は、意見を聞かれた人たち、秋月さんたちもみんな賛成した。そういう風にしか思えませんよ」と言いました。そしたら教育長も黙って、もう話題を変えていた。

試案が出たときは学校は、ひどかったです。もう平和教育

★5　1977年9月12日、長崎市教育長の諮問機関的な委員会として、教育問題研究委員会を発足させた。学校長や大学教授、PTA連合会長、市議会代表など18人で構成されたが、被爆教師は入っていなかった。

★6　教育問題研究委員会は、1978年1月28日と30日に「意見を聞く会」を開き、それぞれ2人ずつ、被爆者団体、長崎証言の会、被爆教師の会の代表や、PTA、教職員、学識経験者を招き、意見を聞き、2月13日の会合でほぼ審議を終了した。

という言葉も出しちゃいかんかったです［★7］。そんななかでも平和教育をしよったです。いろんな学年集会なんかをつくって、集まって、話をしたりしてました。平和教育について運動をしだしてからは、その当時は90％ぐらいは組合員だったから、かなり意識をもってくれてました。妨害があってからは、積極的に動いているのは、50％ぐらいは……。

広域人事がはじまってからは［★8］、福江の方に異動になりました。また、被爆者の非組合員がおって、その人が北松の（平戸の）生月島に異動させられたんですよ。で、被爆で体が弱っててね。でも組合員ではない彼に組合は何もしてくれんわけ。あんまりかわいそうだから、個人的に交渉するからと、県教委に交渉に行ったんですよ。担当の課長にひどすぎるんじゃないかと言った。被爆者手帳をもっていても最初は考慮されなかった。被爆者のことを知らんなと思ったんですよ。組合から言っても、頑として変えんやった。ところが、2年目から配慮されるようになりました。被爆教師を遠くにはやらないようになりました。

市教委が「原爆のことを話すな」という禁をといたのは、21世紀になってからでした。自分でもひどいと思ったからでしょう。

被爆者のなかに組合を離れ、被爆教師の会を離れた教師もたくさんいました。彼らは「平和」「原爆」の言葉をいっさいつかわない人間になってしまいました。そのなかでも、城山小での生き残りの荒川秀男《あらかわひでお》先生、江頭千代子《えがしらちよこ》先生、山里小の林英之《はやしひでゆき》先生は、被爆のことについては側面からいろいろ協力してくれました。

★7　市教委は、学習指導要領に「平和教育」ということばはないとして、「平和に関する」教育といい続けた。

★8　長崎県は、1977年度から地域による教育の格差をなくすことを目的として、県内の離島と本土、都市部と周辺地域の間で、教員の人事異動を行う広域人事交流を開始した。

教科教育と平和教育

森《もり》口《ぐち》正《まさ》彦《ひこ》さん

〈森口正彦さんの略歴〉
１９３９（昭和14）年長崎市生まれ。原爆投下時は佐賀県白石村に疎開中。敗戦後１週間で帰宅し、入市被爆する。長崎大学学芸学部を62年3月に卒業後、「教育科学研究会国語部会」に属しながら、県内の中学校に国語教師として30余年勤務。退職後、「長崎の証言の会」被爆証言誌の編集長（２００３〜13年）。
［聞き取り日時・場所］２０２１年6月12日・長崎市内のご自宅
［聞き手］山口響（まとめ）

長崎大学時代

長崎大学学芸学部に入ったのが１９５８年4月、中学校国語科専攻課程科でした。当時はまだ、現在のような多くの学部がある大学ではなく、校舎は戦後に急造されたモルタル造りの2階建ての校舎が10余棟ほど、他に1棟だけの学生食堂のほか、講堂とコンクリート3階建ての図書館がある新制国立大学でした。

戦後にあらたに開学された長崎大学は、太平洋戦争の戦時下で主として魚雷を製造する三菱兵器大橋工場（爆心地から1・2キロ）の跡地に作られていたために、このころはまだ原爆でほぼ全壊した兵器工場跡が校地の周辺に残っており、魚雷の円形の前頭部があちこちに転がり残っているという状態でした。ただ、国道側の正門傍らには「原爆犠牲者慰霊碑」がぽつんと建っているという感じの学校でした。

私が入学した１９５０年代のころは、ほとんどが長崎県内からの入学生で、他県からの入学生は比率では少なかったと記憶しています。それも関係していたのか、あるいは、私たち世代が敗戦間際の国民学校最後の入学生で、敗戦後の「墨塗り教科書から新教育へ」という空白の教育世代であったためか、入学した長崎大学の場所が、かつての長崎原爆でほぼ全壊消滅した兵器工場で、多数の男女の学徒動員生徒をはじめ1万余人以上の徴用労働者たちが犠牲になり爆死した跡地であったという事実には、それほどの意識は持ち合わせていなかったように思います。その反面、日米安保条約に対する一定の反対運動はありました。

長崎大学に入って非常に残念だったのは、講義自体が高校の授業の延長のような感で、人文科学や社会科学、自然科学といった体系的な学問に出会うことが少なかったということでした。教授陣も、戦時下の旧制専門学校や師範学校、あるいは旧制中学校で生き残った教師たちが横滑りで配属されていたようで、フランス語や心理学、倫理学などといった、高校では学ぶことのできなかったいくつかの新たな講義は別にして、ありきたりな中身の平板な授業が多かったですね。特に、私は、国語講師の道を選択しようと思っていただけに、大学での体系的な言語学（音声・文字・語彙・文法……）をはじめとして、基本的な人文科学・社会科学の講義を期待していたのですが、実際の中身は常識的なものでした。

言語活動の体系性や社会科学的な基礎知識については、教師として中学校の国語科の授業に携わるようになってから、民間の教育団体や教員組合での教育研究会の中での各分野の学者たちの講義等で学んでいき、さらに授業実践を通じて、自らの力量を養っていったというのが実感でした。

叩かれた自主的・自発的な教科教育

私が教員採用試験に合格し、教職に就いた１９６０年代の公立学校では、小・中・高の教育課程（カリキュラム）で文部省による検定教科書に沿って進めていくことが要求されていました。民間教育団体のいかに優れたテキストがあっても、副教材としての教育委員会からの認定がなければ、その一部分でさえも使用することはできませんでした。

敗戦後に結成された教職員組合での研究部会等で、文部省が定めた教育課程では真の学力は保証されないという指摘がなされ、教育課程を発達段階に即して組み直し、系統的・段階的テキスト作成の中での授業化という実践的取り組みが盛んになっていました。

しかし、当時の政権下の文部省は、教育委員会を通じて、まずその教科教育面での取り組みを真っ向から否定し、現場での実践は検閲され、叩かれ始めました。

他方で、長崎・広島での平和教育は、被爆都市という特殊性から、組合編集発行の『原爆読本』小・中学校版を使用しての授業から始められていきました。最初は教育委員会からの目立った介入もありませんでしたが、１９７８年、長崎市教育委員会が「原爆を原点にしない」という方針を発してからは、『原爆読本』等を使った授業は禁止、といった露骨な介入が始まりました。

年度末の人事異動での圧力

教職員には年度終わりの人事異動での転勤がありますが、私の転勤回数は他に比してかなり多かった方です。初任校は長崎中学校でしたが、３年で江平中に転勤。３年でふたたび長崎中に転勤。また２年で日見中に転勤。３年後は片淵中に転勤。次は１年で福田中へ転勤、そこは２年でふたたび転勤でした。一般的な勤務年数では３年から６年、長い人は10年勤務ということもありましたので、私には落ち着いた勤務はありませんでした。

その原因は、検定教科書以外の自主的な教材使用や、民間の教育研究会や組合教研への所属と研究発表や授業化、加えて、官製研究委託への拒否などにあったようです。

当時の人事異動では、組合活動や、学校経営上での上司への反発などをふくめ、特に自主教材を使う教師には転勤調書にⓂ（問題教師）という赤マークが記入されて、転勤校へと送付されていた事実がありました。しかも、そういう人事異動上の個人情報が、学校長間で交換されていたことはもちろん、地域のＰＴＡ関係者の一部にも伝達されていたことを経験したことがありました。

１９７３年、片淵中学校にいたときに、教科書での体系性がない言語指導の分野のひとつ「語彙」指導で、自作のテキストで指導していました。ところが、「教科書とはちがった指導をしている」との一部の保護者からの連絡で、校長が市教委にテキストを持ち込み、「お前は教科書とちがった勉強をさせているようだ……こういう教員は公立学校にはふさわしくない」「あんたが教科書を組み替えて自主テキストを使って授業をしたかったら、私立に行け」と詰問されたのです。

当時、自民党の市議会議員関係の者で、この勤務校のPTAの会長をしていた人物が、「今度、片淵中学校に転勤した教員は問題教師で、ろくな教師ではない」「こんな教師に授業をさせてたら公立高校には絶対入れない、追い出さんばいかん」などと保護者に触れ回って、PTA主催での「授業のあり方を考える」という名目で、新聞社などを入れて「追い出し糾弾会」なる会合を企画したのです。保護者の中には、その情報を知って、集会にさせない動き方をされて、私に「その会合には決して出席しないように」と話をもってこられた方があり、集会は開かれませんでした。

ところが次に、私が担当していたクラス以外の他学年の保護者にも呼びかけて、「授業参観と質問会」という時間が設定されました。私は、使用しているテキストと教科書を比較しながら、授業のやり方を説明しましたが、相手側は、無許可のテキストを使っての授業を糾弾するだけで、こちら側の話は最初から聞く耳を持たない感でした。保護者の中には理解されている方も多くおられたのですが…。なにせ数の力は大きかったですね。その結果、この学校では勤務1年で他校への転勤になりました。

教職員組合は一定の支援をしてはくれましたが、権力との闘いの根幹が自主テキスト等での授業化と実践の広がりにあることだけは、やはりまちがいありませんでした。

1974年に片淵中学校から1年勤務で福田中学校へ転勤してからも、Ⓜ（問題教師）のレッテルはつきまといました。すでに転勤前から保護者間に「今度、福田中に来る教師は教科書を使わない問題教師だ……」という風評が拡がっていたといいます。このときは、この地区から選出されていた民社党所属の市議会議員が校長と結託していたことを、転勤後しばらくしてから保護者の方から聞きました。

福田中は地域的に山を隔てて福田と手熊《てぐま》地区という2つの異なる学校区の中間にある合併校でした。それぞれの地区は方言色（アクセント）の違いも大きく、どこか対立した感が残っている学校でした。したがって、担当した中学1年の国語科授業で、生徒の実態からみてまず必要だと思ったのが、言語教育での発音（音声）と、学力差が大きかった文字（漢字）指導および文法指導だったのです。そこで、教科書の読み方教材と並行して、すでに「教育科学研究会国語部会」でテキスト化されていた『発音とローマ字』『日本語の漢字』『日本語文法』というテキストを使って、授業化していきました。

授業が始まって2、3週間も経たないうちでした。案の定、校長が「あんたは教科書以外にローマ字を教えていると聞くが、ローマ字は小学校4年生の授業でするんだぞ」と切り出してきたのです。校長は、テキストを市教委に持って行って、指導主事からそう聞いてきたらしいのです。

たしかに、現行の教科書には小学4年生で「ローマ字の学習」が掲載されています。しかしそれは、言語音声と音声標記の文字との関連性も体系性もまったく無視した、ローマ字丸暗記の指導にすぎません。文部省がねらう「詰め込み・暗記教育」の代表なんです。言語学の理論の基礎さえ学んでいない教師たちがプロの教師面して授業をする中で、子どもを差別化し、選別していく言語教育のひとつなのです。

今度の校長は、PTAのボス的役員を通じて、私を学校から追放する署名運動を企んでいました。しかし、やはり心ある保護者からの情報では、署名は3人しか集まらなかったということでした。

同じようにさまざまな脅しと圧力から精神的に追いつめられて、うつ病などで休職や退職の間際まで追い詰められた教師がいたことも忘れられません。

「自主テキスト」使用をめぐる県議会での策動

県議会で、自民党・民社党などの議員連が自主テキストを問題化し、教委からの自主教材使用禁止命令を制定する動きが出てきた時がありました。そのとき、当時の県議会で唯一の共産党議員だった内田保信《うちだやすのぶ》さんがその動きを察知されて、民主的な教育運動を阻止させないという方向で質疑をされることになったのです。内田さんが、どんな文法教育を授業化しているのか知りたいということで、長大附属中に勤務していた濱崎均《はまさきひとし》さん［★1］の家に来られて4時間ほど内容を説明したことがありました。私たちは、橋本進吉博士によるいわゆる「橋本文法」の問題点を説明し、内田さんはそれを理解されて、自主教材使用の効果と必要性に関する質疑を県議会で行うことになりました。

その後のことです。当時の長崎市の教育長から、濱崎さん

★1　14歳の時、動員先の川南工業香焼島造船所内で被爆。戦後は中学教師となり、「長崎の証言の会」では初期のころから活躍した。２０１２年逝去。

を通じて、「自分の家に来て、話を聞かせてほしい」という誘いがありました。私たちは、教科研国語部会や数学教育研究会の人たち4人で、教育長宅を訪れました。

　ところが、そこにはすでにご馳走が並べてあり、お酒まで準備してありました。結局、教育長からは「県議会での内田さんの質問を取り下げてほしい」ということでした。私たちは「そういうことでここに話し合いに来たのではない」と要求を断って帰りました。

　内田さんは結局、県議会で筋道立った質問と要求をされました。いま考えれば、私たちはかなり危ない橋を渡りながら教師を続けていたのだなあという感じが蘇ってきますね。

教科教育と平和教育

　私は、平和教育は、各教科教育で生徒が獲得していく総合的な力によって支えられて初めて可能になると考えていました。なぜなら、平和教育は、人文科学・社会科学・自然科学など、あらゆる分野での知識や事実が関わってくる内容を含んだ学習だからです。

　私が担当していた国語科教育でも、「人類愛」とか「差別」あるいは直接的に「戦争」をテーマにした作品を授業化することは、小・中学校のどの段階でも行われています。詩・短歌・俳句、または論説文や随筆など多岐にわたって、平和を内容とする教育は授業化されています。

　ところが、私が「平和教育」と、とりたてての授業実践を教育研究集会ではじめて発表したのは、日見中学校2年目の2年生担当の時でした。もともと私は、正しい日本語の力を付けなければ総合的な平和学習は成り立たないと考えていましたから、そのひとつの実践として文集を発行することにしたのです。主として道徳の時間を利用して生徒に文章を綴らせていき、1週間に1冊の文集『榕《あこう》』を発行しました。

　当時、担任していた生徒の保護者はほとんどが被爆者で、生徒たちは被爆二世でした。親には、時間が許せば戦争中の経験などを話してください、というお願いもしていました。

　1972年8月9日の長崎原爆の日の登校日に、『平和は長崎から』というタイトルを付けた冊子を作成して、2時間の「原爆投下を考える」学習と感想文記述の授業を実施しました。それを『榕』9号として発行し、同年の県教研の平和分科会で報告発表したのでした。

　それを、当時の長崎造船大学におられた鎌田《かまた》定夫《さだお》先生が見られて、「長崎の証言の会」で年刊誌として発行している『長崎の証言』に寄稿してみませんかという要望があり、『長崎の証言』第4集に実践報告を寄せました［★2］。これが、「長崎の証言の会」との関わり合いを持つ契機になった年でもありました。その後、3年生では文集『海鳴り』とか、その後に転勤した片淵中では文集『ふちっこ』などを発行していました。

私は、「長崎県被爆教師の会」は入会した記憶はありますが、深くは関わっていません。私の場合は入市被爆ですし、交付申請後の査定で原爆手帳も交付されませんでしたから、ある意味では「被爆教師」ではないんです。

中学校に勤務している間は、平和教育にも取り組んではいましたが、ほとんど教科教育に没頭していた状態でした。毎年の暮れに九州教育研究会が県回りで開催されていて、鎌田先生ご夫妻（鎌田定夫さんと信子さん）と一緒の有明フェリーに乗っていて、「森口さん、平和分科会はどうですか?」と鎌田さんがよく誘ってくださいましたが、「私は教科教育にまずはしっかりと取り組みたいので」と話していました。

山里中学校にて

1982年に長崎県に広域人事異動が実施されてから、初めての離島勤務（C地区）を経験しました（五島の富江町）。任期は原則6年でしたが、そのまえに西彼杵郡（郡部はB地区）の学校に転勤していましたから、3年勤務で再び長崎市（A地区）の中学校に転勤しました。

岩屋中学校から、1991年に山里中学校に転勤した時のことでした。市教委から2年間の「平和教育研究委託」を受けていました。同学年担当だった末永浩《すえながひろし》さんと研究会を組んで、生徒にアンケート調査を実施したんです。その中に自衛隊関連の項目があって、これが市教委の中で問題になったら

★2　森口正彦「風化する原爆忌の中で――中学校における〝原爆登校日〟の実践」長崎の証言刊行委員会編『長崎の証言 第4集』1972年。他に、長崎県教職員組合長崎総支部・長崎原爆被爆教師の会平和教育資料編集委員会編『ながさきの平和教育II　継承の証を絶たず』1972年に、森口さんの報告「文集『榕』――『原爆の日』を書く実践」がある。

しく、発表時にこの項目を外して資料提出をするようにとの指導があったのです。「平和教育で市教委からの圧力」という見出しで新聞報道されるという出来事がありました［★3］。

この年の年度末、転入教師、転出教師の名前が黒板に書かれて異動発表が終了したので、異動がなかった末永さんや私たちの同学年の教師たちを含めて、次年度の学年計画を話し始めてから1時間ぐらい経った時のことでした。

まず末永さんが教頭先生から「ちょっと、校長室まで来てください」といわれて10分ほど過ぎたころ、末永さんがかなり怒った表情で戻ってきて「私は転勤になりました…」と大声で告げたんです。話合いをはじめていた同学年の教師たちは一瞬あっけにとられました。異動発表は終わっていたからです。

それから10分くらいしてから、ふたたび教頭が「森口先生、ちょっと校長室まで……」と呼ばれたのです。思った通り、時間をおいての転勤通知でした。「異動発表は終わったじゃないですか！　なぜ、1時間以上も遅れての通知なんですか？」と尋ねても、校長は「…いや…通知が遅れて、いま来たので……」とあり得ない返答しかできませんでした。30数年間勤務して来て初めて経験した、あまりにも異常な転勤通告でした。市教委委託研究でのアンケート問題が原因だったことはまちがいありません。

★3　事の顚末は、末永浩「長崎市の平和教育はこれでよいのか――山里中学校の平和教育研究発表会問題」長崎の証言の会編『証言――ヒロシマ・ナガサキの声（第7集）』1993年に詳しい。

新木武志

解説　長崎の平和教育運動

1．原爆被災後の平和教育

占領下の長崎市内の一部の学校では、原爆を取り上げた教育実践が試みられていた。1950年に木野《きの》普見雄《ふみお》は、長崎市内の学校で、原子爆弾の体験について聞いたことを話し合ったり、原爆当時の惨状を本にして知らせる、原爆被害の跡を丘の上から見て、原爆が人類を不幸に陥れることを知らせるなどの実践が行われていると紹介している。そして、原爆資料は平和教育の本質的な資料としての価値があり、現に平和教育の教材として取上げている市内の学校があるのは頼もしい限りと述べている［★1］。

その一方、日本教職員組合（日教組）は、1951年に全面講和や再軍備反対などの「平和四原則」を基調とした運動方針を決定し、革新勢力を支えた総評系労働組合の中心的勢力として平和運動を展開するとともに、「教え子を再び戦場に送るな」のスローガンを採択し、平和教育を推進していった。ただし、日教組の傘下にあった長崎県教職員組合（県教組）では、51年6月の定期大会で運動方針の一つとして平和四原則が提起されたが、議論は紛糾し提案は否決された。多くの組合員は、日教組や社会党の方針に従って講和や平和の問題を論じることに否定的だったのである。

　また、1952年3月の中央委員会では、「平和」ということばを用いることがなんとなく敬遠され、だんだん禁句となるような雰囲気が、職場の中に、あるいは県教委の通達文書等にいつのまにか黒い霧のように被さってきつつあると報告されている。さらに、翌53年6月の定期大会での討論のなかでも、県教委が、組合のいう平和とか教研集会が左がかっているので協力できない、もすこし研究の線を教科の問題にしぼって進めるようにするならば、協力するという態度を明らかにしたという発言があった［★2］。組合員の多くは政治と距離をおこうとしていたが、教育委員会側は組合で語られる「平和」を左翼の運動とみなし、警戒していたのである。

　そのなかで、55年8月には、国際文化会館と山里小学校を会場として、長崎市教組と県教組、県高教組の主催で平和教育研究集会が開催され、全国各地から集まった代表が、三分科会に分かれ平和教育の具体的展開について討議した。地元新聞や『日教組教育新聞』の報道によれば、各分科会では、最初に原爆体験者の報告があり、会議の前後に「原爆を許すまじ」の合唱が行われたことが報じられているが［★3］、原爆被災の体験を教材化するといった話し合いがなされたという記録はない。

2. 被爆教師の会と長崎市教育委員会

　1960年代になると、ベトナム戦争のために沖縄がアメリカ軍の補給・発進基地とされ、本土のアメリカ軍基地も補給・後方支援のために使用されるようになった。これに対して革新勢力は、保守政権が進める安保・防衛政策を、日本を再び軍国主義に引き戻す動きととらえ、ベトナム反戦運動や反安保、沖縄返還運動などを展開していた。

　日教組は、これらの運動とともに、50年代後半から、文部省による学習指導要領の法的拘束力強化や教科書検定などを、教育政策の中央集権化であると批判し、教師たちによる教育課程の自主編成運動を展開していた。

そのなかで広島では、教科書から原爆や戦争についての記述が消えていき、学校でほとんど原爆について教えられていないという実態が明らかになった。これに危機感をつのらせた広島の被爆体験をもつ教師たちは、広島県被爆教師の会を結成し（１９６９年）、広島県教職員組合副委員長の石田明《いしだあきら》が会長となり、原爆を原点とした平和教育に取り組みはじめた。

それとともに、同会からの働きかけによって、長崎でも70年に長崎県教組長崎総支部の支部長であった坂口《たかぐち》便《たより》を会長として、長崎市被爆教師の会と長崎県被爆教師の会が結成された。そして、長崎市被爆教師の会が長崎市内の小中学生を対象に行った「原爆に関する調査」では、原爆について学校で習ったという回答が、調査したどの学年でも30％台で、家庭やテレビから情報を得る割合の方が高いことが明らかになった［★4］。そこで、被爆教師の会は、長崎市内の小中学校での8月9日の原爆登校日の実施を求め、県教組作成の夏休みの学習帳『夏休みの友』に原爆についての記事を掲載するなど、被爆体験をもとにした組織的な平和教育の取り組みを開始した。この被爆教師の会に結集した教師たちの被爆体験や平和教育の実践は、『沈黙の壁をやぶって』（労働旬報社、１９７０年）にまとめられ、出版された。

さらに72年には、被爆教師の会が小中学生向けに、（1）長崎市についての考察、（2）原爆投下の歴史的・政治的背景の探究、（3）被爆者の障害と窮状の理解、（4）平和実現の運動への取り組みの考察を柱として編集した『こどものためのナガサキの原爆読本』4部作を発刊した［★5］。そのなかで、中学校用の『三たび許すまじ』では、「自分たちが住む郷土が、二十七年前にどのような状態であったのか、なぜそうなったのか。この読本を手がかりにして、学習を深めてください。そして、戦争をにくみ、人の生命の尊さをすべての人びとに呼びかけてください」（この本を読まれるみなさんへ）と訴え、長崎の原爆被災とともに、戦前の長崎が大陸進出の前線基地としての役割を持つようになっていったことや、長崎に日本の重要な兵器工場があったこと、そして戦後の原爆症や被爆二世、自衛隊と安保条約、原水爆禁止運動、沖縄と基地佐世保などの問題を取り上げている。

ただし、「原爆に関する調査」に対して、管理職のなかには調査を留保したり、教育委員会に伺いをたてたり、原爆を落とした国の名前を答えさせればアメリカということがわかってしまうと発言する者がいたという［★6］。また、原爆読本については、長崎市教委が副読本として採用することを拒否し、77年には長崎市内の小学校で、校長が図書室に置いてあった原爆読本を撤去するという事件が起った。さらにこのとき、長崎市議会では、保守派の議員が、『原爆読本』を全く偏った戦争の資料が書いてあり、「組合一方的」として、「偏らない平和教育」をつくってもらいたいと発言した［★7］。すると、その翌年、これを受けたかたちで長崎市教委は、『平和に関する指導資料』（試案）を作成し、そのなかで次の「平和に関する教育の基本三原則」を示した（2は略）。

（1）平和に関する教育の基本的なよりどころを憲法、教育基本法などの法令に示された「平和希求の精神」に求め、いわゆる「原爆を原点とする」ものではないこと。

（3）学校における具体的な指導は、学習指導要領に従い、各教科、道徳及び特別活動の指導を進めていくなかで取り扱うものであり、いわゆる特設時間を設定して行うものでないこと。

そして原爆についての取り扱いについては、「長崎市が原爆被爆の洗礼をうけた都市であるという特性を踏まえ、この貴重な体験を生かして充実した学習が展開されるよう指導の方途を講じていくこと」とされ、小学校6年社会科や中学校社会科での指導事例を紹介している。それは、原爆の被害を調べさせ、戦争が不幸をもたらすことを理解させ、平和実現に寄与する心情を養うといった内容となっている。

つまり、長崎市教委は、被爆教師の会が推進した被爆体験をもとにした特設時間で実施する平和教育を否定し、社会科などで原爆被災の悲惨さは教えても、原爆投下をめぐる歴史的経緯やその責任を考えさせたり、原爆症や被爆二世、自衛隊と安保条約、原水禁運動、沖縄と基地佐世保など、日本が直面する問題を取り上げることは認めなかったのである。アメリカが原爆投下を正当化し、核兵器の優位を安全保障の中核とする戦略を持続し、日米安全保障条約によって日本がアメリカの核の傘の下に置かれているという状況のなかで、それらの問題を取り上げることは、長崎の保守派議員や教育委員会にとって、「組合一方的」な平和教育だったのである。こうして被爆教師の会による平和教育は、教育委員会と教職員組合との対立の構図のなかに押し込められ、市教委から否定され、「平和に関する指導」という原爆をめぐる責任や課題を児童・生徒から遠ざける平和教育が教育現場に持ち込まれることになった。

ただし、被爆教師の会は確かに長崎県教組と連携して活動していたが、同会はその目的に、会員が相互に連絡・交流し、会員の日常的な要求を集約して、その実現をはかることと、被爆体験をもとに平和教育の確立をめざすことを掲げており、多くの非組合員の被爆教師も会員となっていた［★8］。そして、同会が最初に編集した『沈黙の壁をやぶって』には、非組合員である学校の管理職も寄稿していた。そこには、被爆者としての生命・健康・生活を守ることと、「これから先は原体験として原爆を語り教えることができない教師が大半になっていくであろう。［…］今後の子孫達に原爆を体験させたり、戦争の惨禍を経験させてはならない。絶対にさせてはならない」［★9］という思いがあった。そうして始められた平和教育は、組合運動にとどまらず、被爆教師が自らの被爆体験や戦争体験に根ざし、子どもたちが再び原爆や戦争にまきこまれないようにするための教育運動という側面をもっていたのである。

3．反核運動の高まりと平和教育

１９７０年代末に坂口便は、長崎の平和教育をめぐる状況について、「ナガサキでは、官制平和教育と、民間教育団体の平和教育と明確に異なった2つの流れが渦巻こうとしている」と指摘したうえで、「学校の管理体制がますます強化されて監視の目が光り、教師たちの萎縮によって、自由な平和教育ができなくなる状況」と述べている［★10］。このような状況はその後も続き、98年になっても、８月９日の平和祈念式典で長崎市長が読み上げる平和宣言文の起草委員会のときに、委員の一人から、「長崎では平和教育に熱心になると〝危険分子〟と思われてしまう。そんな風潮が教育現場に広まっているのが何より怖い」という発言がなされている（『西日本新聞』１９９８年8月5日）。

ただし、80年代には、欧米や日本で反核運動が高揚し、広島・長崎の被爆体験と原爆被害の記録が核被害の具体的な実例として注目されるようになった。長崎市も本島等《もとしまひとし》市長のもとで、積極的に被爆の惨状と核兵器の脅威、そして平和を世界に向けて発信するようになった。長崎市教委も、82年度から市内の小学校5年生の長崎国際文化会館の原爆資料展示室見学を始め、85年には「平和に関する教育の一層の充実発展を期するための教材整備の一環として」、原爆被爆写真教材を作成した［★11］。さらに、87年度からは、中学生への原爆被爆パネル写真巡回展を開始する取り組みをはじめた。そのなかで、8月9日を中心に、被爆体験の講話や原爆の悲惨さを描いた映画の上映などを実施する学校も増えていった。

また80年代は、全国的にも平和教育がさかんに実施されるようになり、全国から多くの学校が修学旅行で長崎を訪れ、被爆体験講話や長崎国際文化会館の原爆資料展示の見学、被爆遺構巡りを実施するようになった。また、長崎総合科学大学付属高校では、鎌田定夫が指導する「長崎の証言ゼミ」（選択教科）が活動していたが、以前から交流していた広島高校生平和ゼミナールからの申し入れで、全国高校生の集いを長崎で開催することになった。そこで、長崎市内の他の学校の教師と生徒も参加した実行委員会を組織し、81年に第8回8・9全国高校生長崎集会を開催した。これをきっかけに、長崎市を中心とする高校の生徒たちが長崎高校生平和ゼミナールを結成し、その後も全国高校生平和集会を開催・運営するとともに、原爆・戦争の遺跡めぐりや原爆瓦の発掘、被爆者との交流などに取り組んだ［★12］。

ただし、原爆被害の悲惨さをもとにした平和の訴えは、アジアやアメリカで、日本が戦争加害や植民地支配の責任を免れようとしているという批判を受けることにもなった。さらに、80年にパリで開催されたユネスコ主催の軍縮教育世界会議で採択された最終文書では、軍備撤廃にむけての教育の必要性とともに、人権教育と開発教育との不可分性が主張された。戦争（直接的暴力）がない状態を「消極的平和」とみなし、抑圧・搾取・不平等などの社会の構造的なゆがみによって個人を圧迫する構造的暴力がない状態を「積極的平和」とする平和概念の拡大のなかで、軍備の縮小・撤廃と、構造的暴力の解決に取り組む人権教育や開発教育を関連させた取り組みが重視されるようになったのである。

そのため80年代以降の長崎の平和教育では、被爆教師の会や教職員組合のメンバーを中心に、被爆体験を伝えることとともに、日本の戦争・加害の歴史から原爆についてとらえ直そうとしたり、核廃絶・軍備撤廃と関連させて世界の貧困や飢餓などの問題を考えようとする取り組みがはじめられた［★13］。

4．冷戦の終結と平和教育の課題

冷戦が終結した１９８９年、長崎市は「長崎市民平和憲章」を制定し、そのなかで、「次代を担う子供たちに、戦争の恐ろしさを原爆被爆の体験とともに語り伝え、平和に関する教育の充実」を定めた。そして、長崎市教委は、２００１年に発行した『平和教育指導資料』第17集で、「平和に関する教育の基本三原則」のなかから「いわゆる『原爆を原点とする』ものではない」という文言を削除し、「被爆体験を継承し、平和の大切さを発信できる児童生徒の育成に努める」と明記した。

長崎県教育委員会も、２０００年度に県内公立高校に対して、「長崎原爆の日」の8月9日を登校日に設定し、小・中学校と足並みをそろえて平和学習をおこなうように要請した。その結果、8月9日に平和学習を実施する公立高校が増加し、06年には、県内すべての公立小、中、高校計６６９校が8月9日を登校日として平和学習などに取り組んだ。ただし、その一方で、80年代から被爆者の講話や手記、映像などによる平和教育をくり返し受け続けてきた生徒からは、それが「押しつけ」と捉えられることにもなり、冷戦終結によって核全面戦争の脅威が後退し、「人類絶滅」の恐怖が遠のくと、その傾向はさらに強まっていった。

また、１９９６年に長崎市は長崎原爆資料館の開館に際して、原爆被害を強調することで日本による戦争加害や植民地支配についての責任を免れようとしているという批判に応えるために、加害展示を取り入れ、核兵器廃絶を世界に訴えようとした。しかし、これに対して、加害展示は原爆と日本の戦争加害を結びつけ、因果応報論としてアメリカによる原爆投下を正当化することになり、原爆被害が伝わらないとして、加害展示の撤去を求める運動が起こった。こうして加害の展示は、アジア太平洋戦争についての認識をめぐる論点も内包しつつ、要望や抗議がくり返され、展示の差し替えや説明文の修正が重ねられた。現在も長崎市は加害についての展示コーナーを維持しているが、論争は続いている。

２００６年には、長崎平和推進協会が、継承部会で被爆体験を修学旅行生らに伝えている「語り部」に対して、イラクへの自衛隊派遣などの国民の間で意見が分かれている「政治的問題」についての発言は慎しみ、被爆体験のみを語ることを要請した。その後も、中学校の平和学習のために被爆講話の講師として招かれた被爆者が、日本軍の加害行為や原発の問題に触れると、校長が講話を制止するという事例が起こった。近代日本の植民地支配や戦争についての歴史認識をめぐる対立や、憲法・安全保障などをめぐる政治的対立のなかで、これらに関するテーマは忌避されているのである。

長崎市教育委員会が、「いわゆる『原爆を原点とする』ものではない」という文言を削除した『平和教育指導資料』第17集には、原爆にかかわる問題について、時間をかけて調べ、被爆体験を聞いたりしながら、その成果を発表するという実践が掲載されているが、その実践で原爆や戦争についての歴史的背景や責任について問われることはない。それは、長崎市が03年に市内小中学校の児童・生徒の平和学習教材として作成し、19年に資料集的な内容から自分の思いや考えを書き込む形式に改訂した『平和ナガサキ』（小学生版・中学生版）でも同様である。さらに、これらの学習は、被爆体験を聞くという活動が重視されているが、この活動は、被爆者の高齢化とともに困難になりつつある。

そのなかで、長崎市内の活水高校では05年に「長崎平和学」という科目が開設され、これを担当した山川剛《やまかわたけし》は、原爆や戦争加害の歴史、家族を失った被爆者の戦後から非戦・非核の思想、そしてジェンダーや環境の問題へと展開する平和教育の実践を行った［★14］。この科目は、現在も担当者を替え、さらに原爆や現在の核兵器についての新たな知見を加えながら実施されている。被爆教師らが自らの体験をもとに積み重ねてきた平和教育実践は現在も受け継がれ、長崎に根ざした平和教育を創り出す試みが続いている。［新木武志］

★1　木野普見雄「原爆都市の諸問題」『長崎文化』第6集、長崎文化社、1950年、12頁。爆心地近くの山里小学校では、1949年に、永井隆の発案により、小学校の児童と当時小学校に併設されていた山里中学校の生徒に原爆被災の体験記を書かせ、その一部を『原子雲の下に生きて――長崎の子供らの手記』（大日本雄弁会講談社）として出版した。その後も、永井隆を中心に山里小学校の児童たちは、夏休みを利用して、「平和の手紙」をアメリカをはじめとする永井の知人らに送る運動を行っていた（『長崎日日新聞』1950年8月6日）。

★2　長崎県教職員組合編・発行『長崎県教組十五年・その運動の総括』1963年、107、113、505頁。

★3　『長崎日日新聞』1955年8月7日、『日本教育新聞』1955年8月19日など。

★4　長崎県教職員組合長崎総支部・長崎市原爆被爆教師の会編『沈黙の壁をやぶって』労働旬報社、1970年、138頁。

★5　平和教育資料編集委員会「原爆読本指導のために」長崎原爆被爆教師の会編『継承の証を絶たず――ながさきの平和教育II』長崎県教職員組合長崎総支部、1972年、181頁。

★6　長崎県教職員組合長崎総支部・長崎市原爆被爆教師の会編、前掲書、133頁。
★7　『長崎市議会議事録』1977年第4回定例議会、6月15日、6月16日の発言。
★8　「原爆被爆教師の会名簿（昭和50年度）」（山川剛氏所有）によれば、会員総数545名のうち組合員は421名、非組合員は124名となっている。
★9　長崎県教職員組合長崎総支部・長崎市原爆被爆教師の会編、前掲書、227頁。
★10　坂口便「平和教育の現状と展望」長崎「原爆問題」研究普及協議会編・発行『原爆と平和教育』1979年、20～21頁。
★11　その写真教材を紹介した『平和に関する指導資料』第3集（中学生向け、1985年）と第4集（小学生向け、1986年）は、被爆写真について、「特に被爆直後を中心に、物的被害の様子を取り上げ、その悲惨さとその悲惨さの中から力強く立ち上がり、平和な町づくりに努力した市民の様子を、生きることの尊さを視点に選択し構成した」と説明している（長崎市教育委員会『平和に関する指導資料』第3集、1985年、まえがき）。
★12　廣瀬方人「高校生平和ゼミナールの誕生―長崎における高校平和教育の歩みから」広島・長崎の証言の会『ヒロシマ・ナガサキの証言'82』第2号、98～100頁。
★13　その実践は、長崎県被爆教師の会や長崎県教組による実践記録集や、長崎の証言の会による証言集などで報告されている。なかでも、末永浩が中学校で行ってきた授業実践や考察をまとめた22集に及ぶ『私の原爆・平和教育』（私家版、1980～2017年）は、個人の実践記録にとどまらず、長崎の平和教育をめぐる情況を伝える貴重な資料といえる。
★14　山川剛による平和教育の実戦とその思想については、山川の著書『希望の平和学「戦争を地球から葬る」ための11章』（長崎文献社、2008年）、『私の平和教育覚書』（同、2014年）、『被爆体験の継承ナガサキを伝えるうえでの諸問題』（同、2017年）などにまとめられている。

第2部　資料調査報告

1 資料調査

第２部　資料調査報告の概要

「長崎原爆の戦後史をのこす会」として、本書刊行に際して、戦後長崎の被爆者運動・平和運動に関連した個人、団体の史・資料について所在確認の基礎的作業を行い、その成果の一部を掲載することは不可欠なものである。

２０１９年度に取り組みはじめた当初の計画から、長崎の被爆者運動の中核的団体である長崎原爆被災者協議会とその関係者の史料調査を進める予定にしており、「２章　主な資料群」の拙稿**「長崎原爆被災者協議会資料調査の現状」**にみるように、多少は進めることができた。同時にその際の計画では、長崎市内外の関係者への訪問調査（個人の保存資料を含めた）や、他の被爆者団体・関係機関への訪問調査を予定していた。残念ながら新型コロナの感染拡大のなか慎重にならざるをえなくなり、十分には展開できなかった。このため、当初は予定していなかった長崎市内外の関係団体・機関への書面による問い合わせ調査に取り組んだ。これが**「アンケートまとめ長崎の団体が所蔵する資料」**として掲載した郵送でのアンケートであり、１５０近い団体（学校、宗教関係団体、公共機関、労働組合、報道関係機関など）へ追加調査も含めお願いした。公的機関である**長崎原爆資料館**は別として、所蔵資料の閲覧を許可するといった好意的な回答をいただいた団体もあり、いくつかには訪問・

調査をお願いした。その一例が、真宗大谷派九州教区長崎教務支所の場合である。

また資料の重要性を十分に感じ、独自に資料収集や保存に取り組んでいる団体や機関も存在するし、そうした関係機関や団体をとりあげている。岡まさはる記念長崎平和資料館や浦上キリシタン資料館へは訪問もしたが、私たちより当事者の方に書いていただく方がよいと考え、ご寄稿いただいた。長崎市婦人会のように資料があるとわかっていた機関や資料そのものについては、よく知悉されている方にご寄稿いただいた。執筆者名が記載されている項目が該当のものであり、この場で謝意を述べておきたい。

なお、長崎市外の、戦後長崎や、長崎の被爆者に関わる資料が所蔵されている機関での資料調査も計画としては考慮していた。特に広島には、広島平和記念資料館だけでなく、広島市・県の公文書館、広島大学文書館の関係資料がある。東京では「ノーモア・ヒバクシャ記憶遺産を継承する会」の所蔵する「日本原水爆被害者団体協議会」関係資料だけでなく、法政大学大原社会問題研究所の所蔵資料、国立国会図書館憲政史料室の旧社会党関係資料のなかに、原水禁運動関係などの資料が所蔵されている。こうした機関所蔵の関係資料の調査収集も、新型コロナの感染拡大懸念のなか、立ち入り制限が発生し、ほとんど実現できていない。今後も調査活動の必要があることは付け加えておきたい。［木永勝也］

アンケートまとめ　長崎の団体が所蔵する資料

三菱財団人文科学研究（研究課題「戦後長崎における被爆者運動・平和運動に関する資料調査を通した核・被ばく学研究の基盤形成」）の助成を受けた私たちグループでは、長崎県内の各種組織・団体が原爆被災に関連した資料をどの程度所蔵しているかを調査するために、１４６の組織・団体を対象にした調査票によるアンケートを実施した。まずは、ご回答いただいた団体に深く御礼を申し上げたい。

以下、調査内容の報告とまとめの考察を行う。

1．概要

実施期間　２０２０年11月27日～12月25日（回答用紙をその後に送付してきた団体もある）

調査方法　郵送調査法（質問内容は２に示す）

調査対象組織・団体と回答率

調査票送付先	送付数	回答数（回答率）
宗教関係組織（仏教・神道・キリスト教・その他）	52	19（36・5％）
教育機関（長崎県内の小・中学校・高校・大学など）	64	34（53・1％）
その他（文化団体、経済団体、労働組合、メディアなど）	30	17（56・7％）
合計	146	70（47・9％）

調査対象組織・団体の所在地 長崎市内…134 長崎市以外の長崎県内…12

宗教組織や教育機関が多く選定されているのは、組織の継続性が高く、資料の保有状況がよいものと推測したためであった。なお、対象には、原爆後（戦後）に設立された組織も含まれる。

2. 各問の内容と考察

以下、各問に対する回答の内容をまとめる。

［問1］ 貴組織・団体の過去の様子や歩みについてわかる何らかの資料を所蔵していますか。

①所蔵している…47 ②所蔵していない…23

［問2］ 貴組織・団体の過去の様子や歩みについてわかる所蔵資料はどのような形態ですか。（複数回答可）

①会報・ニュースレター・機関誌などの定期刊行物…17 ②小冊子・報告書など…19 ③文集…7 ④手記…2 ⑤日誌・日記など…9 ⑥手紙…1 ⑦手書きのメモ類…1 ⑧その他の文書類・ファイル…7 ⑨ビラ・チラシ…1 ⑩写真…18 ⑪録音・録画したもの（カセットテープ・ビデオテープ・DVDなど）…6

「⑫その他」においては、教育機関で学校沿革誌や周年記念誌などを挙げるところが多かった。また、学校日誌や原爆殉教者名簿などを所蔵している組織もあった。宗教組織では、内部会議の資料や週報などを所蔵していると回答したところもあった。全体としてみると、周年記念誌など、図書館等で入手することが比較的容易な印刷物を挙げる組織が多く、「一点モノ」の資料を所蔵していると回答した組織は多くない。また、文書や音声・動画資料ではなく、「モノ資料」（原爆投下時の遺物など）を所蔵していると答えた組織もいくらかあった。

〔問3〕　いつぐらいの時期の資料を所蔵していますか。〔複数回答可〕

①昭和初期～昭和20年まで（戦前・戦中）…16　②昭和20年代（1945～55年ごろ）…22　③昭和30年代（1955～65年ごろ）…26　④昭和40年代（1965～75年ごろ）…30　⑤それ以降…38

この問いに関しては、質問のワーディングがあいまいだったために、回答者側が誤認したかもしれない。私たちとしては、その資料が作成された時期を尋ねたつもりだった。ところが、回答者側では、たとえば周年記念誌が発行されたのが2020年であったとしても、そこに昭和20年代に関する記述があれば、上記選択肢の①に○を付けてしまった可能性がある。

〔問4〕　所蔵している資料を今後どうしていきたいと考えていますか。

①資料はすでに公開されている（一部公開を含む）…18
②所蔵するだけではなく、今後何らかの形で公開していきたい…1
③所蔵はつづけるが、公開は考えていない…19
④話し合いをしているが、方針は決まっていない…1
⑤まだそこまでは考えられないが、今後、組織内で話し合ってみたい…8

⑥適当な機関があれば、寄贈などにより移管したい…0
⑦廃棄したい…0

「公開されている」とした場合、周年記念誌や報告書などの印刷物や、新聞記事など、その組織以外の場所でも入手が比較的容易である場合がほとんどである。他方で、「所蔵はつづけるが、公開は考えていない」とする組織も多い。今回のアンケートの対象となった組織は、そもそも資料の保管・整理や公開を目的とした組織ではないから、人手や時間、資金などを必要とする資料公開にわざわざ踏み出す必要を感じていないことは、ある意味では当然だと言えよう。「適当な機関があれば、寄贈などにより移管したい」を選んだ組織がひとつもなかったことに象徴的なように、資料を何らかの形で活用・継承しようと思っても、それを受け入れる公的機関が不在であることが、より根本的な問題なのではないか。

［問5］　所蔵している資料の今後を考える上で、外部の団体や個人の協力をあおぎたいと思いますか。
　①思う…4　②思わない…17　③わからない…24

各組織にとって資料の保存は手間のかかることだとはいえ、せっかくの手持ちの資料を後世に伝えたいと多くの組織が感じていると推測される。そのことは、問4で「廃棄したい」と回答した組織がひとつもなかったことから明らかだ。この問5でも、「わからない」と回答した組織が多く、所蔵資料について、無下に扱うわけではないが、かといって整理に踏み出すほどの余裕もない各組織の苦境や逡巡が現れているようである。

［問6］　所蔵している資料を私ども研究グループに見せていただくことは可能ですか。
①可能（「一部なら可能」を含む）…35　②不可能…3　③私たち研究グループとまず話してみてから決めたい…8

限定的な公開であれば、ある程度前向きである様子が見て取れる。問4で「所蔵はつづけるが、公開は考えていない」と回答しながら、この問6では「可能」とした組織が14もあった。

［問7］　所蔵していない理由は何ですか。（問1で「所蔵していない」と回答した団体への質問）
①もともと資料などないから…18
②他の機関・個人などに譲り渡した…0
③すでに処分した…0
④その他…0

問1で「所蔵していない」と回答した組織が23あったが、そのほとんどが「もともと資料などないから」と回答していることは興味深い。このことの意味については、後述する。

［問8］　他に似たような資料を保有している組織や個人などをご存知でしたら、教えてください。
ほとんど回答がなかった。

［問9］　貴組織・団体で所蔵している資料や、長崎原爆や長崎の戦後の歴史をめぐる資料全般について、気になっている点やご提案などがありましたら、自由にご記述ください。

この自由記述に関して、①資料の整理をめぐる問題、②資料の活用をめぐる問題の2点を取り出しておきたい。

第一の「資料整理」に関して、小組織からはこういった問題意識からの自由記述はあまりみられなかった。他方で、いくつかの地元メディアから回答があり、これまでの取材資料の保存を検討しつつあると答えた組織や、映像メディアの保存媒体が次々と変わっていて将来的に再生できなくなる可能性を指摘した組織もあった。また、別のある組織からは、古い資料を保有しているが、くずし字が多用されていて解読できないとの悩みが寄せられた。

第二の「資料活用」に関しては、いくつかの教育機関から、原爆に関する資料や史跡はあっても、それが平和学習で活用可能な教材の形にはなっていないとの趣旨の回答が複数あった。

3．考察――「資料を所蔵していない」をめぐって

ここでは、まとめの考察として、回答を返送していただけなかった組織が半数近くあったこと、回答した組織のうち約3割が「資料を所蔵していない」と回答したことの意味を考えていきたい。

私たちは、組織の日誌やメモ類など、それ自体、原爆の問題を扱ったわけではない資料の中に、長崎の人々の暮らしに刻まれた原爆の痕跡を見出す作業が必要だと考えている。私たちの焦点はあくまでも、主として戦後に作成された、長崎原爆に何らかの形で関連するとみられる資料の保存状況を探ることにあった。

そこでまずは、アンケートの題名を「各種組織・団体が所蔵する資料についての調査へのご協力のお願い」

とし、原爆関連の調査であるとの第一印象を意図的に排除することに努めた。原爆関連の調査と銘打ってしまうと、１９４５年の原爆投下時に存在した資料の所蔵について尋ねていると勘違いされてしまい、ほとんどまともな調査にはならないのではないかと危惧したためであった。

ただ、これではあまりに一般的な所蔵資料調査になってしまうので、カバーレターの冒頭で「私どもは、戦後の長崎において人びとの生活や活動に原爆がどのような影響を及ぼしたのかを研究しているグループです」と特定の問題関心を持った集団であることを示したうえで、次のようにこの調査の趣旨を説明した。


長崎への原爆投下からすでに75年が経ち、原爆被災やその後の長崎の人びとの歩みに関する資料が散逸しつつあります。人びとの歩みに関する記録は、被爆証言集や記録集の形でのみ存在しているわけではなく、さまざまな資料の中に埋もれる形になっていることがあります。そのため、後世の人にとって重要な資料でありながら、その重要性が認識されないまま廃棄されたり活用されないままになったりしてしまうケースがしばしば見られます。

そこで今回、私たちの研究グループでは、主として長崎市内に所在するさまざまな組織・団体に対して、その過去の様子や歩みがわかる資料をどの程度所蔵しているか調査することといたしました。


上記の趣旨を回答者によく読んでいただければ、私たちが求めている資料が「１９４５年8月9日の原爆投下時の資料」に限られず、むしろその後に作成された資料をこそ求めていることが諒解していただけるものだと期待していた。

しかし、そのことは必ずしも理解されなかったようである。資料を所蔵していない理由を尋ねる問7の自由記述の中で、原爆によって建物が倒壊したり、焼けたりしたために、資料は全く残っていないとする回答が複数あった。また、資料を所蔵していないと回答した組織の中には、明らかに原爆と関連を有していて、原爆後の数十年の間に組織として全く何の資料も作成・保存してきていないとはとうてい考えられないような組織や、その組織がかつて作成した印刷物が図書館などで入手可能であるにも関わらず「資料はない」と回答するところもあった。

やはり、多くの人々の中にある、長崎の原爆・被爆と言えば「8月9日」という強固なイメージはそう簡単には崩れないようである。このイメージからすると、「8月9日」に存在していた資料が焼けてしまったか、あるいは、被爆体験そのものを扱った証言集でも発行していない限り、「所蔵資料はない」という回答になってしまうのである。

こうした「原爆・被爆イメージ」の狭さこそが、資料が散逸してしまうひとつの原因なのではないだろうか。「原爆と言えば熱線・爆風・放射線」という物理的なイメージにだけ固着するのではなく、その後の人々の生活に与えた痕跡という広いイメージで見ることができれば、後世に残すべき資料はまだまだ身近に転がっているのだと言うことができる。

もちろん、そうした「原爆関連資料」の定義の問題とは別に、実際に所蔵されている資料の保存・整理・公開体制をどう作っていくかという実践的な課題があることは、言うまでもない。［山口響］

長崎原爆資料館

長崎の原爆被害に関して、遺品を含む最も多くの資料を収蔵している公的機関は、長崎原爆資料館である。１９４９（昭和24）年に開館した長崎市原爆資料館（通称：六角堂）［★１］および１９５５（昭和30）年に開館した長崎国際文化会館を前身として１９９６年に開館した同館には、開館以来、多くの来館者が訪れ、長崎における原爆被害の発信と資料収集と拠点となってきた。２０２１年２月24日に長崎原爆資料館を訪問し、奥野正太郎学芸員から資料の管理状況を伺った。

［訪問者］木永勝也、友澤悠季、中尾麻伊香、四條知恵（まとめ）
［対応者］奥野正太郎学芸員

展示・収蔵資料

展示資料の内訳は［表１］のとおりである。収蔵資料は被災資料、記録資料、美術品、写真資料など約２万点。このうちの記録資料には映像、音声のほか、文書資料も含まれるが、長崎市原爆資料保存委員会［★２］の調査報告書［★３］や議事録などの資料は所蔵していない。『長崎原爆戦災誌』（第１～５巻および改訂版第１巻）編纂時の基礎資料も所蔵しておらず、執筆者がそのまま所持している可能性もあると考えている。

表１　展示資料

種類	点数（点）
被災物品	４２０
絵画・模型・標本	２７９
写真資料	７７７
映像資料	８０
合計	１５５６

※ 2020（令和 2）年 4 月現在
出典：『令和２年版原爆被爆者対策事業概要』（長崎市原爆被爆対策部）

資料の収集

基本的に資料の寄贈は随時受け付けている。特筆することとして、ここ2～3年ほど、長崎市原爆被爆対策部援護課が毎年4月に被爆者援護に関する案内を出す際に、資料の寄贈を呼びかける手紙を同封している。2020年度は、被爆75周年事業として被爆資料の収集を強化し、「広報ながさき」やテレビ番組でも寄贈の呼びかけを行い、200点弱ほどの寄贈を受けた。寄贈の受付は随時行っていることから、特定の企画展示に向けた資料収集は行っていない。

資料は被爆前、被爆後ともに、原爆被爆との関連性を説明できる範囲において受け入れている。被爆直後の現物資料を重視していた長崎国際文化会館時代からすれば、被爆と関連する物事の捉え方（社会的なニーズ）が広がっていると感じており、受け入れる資料の幅も広がってきた。ただ古いというだけでは難しいが、被爆による破壊を物語る上で不可欠な資料であれば、受け入れる判断をする。ここには学芸員の専門的な知識が欠かせないが、寄贈を受ける判断は組織として行い、長崎市の附属機関である長崎市原子爆弾被災資料審議会における審議も経ることから、学芸員として受け入れる資料を長崎原爆資料館で保存する意義を適切に説明する必要がある。

戦後の被爆者運動に関する文書資料については、現時点では受け入れていない。仮に受け入れることとなった場合には、有限な収蔵スペースのなかでどれほどの量の資料を受け入れるのか、運動が続く限り増加していく資料をどこから歴史資料とするのか、団体ごとの受け入れの公平性をどう担保するか、などが課題になると考える。現在の常設展示は大変良く作られているが、将来の来館者のニーズに合致するとは限らないため、次代の学芸員であればどうするだろうかということを意識しつつ、将来に対する説明責任という視点も持っておくことが重要であると考えている。

資料の保存

地下2階の収蔵庫は、2014年度に1000万円ほどかけて温湿度環境を整える壁を設置、棚を最適化し容量を拡張した。庫内にはさらに厳密な温湿度管理を行っている特別収蔵室1〜3があり、このうち2、3は内部が木貼りとなっている。収蔵庫の特徴や、資料の出入りの頻度に応じて最適な資料の配架が行われている。収蔵庫の出入り口付近には、貸し出し用の被災資料セットが保管されている。拡張した庫内には、ピアノ、展示用写真パネル、発掘時の収集資料、原爆被災地復元図の原図、2002年収集分を含む「原爆の絵」などが保管されている。特別収蔵室1には文書資料、フイルム類、オープンリール式テープ、ビデオテープ、カセットテープなどが保管され、相原秀二《あいはらひでつぐ》［★4］資料や、伊藤明彦氏寄贈のカセットテープなどもここに所蔵されている。特別収蔵室2には主に絵画や美術品、特別収蔵室3には衣服などの現物資料が保管されている。

収蔵庫内は虫害を防ぐため、土足禁止である。また、温湿度等を記録するデータロガーを6個設置し、温湿度管理を行っている。紙資料の保存には基本的には中性紙封筒、中性紙の保存箱を使用し、可能なものについては修復業者に依頼して、脱酸処理を行っている。資料の燻蒸は、毎年12月28日の閉館後から休館日の12月29日、30日、31日にかけて、収蔵庫内全体を密閉して行う。

2階には行政文書用の小さな書庫があり、原爆被爆対策部被爆継承課と同平和推進課の文書が保存されている。これら行政文書の保存年限は長崎市文書規程に定めがあり、一般的には5年で、短いもので1年や3年、長いものでは10年、最長で20年である。保存年限が満了した文書であっても、必要な場合は決裁を受けてさらに保存年限を指定し保存期間を延長することができる。廃棄についても文書規程に定めがあり、保存年限満了文書は毎年1回廃棄処分しなければならないとされている。

このほか、長崎原爆資料館宛に学校や自治体などから送られてきた大量の折り鶴は、同館のエントランスロビーや平和学習室への通路、「未来を生きる子らの像」の周辺に展示された後、保管・選別作業を経て、折り鶴の風合いを残した「折り鶴再生紙」として名刺の台紙に利用されている。

資料の調査・整理

寄贈時に寄贈者からは、長崎原爆資料館条例施行規則に規定されている資料寄贈申込書［資料1］の提出を受けている。かつてはこの備考欄に手書きで書かれた情報を収蔵品台帳の資料説明欄に要約して記載しており、情報が2、3行程度の場合も多々あった。企画展開催時に紹介する資料のエピソードの少なさに直面したことから、資料の由来の丹念な聞き取りが必要であるということに至り、現在はエピソードを聞き取ることを重視している。現在も同じ様式を使用しているが、聞き取り内容について寄贈者にも確認を取り、公開できる範囲の説明を任意の様式で添付している。資料を受け入れて、データベースに登録する作業は、学芸員2人と学芸員資格を持つ会計年度任用職員1人で行っている。寄贈の際に聞き取った内容を残すために、資料を受け入れた職員が入力作業までを担当する。

第4号様式(第10条関係)

資料寄贈申込書

年　月　日

(あて先)長崎市長

申請者　住所
氏名
電話
(法人又は団体の場合は、その名称及び主たる事務所の所在地並びに代表者の氏名)

次のとおり長崎原爆資料館に資料を寄贈したいので申し込みます。

寄贈資料名	数量	備考(寄贈品の由来等)

資料1　資料寄贈申込書

２００７年に個人資料として一括で寄贈された相原秀二資料の長崎分［★5］については、その後整理作業を行い、館内用データベースではなく、エクセルの目録を作成して管理している。

資料の公開

職員が利用する館内用と一般公開用のデータベースは別々になっている。館内用データベースについて、アクセス（データベースソフト）によるデータベース化を被災資料は１９９８～２０００年度、写真資料は２００１～２００３年度のそれぞれ３年かけて行った。その後も美術品などのデータベース化を進めている。館内用データベースは、全ての収蔵資料を網羅しており、収蔵資料には全て付番され、資料説明や配架場所の情報が入力されている。新規寄贈資料の情報も適宜入力を行っている。

館内用データベース情報と長崎国際文化会館時代の資料カードの情報は照合できているが、資料カードが１９８１年出版の『原爆被災資料目録』（長崎国際文化会館）と矛盾していないと考えており、同目録との照合は行っていない。

古くから収蔵している資料については、寄贈情報がほとんどないものもある。例えば、１９４９（昭和24）年５月23日付の寄贈資料が多くあり、寄贈者名が原爆資料保存委員会となっている。その日付が原爆資料保存委員会が設置されたとされる年月日であることを考えると、長崎国際文化会館以前に原爆資料を展示していた六角堂時代に所蔵していた資料と強く推定されるが、寄贈申込書や資料カードの情報が残されていない。恐らく資料が引き継がれた際に、便宜的にこのような管理をしたと考えられる。市民が六角堂にどのように資料を持ち込んだのか経緯がわかる資料は保存されていない。写真を見る限り、六角堂はおそらく収蔵＝即展示という状態であり、長崎国際文化会館時代もそれに近く、収蔵庫はあまり大きくなかったと聞いている。六角堂時代には資料が盗難に遭ったという記事も残っている。資料の返却希望は、まれに（数年に1件）ある。

一般公開用のデータベースは、2013年ごろ資料館にある写真を見たいという意見が多く寄せられ、予算化されたという経緯もあり、写真資料が中心となっている。その後、2002年に寄贈された「原爆の絵」を追加、さらに被災資料の中で常設展示品を中心にニーズの高いものを100点ほど追加した。写真資料の説明文は、（公財）長崎平和推進協会写真資料調査部会の会員の監修を受けた館内用データベースから、データ作成を行った。館内用データベースに使用しているアクセスはデータ量の多い画像が登録できず、写真画像が非常に粗く、インターネット公開には向かなかったために、被災資料と原爆の絵の一般公開用データベースの写真には、改めてプロのカメラマンが撮影したものを使用した。写真は緊急雇用創出事業が実施された際に、所蔵プリントを2年間かけてスキャンし、あわせてインターネット公開用システムを構築し、公開にたどり着いた。現在のところ、予算の問題もあり、一般公開されていない他資料のデータベース化は予定していない。閲覧の希望については、可能な範囲で対応している。都道府県立レベル他の博物館でも、インターネット上に全資料を掲載していないところはあり、広島平和記念資料館が進んでいる状態にあるといえる。ただ、広島市については、財政規模が一桁違い、長崎市が張り合うレベルにはないと考えている。

学芸員の業務

学芸員は、2008年に最初の1人を採用した、2021年2月現在、正規の学芸員が2人［★6］、学芸員資格を持つ会計年度任用職員が1人いる。被爆資料、被爆建造物等に関係する業務は、専門知識のない人が担当することが難しく、何らかの形で学芸員が関わっている。資料の受け入れから、燻蒸、温湿度管理などの資料保存、データベースへの登録を含む資料整理、資料の貸出に伴う立ち会いなどの業務に加え、企画展も担当する。収蔵品の整理は企画展の準備にもなり、資料整理の成果が新規の資料展に反映されたり、テーマ展で扱う資料に関する追加の聞き取りや文献調査が、収蔵品台帳の充実に繋がるなど、これらの業務はある程度有機的に結びついている。このほか、資料館外の被爆遺構や被爆樹木に関わる業務の割合も大きく、指定文化財となった史跡の維持管理や被爆樹木の調査に携わることもある。旧城山国民学校校舎、長崎県防空本部跡（立山防空壕）、三菱兵器住吉トンネル工場跡などの遺構については、保存に影響を与える工事が必要な場合には遺構への影響をどのように最小限にするかといった検討も学芸員が行っている。

専門家との関わり

被爆遺構に関しては、未指定の文化財の価値づけを検討する長崎原爆遺跡調査検討委員会と国指定史跡長崎原爆遺跡［★7］保存整備委員会という2つの附属機関がある。そこで有識者から、調査や整備の方向性や、それを達成するための事業内容について指導や助言を受けている。被爆樹木や被災資料については、有識者、被爆者団体代表者、市議会議員で組織される長崎市原子爆弾被災資料審議会に現状を報告する。これらの事務局運営にも学芸員が関わっている。

指定管理者制度導入以後の業務の変化

２０１９年９月から指定管理者制度を導入し、資料館が使用許諾を出せる写真の画像提供などを、指定管理者が行うようになった。現在指定管理者が受託している業務は、観覧券の販売や図書館、清掃、機械の維持管理などの館のハード的な管理・運営業務であり、被爆資料の保存管理や展示、企画展などのソフト的なところは市の直営のままなので、ほぼ業務の変化はない。

資料に関する他施設との連携

国立長崎原爆死没者追悼平和祈念館は、厚生労働省の所管で、被爆体験記と遺影の収集を主な事業としている。役割が適切に分業されており、施設の機能面では連携しているが、資料の面では独立している。長崎市歴史民俗資料館は、例えば、長崎から出征した軍人が持っていた日本刀など、長崎原爆資料館で受け入れることのできない資料の寄贈先として案内することがある。

★1　第1部3章171頁の注2を参照。

★2　被爆資料の散失を防ぎ、科学的に資料を収集、保存することを目的に長崎市が1949年に設置した。384点の資料を収集し、死傷者数・罹災戸数の調査や旧浦上天主堂の遺構の保存への提言を行うなど、長崎市における原爆被害の調査と遺構を含む被爆資料の収集・保存の先駆けとして、大きな役割を果たした。

★3　長崎原爆資料館が被害者数の根拠としている1950年の調査も含む。

★4　日本映画社に所属し、原爆被災記録映画「Effects of the atomic bomb on Hiroshima and Nagasaki（広島・長崎における原子爆弾の影響）」の制作に携わる。その後も精力的に原爆被害関連資料の調査・収集を行った。

★5　写真資料をはじめ長崎医科大学・三菱重工株式会社長崎造船所・城山国民学校などの被害記録の写し、長崎の学徒動員の記録の写し、被爆者の証言などがある。

★6　2021年7月現在は1人である。

★7　爆心地、旧城山国民学校校舎、浦上天主堂旧鐘楼、旧長崎医科大学門柱、山王神社二の鳥居から構成され、2016年に国の史跡に指定された。

爆心地復元の原資料
――浦上キリシタン資料館の場合

浦上キリシタン資料館　岩波智代子

浦上キリシタン資料館は2014(平成26)年5月5日に開設されました。その主な目的は、浦上の地におこった二つの大きな事件「浦上四番崩れ」、「原爆」そしてそれらに関連する諸々の小さな歴史を顕彰していこうというものです。

前者は150余年前におこったこと、後者はたった76年前の事件です。それにも関わらず、それらの記憶は日々薄れて来ているのが現状です。特に8月9日に落とされた原子爆弾は、ご存知のように一瞬にして7万4千人の命を奪い、浦上の地を空白状態にしてしまいました。その空白状態を埋めていこうという活動は原爆直後からなされて来ていますが、76年たっても十分と言えない状態です。

開設してから2021(令和3)年で8年目を迎える当資料館は、開設時には資料と言えるほどのものはなく、来館者のみなさんに「ご提供いただける資料はありませんか」と呼びかけていた状況でした。そしてそのうち物故された方の遺品のうち、蔵書、収集した資料、写真など、ご遺族が破棄しようかと思っていらっしゃるようなもの、破棄はしたくないけど、大切にしてくれるならあげてもいいと思っていらっしゃるようなものが、自然に集まるようになってきました。

例えば、原爆直後から自分の家の床下にあったという被爆標本ともいえる熱線による溶融が残った屋根瓦、焼けて黒くなったマリア像や十字架のキリスト像、11時2分で止まった時計、四番崩れから持ち帰った陶器の瓶、ある教会に長く保存されていたぼろぼろのバンナーなど様々な貴重な資料がありました。現在そういう資料はスペースが許す限り、当館で保存展示をしています。

今回ご紹介するのは、１９７０年から74年にかけて長崎市が諸谷義武市長の時代に行った「原爆被災復元調査事業」に関連する原資料です。この資料はいくつかの偶然を乗り越えた結果保存されていたものですが、その残された経緯を考えると、まるでこの資料館で展示されるのを待っていたかのようでした。

この事業は、未曾有の原爆体験をもった長崎市民が、自らの体験をもとに被災の全体像を描く原資料を、世代を越えて、永く後世に残す責務があるという諸谷市長の考え（『原爆被災復元調査事業報告書』より）で、１９７１年1月から着手されて、74年に終了しています。その結果、具体的には爆心地の復元地図が作成され現在原爆資料館と浦上キリシタン資料館に展示されています。この地図を制作するにあたって市民の丹念で且つ膨大な原資料が、もとになっているであろうことは言うまでもありません。

この膨大な原資料の一部が１９８６（昭和61）年に亡くなった父、岩波章の遺品の中から出てきました。大変大事なものであると思ったので、遺族として市に返還したほうがいいのではないかと原爆資料館に返却に伺いましたら、館員の方のお話では「もう不要になったものなので、破棄してください」とのことでした。彼の話ではこの事業が終了したときにも破棄していいということになって、その破棄は当時の担当者の采配に任されていたとのことでした。被爆者で家族を失った父が破棄を躊躇したことは十分に考えられますし、父の没後それを原爆資料館に再び持ち込んだ弟もやはり躊躇したのでしょう。結局この資料は残されて私たちの資料館に残ったのです。

そこで私達ではこの資料を精査した結果、原資料として大変貴重なものであると判断して保存することに致しました。ただ、被爆についての究極の個人情報であることを考慮して、その取扱は慎重にしています。

さて、その残された資料はどういうものであるかをご説明する前に、この事業がどのように進められたのかをご説明する必要があります。長崎市が１９７５（昭和50）年に発行した「原爆被災復元調査事業報告書」があります。そこにこの事業をすすめるにあたっての「復元調査機構図」と「調査の手順図」が掲載されていたので次に掲載します。

原爆被災復元調査機構図

父の手元にあった資料はおよそ四つのグループに分けられます。第一のグループは市が中心になってこの事業を運営し

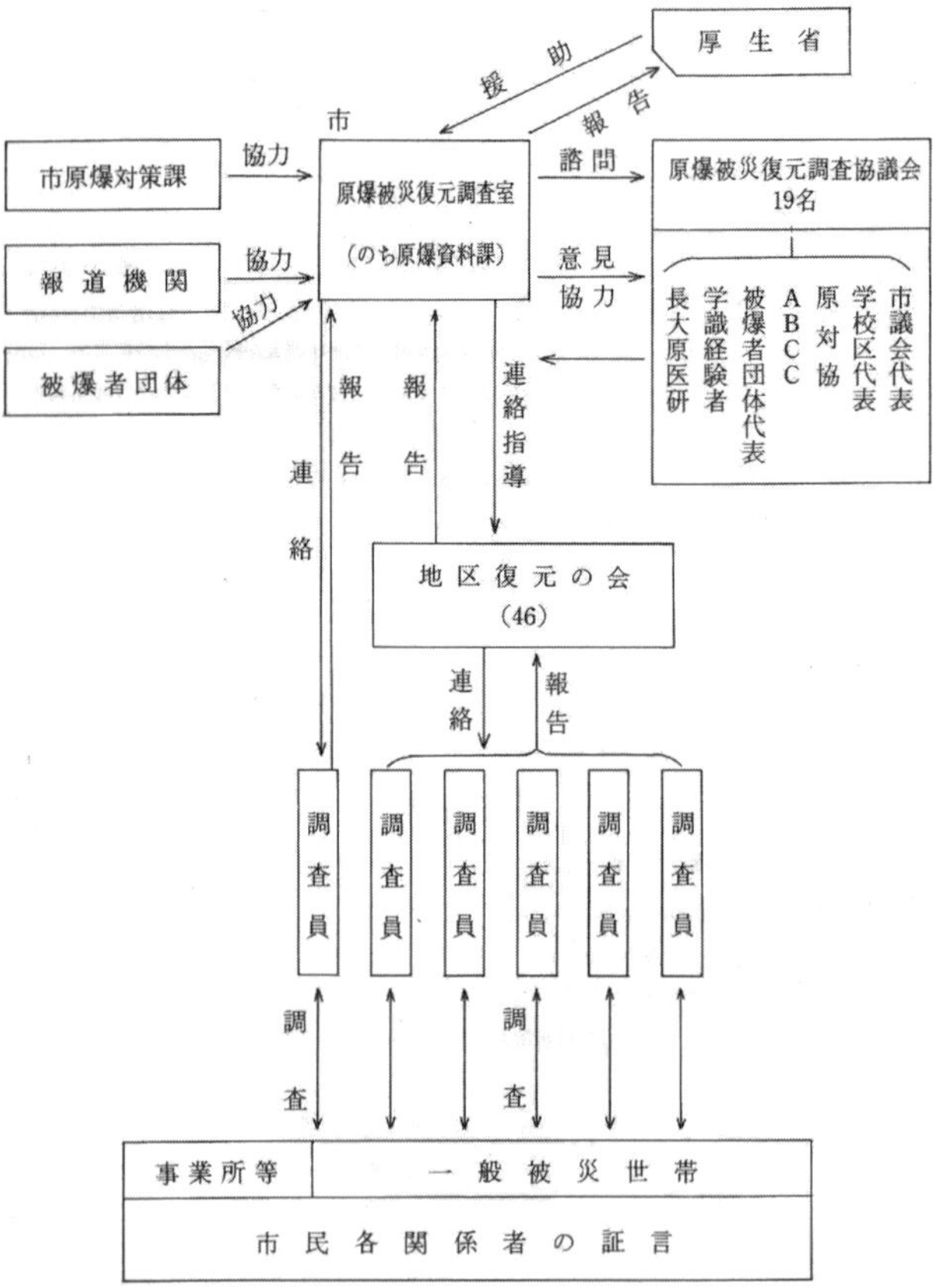

復元調査機構図

ていた時の公文書関係（委嘱表など）、第二のグループはそれぞれの被災者に記入してもらった「原爆被爆者調査票」（B６サイズ）及び「被災世帯基礎調査票」（B４サイズ裏面に地図あり）、第三のグループは被災者と調査員のやりとりの手紙類、第四がそれらの関係資料や関係性が薄く分類が難しい資料です。

活動の中心になった町は１９７０（昭和45）年に結成された松山町、山里町、駒場町でいずれも壊滅的な被害があった町です。その後１９７１（昭和46）年大橋町他18町、１９７２（昭和47）年には24町がスタートしました。私達の手に入った資料は当時山里町の復元にあたっていた私の父、岩波章の所有していたものだけですが、一つの典型として貴重な資料だと考えます。

それらの資料をここで掲載することは困難ですので、いくつかのエピソードを記します。

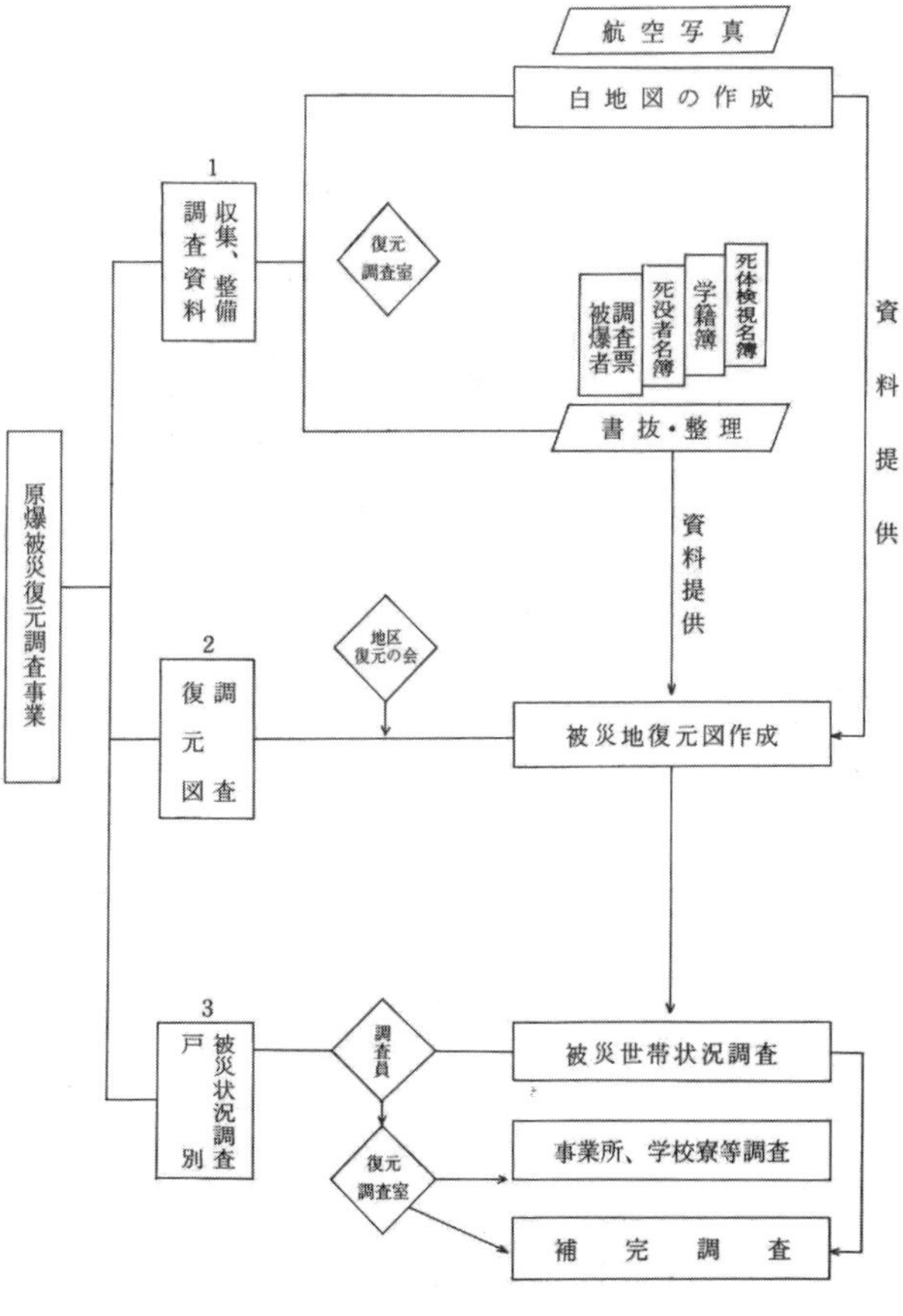

調査の手順図

（記入例）

原爆被災復元調査事業　**被　災　世　帯　基　礎　調　査　票**　　長崎市 原爆被災復元調査室

被爆直前の世帯主に関すること

氏　名（ふりがな） 山　田　太　郎	生年月日・性別 M T S 20・8・9生　男　女
住　所 長崎市松山町 1,000番地	本　籍 長崎市松山町 1,000番地
業態又は職業及び屋号 菓子卸商　山田商店	

家屋の状況

木造瓦葺1階建．30坪．7室
全壊、半壊、全焼、半焼、その他
自家、借家、間借、同居、その他
(家主又は地主名)

昭和　年　月　日（調査員氏名）

関係者面接欄（世帯員が不明のとき）	
面接者氏名	
世帯主との続柄	
住　　所	（TEL　　　）

（面接者氏名）

被爆直前の世帯状況						被爆直後の状況	その後の死亡者		現在の状況	
続柄	氏名	性別	生年月日（又は、被爆時満年令）	職業	被爆時に居たところ	（該当するものを○で囲むこと）	死亡場所及び死因	死亡年月日	住所	職業及び勤務先
世帯主	山田太郎	男女	M T S 20・8・9	商業	自宅	死亡 負傷（重・軽）火傷（重・軽）行方不明、異常なし		昭 ・・	（TEL　　）	
妻	山田ハナ	男女	M T S 22・1・1	なし	自宅で掃除中	死亡、負傷（重・軽）、火傷（重・軽）行方不明、異常なし		昭 ・・	（TEL　　）	
長男	山田一郎	男女	M T S 44・2・1	三菱兵器工員	三菱兵器、大橋工場内	死亡、負傷（重・軽）、火傷（重・軽）行方不明、異常なし	松山町 1,000 負傷及び火傷	昭 20・8・12	（TEL　　）	
二男	山田二郎	男女	M T S 1・5・1	公務員	長崎駅前を歩行中（家屋調査のため）	死亡、負傷（重・軽）、火傷（重・軽）行方不明、異常なし		昭・・	長崎市桜町1の1（TEL ㉓5151）	長崎市役所税務課
長女	山田花子	男女	M T S 5・5・5	家事手伝	諫早市城見町へ疎開	死亡、負傷（重・軽）、火傷（重・軽）行方不明、異常なし		昭・・	東京都千代田区水田町500番地（TEL　　）	主婦（現姓中村）
二女	山田咲子	男女	M T S 10・10・10	〃	〃	死亡、負傷（重・軽）、火傷（重・軽）行方不明、異常なし		昭・・	福岡市清水町 100番地（TEL　　）	〃（現姓松尾）
使用人	田中三郎	男女	M T S 3・3・3	店員	集金のため稲佐町へ行っていた。	死亡、負傷（重・軽）、火傷（重・軽）行方不明、異常なし		昭・・	長崎市岡町2―13（TEL　　）	商業（菓子卸商）
			M T S			死亡、負傷（重・軽）、火傷（重・軽）行方不明、異常なし		昭・・	（TEL　　）	
			M T S			死亡、負傷（重・軽）、火傷（重・軽）行方不明、異常なし		昭・・	（TEL　　）	

（市の統計処理欄）

事項 / 区分		被爆時の状況等 被爆	非被爆	計	死亡状況等 即日死	20年 8/10～8/20	8/21～8/31	9/1～9/30	10/1～12/31	21年 1/1～9/5	21年 9/6以降	行方不明	計	被爆直後の状況 重傷	軽傷	重火傷	軽火傷	異常なし
家族数	男	人	人	人	人	人	人	人	人	人	人	人	人	人	人	人	人	人
	女	人	人		人	人	人	人	人	人	人	人		人	人	人	人	人
同居、使用人の数	男	人	人	人	人	人	人	人	人	人	人	人	人	人	人	人	人	人
	女	人	人		人	人	人	人	人	人	人	人		人	人	人	人	人
計		人	人	人	人	人	人	人	人	人	人	人	人	人	人	人	人	人

地区

町名

世帯番号

世帯基礎調査表

被爆時の住所附近略図（目標、両隣りまで書いてください）

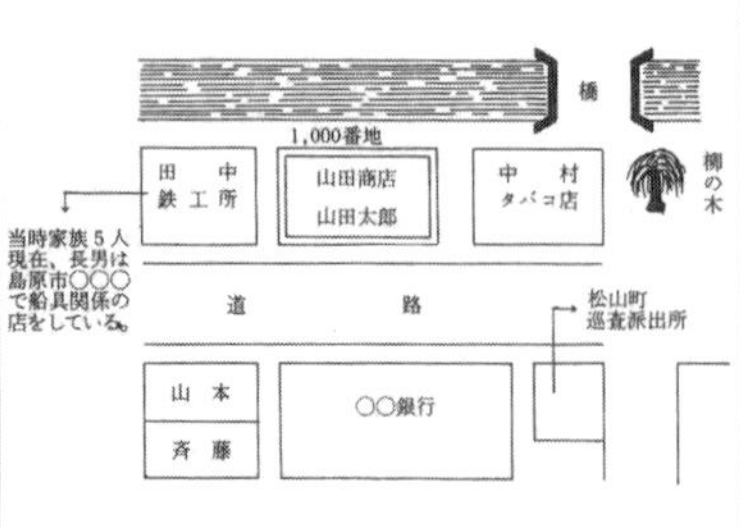

調査員の所感

長崎市の処理事項	

略図

この資料を2019（令和元）年7月から9月末まで浦上キリシタン資料館で展示しました。爆心地付近にすんでおられたかたがたくさん見にいらっしゃいました。なかでも当時この事業に携わった人の話を伺うことができました。驚くべきことにその方は、たくさんの資料のなかから、ご本人がお書きになった原爆被爆者調査表を見つけられたのです。その方はやはり父と一緒に復元の会のお仕事をなさっていたので、その時の話も伺うことができました。「地図上で個人の家を特定することは大変難しかった。人間の記憶は曖昧で自宅付近の地図を書いてもらっても間違って入ることが多々あって、そういう場合は隣り合った人同士の地図が一致しているかどうか、それも三人の人の記憶が一致しているかどうかで正誤を判断したのですが、再確認の手紙をだして返事を待ったりするなど、大変な手間でした」とおっしゃっていました。昭和45年当時はファックス、メールなどもなく、電話すら利用するのも大変な時代でしたから調査員の方たちのご苦労は押して知るべしだと思いました。「中には一家全滅の家もありますから、そういう場合は隣の住人か知り合いの方がお書きになったようです。浦上地区は社宅なども多く、転勤族の家族構成はもちろんのこと彼らの名前すらわからない場合もありました」とおっしゃっていました。

現在当資料館で展示している復元の図をよく見ると、未だにまったく名前が記入されていない家が沢山あることに気が付きます。地図を復元すると言うことは単純に空白になったところに名前を書き込むことだけではありません。つまりそこに生きていた人々の記憶を思いおこし記録することなのだと思います。それがなければそこにいた人は原爆という不条理なものから消し去られてしまい、単なる空白になってしまうのです。

爆心地の復元、それは無くなった人の墓標を立てる、鎮魂の作業ではないかと思いました。

浦上キリシタン資料館
住所　長崎市平和町11番19号
電話　095-807-5646
ウェブサイト
https://ja-jp.facebook.com/urakamicm/

岡まさはる記念長崎平和資料館

理事長　崎山　昇

設立

岡まさはる記念長崎平和資料館は、１９９５年10月１日、戦後50年の年に設立されました。ルーテル教会牧師で、長崎在日朝鮮人の人権を守る会代表、長崎市議会議員も３期務めた岡正治氏が、一人ひとりの市民に過去の植民地支配と侵略戦争の加害の事実を知ってもらうための資料館が必要だと長崎平和資料館の設立を提唱されました。しかし、１９９４年７月21日に急逝され、その後、岡氏の遺志を継ぎ、長崎在日朝鮮人の人権を守る会の代表に就任した高實康稔《たかざねやすのり》氏を中心に市民の手で設立されました。

設立の趣旨

日本の侵略と戦争の犠牲となった外国の人々は、戦後50年たっても何ら償われることなく見捨てられてきました。加害の歴史は隠されてきたからです。加害者が被害者にお詫びも補償もしないという無責任な態度ほど国際的な信頼を裏切る行為はありません。核兵器の使用が正当化されれば再び使用される恐れがあるのと同様に、無責任な態度が許されるのならば、再び戦争が引き起こされる恐れがあります。この平和資料館は、日本の無責任な現状の告発に生涯を捧げた故岡正治氏の遺志を継ぎ、史実に基づいて日本の加害責任を訴えようと市民の手で設立されました。政治、社会、文化の担い手は、たとえ小さく見えようとも一人ひとりの市民です。当館を訪れる一人ひとりが、加害の真実を知るとともに被害者の痛みに思いを馳せ、一日も早い戦後補償の実現と非戦の誓いのために献身されることを願ってやみません。

展示内容

①朝鮮侵略・中国侵略、②日本はアジアで何をしたのか、③朝鮮人強制連行、中国人強制連行、④韓国・朝鮮人被爆者、中国人被爆者、⑤皇民化、皇民教育、⑥日本軍「慰安婦」問題、⑦南京大虐殺、⑧731細菌部隊、⑨戦後補償を拒む日本、⑩弾圧に抵抗し、戦争に反対した人たち、⑪「長崎平和資料館」の設立を提唱した「岡正治記念コーナー」、⑫資料館の設立・発展のため尽力した髙實康稔さん、⑬そして、いま私たちは・・・（どう考え、どう行動すればよいか問いかけるコーナー）など。

主な活動

希望する入館者・団体に案内や講話、フィールド・ワークを行うとともに、歴史認識を深め、設立の趣旨を達成するために適宜、講演会や上映会などを開催しています。また、「日中友好・希望の翼」や「学ぶ旅」など中国や韓国などへ学生を派遣する事業を実施しています。そして、中国の南京大虐殺記念館、七三一部隊罪証陳列館、上海中国〝慰安婦〟資料館と友好館提携関係にあり、韓国の日帝強制動員被害者支援財団と学術交流協定を締結しています。

資料館の所蔵資料［本項の文責　新木武志］

同資料館では、展示に関連する日本や中国、韓国の書籍や雑誌、パンフレットを多数所蔵し、展示・閲覧できるようになっている。それとともに、岡正治氏が所蔵していた書籍や、「長崎在日朝鮮人の人権を守る会」などの市民運動の文書ファイル、市会議員としての活動記録、岡氏が提訴した忠魂碑訴訟関係の記録などが保管されている。ただし、その文書や記録類のほとんどは未整理の状態で、その詳細は明らかにできない。

そのなかで確認できた１９６０年代の資料には、長崎原水協の60年代前半の会議議事録などを紐綴じた『長崎原水協』ファイル、65年に長崎で結成された憲法改悪阻止長崎会議の準備会からの文書・会報などを綴じ込んだ『憲法改悪阻止長崎会議』ファイルがある。

70年代の資料には、岡正治後援会が発行していた『岡まさはるとともに長崎市政研ニュース』（１９７１年４月～１９８３年５月、第１号～１１９号）があり、70年代末以降は、「長崎在日朝鮮人の人権を守る会」関係の資料が残っている。その主なものに、同会が取り組んだ朝鮮人被爆者実態調査や原爆朝鮮人犠牲者慰霊碑建設についての記録（１９７９年頃）、同会の定期総会議案書と会報『人権ニュース』（１９８１年～１９８８年、途中ヌケあり）がある。

さらに、80年代の資料には、岡氏が主宰した「長崎原爆問題キリスト者協議会」の『関係書類綴り』や、同会が開催した「反核平和セミナー」の記録綴りが保管されている。確認できていない資料のなかにも、まだ数多くの長崎の被爆者運動や平和運動、市民運動に関する文書や記録が残っていると思われる。

長崎では、50年代に第２回原水禁世界大会を契機に被爆者運動が開始され、70年代から80年代には市民による証言運動や反核運動が高まっていったことは知られているが（ただし、その運動の詳細についてはあまり知られていない）、その間の60年代は、原水禁運動が分裂し被爆者運動も停滞した時期とされ、これまでほとんど顧みられることはなかった。そのため、50年代後半から90年代前半にかけて長崎で活動した岡正治氏の資料群は、60年代の空白を埋め、長崎や日本の被爆者運動や平和運動、市民運動の歴史を考えていくうえで、きわめて貴重である。

運営

設立の趣旨に賛同する会員（約２００人）や無償ボランティア（40人超）、寄付金など一人ひとりの市民の献身によって支えられています。

岡まさはる記念長崎平和資料館
住所　長崎県長崎市西坂町９-４
電話・FAX　０９５-８２０-５６００
Email　tomoneko@ngs1.cncm.ne.jp
ウェブサイト　https://www.okakinen.jp

岡まさはる記念長崎平和資料館（撮影：金川晋吾）

長崎県被爆者手帳友の会

長崎県被爆者手帳友の会は１９６７（昭和42）年に設立され、すでに半世紀以上の歴史を持つ団体である。しかし、同会関係者に２０２１年7月時点で聞き取ったところでは、事務所移転を数回繰り返してきたために、過去の資料の保有状況は芳しくないという。実際、松山町にある現在の事務所に置かれている資料としては、１９８８（昭和63）年度以降の定期総会資料が目立つ程度である。

ただし、長崎原爆資料館図書室には、同会が１９９４年にまとめた『昭和四十三年起　被爆者手帳友の会会報綴』が所蔵されており、１９６８（昭和43）年以降の会の基本的な動向を知ることは可能である。また、同図書室には、同会が１９７４（昭和49）年に発行した『被爆者援護のいろは』も所蔵されている。［山口響］

手帳友の会ロゴ

長崎市婦人会

長崎女性史研究会　国武雅子

1．長崎市婦人会の概要

長崎市婦人会は戦後長崎における最大の女性団体（１９６２年会員数約1万人）であり、平和運動においても大きな役割を果たした。１９４８年8月、戦後市内各地区に結成された婦人会の連合体として発足、小林ヒロが会長になり、52年には団体数34、会員数７５７９人となった（『長崎県統計年鑑』）。

「原爆乙女」救援のための街頭募金、引揚者の救援などの社会福祉活動を行う一方、電気料金や電車運賃の値上げ反対、黄変米配給反対など、消費者運動を行った。県内の婦人会の連携によって１９５５年長崎県婦人団体連絡協議会が発足するとその中心となり、小林ヒロは理事長を務めた。

会員の半数が被爆者であったこともあり、特に原水爆禁止運動に力を注いだ。１９５６年、長崎で開かれた第2回原水爆禁止世界大会においては、白バラの造花を作って寄付を募り、１６０万円の運営費を捻出するなど中心的な役割を果たした。

１９４８年から80年まで30年余りにわたって会長として婦人会をリードした小林ヒロ（１８９８～１９８５）

は女子師範を卒業後、小学校訓導を経て結婚。戦後ＰＴＡ活動参加を機に社会的活動を始めた。１９５１年から55年まで長崎市議会議員、55年から71年まで長崎県議会議員でもあった。長男を戦病死で失い、被爆者でもあった小林は、長崎市婦人会の平和運動を主導し、原水爆禁止長崎協議会代表委員、副会長などを務めた。長崎市婦人会副会長、小林ヒロ後援会事務局長として活動を支えた宮田ヱキ（１８９６〜１９９３）も被爆者であった。小池スイは小林の後継者として１９６４年〜80年長崎市婦人会副会長、80年〜91年長崎市婦人会会長、長崎県婦人団体連絡協議会会長を務めた。

以上の３人については、葛西よう子「小林ヒロ・宮田ヱキ・小池スイ――平和を求めた婦人会の指導者」（長崎女性史研究会編『長崎の女たち（第１集）』長崎文献社、１９９１年）がある。また小池スイには、長崎女性史研究会が聞き取り調査を行った（「小池スイ　思い出すことなど」『長崎女性史研究会会報』１４８号、２００８年12月）。

2.『長崎市婦人会だより』

長崎市婦人会の活動の記録として、最も重要なのは会報『長崎市婦人会だより』である。１９５６年４月に創刊、４面で構成され原則として月１回（15日付け）発行された。長崎県地域婦人団体連絡協議会の他、長崎県立図書館が第95号（１９６４年11月）から第３８１号（１９８９年４月）まで所蔵している。第３８２号（１９８９年５月）からは長崎県地域婦人団体連絡協議会の『長崎地婦連だより』となり、発行が続けられて、県立図書館には第５６９号（２００４年12月）まで収められている。長崎県地域婦人団体連絡協議会はこの『長崎市婦人会だより』を、第１号から第１２０号（１９６６年12月）まで撮影し、データ保存している（４号、78号、99号は欠）。

創刊号１面には、長崎市教育長、長崎県婦人少年室、長崎県教職員組合婦人部長の祝辞と小林ヒロの創刊の喜びが記載されている。小林は「毎日の生活を通してどうしたら成長のためにお互助け合える仲間になれるか」

考えようと呼びかけ、会報が「人と人との本当のつながりを生み出す原動力」となるようにと述べている。2面には原水爆禁止協議会全国総会、文部省全国婦人指導者会議、売春対策審議会、教育委員会制度についての公聴会などに関しての記述があり、この団体が多方面の活動に関心を持ち、参加していたことが窺われる。3面には「地区だより」と庶務部、教養部、厚生部、保健部などの報告。4面には「声」として、会員の様々な意見、思いが寄せられている。その他文芸作品、料理なども紹介される。

続く号も概ね同様の形式が踏襲される。巻頭で小林ヒロが時代状況の中での女性のあり方等について持論を述べるのが慣例となっていき、小林の思想と婦人会の立ち位置が表れている。支部だよりでは活発な地域活動の様子が伝えられ、生花、料理、俳句、バレーボール、旅行、外国人女性との交流などについての記述から文化活動も充実していたことが窺われる。地域に根づいて生活していた普通の女性たちの日々の営みと思いを伝える貴重な資料である。

長崎女性史研究会では『長崎市婦人会だより』を分担して検証し（『長崎新聞』2014年9月3日）、2015年の全国女性史研究交流のつどいで報告した（国武雅子「長崎市婦人会の平和運動——反原爆と反原発をつなぐもの」『第12回全国女性史研究交流のつどいin岩手報告集』）。

長崎市婦人會だより
発刊を祝す
創刊を祝して
発刊をお祝いして
春から初夏の服地
タナカヤへ

『長崎市婦人会だより』創刊号

3．『長崎の号泣』

『長崎市婦人会だより』は毎年8月号を「原爆記念特集号」として、原爆体験記や平和についての思いを掲載した。たとえば、１９５９年の35号には福田須磨子の「あの日の記憶と原水爆禁止」や、原爆青年乙女の会永富郁子の「被爆者の願い」と題する文章が掲載されている。70年、それらをまとめて発行したのが『原爆二十五周年記念号　長崎の号泣』である。57編、54人の手記と座談会の記録等が収められている。

内容を見ると、被爆時の状況は、既婚者22人（母親12人、妊娠中1人、夫応召中7人）、未婚者15人（学徒動員兵器工場等で働く者3人、小学生2人、会社勤めなど4人）。子どもを亡くした者が6人あり、多くが家族の誰かを失っている。子どもや自分の健康不安におびえる、友人の結婚に傷つく、容貌に悩む、不安、やり場のない怒り、無念さ、生きていて嬉しい反面すまない気持ちをかかえている等の記述がある。そして戦争反対、原爆反対、原水爆実験、核兵器反対を訴え、

『長崎の号泣』

原爆記念特集号
長崎市婦人会だより
人道の立場に立って広く皆と手を握ろう
あの日の記憶と原水爆禁止
家計簿に十する……お買物は……皆様の店……二神へ

『長崎市婦人会だより』35号

原水禁運動の主導権争いを批判し、被爆者援護法の制定や被爆者手帳の見直しなどを求めている。

原稿の初出について記されてないのが残念であるが、かなり早い時期の被爆体験記として重要な資料である。

4．長崎県婦人会館

長崎県婦人団体連絡協議会が１９６０年、桜馬場の元西彼町村会の土地建物を購入し、70年新築した。会員1人あたり４００円を募り、一升瓶の収集やエプロンの販売なども行って費用を準備した。会員の募金、借入金、手持ち金、県の補助、市の補助、有志の寄付合計1億３０００万円で4階建ての会館を建てた。長崎市婦人会の活動の拠点でもあった。所在地は長崎市桜馬場1‐12‐18、現在一般財団法人長崎県地域婦人団体連絡協議会が保有、宿泊施設としても運用している。

5．その他の活動記録

・長崎市婦人会『結成30年のみのり』（１９７８年）
・長崎県婦人団体連絡協議会『長崎県婦連三十年のそだち』（１９８６年）
・長崎市婦人会『40年の絆』（１９８８年）
・長崎県地域婦人団体連絡協議会『あしたへの伝言』（２００1年）（原爆、学徒動員、引き揚げ、空襲など戦争体験の記録集）
・長崎県地域婦人団体連絡協議会『長崎県地婦連五十周年記念誌』（２００８年）
・長崎県地域婦人団体連絡協議会『長崎県地婦連六十周年記念誌』（２０１７年）

真宗大谷派九州教区長崎教務支所

真宗大谷派（東本願寺）九州教区長崎教務支所では、約１万体とも２万体とも言われる原爆死没者の遺骨を収骨所に収め、毎月９日に追弔法要を続けている。教務支所には歴史的な資料がいくつも残されており、それらの調査も行っている。現地を２度訪問し、調査の状況や所蔵資料についてうかがった。

［訪問者］四條知恵（２０１９年11月27日）、木永勝也、新木武志、山口響（２０２１年３月15日）、中尾麻伊香（まとめ）

［対応者］中川唯真さん、山本翔さん

長崎教会と教務支所について

明治９（１８７６）年に館内地区（現在の緑ヶ丘保育所周辺一帯）に創設された大谷派長崎説教場（長崎教会）が創設され、その後、真宗大谷派の地方宗務機関である教務所が併設された。度重なる教区改編を経て昭和５（１９３０）年に長崎教区が誕生し、それと前後して現在の西坂公園およびその一帯に移転した。戦後は一時期片渕の民家や聖福寺の一角を借用し、現在の筑後町の地に移転した。２０２０年の教区改編により、長崎教務所から長崎教務支所となった。

収骨所の由来

収骨所の由来は諸説あるが、概ね次のような経緯であると考えられている。被爆後、仮診療所となっていた勝山小学校（当時は国民学校）に身元の解らない遺骨が持ち運び込まれ、それらの遺骨が大浦の妙行寺（東本願寺）の本堂に置かれることになった。また、門徒の人たちが集めた遺骨も妙行寺に引き取られた。そうして集められた約1万体とも2万体ともいわれる遺骨が、3回忌のときに長崎教務所に移管されることとなった。市から遺骨返還の願いがあったが、１９５３年の教区総会にて市への遺骨返還を否決。これによって納骨堂建設の機運が高まり、55年に原爆犠牲者無縁遺骨特別安置所が完成。１９６５年に原子爆弾災死者収骨所が完成。１９９８年、教区会と教区門徒会において新収骨所の建設が決定され、１９９９年に現在の収骨所が建設された。

所蔵資料

所蔵している資料には、次のようなものがある。昭和7年以降の会議の議事録、昭和7（１９３２）年4月28日付の日本放送協会との土地売買契約書の写し、戦前から戦後の西坂説教場写真数点（仮収骨所の写真含む）、戦後の筑後町時代の写真、原爆災死者の収骨に関する聞き取りテープ及びメモ書きなど。これらの資料からは、占領軍のウィンフィールド・ニブロらとの交流や、婦人会を中心とした門徒たちによって遺骨収集が行われた経緯などがうかがえるという。原爆40周年、50周年、70周年にそれぞれ非核非戦法要記録集を刊行している。

刊行物

『真の平和を求めて――原爆四十周年非核非戦同朋の集い仏教青年大会記録』真宗大谷派長崎教区青年研修実行委員会、１９８６年。

『原爆50周年記念　非核非戦法要記録集』非核非戦研修実行委員会、１９９６年。

『真宗大谷派長崎教区原爆70周年非核非戦法要・非核非戦のつどい』非核非戦・原爆70周年実行委員会、

２０１６年。

『真宗大谷派長崎教区「非核非戦記録集」』非核非戦・原爆70周年実行委員会、２０１７年。

見学について

教務支所の方は、収骨所の存在を多くの人に知ってもらい、見学、法要参拝に訪れてほしいと考えている。毎月９日の法要もだれでも参加ができる。お気軽にお問い合わせください。

真宗大谷派長崎教務支所
住所　長崎県長崎市筑後町９-23
電話　０９５-８２５-８８３１
Email　nagasaki@higashihonganji.or.jp

真宗大谷派九州教区長崎教務支所を訪問した際の様子

2 主な資料群

渡辺千恵子氏関係資料の紹介
――１９５０年代中期　第２回原水禁世界大会前後

木永勝也

２０１６年3月に、故渡辺千恵子氏資料（以下、渡辺資料）が、長崎総合科学大学に日比野正巳氏から寄贈された。大学の長崎平和文化研究所で保管し整理作業を進めている。寄贈の経緯や資料の概要については、17年3月に「渡辺千恵子氏資料の概要紹介と若干の検討」として紹介している［★1］。

渡辺千恵子（１９２８－１９９３）氏は、長崎の、というより全国的に著名な被爆者の一人であろう。１９９３年に死去されたため、若い世代にはなじみがうすいが、車いすに乗り反核平和を訴え続けた姿を記憶している人は多い。谷口稜曄氏は、『原爆を背負って　谷口稜曄聞き書き』（西日本新聞社、２０１４年）において、70～80年代の、長崎の被爆者の〝顔〟として、山口仙二氏とならぶ人物として紹介している。

長崎の被爆者、あるいは語り部の代表的人物であるだけでなく、50年代後半の長崎での被爆者運動・平和運動の創生期から活動してきた人物でもある。56年に長崎で開催された第２回原水禁世界大会で広く感動をよんだ訴えをしたことでも知られる。渡辺資料について、50年代や60年代初期の資料については、報道・メディア関係者や研究者の関心が寄せられることも多い。

また、別項で長崎原爆被災者協議会関係資料を紹介しているが、同会の創立期からの資料は少ない。一方、

２０２０年には１９５６年の広島県原爆被害者団体協議会（広島県被団協）発足前後の資料が広島で確認され、広島大学文書館、広島県立文書館に所蔵、目録なども公開されはじめている［★2］。

こうしたことから、本稿では、50年代中期に焦点をあてながら、渡辺資料の紹介をしておく。また資料をもとに50年代後半の長崎の被爆者運動の動向を検討しておくこととしたい。

1．原爆乙女の会（前身）の結成

渡辺千恵子氏を中心にした原爆乙女の会が結成されるのは、１９５５年６月のことである。翌56年に原爆青年乙女の会が編集発行した『もういやだ』第１集に掲載された「十一年の証言」で渡辺千恵子が「再出発」と表現しているように、前身ともいう歴史がある。ここでは原爆乙女の会（前身）としておこう。

53年４月に、長崎市で開かれた広島と長崎の原爆乙女の交歓会がきっかけとなって、同年６月２日に「長崎原爆乙女の会」が結成されている。同会結成は長崎ＹＭＣＡが主導したもので、原爆に被災した女性たちにより自発的に結成されたものではなかった［★3］。以下、やや詳細にわたるが、原爆青年乙女の会の前史として紹介しておこう。

新聞記事の報道によれば、６月２日午後６時から長崎市ＹＭＣＡ（ＹＮＣＡと誤記されている）で、「原爆娘約16名　長崎市議久保忠八氏、同市婦人会副会長山口初子氏、ＹＭＣＡ総主事青山武雄氏、長大医学部調教授などが出席して開かれ」「原爆の毒爪から起き上り強く生き抜こうと誓いあつた」。会長には堺屋照子、副会長に山口美佐子が推薦されている［★4］。２０１５年に、堺屋の回想を長崎新聞が報じているが、市職員で水道料金の計算業務に従事していた当時23歳の堺屋照子が、長崎キリスト教青年会（長崎ＹＭＣＡ）の男性の訪問を受けて、会長就任の依頼をされた。会としては月１回ほど集まったが、何をすればいいのかも分からず、「原爆のことを語るわけでもなく、ただ、おしゃべりは楽しかった」という［★5］。1年が過ぎたころ、ある記者から「渡辺千恵子さんを中心に活動したほうがいいのでは」と促され接触、渡辺千恵子と「乙女の会」を再結成することになった。

広島と長崎の原爆乙女の交歓会は、1950年代から開催され［★6］、53年4月に長崎市で開かれた交歓会は、当時の新聞が伝えるところによれば、広島ピースセンターの谷本清［★7］からの提案に、長崎市の民間団体がこたえる形で実施された企画であった。

4月13日に、長崎宗教連盟、ユネスコ協力会、市婦人会、ゆかり婦人会、民生常務委員、地区労、市内開業医、ABCC、市教組、市青協など11の民間団体により構成される広島原爆乙女歓迎世話会（会長久保忠八）を結成している［★8］。4月27日に開催された交歓会時には、広島の「原爆乙女」5名と谷本清、長崎側からは各団体から集まって、「原爆犠牲者救済」に関する座談会が開催された。また同日午前中に開催された「広島、長崎原爆乙女交換座談会」には、広島から柴田田鶴子、山本元子、松原美代子、田坂博子、佐古真知子の5名、長崎からは、堺屋照子、白石チエ子、鈴田政枝、一条智枝子、永田尚子、辻幸江、金子豊子、脇浜文子、山口美佐子、谷口寿美子、淵本レイ子が参加している［★9］。司会を小林ヒロ市婦人会長、山口市婦人会副会長、井原（居原の誤記か）日教組婦人部長、谷本牧師がつとめている。被爆時の状況、傷などの治療、職場での勤務、結婚のことなどの体験談や現状の報告といった内容となっている。

この交歓会をうけ、5月23日に、堺屋、山口美佐子、谷口スミ子と長崎YMCAの総主事青山武雄が出席して、「広島原爆乙女の会」のようなものを結成しようと打合会を開き、「長崎原爆乙女の会」の名称を内定、毎月1回以上例会をひらく、6月結成予定などを決めている［★10］。こうして、「広島原爆乙女の会」に対応する組織として、6月2日に「長崎原爆乙女の会」が結成された。結成はされたものの、堺屋の回想にみるように活動は低調になったようである。渡辺は、後年、「ＹＭＣＡがいわば上からつくっていったものだった」ので、長崎では「自然消滅」といった状態にあったと記している［★11］。

この年、８月９日の新聞の投書欄に「原爆娘は売物？そっと癒やしてもらえぬものか」という投稿が掲載されている［★12］。「長崎市家野町・一女性」の「「原爆乙女」である当事者としての投稿である。「新聞や各種の団体の皆様が私たちのために救済運動を起こして、花花しく活躍してくださることには心から感謝しますが、（略）未婚の私たちのみにくく傷ついたからだの一部に同情して下さる気持ちを、私の傷ついた魂悩みにまで及ぼしてやって下さいませんか」、「いわゆる「原爆乙女」たる私たちは余り仰々しく売り物にされているような気がするのです」とし、「もっとひそやかにそして的確なお祭りさわぎでない方法を考えて救ってくださるのなら（略）そっと癒やしていただけないものでしょうか」と述べ、「私たちが毎日、毎夜さいなまれ、そして将来の例えば結婚、出産などと云う個人の尊厳にかんすることに大変な不安を抱いていることを真剣に考えて貰いたい」としていた。当時の「原爆娘」「原爆乙女」への被爆者支援の一面を指摘した発言であり、「原爆乙女の会」（前身）が自然消滅といった状態になった背景には、支援者から注がれる「原爆乙女」への視線、期待との関係があったと考えられる。

2．渡辺千恵子と原爆乙女の会の結成

さて、渡辺千恵子氏の回想・自伝的な著作によれば、原爆乙女の会が「再結成」されるには、２つの契機があった。

渡辺は１９４１年私立鶴鳴女学校に進学し、学徒動員中に三菱電機製作所（平戸小屋町）で被爆した。倒壊した鉄骨の下敷きになり脊椎を骨折、下半身不随となり、その後、長く自宅にこもっていた。そうした渡辺が54

年8月4日の毎日新聞で「私は青春をあきらめている—寝たままの原爆乙女」として紹介され、渡辺を訪ねる人が出てきた。その一人が居原喜久江であり、その居原とともに渡辺をみまった鶴見和子の訪問が、原爆乙女の会結成につながる契機となった。

55年6月5日に第1回長崎県母親大会が開催され、その時に、鶴見和子や居原喜久江らが渡辺を訪問した。渡辺の著作には、その訪問時の鶴見との写真が掲載されている［★13］し、その写真も渡辺資料のなかの写真アルバムに残されている（ただし当時のプリントかどうかはまだ判断がついていない）。渡辺資料の中には、その6月5日に鶴見が持参し贈った、署名入り図書が2冊残されている。鶴見和子編『エンピツをにぎる主婦』（毎日新聞社）を渡辺千恵子に、［写真1］にみるように木下順二・鶴見和子編『母の歴史』（河出新書）を「千恵子さんのお母さまへ」とあることから、母すがに贈られたと考えられる。この日6月5日が転換点となった日で、県母親大会では居原喜久江が渡辺の状況などを報告し、有志での訪問・見舞いを提起して実現したものだった。訪問した人のなかには木下澄子、森菊枝などがいた。森、木下らは「生活をつづる会」の活動を渡辺とともに始めるが、「原爆乙女の会」と密接な関係を持つものであった。「生活をつづる会」の中心人物であった川崎キクエはこの日の訪問が、長崎での「生活をつづる会」や「原爆青年乙女の会」が「生まれる下地」

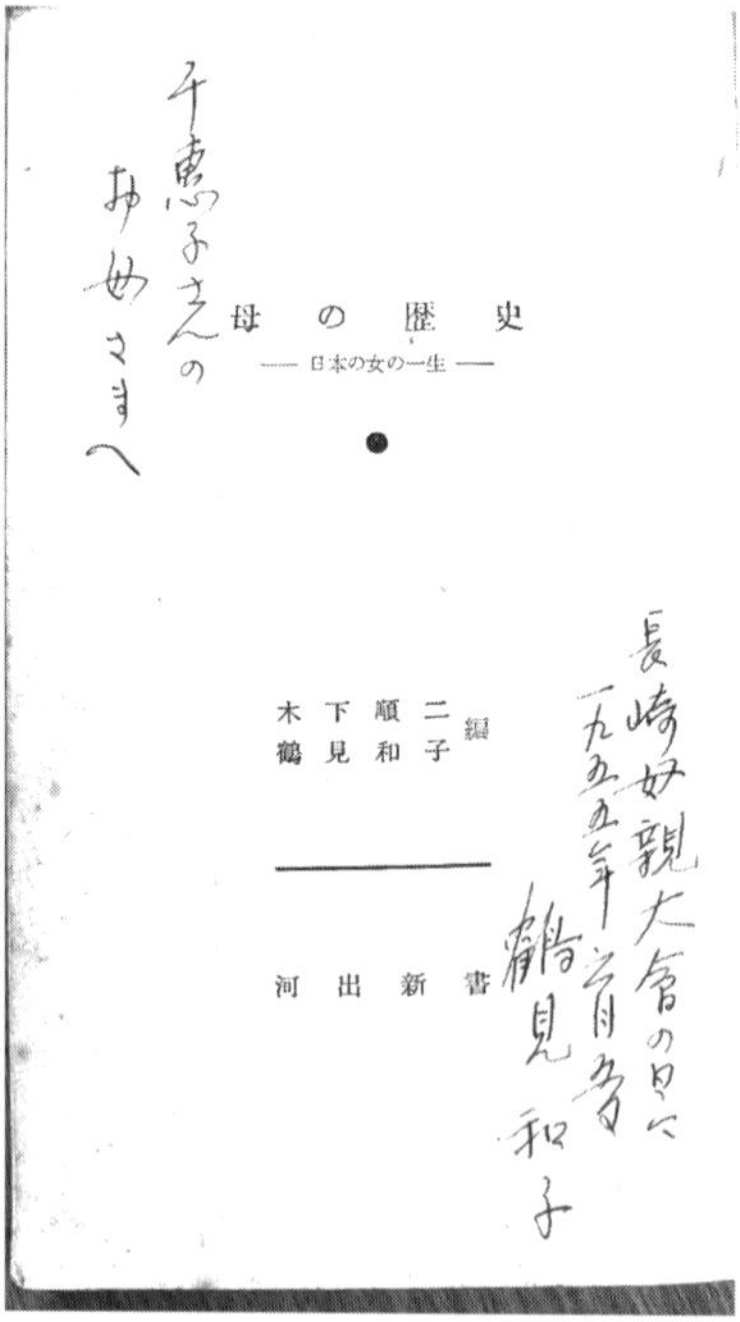

写真1　『母の歴史』

となったと評している［★14］。

渡辺のことを県母親大会で報告した居原は、当時稲佐小学校の教員で、市教職員組合婦人部長、「平和を守る会」［★15］の会員で、むろん自らも被爆者でもあった。さらに55年3月14月には広島の日詰忍とイギリスを訪問し、原水爆禁止を訴えた経験の持ち主であった［★16］。先の広島・長崎の交歓会にも参加していたようである。その居原とともに渡辺を見舞った木下澄子は当時は主婦で、56年には初代の婦人問題相談員となった人物であるが、長崎の「生活をつづる会」の中心人物でもあった［★17］。渡辺千恵子に編み物を教えて支援し、原爆乙女の会会員が編み物で生計の一部をたてようとしていった際にも積極的に支援した。のち、病気になったり、家庭の事情で長崎を離れ東京に移住して、原水禁運動にもとりくんだ。

もうひとつの契機が、「原爆乙女」4名の訪問である。鶴見が訪問の印象を期した『毎日新聞』記事（1955年6月9日）をみた渡辺と同世代の堺屋照子、山口美佐子、辻幸江、溝口キクエが渡辺を訪ね、以後交流を深めた。先述した「広島、長崎原爆乙女交換座談会」から原爆乙女の会（前身）に参加した人々であり、彼女らとの交流から、渡辺が「第2の青春」と言うべきと記した「長崎原爆乙女の会」への誕生へとつながっていく。

鶴見和子は、新聞に「千恵子さんたちこそ、そして長崎・広島のお母さんや子どもたちこそ、世界のお母さんたちに訴える、もっとも重く、力強い発言権をもっています。（略）あなたのような方を、もういちど、つくらないように、よびかけてください」（『毎日新聞』1955年6月9日）と寄稿したように、対外的な発信、訴えの必要性を強調した。そして、渡辺宅につどった「原爆乙女」らの間には「何度か話あっていくうち、これを単なるおしゃべりの場としてしまってはいけない雰囲気が」生まれ、自分たちの不安は被爆者共通の不安でもあり、問題を「国民全体の問題として伝え、その解決を求めていく」ことを考えるようになった。そして、原水爆の恐ろしさを知っている自分たちが、「二度と再びあの惨状をくり返させないために」先頭にたって訴えていくことを目指して、「原爆乙女の会」を結成することになった［★18］。鶴見の存在を触媒にして、「原爆乙女の会」が立ち上がっていったのである。

3．『原爆だより』と原爆乙女の会

原爆乙女の会は、結成早々に1955年7月にスイスローザンヌで開催される世界母親大会へのアピールを作成し、バラの造花とともに、被爆者代表として参加する山口美代子（当時、長崎県職員組合婦人部長）に託した。［写真2］は、原爆乙女の会の機関紙といわれる『原爆だより』第1号の1面である。55年7月20日に創刊発行した『原爆だより』1号は、長崎歴史文化博物館にも所蔵されており［★19］、同封されている資料がある。55年6月と記載がある謄写版1枚で、世界平和愛好者大会（1955年6月、ヘルシンキ）と世界母親大会（同年7月、ローザンヌ）で訴えるためにテープレコーダーに録音した訴えを原稿にしたとある。渡辺千恵子（26歳と表記あり）は、「原子爆弾ばかりか、水素爆弾についても全世界は実情を知らない！いや知らされていないのである。」と云うような記事を或る雑誌で読みましたので、何としても全世界にその事を訴える義務があり権利がある事を痛切に感じ、原爆障害者の一人として私のつたない訴

写真２　『原爆だより』創刊号

えをお聴き下されば幸いに思います」とし、「原爆障害者」や自分の困難な情況を訴えている。そして、「原子兵器は人類の不幸をもたらす以外の何ものをも出来ないと云う事は私達が何より生きた証拠ではないでしょうか。再び私達の苦しい経験を繰返すことがないように、全世界が仲好く手を握りあって行こうではありませんか」と結んでいる。

『原爆だより』1号は全8頁で、1面には、発刊のことばと共に、長崎市婦人会長小林ヒロ、長崎古町教会牧師藤本陽一の祝辞を掲載している。2面では渡辺千恵子と鶴見和子の往復書簡を掲載している［★20］。また、富山の高校生からの文通でもある高校生の慰問文や決意表明の文章、他の方々からの手紙を、3面から6面にわたって掲載している。7面には、居原喜久江・日詰忍のイギリス・デンマーク訪問での反響が紹介、掲載されている。8面は世界母親大会へのアピール文を掲載したほか、編集後記などを掲載している。その編集後記に連絡先として、渡辺の自宅住所（油屋町）が記されている。こうした創刊号の紙面構成はその後も続いたわけではない。

［表1］は、渡辺資料に残された『原爆だより』、その改題とされる『ながさき』の一覧表である。8月10日発行の2号では「月刊第2号　定価1部5円」とあるように、月刊を計画していたようだが、4号までしかその表記はない。4号では1部10円となっている。書誌的な面からみれば、［表1］にみるように、発行所（発行主体）は3号までは長崎原爆乙女の会のままであるが、発行者は2号・3号の住所は長崎市東中町［★21］とあり、渡辺宅（油屋町）ではない。9月10日発行の3号まで続いたのち、4号・5号は長崎原爆乙女の会と原爆青年の会の併記、6号からは長崎原爆青年乙女の会となり、油屋町の渡辺方となっている。『ながさき』となってからも同じだが、13号（1958年）は発行者が3団体連名となっている。14号からは渡辺が引っ越したため、住所が変更になっている。

印刷方法では、謄写版、活版が入り交じっているが、[写真3]は第5号（1956年2月発行）で活版印刷である。謄写版でも判型（ないし印刷スタイル）はことなる。[表1]の印刷・ページ数、大きさの項からわかるように、創刊号[写真1]などはB4版横長を半分に折り込み、縦書きで記載しているが、4号はB4版を縦長で1枚1頁の組みになっている。6号から8号はB4を横長で使い印刷されている。さらに[写真6]の『ながさき』9号（1956年9月）は異なった判型になっている。

写真3『原爆だより』5号

[表1]をみると、原爆乙女の会と原爆青年会が行動をともにするようになってからの変化はあるにしても、必ずしもそれで大きく変わったわけではない。それぞれの発行時期に、発行の狙いや目的に応じて作成されていると考えたほうがよい。以下、『原爆だより』を、主に内容や執筆者などを中心にしながら紹介していき、他の資料とともに、当時の動向をみておこう。

原爆青年乙女の会は原爆乙女の会と原爆青年の会が合流して、56年5月3日に結成された。55年には、『原爆だより』を連名で発行しているように連携を深めていた。原爆青年の会は、山口仙二（1930年生まれ）が53年秋から54年春まで長崎大医学部付属病院に入院していた際、調来助の依頼で、手術を受けた患者の経過を調べるために患者の会を作るが、その会の名簿をもとに組織づくりを進めた。54年夏には、山口は無賃乗車で単身上京し、国会議員に直訴しようと考えてのことだったが、結局訴えはできず帰郷している。55年10月に長崎原爆青年の会を結成した［★22］。

55年8月10日発行の『原爆だより』2号は、全国から乙女の会に寄せられた激励文や慰問文を紹介している。阿部知二（作家）、赤松俊子（画家　原爆の図制作者）、風見章（衆院議員）、春日正一（日本共産党中央委員）、北村徳太郎（衆院議員）、高良とみ（緑風会　参院議員）、佐多稲子（作家）、下中弥三郎（世界連邦会長）、西岡竹次郎（長崎県知事）、西岡ハル（参院議員）、渡辺忠雄（広島市長）で、（　）名は資料中にある肩書きである。編集後記にあたる箇所で「被爆者のみなさんへ」として「あなたはこの十年間どのように暮してこられましたか。原爆ゆえに、ケロイドゆえにどんなに苦しんでこられましたか。どんな悲しいことがありましたか。現在はどのような生活を送っていらっしゃいますか。それをありのままに書いて送ってください」と呼びかけている。

9月10日『原爆だより』3号には、1面で、長崎市住吉でくらしていた被爆者森秀雄一家への支援を呼びかけている。2面と3面にわたる見開きで、原爆乙女の会　山口美佐子、辻幸江の名で8月6日に広島で開催された第1回原水禁世界大会報告記を、世界大会の宣言（ヒロシマ・アピール）とともに掲載している。55年世界大会への参加は、原爆乙女の会から代表を送ろうとの取り組みで実現した［★23］。3面では「原子病患者続発」との見出しで被爆者の現状を訴えるとともに、「被爆者救援運動　いよいよ本格的軌道に」との見出しで原水爆禁止協議会の結成準備の進捗などを記載している。それと同時に長崎原爆乙女の会からの「よびかけ」として、「現在長崎唯一の被爆者の組織である「長崎原爆乙女の会」を発展解消し年令、性別、思想、宗派などあらゆる立場を超えた真の組織として『長崎原爆被害者の会』（仮称）の結成を提唱致します」、「治療費の全学国庫負担、社会保障制度の確立など早期実現のための強力な推進母体となすため、十一月三日文化の日を目標に率先して集まりましょう」としていた（強調は引用者による）。長崎原爆被災者協議会の結成につながる発想を持っており、原爆青年の会との合流も至極当然な流れだったのである。

10月10日第４号は、１面で「原爆十周年記念の原水禁世界大会」を契機とした国際的な被爆者救援運動の動向として、中国からの寄付をつたえるほか、長野も中学生のカンパを伝えている。その長野に関する「長野の話」として、山口仙二（25）、辻幸江（29）、江頭千代子（45）の３人が８月27日から31日まで長野県下で開催された原水爆禁止平和大会に参加して模様を伝えている。また、長崎に原爆病院が建設されることを伝えている。

「〝原爆青年会〟誕生」という見出し記事では、会の結成を伝えている。２面では「原子病白書ー国際調査医師団の予備的報告ー」と題して、５月に開催された放射線影響国際学術懇談会の成果として、６月11日最終会議で外国学者団の署名がある予備的報告書が報告されたとして、その英文報告書の全訳を掲載している。３面では原爆青年の会、原爆乙女の会，両会による中国からの寄付への礼状といえる「中国人民の皆さまへ」と題する文章が掲載されている。また岩永伊八郎「私の十年間」、森菊枝「ひとつのあかし」を掲載している。岩永は三菱長崎造船所に勤めていた人物で、長船労組機関紙『しんすい』第１８５号（７月21日発行）からの転載記事であるむね記載されている。森の記事には「長崎生活をつづる会会員」との記載があり、「原爆被害者」である平田みち子の生活状況などを活写していた。４面では，全面を使い「美しい未来のためにー10月５日、労働会館での経過報告ー　安井郁」を掲載している。中国の慰問金伝達式と原水爆禁止長崎県協議会準備会メンバーと「原爆被害者」の懇談会での話の要旨を筆記したものだと記している。

１面の短い記事であるが、当時の会員数を記載しているのはこの号のみであるようである。原爆青年の会は山口仙二はじめ会員14名で10月１日に結成されたと記載したほか、原爆乙女の会（会員31名）と記載がある。翌56年『もういやだ』第１集で、渡辺は「乙女の会のリーダーだった堺屋照子さん（26）の並々ならぬ努力で、会員はやがて三十名まで増え、運動もどうにか軌道にのりつつあった」と記している［★24］。その後の会員動向についてはわからない。

渡辺資料内には、原爆青年乙女の会の会員名簿（および名簿かと想像できるもの）も残されているが、世代交代的な人的流入などもあり、実態はわかりにくい。時期が判然とする名簿は後年80年代以降（メモで名簿と考えられるものも含む）が多く、初期の会員名、その数などの組織的な実情は推測すら難しい。渡辺資料中に、長崎原爆青年乙女の会会長　谷口稜曄名、59年11月22日付けの11月例会開催案内がある。11月29日の事務局（渡辺宅）で開催予定で、議題として「運営について（組織強化三ヶ年計画実現について）」があり、その予算案「収入の部」として、会費27人×20円×12ヶ月６４８０円、事業収入27人×１０００円×12ヶ月３２４０００円と記載されていた。予算案であるため、会員はもっと多かったことも考えられるが、27人はこの時期の会員数のめどであろう。また、渡辺資料内には，青年乙女の会・結成35周年の会合（１９９０年11月）で講演した一橋大学　濱谷正晴の名がある資料「青年乙女の会との10年の出会い」とのレジュメ資料がある。会員については、濱谷正晴氏（現在、名誉教授）が80年代から聞き取りや各種調査をすすめられ、ライフワークとされており、何らかの形でまとめられるだろう。

第４号で言及された、安井郁を囲んで開催された懇談会に参加した団体が中心になり、55年10月20日、原水爆禁止長崎県協議会準備会が開催された。何回かの会合後をへて、この年の11月19日、原水爆禁止長崎協議会（長崎原水協）が結成される。会長には古屋野宏平長崎大学学長、副会長に杉本亀吉市議、小林ヒロ県議、香田松一市民生委員協議会長を選出した。長崎原水協には障害者治療対策部・被災者救援部・原爆資料保管部・平和運動推進部など５つの専門部を設置したという［★25］。全国原水協が９月に結成されたことを機に、その地方組織として結成された。民生委員、婦人会、青年団、ＰＴＡ、国際連合協会、世界連邦建設同盟、ユネスコ、市医師会、原爆慰霊奉賛会、県労評、長崎地区労、生活をつづる会、キリスト教連盟、川柳・演劇・美術・音楽・長崎学会・文学などいくつかの文化団体など市内の民間24団体が参加して結成された。

56年2月発行の第5号は［写真3］のように活版印刷で、青年の会・乙女の会連名で発行されている。その1面では長崎原水協の動向が紹介され、県下7市に協議会の結成を促進することや募金の訴え、県原水協事務局長となった木野普見雄の「被害者に暖かい手を」との被爆者支援を訴える文章が掲載されていた。また被団協につながる全国組織の結成への動向が紹介されている。2面では、「魔の遺産に苦しむ人々に安らかな入院生活を」として、原爆被害に苦しむ長崎大学病院の入院者である深田久市の事例を紹介して、他の入院患者とともに救済を訴えていた。また、「原爆を許すまじ」の詩と楽譜を掲載、のち映画『生きていてよかった』になる「被害者の声を反映した原爆記録映画を」という記事も掲載されていた。その2面に、「お願い」として、「財政的に困難な状態」にあり『原爆だより』の「定期刊行のため賛助会費（月百円）」をお願いしますと記されていた。

原水協は年をあけた56年3月の全国総会で第2回世界大会の開催を決めたが、その時はまだ長崎での開催とは決まっていなかった（長崎、広島、東京が候補地だったという）。長崎原水協では長崎での開催を要望する声が強く、56年5月に長崎開催が正式に決定するに至ると、大会準備作業が本格化した。長崎では実行委員会が結成され、世界大会の準備が始められた。

4．第2回原水禁世界大会と原爆青年乙女の会、渡辺千恵子

［表1］にあるように『ながさき』の第6号から8号までは、謄写版で１９５６年6月に集中的に刊行されている。［写真4］は『ながさき』7号であるが、世界大会実行委員会結成と募金１８０万円を訴えているように、この時期の『ながさき』は原水禁世界大会成功を目指した準備活動のために出されている。

第6号では、1面で「全市民の上にたった大会を」と6月4日に開催された長崎原水協理事会の報告となっている。国際文化会館で開かれた理事会に、原爆青年乙女の会から、山口、谷口、永田、永■（判読不能）、浜口、鈴田が出席し、原水協に入っていない団体や文化人も含めた長崎実行委員会を結成すること、知事や市長、商工会議所加藤などに顧問になってもらうことを訴えていた。6月2日総会報告を掲載したほか、「『被害者援護法を』と村戸さんらうったえる」との見出しで、広島被団協の藤居平一事務局長、原爆乙女の村戸由子ら4名が6月4日に厚生省に陳情したことを伝えていた。他には九学連大会に会からメッセージを送ったこと、「しあわせの歌」の歌詞が掲載されていた。2面の主な記事では、5月27日に広島で開催された「広島県被爆者団体連絡協議会」結成式に参加した感想を、吉田勝二、永田尚子がそれぞれが寄せている。また、第2回世界大会へむけて、大会準備として、長崎の原爆資料を1冊のものにまとめたいとして、人的、物的および医学的に貴重な資料のほか「今日なお苦しんでいる被害者の生活記録を一端でも多く集めましょう」との「よびかけ」が記されている。

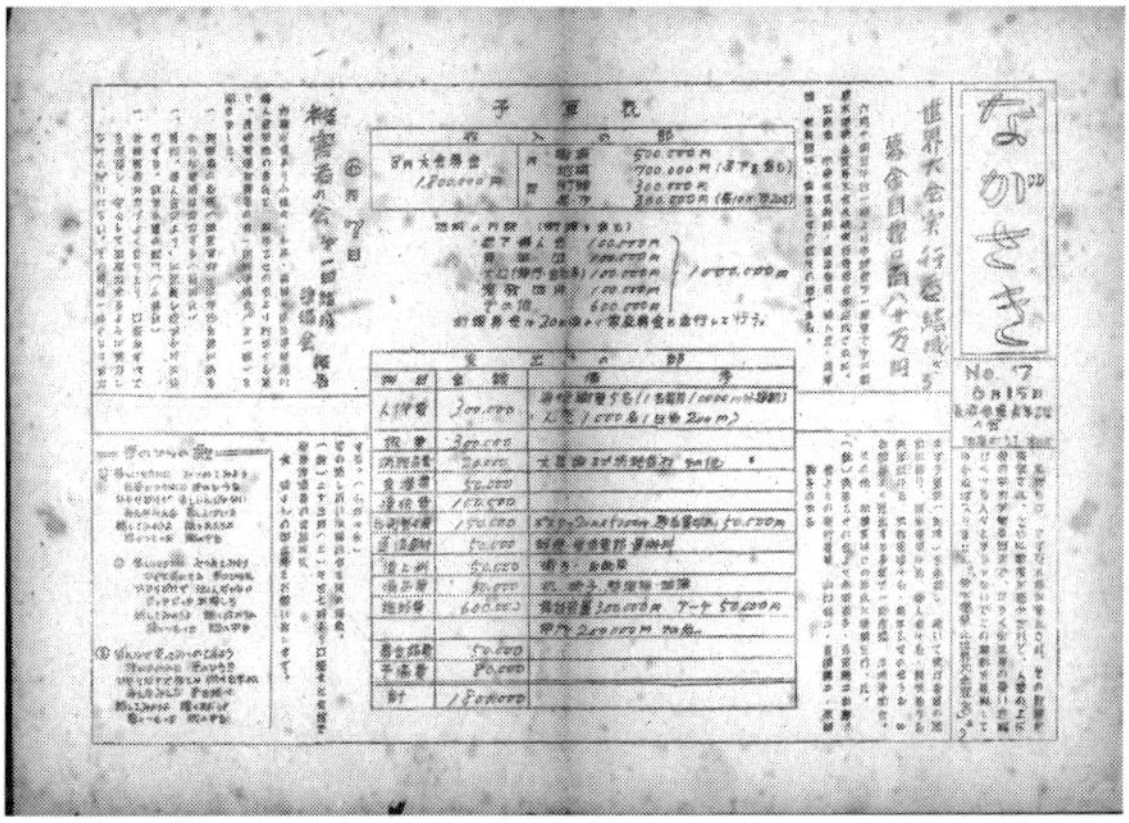
ながさき
No. 7

写真4　『ながさき』7号

　この第6号で収集が呼びかけられている生活記録とも関連するが、原水禁世界大会にあわせて長崎原爆青年乙女の会の編集発刊による『原爆体験記　もういやだ』が刊行される。後年、70年に第2集が、2000年に第3集が発行されるため、第1集とよばれることが多い。渡辺資料には、当時発行された初版本はなく、

1970年発刊された第1集復刻版（あゆみ出版より刊行）しかない。長崎県立図書館には初版本があるが小さい判型（19センチ）であり、復刻版は一回り大きい判型（21センチ）となっている。平和文庫（日本ブックエース、2014年）での復刻や『日本の原爆記録』第4巻（日本図書センター、1991年）に収録されていることもあり、原爆青年乙女の会の作品としてよく知られている。

第7号（6月15日）の1面では、「世界大会実行委結成さる」として、6月14日の第2回実行委員会の状況として、予算案などを伝えている。また、6月7日に開催された「被害者の会第1回結成準備会報告」が掲載されている。記事によれば、市原水協から小佐々、小林、香田、民生部長滝川、婦人会田吉と青年乙女の会より約30名が集まり、「長崎原爆被害者の会」結成準備会第1回を開催した。6月23日に国際文化会館で結成式を開催することも決めている。2面では、大学病院の入院患者である荒木勝一が「私の身体は今なお放射能にむしばまれつづけているのです」との一文と、山口美佐子・永田尚子・山口仙二・吉田勝二の連名での「入院患者をお見舞いして」の一文が掲載されていた。

7号1面の「被害者の会」記事が、長崎原爆被災者協議会の結成に関連したもので、準備委員には長崎原水協役員や準備会で名前がある人々、長崎原爆青年乙女の会の関係者、計12人が名前をつらねている。準備委員の、「私達はここに団結して国家の補償が実現出来るようにする為に被災者の会を結成したいと思います」とする「原爆被災者協議会結成の呼びかけ」がなされ、長崎原爆被災者協議会を結成した。

『ながさき』8号は「〝原爆だより〟改題」との記載があり、謄写版だが、4枚8頁建てといった判型になっている。発行は6月23日（土曜）発行であり、1頁の上半分に「全被爆者の皆さん　さあこれからです」は長崎原爆被災者協議会結成を告げるものだった。下半分に「原爆許すまじ」の歌詞を掲載した。2頁では、「大会準備いよいよ軌道に」として6月21日の第1回の第2回世界大会実行委員会の模様が掲載された。3頁は「本年度の治療研究費　２６００万にきまる」「原爆乙女の手術　今後も日本で続ける　ノーマンカズンズ氏談」として被爆者治療に関わる行政の動向を伝えている。４頁全体は「勝也さんが白血病　初の原爆遺伝か？父親は被爆者」との見出しの記事である。５頁は山口仙二「あんげん爆弾はやめてくれまっせ─岩永キクさん訪問記」が掲載され、６頁は、原爆青年乙女の会の永田尚子が「ズシリと重かった愛のカンパ」として修学旅行生のカンパや原爆孤児となった「広島子供を守る会」からのカンパのことを記している。７頁は「原住民の原子症治らず　米紙報道　一昨年のビキニ水爆で被災」と題する記事がある。最終８頁には「いよいよ自活の道へ」ということで、原爆青年乙女の会の「乙女グループ」での編み物での自活への歩みや更生部規約として、編み物機械の管理や扱いの件が記載されている［★26］。

『ながさき』７号に見られるような原水禁大会の準備を経て、１９５６年８月９日から11日まで原水爆禁止世界大会長崎大会が開催された。その１日目の会場となった長崎東高校の講堂（体育館）では、渡辺が長崎代表として母親に抱きかかえられて登壇、被爆者の救済と原水爆の禁止を訴えた。大会２日目の56年８月10日に、長崎国際文化会館に全国の被爆者８００人余りが集まり、被爆者の全国組織として、日本原水爆被害者団体協議会（日本被団協）が結成された。

この第２回世界大会での渡辺の訴えの原稿が渡辺資料には残されている。［写真５］はその原稿の一部である。大会会場で手にしていた原稿ではないだろうが、何回も手を入れ加除修正のあとが見られる。写真の最後にあるように、訴える主体が「私たちは」と付け加えられている箇所が他にもあり興味深い。また波線の印がつけられている箇所は読み上げる際に強調したりする箇所だとも考えられる。

さて、『ながさき』９号は［写真６］のように判型もことなるが、第２回世界大会が終了したのち、その報告集として刊行され、普及された性格をもつものである。９号は『原水爆禁止運動資料集　第三巻［一九五六年」』（緑陰書房）に収録されている。表紙裏に8月9日の長崎市長の平和宣言が記載されたほか、以後は「世界大会を終えて　私達の感想」として多くの感想（とくに大会に感激しているものが多い）が記載されている。［表2］が9号の記事の構成・一覧である。記事のなかでは、山口仙二と永田尚子の文章で、世界大会に関する感想とともに8月8日に伝わっていた鈴田政枝の死去（自殺）に言及している。

『ながさき』10号にも「原爆だより「改題」」と8号と同様に記載されているが、その事情は判然としない。10号では1面で「被爆者援護法の即時立法化を」との訴えが掲載されており、その記事のなかで渡辺は、援護法による「開業医の原爆患者治療制度」の新設と「原爆障害者に対する軍人恩給並の障害年金と被爆者授産場の国費補助による早期設置」を求めていた。1面では原爆障害者治療対策協議会による「一斉検診」の実施を伝えている。2面では、「山口美佐子さん結婚」の記事があるほか、原爆青年乙女の会の会員が第2回世界大会後に招待にこたえて各地の報告会へ参加している。また、長崎原水協の総会の議決内容を紹介、役員改選では古谷野会長が辞任し後任が市議会議長の脇山寛、副会長が杉本亀吉、小林ヒロ、香田松一3名と労働団体代表1名の推薦を決めたことを紹介している。また、福田須磨子の「授産場設置に対する雑感」が掲載されている。当時、渡辺千恵子ら乙女の会のメンバーの一部は編物グループとして生計の一部をまかない自立の道［★27］を模索していたが、福田は応じきれない程の注文で無理な仕事をしなくてもいい保障制度こそ大事だと思う、と記していた。

本稿では、第2回世界大会前後までを対象時期としたため、12号以後の紙面内容については紹介を省略するが、いくつか追記しておきたい。

『ながさき』11号は、おそらく発行されたとは思われるが、渡辺資料中では見つかっていない。また［表1］で12号は手書きで12号と記載しているが、現物では13号となっている。8月9日の発行で、57年が12号、58年が13号となっている。

58年の13号の発行主体が、「動員学徒犠牲者の会」「原爆病院患者の会」とともに3団体が併記となっていることには言及しておきたい。13号の紙面（第4面）に記事があるが、原爆病院患者の会は１９５８年６月22日に再発足した。３年前に長崎大学附属病院の入院患者らで荒木勝一［★28］を初代会長に誕生したという。原爆病院［★29］ができたため、そこで再結成された。１９５８年当時には会員数66人で、会長川崎一郎、副会長に熊上武蔵、森律子、書記に宮﨑吉男が選ばれていた。この「原爆病院患者の会」のいう３年前結成と同一であるかどうかは微妙ではあるが、渡辺資料中には「患者の友」No.１と題する、56年10月15日付け資料（謄写版２頁、裏表印刷）がある。この資料によると、第２回世界大会前の８月５日に渡辺が外出し長大病院に立ち寄った際に入院中の患者と面会、その際の話し合いを機に８月９日に「原爆患者の会」が生まれた。長崎原水協に対して、要治療被爆者が安心して治療ができる原爆専門病院の早期建設への努力や、入院被爆者への支援を要望していた。患者消息として記載がある、荒木勝一、深田久市、斎藤嘉彦、森秀雄、猪股勝也などの人物は『原爆だより』『ながさき』で言及がある人々である。

もうひとつ、長崎県動員学徒犠牲者の会がある。同会は、13号刊行の前年、57年11月に深堀勝一らにより結成された［★30］。原爆被災者や死没者を軍属として処遇することを主張するもので、『ながさき』10号で渡辺が「原爆障害者に対する軍人恩給並の障害年金」を主張していた。長崎県動員学徒犠牲者の会が結成された際の「事業目標」として、原爆死した動員学徒、女子挺身隊、徴用工の遺族への遺族年金の支給、弔慰金５万円の支給、障害者には障害年金、一時金の支給、療養の完全給付などの実現を掲げていた。翌58年４月に戦傷病者戦没者遺族等援護法が一部改正されたが軍人・軍属と比べて大きな差があり、軍人並に引き上げるよう求めていた［★31］。発足当時の会則、第１条には、事務所を「当分の間」渡辺千恵子方に置き必要な地区には支部をおきます、と定められていた。附則で「第一条の事務所の設置場所は暫定的なもの」とされていたが、渡辺が同会に関係していた。渡辺資料中には、同時期、57年10月17日付けの資料（謄写版、1枚半）で、『声なき声』との題がある、「長崎原爆青年乙女の会　動員学徒の集い　深堀勝一・山口仙二・辻原光男・渡辺千恵子」の名による資料がある。「代表者　深堀勝一」名の添え状があり、別紙「声なき声」をＮＨＫの「私達の言葉」の時間に公開質問書として提出したことを述べ、理解と支援を求めている。『声なき声』では、昭和28（１９５３）年から軍人軍属の恩給法が「復活」され支給されている、また引揚者へも「一時金」が「交付」されているにかかわらず、自分たち「学徒報国隊」には支給されていないことに納得がいかない、軍人軍属同様あるはそれに準じた法律の立法化をすべきだと訴えていた。

しばらくは原爆青年乙女の会の会員と長崎県動員学徒犠牲者の会の間にはある程度の連絡や接触が続いたようである（終わりはよくわからない）。60年5月22日に開催された「長崎県動員学徒犠牲者の会」の総会では、議長を山口仙二が務めている［★32］。同年8月6日発行の『ながさき』15号の4面では、同会が8月6日を「人類平和の日」として制定しようと呼びかけている、と紹介し、会長深堀勝一の「安保反対デモに交わりて」という短歌と思われる文を掲載している。

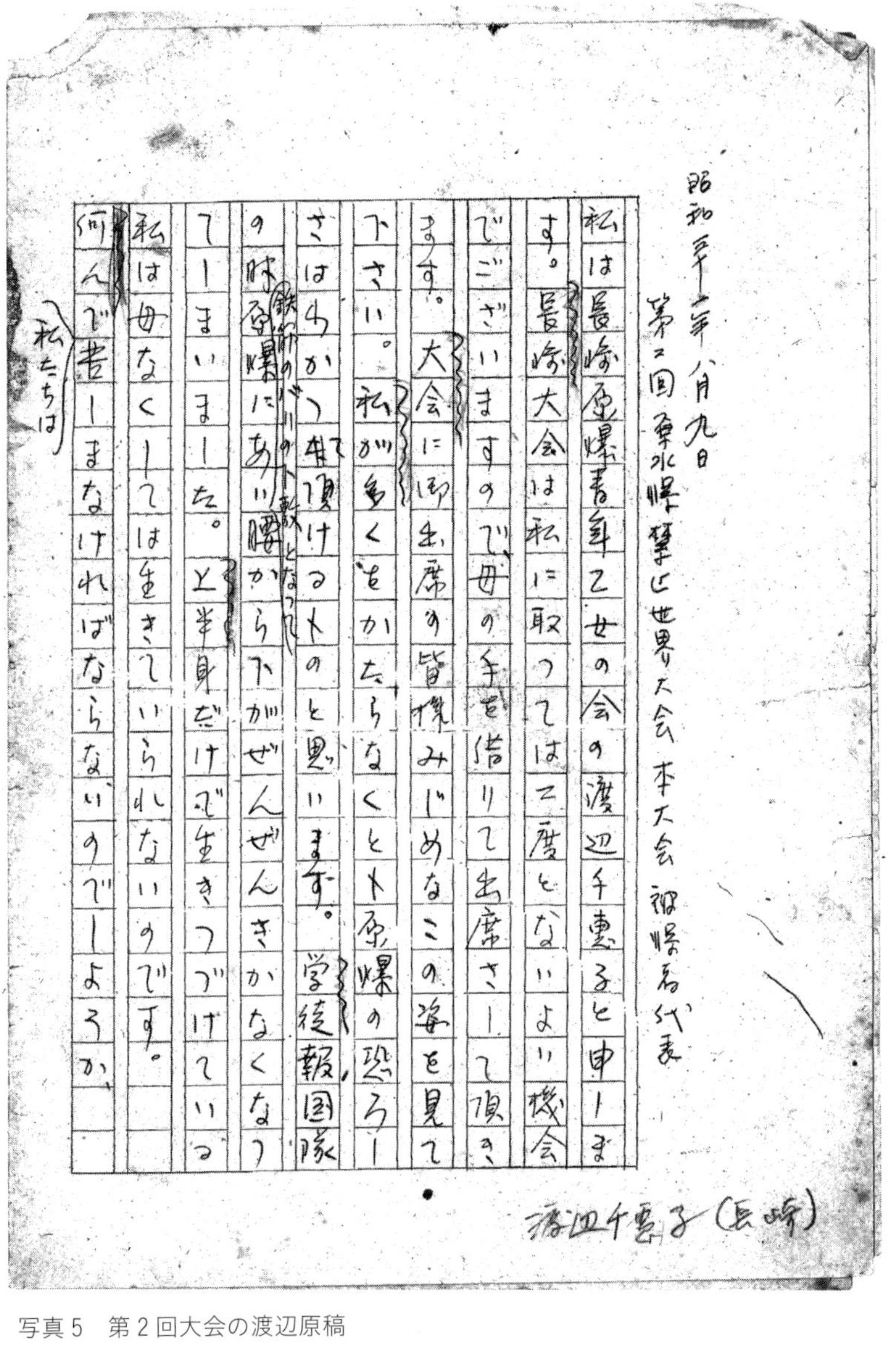
昭和三十一年八月九日
第二回原水爆禁止世界大会 本大会 被爆者代表
私は長崎原爆青年乙女の会の渡辺千恵子と申しま
す。長崎大会は私に取つては二度とないより機会
でございますので母の手を借りて出席さして頂き
ます。大会に御出席の皆様みじめなこの姿を見て
下さい。私が多くをかたらなくとも原爆の恐ろし
さはわかつて頂けるものと思います。学徒報国隊
の時原爆にあい腰から下がぜんぜんきかなくなつ
鉄工所の下敷となって
てしまいました。上半身だけで生きつづけている
私は母なくしては生きていられないのです。
私たちは
何んで苦しまなければならないのでしょうか。
渡辺千恵子（長崎）

写真５　第２回大会の渡辺原稿

	発行所・住所（番地は省略した）	作成日	印刷ページ数	大きさ（センチ）	主な内容メモ
原爆だより No.1	長崎原爆乙女の会	1955年7月20日	謄写版8ページ	縦25 横18	発刊にあたって
原爆だより 第2号	長崎原爆乙女の会　長崎市東中町	8月10日	謄写版4ページ	縦25 横18	被爆者への励ましなど
原爆だより 第3号	長崎原爆乙女の会　長崎市東中町	9月20日	謄写版4ページ	縦25 横18	原水禁大会の報告
原爆だより 第4号	長崎原爆乙女の会 長崎原爆青年の会　長崎市油屋町	10月10日	謄写版4ページ	縦38 横27	原爆病について　ほか
原爆だより 第5号	長崎原爆青年の会　長崎原爆乙女の会 長崎市坂本町山口仙二方　長崎市油屋町	1956年2月	活版2ページ	縦28 横20	被爆者の願い
原爆だより No.6	長崎原爆青年乙女の会 長崎市油屋町　渡辺方	6月7日	謄写版2ページ	縦35 横25	広島での被害者の声
ながさき No.7	長崎原爆青年乙女の会 長崎市油屋町　渡辺方	6月15日	謄写版2ページ	縦35 横25	募金と予算表
ながさき No.8 〝原爆だより〟改題	長崎原爆青年乙女の会 長崎市油屋町　渡辺方	6月23日	謄写版8ページ	縦25 横18	大会準備状況

表1　『原爆だより』『ながさき』一覧

	発行所・住所（番地は省略した）	作成日	印刷ページ数	大きさ（センチ）	主な内容メモ
ながさき第9号	長崎原爆青年乙女の会 長崎市油屋町　渡辺方	1956年9月13日	謄写版18ページ 冊子体（複写なし）	縦13　横18	世界大会を終えて
ながさき -「原爆だより」改題-	長崎原爆青年乙女の会 長崎市油屋町　渡辺方	12月1日	謄写版2ページ	縦35　横25	被害者援護法立法の訴え
ながさき　12号（手書きで12号と記載あり）	長崎原爆青年乙女の会 長崎市油屋町　渡辺方	1957年8月9日	活版2ページ	縦35　横25	原水禁、原爆症
ながさき　13号	長崎原爆青年乙女の会 長崎原爆患者の会　動員学徒犠牲者の会 発行人谷口稜曄　長崎市油屋町	1958年8月9日	活版4ページ	縦38　横27	第4回原水禁世界大会へ
ながさき　14号（手書きで1969年14号とあり）	長崎原爆青年乙女の会 長崎市油屋町　渡辺方	1960年3月25日	謄写版2ページ	縦36　横26	日本原水協からの救援金
ながさき　15号	長崎原爆青年乙女の会 長崎市油屋町　渡辺方	8月6日	活版4ページ	縦36　横26	援護法と軍備全廃を叫ぶ、手記

写真 6 『ながさき』9 号表紙

表紙		
	平和宣言	田川 努
2 ページ	長崎の人はどうしているのでしょう	斉藤昌彦（18） 長大病院内
3・4 ページ	大会の感激と喜びを生命あるかぎり	辻原光男
4・5 ページ	十人の力と一人の力はこんなにもちがう	吉田勝二
5 ページ	全世界に平和が来る日まで	黒川 正
5・6 ページ	明るい光の中に出たような気持	戸高清子 勤務先九州商事
6 ページ	汗と涙で握られた手	岩永昭男
7 ページ	どんな人の主張にも耳を開こう	田中澄生
7・8 ページ	私たちもじっとして泣いていられなくなりました	辻 幸江
8・9 ページ	会員は会員らしく	吉永 保
9・10 ページ	大会に出て何になるという人の心にひそむものを・・・	岩永吉勝
10・12 ページ	大会後の静けさに私は不安を抱く	片岡津代
12・13 ページ	痛感した私たちの使命の重大さ	渡辺千恵子
14・15 ページ	何でも気持ちよく話し合える環境を 不幸の大部分は誤解から －鈴田さんの死に思う－	山口仙二
15・16 ページ	強い風も私たちを強くするためのもの 「しあわせ」をみんなの手で築こう	永田尚子
17 ページ	長崎宣言	第 2 回原水爆 禁止世界大会
18 ページ	大会決議 青年連絡協議会が生まれました 編集後記	
（19 ページ）	仲間達　（歌詞・楽譜）	
裏表紙		

表 2 『ながさき』9 号 記事一覧

★1 『平和文化研究』第36～37集、2017年3月。同稿および2016年度以降の『平和文化研究』については、長崎総合科学大学付属図書館のウェブサイトにある、リポジトリから入手できる。

★2 『中国新聞』2020年8月3日記事「被爆者運動　原点伝える　日本被団協初代事務局長・藤居氏らの原資料　広島県立文書館が月内公開」、2020年8月4日記事「県被団協　初期の歩み　広島大文書館　資料原本500点確認」。目録は、広島県立文書館の『広島県宇吹暁氏所蔵文書（藤居平一資料）』広島大学文書館の『広島県原爆被害者団体協議会関係文書目録（広大文書館）』として公開されている。

★3 第1部2章「解説　長崎の被爆者運動と被爆者5団体」（114頁）参照。

★4 『長崎日日新聞』1953年6月3日。

★5 「原爆をどう伝えたか 長崎新聞の平和報道 第4部「熱」」2、3『長崎新聞』2015年3月29日 URL=https://www.nagasaki-np.co.jp/peace_article/2786/　3月30日 URL=https://www.nagasaki-np.co.jp/peace_article/2787/

★6 宇吹暁『ヒロシマ戦後史―被爆体験はどう受けとめられてきたか―』（岩波書店、2014年）。

★7 谷本清は広島流川教会の牧師で、戦後早い時期にアメリカで講演し広島の惨状をうったえた。1950年にヒロシマ・ピース・センターを設立し、原爆孤児の精神養子運動や被爆女性の後遺症やケロイド治療を支援する活動に取り組んだ。52年には被爆者たちの東京旅行を行い、傷を負った若い女性がほとんどであったことから、「原爆乙女」として報道され著名となっていた。長崎との交歓会が実施されたのはそのような時期であった。55年には「ヒロシマガールズ」とよばれた「原爆乙女」らの渡米治療が行われる。谷本清『広島原爆とアメリカ人――ある牧師の平和行脚』（NHKブックス、1976年）、中条一雄『原爆乙女』（朝日新聞社、1984年）参照。

★8 『長崎日日新聞』1953年4月14日。

★9 同、4月30日。

★10 同、5月24日。

★11 『長崎に生きる』新日本出版社、新装版2015年、79頁。

★12 『長崎日日新聞』1953年8月9日「声」欄。

★13 たとえば『長崎に生きる』27頁。『私の青春アルバム　長崎よ、誓いの火よ』（草の根出版会、１９８７年）71頁。

★14 川崎キクエ『手漕ぎ舟』（編集発行は刊行会、鎌田信子方、１９９０年）。

★15 会の活動や組織実態については不明なことが多い。１９５３年８月８日・９日には、長崎市の東高体育館で「各県労組、平和を守る会」などの代表１５００名が集まって九州地区平和大会が開催されている（『長崎日日新聞』１９５３年８月９日）。居原喜久江は55年に渡辺を見舞ったときに「平和を守る会」の会員であると述べた。55年に原爆乙女の会が再結成された後、渡辺宅で学生たちの「わだつみの会」のほか、労働者を含めた「平和を守る会」などの会合が開かれるようになったという（『長崎に生きる』、89頁）。

★16 日誌と居原の訪問については、米田佐代子『満月の夜の森で』（戸倉書院、２０１２年）に派遣事情の紹介がある。ビキニでの水爆実験後、１９５４年７月に平塚らいてうがイギリスの平和運動家からの要請書簡に応えて、婦団連に相談のうえ、人選して派遣したという。

★17 「生活をつづる会」については、鎌田信子「「生活をつづる会」の女性たち」長崎女性史研究会『長崎の女たち』第２集（長崎文献社、２００７年）および楠田剛士「被爆地で生活をつづる女たち」『日本文学』66巻11号、２０１７年参照。

★18 『私の青春アルバム　長崎よ、誓いの火よ』80～83頁。

★19 以下、長崎歴史文化博物館所蔵の１号については、新木武志氏からのご示唆による。「渡辺」と整理ラベルの貼付がある資料だが、それは渡辺庫輔《わたなべくらすけ》（１９０１年～１９６３年）が寄贈した資料、渡辺文庫中にあったものである。長崎の郷土史家で著名な古賀十二郎の学風を継承し、長崎研究に取り組み貴重な史料を集めた。戦後の長崎市でもよくしられた文化人の一人であり、おそらくその渡辺のもとに『原爆だより』１号が贈られており、その結果残ったものだろう。１号の普及状況をものがたっていよう。渡辺庫輔については、さしあたり、大田由紀「ガンドロの郷土史家　渡辺庫輔」『季刊誌樂《らく》 ra-ku 50号』２０２０年参照。

★20 この往復書簡は、『私の青春アルバム　長崎よ、誓いの火よ』99～101頁。に全文が引用掲載されている。

★21 堺屋照子の住所が東中町であり、おそらくは堺屋宅であろうと考えられる。

★22 山口仙二『115,500㎡の皮膚』（みずち書房、１９８８年）、藤崎真二『聞き書き　山口仙二灼かれてもなお』（西日本新聞社、２００２年）。

★23 『長崎に生きる』90～95頁。第３号に掲載した世界大会報告記は、同書96～99頁に掲載されている。なお、報告記では「６日の早朝、居原先生方に元気づけられて爆心地に向かいました」と、居原喜久江のことが記されている。

★24 「もういやだ」第１集、「十一年目の証言」。

★25 編集委員会『長崎地区労四十年誌』（長崎地区労働組合会議、１９８６年）。

★26　『長崎に生きる』90～95頁。
★27　渡辺は、『ながさき』12号の「私たちの歩み」という記事のなかで、「「人生を強く生きて行くには何か技術を身につけなくては」と〝生きる〟ことを真剣に考え始めました」と述べ、原水爆禁止長崎協議会の援助で購入した12台の編物機を中心にした編物グループのことに言及していた。渡辺の『長崎に生きる』新装版、107～112頁にも同様の記述があるが、編物は渡辺らにとっての生計上以上の重要な意義を持つものであったと考えられる。
★28　荒木は『原爆だより』7号に一文を寄せていたが、『ながさき』12号（1957年8月9日）の記事によると、1956年11月1日に29歳で白血病にて死去している。
★29　原爆病院は1955年9～10月に長崎市片淵町にあったABCCのモータープール跡地の払い下げの目処がたってから建設への動きが進んでいる。57年6月1日に起工式、58年5月30日に開院した（『創立二十周年記念誌』日本赤十字社長崎原爆病院、1978年）。被爆者の期待は大きく、『原爆だより』『ながさき』でしばしば記事が掲載されていた。
★30　第1部2章「解説　長崎の被爆者運動と被爆者5団体」（114頁）参照。
★31　動員学徒史編集室『生き残りたる吾等集ひて』（長崎県動員学徒犠牲者の会、1972年）。
★32　同書。

長崎原爆被災者協議会資料調査の現状

——資料紹介をかねて

木永勝也

「長崎原爆の戦後史をのこす会」のメンバーを中心に、長崎原爆被災者協議会（以下、被災協と略す）の資料調査作業を進めている。現在進めている資料調査は、被災協では「被災協の運動、歴史、被爆証言の継承活動」の一環として、取り組まれている活動であり、われわれ研究者からすれば、被災協のご理解のもと、建物の一隅を作業場所に借りて進めていることになる。２０２０年12月に『証言２０２０』［★1］で途中経過を報告しているが、本稿はその後の作業経過もふまえてその報告を改稿し、資料紹介にかえるものである。

資料調査・整理作業は、19年秋からの事前の検討、被災協との打ち合わせ、予備調査をかねた整理をへて、20年3月から資料のリスト化（目録づくり）として整理作業を不定期に進めている。整理作業としては、「ノーモア・ヒバクシャ記憶遺産を継承する会」が取り組んでいる日本原水爆被害者団体協議会（以下、日本被団協）の資料整理が先行事例としてあり［★2］、そうした事例にも学びながら、試行錯誤で進めているといった実情にある。

報道関係者や他の研究者から、資料全体の点数・分量を問われることも多いが、概要も答えづらい現状である。新型コロナの感染拡大の懸念があり、整理作業が順調に実施できないためでもあるが、それ以上に、整理未着手のままの資料もおおく、いまだ資料の全容がなかなか見通せないことによる。本稿では、分量については、仮整理で利用している資料保存用の段ボールケース（およそ幅40×奥行33×高さ32センチ　A4またはB4の資料を収めることができる）の箱数やそのなかでの資料の点数といった形でしか示せないことを断っておく。

以下、現在、整理対象としている長崎被災協の資料について、いくつかにわけて記載しておく。

1．書籍・冊子類などの図書刊行物

まず、図書・冊子類などである。主には被災協の事務所内の応接室（会長室を兼ねた）内のスチールキャビネットに保管管理されている資料である［★3］。刊行図書や自費出版の書籍類、雑誌、定期刊行物、簡易なパンフレット形態の出版物などがある。今後も受け入れが続き増加していくものであり、暫定的な集計であるが、21年3月末時点で2200点、複数冊分が1247冊あり、冊数では3400冊前後である。

整理作業のなかで、以前に事務局で作成され所在不明となっていた手書きの「図書台帳」（2種類、1冊目を大学ノートに書き写しているものが2冊目）がみつかった。発行年月が1960年頃から88年8月時点のものまで1058点の記載がある。この「図書台帳」と所蔵刊行物との丁寧な照合を行なう必要があるが、まだあまり進んでいない。

所蔵刊行物には、被災協自身が発行したものはむろんのほか、日本被団協や原水協の刊行物などとともに、白書類など長崎市・県など公共機関の刊行物もある。また広島被団協はもちろん、各地の被爆者団体の刊行物がある。

刊行時期から見ると、被災協が創立され活動を始めた50年代からのものは見当たらないが、60年代末ころから70年代以降に刊行された個人や団体の被爆体験記や証言記録などは所蔵されている。公共図書館（国立国会図書館も含む）や各地の図書館、長崎原爆資料館や広島平和記念資料館に所在しないものが保存されている可能性もある。たとえば、原爆白書運動の関係で聞き取りを行った、西村豊行氏が発行していた雑誌『原点』の創刊号・同2号（1967年発行）とも収蔵されているが、長崎原爆資料館では2号のみである。長崎の証言刊行委員会『長崎の証言』

（1969年）、同（1970年）や長崎原爆青年乙女の会『もういやだ　第２集』（1970年）などは収蔵されている。

被災協が発行した刊行物では、福田須磨子の『烙印』（1963年）の所蔵はないが、福田須磨子『生きる――被爆後二十年の生活記録』（1965年）は所蔵されている。日本リアリズム写真集団長崎支部『長崎の証言――写真集』（1970年）、長崎原爆被災協『被爆者のために　被爆者の健康を守るために健康診断は必ずうけましょう』（1972年）、同『在韓被爆者医療調査団・報告集』（1975年）などが、早い時期の被災協刊行物であろう。

九州地方の事例を若干紹介しておこう。福岡市原爆被害者の会『折鶴のさけび　福岡市内在住原爆被爆者実態調査報告書　Ｎｏ１』（1969年）の場合は、「図書台帳」では発行団体名が異なる№２の方が記載されている。福岡県原水爆被害者団体協議会の定期総会資料（1983年、1990年）、「国際シンポジウム」福岡県推進委員会編・発行『ノーモア・ヒバクシャ――福岡県原爆被害者実態調査報告集』（1978年5月）もあり、比較的収蔵点数が多い。熊本・大分は、熊本県原爆被害者団体協議会『熊本から　五十年後の被爆者の声』（1998年3月）、大分県原爆被害者団体協議会『定期総会資料』（1998年）などの程度で、あまり多くない。宮崎県原爆被害者の会『閃光は今もなお――宮崎県内被爆者25年目の証言』（1970年）など数冊、鹿児島県原爆被爆者福祉協議会『原爆許すまじ！（鹿児島県原爆被爆者被爆体験記　第１集）』（1986年）ほか数冊とあまり多くない。佐賀県内の団体の刊行物としては、唐津原爆被害者の会『創立25周年記念証言集　第２集』（1998年）や鹿島市原爆被爆者の会『平和へのねがい』（1996年）などで、70年代の刊行物の所蔵は確認できていない。沖縄については、沖縄在住被爆者救援の会『平和はみんなの願い』（1967年11月）、沖縄原子爆弾被害者連盟『被爆連の歩み』（1968年1月）など、比較的早い時期からの刊行物の所蔵が確認できるが、点数はすくない。

2. 事務局資料

現在も利用頻度が高いと思われ、基本的な資料といえる資料で、今後も利用され、追補されてふえていく資料群が、事務局資料である。

そのなかでも、基本資料と言える資料が、被災協の総会・評議員会関係資料であろう。厚さ4～5センチの簿冊が8冊程度あり、毎年の予算・決算書などの財務資料等から、理事・幹事・評議員会の氏名など役員名簿があり、また事務局の業務日誌もあり、長崎被災協の基本的な動向を知ることができる。

簿冊は基本的には年次的な順に綴じてあるが1冊目だけはことなる。1961（昭和36）年7月1日開催の「長崎原爆被災者協議会評議員会資料」、次に65（昭和40）年「財団法人長崎原爆被災者協議会総会議案書」から始まり、64（昭和39）年5月23日開催の「財団法人長崎原爆被災者協議会第2回評議員会資料」と綴じてある。そのあと、63年7月17日開催の「長崎原爆被災者協議会第8回総会資料」、62（昭和37）年7月15日開催の「長崎原爆被災者協議会第7回総会資料」が綴じてある。以後は簿冊が代わり、66年第3回の評議員会資料、67年第4回と続いていくことになる。なお評議員会資料は、当初はB5判型であるが、のちA4判型となる。

被災協の歴史、団体としての歩みをまとめた『あすへの遺産　—長崎被災協結成35周年記念誌—』（長崎原爆被災者協議会、1991年）があるが、これをまとめていくうえで、基本的な参照資料となったと思われる。ただ、被災協は56年6月に設立されたが、総会議案書は61年［★4］からしか確認できず、残念ながら草創期の活動状況がわかる基本資料がない。

さて、同じように会の動向を知りうる基本的な資料としては、今日まで発行され続けられている、被災協ニュース（現在、月刊）があろう。375号（2015年1月9日号）からは綴じてあるが、全号の所蔵状況については確認できていない。また長崎被災協の創立後の、初期のころのニュース（といった名称であったがどうかも含め）も未確認である［★5］。

被災協の会員名簿でもある、被爆者名簿も会の状況をしることができる基本資料である。1、2冊を閉じた冊子状態の名簿があり、被災協の会員名簿ともいえる。被爆者名簿との関連では、被爆者相談活動記録資料がある。仮整理もしていないため分量が見通せないが、資料保存箱で3個程度は存在している。相談カードの最初が68（昭和43）年2月からであり、横山照子氏が相談活動に従事しはじめた時期からの資料である。各カード（シート）に相談時に個人ごとに記載されており、病気や生活に関わる悩みなどセンシティブな個人情報が記載された資料である。広く公開できるといった性質の資料ではないだろうが、一定の手続きをふまえて、学術的・科学的な分析・検討が加えられれば、長崎の被爆者の動向、被爆者としての要求を理解していく貴重な資料となるであろう。

以上の資料群は、現時点でも活動や事務的業務で利用することが多い資料で、今後も追補される、行政機関などで「現用資料」に分類されるような資料群である。

一方、現在はほとんど利用されることはなく、行政機関でいえば、公文書館などへの移管対象となる、「非現用」の資料群があり、歴史的にみて貴重な資料もすくなくない。被爆体験の継承や、長崎における被爆者運動の形成・展開を検討していくために重要な資料であり、２つほどの資料群に分かれる。事務局に保存されていた旧蔵資料と、２０１９年秋頃から歴代役員や関係者から被災協に寄贈された資料（長崎被災協関係者資料）である。以下、項を変えて記載していこう。

3. 長崎被災協関係者資料

歴代役員などから被災協に寄贈された資料の概略を把握すべく、優先的に予備調査、リスト作成・整理作業を行っている。仮整理として、チラシや各種印刷物について、ある程度内容的にまとまったものを一綴りと考え［写真1］、Ａ４サイズの封筒にいれ、資料保存箱へ移し替えて仮収納を行い、リストづくりの際には1点として数えている。公文書館などでは一枚一枚の紙を1点に数えて細目録作成を行うこともあるが、長崎被災協の資料整理としては、資料の分量が多いこと、目録作成に時間がかかってしまい、概要の把握も遅くなること等を考慮し、こうしたやりかたとしている。このため、資料の点数といっても、厳密な点数とは言いがたいことをあらかじめ断っておく。以下、紹介していこう。

初代の被災協会長であった杉本亀吉氏の資料が家族から寄贈され、1箱分、点数でいえば26点の資料がある。新聞でも報道された［★6］が、１９５３年2月の日付がある「被爆者の心身発達について」と題する謄写版の70ページ超の資料があり、城山小学校名の原爆学級に係わる調査報告書で、貴重な資料である。杉本氏個人に関しても、58年2月21日の日付がある原爆医療法による認定証も残されている。

平和祈念像の製作者である北村西望が文化勲章を受章した際のお祝いへの返礼状や、北村から贈られた掛軸が残されており、北村との交流があったことがうかがえる。

写真1　作業風景

68年の杉本氏の日誌5冊（ノートに手書きされたもの）は、いわば業務日誌のような日々の活動の詳細が記してあり、被災協役員としての活動をうかがいしることができる。数冊を閲覧した限りでは、個々の日付の記載量は少なく、たとえば個人との面会や会合への出席などは知ることができるが、内容の詳細はわからない。新聞資料や他の資料とつきあわせて検討したりすれば、有用な情報が得られるとは考えられる。また69年の日記1冊、71年から73年、75年から77年の3年連用日記（各1冊）は、晩年に近い時期の状況をしるてがかりを与えてくれる。

次に、事務局長をつとめ、のち会長をつとめた、葉山利行氏の資料が、3箱、88点のまとまった資料がある。被災協に関係した「日誌」、日記類で1箱以上があり、杉本氏の日記を引き継ぐように、１９６９年から２０００年代初頭までの諸会議の記録メモが、ノートに手書きのメモで残されている。

たとえば、１９７０年の平和祈念式典では、はじめて「平和への誓い」を被爆者代表である辻幸江氏が述べているが、「葉山日誌」（メモ）によれば、この人選については、１９７０年7月17日に被災協事務局で、被爆者団体連絡協議会を開催してきめている。被災協、被爆者手帳友の会、原爆遺族会の三者で協議して、誓いのことばについては、27日締め切りで辻氏本人が原案を作成、三者で原稿に目をとおす、ということになっていたようである。

こうした葉山日誌・日記がもとになっていると思われるのが、被災協の総会・評議員会の議案書に掲載されている、「日記ばっすい記録」あるいは活動日誌だろうと考えられる。議案書では、7月17日会合は「三団体連絡協議会開催、陳情について」と記載されているだけで内容はわからない。議案書の記録には、5月28日には「25周年記念事業の件でリアリズム写真集団と打ち合わせ会を行った」との記載があるが、葉山日誌をみると、5月26日の夜7時50分から村里榮宅で打ち合わせ会を行っている（日付が異なる理由は不明である）。そこでは、写真集と共に絵ハガキをつくる、といった計画が記載されている。6月18日にはあらためて会長の小佐々八郎氏や山口仙二氏らとと、リアリズム写真集団の村里氏・黒崎氏らと打ち合わせ会をもち、発行部数５０００部、販売計画などを決めている。

このように、中身としても、私的に作成している会議録といった色合いの強いメモ（開催日時や場所から、開始・終了の時間、出席者やその発言内容まで）となっており、〝メモ魔〟と言った印象をもつほどに詳細である。情報量が多く、貴重な一次史料であることから、２０２０年度から簡易のデジタル化作業（スキャン作業）を行っており、進行中である。

１９６９（昭和44）年から77（昭和52）年までの議事録のような会議メモ（6点）には、被災協だけでなく、他団体や関係団体、長崎県原水協の諸会議のメモも多い。89年からの２００2年ころまでの会議メモ（5点）は、会議録というよりは、個人的な備忘録的な内容でやや印象が異なる。

こうした会議メモとは別に、「日記」が１９７1年から２００1年ころまで残されているが、市販のビジネス手帳あるいはスケジュール帳に記載されたもので、日々の行動記録という記載内容となっている。

葉山資料には、他にも、１９７０年代・80年代の各種資料がのこされている。被災協の評議員会資料（2点）ほか、

66年の日本被団協の冊子『原爆被害の特質と「被爆者援護法」の要求―被爆者救援運動の発展のために―』など被団協関係の資料も数点入っている。また、80年の原爆被爆者対策基本問題懇談会（基本懇）の答申やその批判に係わって、基本懇の報告概要資料へ赤字による批判的内容の手書き書き込みがなされており、当時の状況をよく伝えている。

会長や事務局長の役員関係の資料という点では、他にも、２０１７年8月に死去された谷口稜曄氏の資料も1箱、寄贈されている。15点ほどの資料で、業務日誌や日記類はなく、会議関係書類、ピーター・タウンゼント『ナガサキの郵便配達』の英語版、日本語翻訳版校正紙などの資料である。１９９０年代以降の資料が多いが、77年原水爆禁止世界大会が統一・合同で開催される時期の資料として、「原水禁運動統一問題文書」といった仮題目を付しているが、郵政労働組合で作成された部外秘との記載がある資料（謄写版印刷の数十枚からなる）がある。

また、２０１３年7月に死去された山口仙二氏の資料も10数点、寄せられており、晩年の日記というか血圧など健康状態をメモした手帳が数冊あり、ときおり関係者からの連絡や取材などに関するメモや感想のような言葉が記載されている。

こうした被災協関係者の資料は元役員の方々への照会で被災協に寄贈がなされたもので、今後も関係者本人や遺族の了解、協力がえられれば増加していく可能性がある。

4．旧蔵資料（事務局）

もっとも量的にも多い資料が、被災協事務局の旧蔵資料である。１９６０年頃から78、79年ころまでの事務局関係資料が7箱程度あるほか、84年ころを中心に、75年頃から91年頃の事務局資料が3箱ある。

長崎被災協の事務局の旧蔵資料は、長崎被災協の活動が多様であることを反映して内容的に多種多様であり、代表的な事例を記載することしかできない。以下、前者の70年代の7箱の資料から、いくつかを紹介しておく。

○長崎被災協の組織や機関運営に係わる資料

「長崎原爆被災者協議会登記簿謄本」（写し・1965年）のほか、相談活動の日誌である「生活相談綴」がある。66年の綴り1点、67年から71年の綴り1点、72年までの綴り1点などである。また、「原爆死亡者弔慰金見舞金名簿」（1968～72年度）もある。

被災協を構成する各地域の被爆者組織に係わる資料として、「諫早市原爆被災者協議会事業報告書」の資料のほか、「昭和39年度以降　諫早市長田地区被災協文書綴」は役員名簿や書翰などからなる資料がある。県内の「昭和39・40・41年　松浦被災協文書綴」「昭和三十九年度　大村被災協文書綴」「昭和40年　北松原爆被災者協議会綴」のほか、長崎市近郊の「昭和三十九年度　東長崎被災協往復文書綴」「昭和39年度　香焼被災協往復文書綴」などもある［写真2］。

また、評議員会資料（第13回、1976年）のほか、『長崎被災協ニュース』もいくつかの資料のなかに散在している。また、66年・68年の事務資料である「一般文書綴」といった資料がある。日常の活動内容がわかる事務日誌としては、75年9月1日から76年7月31日までの紐綴じの冊子、76年8月2日から77年4月12日までがあり、杉本資料や葉山資料の日誌類と照合していく必要がある。書式を定めた紙を台紙として記載していくようになっているが、その意味合いや変更時期・内容は確認検討していく必要がある。

○他団体との関係では、

日本被団協の総会決定集のほか、71年から73年の関係書類綴の「日本被団協（II）」や73～74年の「日本被団協（III）関係文書綴」、76年の「日本被団協関係書類（5）」の綴には、代表理事会資料や被団協の「事務局だより」、新聞記事綴りなどがある。広島や他県の被爆者組織の資料もあり、近県福岡の「被爆者通信」（福岡県原爆被

写真2　日誌

害者相談所）などの資料もある。

69年から72年の原水爆禁止長崎県協議会などの資料や、「長崎市原爆被爆者関係資料」、原水爆禁止・高島協議会のチラシ、「会計監査報告書」（原水爆禁止日本協議会）、原水爆禁止日本協議会からの通知などの挟み込みがある綴りがある。また、77年の統一世界大会関係では「統一問題文書」と題した綴がある。原水禁世界大会の準備段階からの資料も、65年の第11回、69年第15回、71年第17回などある。

○行政機関関係の資料では、

76年（昭和51年）の平和祈念式典関係資料綴、原子爆弾被爆者対策協議会関連資料などのほか、73（昭和48）年頃の「国立原水爆被災資料センター関係資料」という資料があり、原水爆被災資料センター設立推進全国委員会、同広島推進委員会、長崎推進委員会の資料がまとめられている。

以上のほかにも、おおよそ75年から76年の資料で1点として一括して綴じているが、「むつ」関係書類として、原子力船「むつ」に関する請願書や反対声明、冊子などを含む雑多な内容の書類がある。

なお、事務局旧蔵資料といえるかは微妙だが、渡辺千恵子氏の葬儀関係資料がある。93年3月に死去した際の告別式の弔電などが２００点ほど、1箱分のこされている。これは発信者などによる細目録作成も終了している。

おわりにかえて

被災協は１９５６年の結成だが、50年代後半以降の草創期の資料はほぼない状況にある。たとえば、被災協結成をよびかけた文書は複写で確認できるだけで、被災協の事務局資料でも関係者資料にも現物は確認できていない。今後、資料整理が進められたとしても草創期の資料を発見できる可能性は小さい。総会・評議員会資料の箇所で記したように、設立時から61年までの初期の活動状況がわかる基本資料、たとえば総会議案書（設立時から5回まで）の存在は確認できていない。以後の60年代前半期の資料も少なく、原水禁運動の分裂などにより影響を被ったためと考えられる。

現在整理中の資料整理がすすめば、長崎の被爆者が歩んだ道を、被爆者が被爆者援護をどのように訴え、どういった要求をもとにお互いに結集して、行政や社会に訴えようとしてきたのか、具体的に描ける材料を手にすることができると考えられる。運動を成立させ展開させる原理的考え方、被爆者組織をなりたたせる組織的考え方などがどのように変遷して組織が拡大してきたのか、援護法など内実をもった法的措置をどのように求めていったのかなど、本格的に考察することができただろう。長崎の被爆者運動の展開だけでなく、反核平和運動を資料的根拠をもって描くことができるようになるだろうと考えられる。

さて、今後の課題として、資料の整理を加速化する必要性があることと、ほとんど未着手状態にある資料があることを紹介しておかねばならない。

被災協の現在の建物ができたあと（１９９６年）、事務所の引っ越しが行われた際に保存に回された資料が大量にある。山口仙二会長・山田拓民《やまだひろたみ》事務局長の時期の資料（１９８０年代半ばから95年ころまでの資料）であり、おそらく資料保存箱で10箱分程度がある。この資料のほか、被災協が関連した裁判や訴訟関係の書類も多く、３箱や４箱ではきかない分量の書類が棚に収められたままとなっている。さらに食堂運営に関連する資料、立山荘に関連する資料も数箱程度分はあるだろう。

以上のような資料は、いわば紙やそれに類似した資料であるが、扱いが悩ましい視聴覚関係の資料も多量にある。被災協で有している写真も多く、２箱や３箱ぐらいはあろうが、ほとんどネガフィルムはなく、プリントである。また、被爆体験を語っている録音カセットテープ、オープンリール、ビデオテープなども多くある。こうした資料の分量は見通せていない。

被災協への関係者資料の集積は、その資料の保全・管理とともに、活用・公開の問題を生じさせる。また、資料の保存という面では、温度・湿度といった環境設備もだが、紙資料では脱酸処理を検討しなければならないかもしれない。整理収納用の中性紙性の袋やケース類の確保など、アーカイブズの専門家の協力も得ながら保存環境の整備を行う必要もあるだろう。被災協ではなく、他の機関への寄託や寄贈といった可能性も検討してもらう必要があるかもしれない。さらに閲覧公開という問題がある。被爆者の体験を後世に継承していくうえで、資料をもとに記憶と歴史が形成されねばならないと考えると、被爆者問題に関心をもった研究者だけでなく、一般市民も含めての長崎被災協資料へのアクセスをどのようにしていくのか、ということも考えていかねばならないだろう。

★1 木永勝也「60年の時を超えて――長崎原爆被災者協議会の資料調査に着手」『証言　２０２０』長崎証言の会、２０２０年。

★2 松田忍「日本原水爆被害者団体協議会（日本被団協）関連文書の概要」『学苑』（昭和女子大学近代文化研究所）９３５号、２０１８年９月、等がある。

★3 応接室以外にも日常的に事務を行っている部屋におそらく10数箱程度の書類等があり、そのなかに多少の図書・冊子類がある。また相談活動などで使用しており、さまざまな帳票資料や視聴覚資料がおかれている部屋があるが、その部屋内にも数箱程度（おそらく２～３００冊）の図書・冊子類がある。

★4 『あすへの遺産』では１９６１年７月の総会を第６回総会と記載している。

★5 被災災協ニュースには、第1号、１９８３年12月10日号と記載されたものが確認できており、通算はこの号からのようである。また、渡辺千恵子氏資料には、被災協第7回評議員会資料（１９７０年５月23日開催）にはさみこんでいる第3号（謄写版、裏表印刷）がある。内容（援護法制国会請願大会参加報告）や「戦後25周年」といった記載から70年時の発行と考えられる。３７５号は通算であり、各年次で１号から発行していったと考えられるが、発行を始めた年などは、現時点ではわからない。

★6 『西日本新聞』２０２０年１月６日記事。

鎌田・川崎資料

山口　響

「長崎の証言の会」創設に関わった鎌田定夫・鎌田（旧姓川崎）信子夫妻が２００２年、２０１３年にそれぞれ逝去したのち、旧宅に遺されたままになっていた両氏の個人資料を中心とした資料群である。信子氏の母親であり、「長崎生活をつづる会」に関わった川崎キクエ氏関連の資料も含まれているため、「鎌田・川崎資料」と総称している。現在はその多くが「長崎の証言の会」の事務所に運び込まれているが、まだ旧宅に置かれたままの資料も多い。ここでは、証言の会に持ち込まれた資料に関してのみ、主だったものを紹介する。

第一は、鎌田定夫・信子・川崎キクエそれぞれの書いた日誌・日記類である。定夫に関しては１９５４年～56年、62～64年、70年代から80年代にかけての日誌・日記が残っている。特に、定夫が長崎に定住する前の50年代や、62年に長崎造船短期大学（当時）に赴任した直後の60年代前半の記録は貴重である。また、70年代以降の資料を追えば、「長崎の証言運動」を中心とした諸活動の解明に寄与するにちがいない。なお、鎌田信子については１９８４年～96年、川崎キクエについては82～83年、95～96年あたりの日記が遺されている。

第二は、原水爆禁止運動・被爆者運動関連の資料である。１９５６年に長崎で開催された第２回原水爆禁止世界大会の記録写真や、１９７０年に長崎の複数の市民団体が中心になって実施した「長崎原爆被爆者実態調査」の調査票１５３枚は特に貴重である。また、海外在住の被爆者の救援関連資料として、在韓被爆者の崔《チェ》季澈《ゲチョル》に関するもの、被爆米兵のハリー・コポラに関するものがまとまって残されている（崔氏関連資料については、「鎌田定夫さん遺品から見つかった崔季澈さん関連資料」長崎の証言の会編『長崎の証言50年――半世紀のあゆみを振り返る』、２０１９年、コポラ氏については、鎌田信子「夜あけの電話――ある被爆米兵の死」『季刊長崎の証言』８号、１９８０年をそれぞれ参照）。

第三に、証言の会、およびその周辺で活動した人々に関する資料群である。福田須磨子に関しては原稿や本人の写真、『ひとりごと』『烙印』の原本などが残っている。他にも、山田かんや、広島の栗原貞子・今堀誠二らの直筆原稿もある。

第四に、「長崎生活をつづる会」関連や九州のサークル運動関連の資料群である。前者に関しては、その主たる刊行物である『生活をつづる』１・３・４・５・６集（一部、コピーを含む）に加えて、ノート・雑記録・回覧ノートの類も残されている。後者に関しては『サークル村』の原本の一部が所蔵されている。

その他、新聞切り抜きやパンフレット、名簿など雑多な資料が多数含まれており、今後、整理作業に力を尽くしていかねばならない。

福田須磨子さんをしのぶ会（1974年7月20日）で配布された資料の表紙

内田伯《つかさ》資料

新木武志

内田伯氏は、県立瓊浦《けいほ》中学4年生のときに動員先の三菱兵器製作所大橋工場で被爆、松山町の自宅にいた家族5人を亡くした。その後は、長崎市の職員となり、長崎国際文化会館にも勤務し、長崎原爆戦災誌の編集などに関わった。その一方、松山町原爆被爆復元の会の会長として取り組んだ被爆地復元運動をはじめ、城山小学校の被爆校舎保存運動や原爆落下中心碑の撤去・移設に反対する運動などの市民運動でも中心的な役割を果たし、「長崎の証言の会」の代表委員も務め、２０２０年4月に逝去された。

同年8月、内田氏が取り組んできた活動に関する資料が残されていないか確認するため、内田氏の自宅を訪問した。確認できた資料の一部は、保管のために長崎の証言の会事務所に移したが、まだ未調査の資料も多数残されている。そのため、今回は、証言の会で保管している段ボール2箱分のみの限られた資料の調査結果となるが、内田伯資料の一端として紹介しておきたい。

松山町原爆被爆地復元の会関係資料

内田伯資料の中心となるのが、「松山町原爆被爆地復元の会」（以下、松山町復元の会）関係の資料で、その

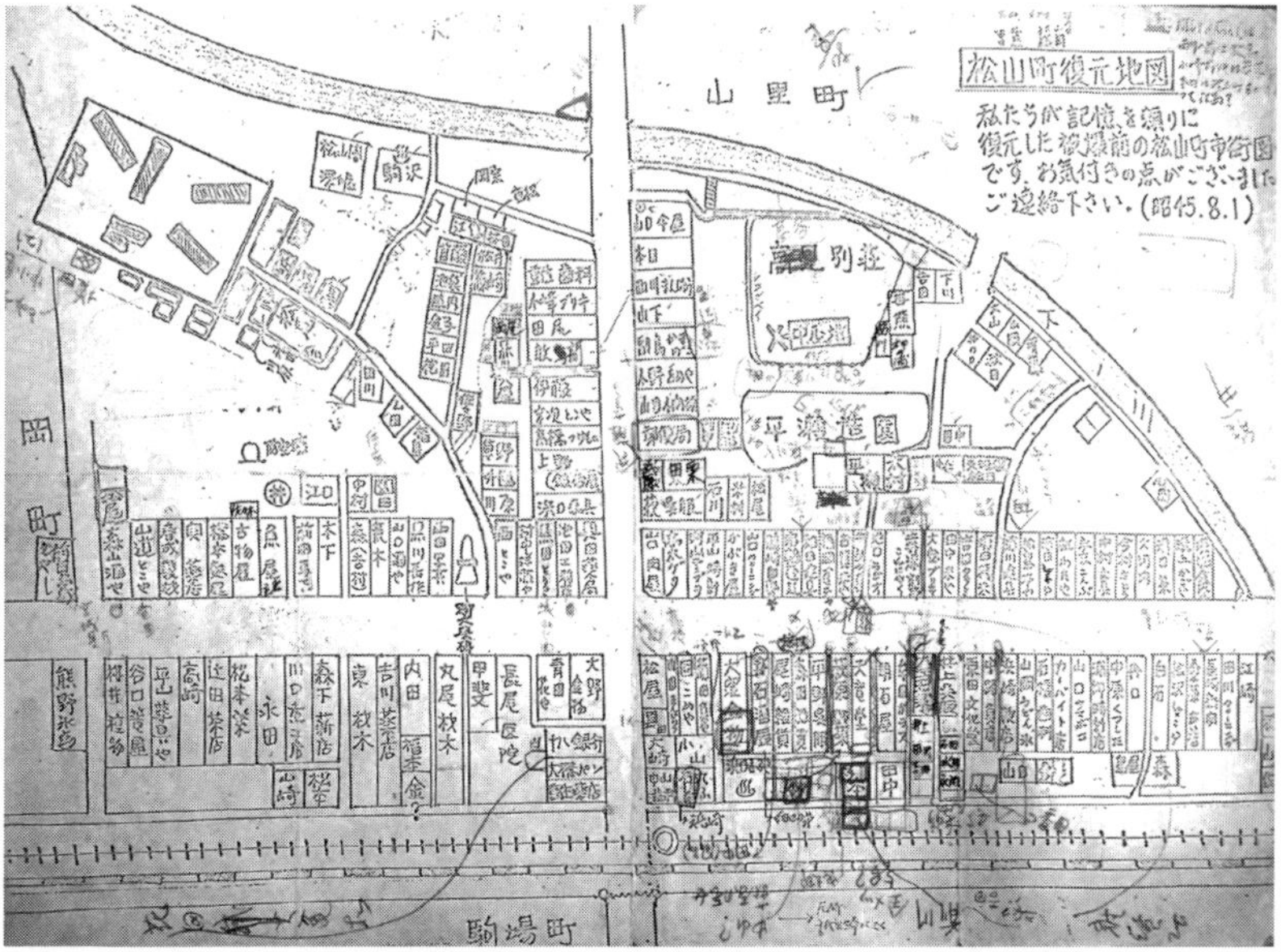

松山町復元地図（1970 年 8 月 1 日）

主なものに「松山町復元地図」がある（B４サイズの手書き原稿を印刷、謄写版原紙と下書きもあり）。これには、「私たちが記憶を頼りに復元した被爆前の松山町市街図です．お気付きの点がございましたらご連絡下さい．（昭45・8・1）」というメッセージが書かれており、人名等の書き込みがなされたものや全く書き込みがないものが複数残っている。さらに、この復元図を縦1メートル、横2メートルの大きさに拡大したものを1970年8月9日の平和祈念式典の会場そばに掲示したことが、翌日の長崎新聞に掲載された写真と記事から確認できる。その記事には、空白部分についての情報収集や誤りを指摘してもらうのがねらいで、地図のそばに受付所を設けていたとあるので、印刷された地図は、このような情報収集のために作成されたものと思われる。

また、原爆関係の新聞記事の切り抜きが貼りつけられた大学ノート1冊が残されているが（表紙にタイトルなどはなし）、それには、①1970年7月に開催された松山町復元の会を発足させるための役員会の案内、②同年8月に開催された松山町旧町民のつどい（松山町復元の会の総会）のための案内やあいさつ文の下書き、式次第の下書き、議題についての検討メモ、つどいへの出欠と家族の状況等を記入する返信用はがき、出席者名簿、③寄せられた情報のメモ、などがはさみ込まれている。

さらに、松山町復元の会が発行した会報で、内田氏の編集と思われる『まつやま』第１号（１９７１年７月発行）や、世帯全員の生死や被爆前後の状況が記入された調査票が綴られた「原爆被爆者調査名簿」、そして、旧町民から寄せられた被爆時の様子や近況を伝えたり、公表された復元図の間違いや追加情報について記した手紙も多数残っている。

内田氏は、松山町復元の会の取り組みの経緯を、『長崎の証言１９７１』（長崎の証言刊行委員会、１９７１年）に「墓標を刻む思いで」と題してまとめている。また、本書の浦上キリシタン資料館の紹介のなかで、同資料館が山里町の復元の会についての資料を所蔵していることが紹介されている。これらの記録や同時期に行われていたほかの復元の会の資料と照らし合わせることで、復元運動が何を目指し、どのように行われたのかを詳細に検証することが可能になる。それは、被爆者らが、被爆後の25年間どのような状況に置かれ、そしてどう生きてきたのかを明らかにすることにもなる。

その他の資料

松山町復元の会以外の資料については、まとまったかたちでは残っていないが次のような資料がある。

・長崎の証言の会事務局から会員宛て文書「おねがい！」（１９７３年１月）
　被爆体験の発掘と会員募集、『長崎の証言』などの販売についての案内。長崎の証言の会『長崎の証言ニュース』No. 16（１９７３年２月20日発行）に同封。

・城山小学校校長からの原爆殉難者慰霊式・平和記念式の案内と式次第（1972年8月）、原爆についての調査のお願い（1975年7月、保護者宛て）

　1975年の文書は、教育の資料として役立てたいという趣旨で、原爆関係資料の提供、被爆時の状況の記録、原爆以前の学校の写真の閲覧について保護者に依頼したもの。

・「長崎原爆戦災誌」刊行推進の署名御協力について」と「長崎原爆戦災誌」刊行のための請願署名・趣意書（1973年5月）

　長崎被災協、被爆者手帳友の会、原爆遺族会、長崎地区高校被爆教職員の会、長崎県被爆教師の会、日本科学者会議長崎支部、長崎の証言の会を世話人団体とする長崎原爆戦災誌刊行推進協議会による、署名のよびかけと署名用紙。この働きかけを受けて長崎市は原爆戦災誌の刊行事業を開始した。

・ISDA HIROSHIMA NAGASAKI　長崎準備委員会通信 No. 2　1977-6-4

　NGO 被爆問題国際シンポジウム（77シンポ）のために組織された長崎準備委員会の会報。

・林重男から城山小学校原爆殉難者慰霊会長への手紙と写真（1979年8月8日付）

　林重男は、1945年10月に長崎に入り、爆心地を撮影した。この手紙は、林重男が城山小学校の校舎の取り壊しの話を聞き、保存の必要性を綴った手紙。戦後30年目に城山小学校に招かれた時に撮影した斜めの亀裂が入ったままのコンクリートの柱の写真を同封。

・市内現存被爆遺跡等の総合調査および保全計画樹立の必要性、ならびに城山小学校被爆建造物の保全計画について（提案）　1982年5月24日

　長崎総合科学大学教授片寄俊秀から本島等長崎市長宛て。

・『にんげんをかえせ　ナレーション原稿（決定稿）』（削除・加筆後のコピー）1981-12-27　録音（青銅プロダクション）

『にんげんをかえせ』は、米国立公文書館から被爆直後の長崎、広島を撮影したカラーフィルムを市民の寄付（1口あたりフィルム10フィート分の3千円）によって購入するという「10フィート運動」によって製作された記録映画の第1作（１９８２年公開）。

・長崎原爆落下中心碑問題を考える市民連絡会編『原爆中心碑はこうして残った～長崎を揺るがした10か月～原爆中心碑問題の軌跡』（１９９７年）

長崎市による原爆落下中心碑を撤去し、人物像を設置する計画（１９９６年3月）に対して、被爆者団体や労働団体、市民団体や個人からなる「長崎原爆落下中心碑問題を考える市民連絡会」が結成され、計画の撤回を求めて運動した記録。冊子には、経緯の説明などとともに、関連する新聞記事や署名用紙、市長宛ての公開質問状とそれに対する回答などが収録されているが、署名用紙やビラ、シンポジウム案内、撤去に関する要望書などの現物がはさみこまれている。

これらは、１９７０年代以降の長崎で、内田氏が関わった原爆についての記録・証言運動や被爆遺構の保存運動などについての断片的な資料であるが、そのほとんどが関係者だけに配布されたもので、長崎県・市の図書館や原爆資料館も所蔵していない。そのため、長崎での被爆者や市民らによる運動が、どのように作り出され、推進されていったのかをたどっていくうえで大変貴重である。さらに、まだ未調査の資料も多いので、そのなかに関連する資料がまとまって残されている可能性がある。

それとともに、内田氏とともに運動に関わった人たちの自宅などにも、同様の関連資料がまだ残されていると思われる。被爆者や市民運動の歴史を残していくために、それらの資料を掘り起こし、収集・保存を訴えていく必要性がある。

あとがき

木永勝也

『原爆後の75年』、1年おくれでの刊行となってしまいました。本書は、三菱財団の第48回（２０１９年度）人文科学研究助成に対する報告書という性格を兼ね備えています。研究メンバーは、木永勝也、四條知恵、新木武志、中尾麻伊香、山口響、これに２０２０年から友澤悠季が加わっています。「戦後長崎における被爆者運動・平和運動に関する資料調査を通した核・被ばく学研究の基盤形成」といういささか長いタイトルの研究テーマですが、資料調査を主な研究内容にしています。

もともとはこのメンバーが長崎原爆史に関する研究会で定期的に顔を合わせており、そのなかでのやりとりから始まりました。18年秋に、本書でも紹介している渡辺千恵子氏資料を閲覧した際、有名無名にかぎらず近年死去された被爆者の資料はどうなっていくのか、長崎の被爆者組織や関連団体には貴重な資料が眠っているのではないかといった感想ややりとりがあり、では本格的に調査してみようかという考えでスタートしました。19年1月には先の助成に応募し、19年春頃にはメンバーに関係が深い（知己でもあった）鎌田定夫・信子夫妻と川崎キクエ氏の旧宅にある資料の調査を有志で行ないました。長崎の被爆者組織を代表する長崎原爆被災者協議会の資料状況を調査したいと考えていたところ、被災協の方でも戦後（被爆後）75年を節目としながらの計画が考えられていました。そうした時期に助成金の交付が決まり、19年秋頃から、被災協の資料整理を中心におきつつ資料調査活動を進めていくことが可能となりました。さらに長崎県内だけでなく広島や東京などに点在する長崎の被爆者関係資料の調査収集も視野に入れつつ、ゆっくりとしたテンポでありましたが調査研究活動を進めていくことになりました。

同じ19年には、戦後75年である20年を意識した被爆者団体や平和運動、平和研究の計画・企画を見聞きすることも増えてきます。オリンピックにより、戦後75年が後景に退く、あるいは忘却されることが気にかかってもいました。夏の恒例行事的なとらえかたをされてしまうこともありますが、8月のさまざまな平和祈念行事や集会企画などは、核兵器廃絶と被爆者援護をはじめ原爆被害と戦争・平和を考える機会であることは言うまでもありません。そうした懸念もある状況のなかで、長崎原爆の戦後史をのこす会（以下、のこす会）の成果である『原爆後の七〇年』（同会、２０１６年）の重要性を改めて認識し、そのときに残した〝宿題〟を想い起こしたということです。研究メンバーの大半はのこす会の主要メンバーで同書にも関係していますし、資料調査そのものが積み残した課題でしたから。

こうして、戦後75年をひとつの目処、節目と考えながら、被爆者運動関係者や多様な被爆者へのインタビュー、また被爆者団体の所有する資料を訪問して調査させていただく取り組み（そのなかで未知・未見の資料を見つけていきたいと考えていたのですが）、県内外での資料所蔵機関での調査活動などをすすめ、20年度中にはなんとか報告書の作成作業も進んでいくはずでした。しかし、20年になると、ほどなく新型コロナウイルスの感染拡大に振り回されることになります。資料調査に行こうにも図書館や資料館は利用制限が行われ、存命の被爆者の方々やご遺族のもとに調査のお願いや挨拶にうかがうことには、極めて慎重に抑制的にせざるをえなくなりました。資料調査のため被災協を訪問することも、振り返ってみれば、感染拡大状況の波の合間にという状況となっていきました。たまに被災協を訪問する際に、通ったり見たりする平和公園では、韓国・台湾・中国などの海外観光客だけでなく、修学旅行生の姿もほとんど見なくなって、影響の大きさを実感しました。こうした思うにまかせないなか20年秋にはなんとか調査研究の進展をと考え、当初は予定していなかったのですが、資料保存状況について、郵送でのアンケート調査を実施しました。

20年度中には、なんらかの成果を、のこす会として『七〇年』の続編、第2弾となるようなものを目指したいとの考えをもち続け調査研究活動を進めましたが、それでも新型コロナウイルスの感染拡大には悩まされ続けました。勤務先の大学では、時期によっていわゆる遠隔授業となったり対面授業になったり、あるいは混ざったりで、授業準備に忙殺され、調査研究に時間をさけない日々もありました。それなりに習熟せざるをえなくなったZoomなどオンラインビデオシステムの操作・使用は、本研究を進めるうえで終盤に近づくほどありがたい効果を発揮しました。打ち合わせなどだけでなく、オンラインでの聞き取り調査も実施するなど、研究活動に寄与した副産物です。結局、21年に入り助成期間の延長願いが認められたことで刊行目標期限を延長、ようやく現在にいたるわけです。とはいえ、本書刊行までは一筋縄ではいかず、聞き取り調査や資料調査の対象をあれもこれもと追求した結果、聞き取りの文字おこしを業者に頼ってみましたが、編集作業は日程的に追い込まれました。本書での細部での原稿不統一や校正ミスがあれば、そうした追求のためであり、ご海容いただければ幸いです。

さて、できあがった本書では、編著者の私たちとしては、『原爆後の七〇年』とはまた異なった挑戦というか工夫・試みをいくつかしています。

第1部は調査としては聞き書きになりますが、テーマ・分野としては6つにわけてみています。『原爆後の七〇年』では実現できなかった宿題を果たしたということになりますでしょうか、被爆者5団体すべてに、なんらかの聞きとりに応えていただきました。被爆者運動でも後年までの被爆未指定地域をめぐる運動をとりあげ、証言・記録運動や被爆者調査に関して、それ自体を歴史的経験として考察対象にできるような聞き取り調査を行っています。

今回の聞き書きでは、できるだけ聞き取りに応じていただいた方の語りをまとまって記録するようにしています。また無理に標準語にはせず、本人の語り口が多少なりとも残るようなまとめ方にしているものも少なくありません。とはいえ、インタビューそのものの逐次文字化ではなく、あくまで「まとめ」たものです。そうしたこともあり、聞き取りのご本人やご遺族あるいは関係者の方に、内容確認はしていただいて掲載していますが、あくまでインタビューをした者やまとめをした者に文責はあります。

本会（長崎原爆の戦後史をのこす会）顧問の土山秀夫氏、代表の廣瀬方人氏のように、『原爆後の七〇年』後に亡くなられた方も少なくありません。今回の聞き取りの依頼連絡をする前に逝去された方や、聞き取り後にお亡くなりになった方（池田早苗さん，井原東洋一さん）もおられ、貴重な記録になってしまったという、なんともいえない事情もあります。被爆者の高齢化、いわば〝超〟高齢化の状況では、話を聞けるうちに早く聞いておくことが重要だと改めて実感しているところです。

なお、今回、聞き書きは実施したものの掲載できなかった原稿部分があります。聞き取り全体が日程的な事情などで掲載できなかった場合だけでなく、各個人の聞き取りで「まとめ」るテーマから外れる部分の掲載を見送った場合もあります。興味深い内容のお話も少なくありませんでしたので、今後、別な機会あるいは媒体などで紹介できるようにしていく課題が残っています。また、聞き取り調査をお願いしておくべきにもかかわらず、お願いできなかった方もすくなくありません。特に、今回、女性の方の聞き書きが少ないという問題があります。運動団体などのリーダーに男性が多かったという特性からかもしれませんが、〝副〟で女性の方の名前がある場合も少なくありませんから、意識的に聞き取り調査をしていく必要があったと反省しています。今後の課題です。

さて、第2部は資料調査報告です。「概要」に記載しましたが、資料保存の状況としては、私たちが訪問した機関や団体などからごく一部を取りあげて書いています。今回、掲載した以外の個人や団体にも訪問したところはありますが、時間の制約などもあり掲載できていません。第1部の聞き書きの対象となる個人や団体なども含め、他に訪問すべき団体や個人の方があったことは最初に述べておきたいところです。資料調査として、原爆被害に関する資料にかかわる公的な機関である長崎原爆資料館については訪問調査をお願いし、うかがった内容のまとめを中心に掲載したところです。普通例であれば（他の都道府県では）、県や市の文書館などが調査対象になるところですが、長崎県・市にはありません。いくつかの公的な資料館・博物館はありますが、戦後の各種資料を意識的自覚的に収集保存している機関はなく、長崎での問題点の一つとなっています。

第2部の後半、主な資料群では、私たちが把握しているいくつかの資料のなかから取り上げています。資料整理に取り組んでいる渡辺千恵子氏資料については、資料をもとにどのような歴史的事実が構成できるか、やや詳しく展開しています。各資料についても、時間と紙幅が十分にとれなかったことはありますが、目録的な情報に終わらないよう、資料保存の状況の紹介よりやや踏み込んで、各資料の特徴や内容が理解できるよう、具体的に記載しています。

最後に、あまりに多くの方にお世話になりましたので、ここで全員のお名前をあげることはできませんが、本書の刊行に際して、聞き書きや資料調査に協力いただいた方々に、深く感謝の意を表しておきたいと思います。長崎原爆被災者資料協議会の資料調査で薄給で半ばボランティアのようになったにもかかわらず資料調査（図書整理）に従事していただいた吉村志穂さん、またいくつか聞き取り記録の文字おこしをボランティアでしていただいた橋場紀子さんには、あえて名前をあげてお礼を申し上げます。

そして、ずっと編集打ち合わせに付き合いながら、短時間の無理難題な編集作業を担当していただいた小田原のどかさんに、最大級のお詫びと、お礼を申しあげます。

本書の刊行が、『原爆後の七〇年』に続く、ながいみちのりのなかの第二歩となることを願って。

２０２１年８月　木永勝也

本書をご購入いただいた方に、『原爆後の七〇年』の電子データを無償で提供いたします。
ご希望の方は、以下のメールアドレスまでご連絡ください。nagasaki_nokosukai@tsukumo.info

マ行

ヤ行

ラ行

アルファベット

ハ行

タ行

ナ行

サ行

ワ行

■事項■

ア行

カ行

タ行

ナ行

ハ行

マ行

ヤ行

索引

■人名■

ア行

カ行

サ行

編者略歴

木永勝也　きなが・かつや
1957年生まれ。専門は日本近現代史。長崎総合科学大学准教授。共編著に『新長崎市史』第三巻近代編、2014年、『同』第四巻現代編、2013年。

草野優介　くさの・ゆうすけ
1988年生まれ。写真スタジオ経営。ボランティアとして（公財）長崎平和推進協会写真資料調査部会で活動。

四條知恵　しじょう・ちえ
専門は原爆被害の記憶と表象。広島平和研究所に所属。著書に『浦上の原爆の語り――永井隆からローマ教皇へ』（未來社、2015年）。

新木武志　しんき・たけし
1959年生まれ。専門は長崎の近現代史、歴史教育。現在、長崎原爆の戦後史をのこす会代表。主な研究論文に、「占領期長崎におけるヤミ市の形成と中国人・在日朝鮮人――長崎警察署襲撃事件を中心に」（『平和文化研究』第40集、2019年）。

中尾麻伊香　なかお・まいか
1982年生まれ。専門は科学史、核の歴史と文化。広島大学大学院人間社会科学研究科准教授。主著に『核の誘惑――戦前日本の科学文化と「原子力ユートピア」の出現』（勁草書房、2015年）。

山口響　やまぐち・ひびき
1976年生まれ。専門は政治学、長崎の戦後史。長崎大学核兵器廃絶研究センター客員研究員、長崎の証言の会。共著に、長崎大学多文化社会学部編『大学的長崎ガイド――こだわりの歩き方』（昭和堂、2018年）。

原爆後《げんばくご》の75年《ねん》

——長崎《ながさき》の記憶《きおく》と記録《きろく》をたどる

発行日　2021年8月31日　第1刷発行

編集　長崎原爆《ながさきげんばく》の戦後史《せんごし》をのこす会《かい》

新木武志・木永勝也・草野優介・四條知恵・中尾麻伊香・山口響

発行者　小田原のどか

発行所　書肆九十九《しょしつくも》合同会社

mail@tsukumo.info

https://tsukumo.info

印刷・製本　シナノ書籍印刷株式会社

組版・装幀　小田原のどか

カバー・扉撮影　金川晋吾

ISBN　978-4-9912265-0-2

定価はカバーに表示してあります。